Vor sechs Jahren war ich mit einer Ohrenentzündung, einer typischen Kinderkrankheit, beim Arzt gewesen, und jetzt hatte ich plötzlich Gicht. Mein Alterungsprozess verlief äußerst sprunghaft.

»Ist das Ihr Handy, das da klingelt?«, fragte die Ärztin.

»Oh.« Das Geräusch kam aus meinem Mantel. Ich kramte das Handy hervor und schaltete es ein.

»Wo bist du denn?« Es war Caroline.

»Beim Arzt.«

»Mit dem Wagen?«

»Ja.«

»Und wie soll ich die Kinder zur Schule bringen? Ich hab gedacht, die verdammte Karre wäre gestohlen worden.«

»Ich komme jetzt zurück«, sagte ich und stand auf. »Ich habe Gicht.«

Mit 39 ist Giles in einem Alter, in dem der Mann schon freiwillig Pausen macht, damit seine Frau ihm widersprechen kann. Er schlägt sich als freier Journalist durch und findet das Leben eher anstrengend. Aber dann entdeckt er ein Internet-Forum, in dem die anonymen Teilnehmer auf allem, was Giles je geschrieben hat, gnadenlos herumhacken und ihn nach Strich und Faden fertigmachen. Sieht nach Rache aus. Dabei hat er doch im richtigen Leben nie jemandem was getan. Oder doch? Und womöglich ausgerechnet einer Frau?

Tim Dowling wurde 1963 in Connecticut geboren, ging in den frühen Neunzigern nach England, lebt jetzt mit Frau und drei Söhnen in London. Er schreibt regelmäßig für den Guardian. ›Ich hab nix gemacht‹ ist sein erster Roman.

Unsere Adresse im Internet: www.fischerverlage.de

Tim Dowling

Ich hab nix gemacht

Roman

Aus dem Englischen von
Thomas Gunkel

Fischer Taschenbuch Verlag

Deutsche Erstausgabe
Veröffentlicht im Fischer Taschenbuch Verlag,
einem Unternehmen der S. Fischer Verlag GmbH,
Frankfurt am Main, August 2009

Die Originalausgabe erschien 2007
unter dem Titel ›The Giles Wareing Haters' Club‹
bei Picador, an imprint of Pan Macmillan Ltd

Satz: Pinkuin Satz und Datentechnik, Berlin
Druck und Bindung: Norhaven A/S, Viborg
Printed in Denmark
ISBN 978-3-596-17902-2

Für Sophie, für alle Zeit

1

Alles begann im ersten Gelenk meines linken großen Zehs, in der Nähe des Fußballens. Ich befand mich in einem dunklen, schneebestäubten Wald und versuchte, einen Baumstamm anzuheben, der auf meinem Fuß lag und so vereist war, dass er mir jedes Mal aus den Händen glitt und aus einer Höhe von mehreren Zentimetern wieder auf den Zeh fiel. Mit wachsender Angst versuchte ich mich zu befreien, und überlegte in meiner Hilflosigkeit, wie ich das Problem anders angehen könnte. Dann wachte ich auf.

Die Szenerie und der Schmerz lösten sich in Luft auf. Nur das Pochen meines Herzens blieb. Doch der Schmerz kehrte zurück und pulsierte im Gleichtakt mit meinem Blut. Im ersten Moment hielt ich es für möglich, dass sich die Sache mit dem Baumstamm tatsächlich ereignet hatte, konnte mich aber an nichts dergleichen erinnern. Ich schaltete das Licht an und untersuchte den Zeh. Schwer zu sagen, aber vielleicht war er ein bisschen geschwollen. Die Haut war straff und seltsam trocken. Caroline regte sich, war aber noch zu schläfrig, um den Ernst der Lage erfassen zu können. Ihr Mitgefühl beschränkte sich auf den trägen Vorschlag, ich solle mich ins Gästezimmer verziehen. Nach ein paar Minuten zog sie sich selbst dorthin zurück.

Stillliegen nützte nichts. Das Gewicht der Steppdecke auf meinem Fuß war unerträglich. Tief im Zehgelenk spürte ich einen hartnäckigen, bohrenden Druck, doch schon bald wuchs der

Schmerz über den Zeh hinaus und bekam etwas Bedrohliches. Als der Milchmann um 4:25 Uhr die leeren Flaschen vom Vortag einsammelte, durchzuckte mich beim Klirren und Scharren des Glases ein stechender Schmerz: Ich spürte das Dröhnen im Zeh. Inzwischen saß ich halb aufgerichtet im Bett, mit dem rechten Fuß auf dem Boden. Ich tat so, als würde ich ein Buch lesen, aber fast meine ganze Konzentration war darauf ausgerichtet, den Zeh zu schützen, obwohl mich die Umstände zwangen, ihn unbedeckt im schwachen, lästigen Luftzug pochen zu lassen. Um 5:14 Uhr vibrierte das leicht geöffnete Schiebefenster im Rahmen. Ich schaute hinüber und sah, wie Carrot vom Fensterbrett ins Zimmer schlüpfte.

Carrot setzte sich auf die Kommode und betrachtete meinen entblößten Zeh. »Denk nicht mal dran«, sagte ich, doch ich wusste, dass Carrot bereits genau das tat. Als er zum Sprung ansetzte, wurde sein Schnurren immer lauter und bedrohlicher. »Nein. Nein!« Er war schon in der Luft. Nach seiner Landung auf dem Bett stieg er über mein Bein hinweg und strich um mein Knie herum. Durch seine Nähe schien der Schmerz stärker zu werden. Carrot krallte sich fest in die Steppdecke.

»Verschwinde.« Ich schubste ihn mit dem Buch weg. Er setzte sich und leckte sich das orangefarbene Fell. Ich stieß nach ihm. Er blickte an mir vorbei, drehte sich um und pirschte sich an den Zeh heran. »Nicht in die Richtung. Weg. Hau ab.« Von der Decke trat er auf das straffe Laken am Fußende des Bettes. Sein wechselndes Gewicht auf der Matratze hatte etwas von einem Erdbeben, das sich genau messen ließ. Er drehte sich um fünfundvierzig Grad und rieb, während ich in stummem Entsetzen zuschaute, die rechte Gesichtshälfte an meiner Fußsohle. In dem Bemühen, die Beinmuskulatur nicht anzuspannen, stieß ich ein unmenschliches Gewieher aus, das mir selbst Angst machte. Ich gab es auf und stieß ihm die Ferse ins Gesicht. Carrot richtete sich auf, klemmte den Zeh zwischen die Pfoten und biss hinein.

Ich strampelte mit den Beinen, Carrot flitzte zum Bad. Ich hatte das Gefühl, mein Zeh sei amputiert worden. Als ich die Augen aufschlug, war ich fast enttäuscht, dass er noch dran war.

»Was?«

»Wie viel trinken Sie denn so?« Als mir die Ärztin diese Frage gestellt hatte, wandte sie den Blick ab, weil sie befürchtete, meine Antwort könne sie verlegen machen. Ich hätte ihr nicht erzählen sollen, dass die Katze das Energiefeld um meinen Zeh beeinflusst hatte.

Getrieben von der aufkeimenden Angst, dass der Schmerz letzten Endes ein Symptom für etwas Lebensgefährliches war, hatte ich mich im Morgengrauen angezogen. Vorsichtig hatte ich eine alte Wollsocke über den linken Fuß gestreift – ein Schuh kam nicht in Frage – und war leise nach unten zum Wagen gehumpelt. Den einen Kilometer bis zur Arztpraxis war ich im zweiten Gang gefahren, um unnötiges Kuppeln zu vermeiden. Als eine halbe Stunde später die Praxis öffnete, hüpfte ich zur Anmeldung und verlangte, dass sich sofort ein Arzt um mich kümmerte.

»Haben Sie einen Termin?«, fragte die Sprechstundenhilfe.

»Nein.«

»Um diese Uhrzeit brauchen Sie aber einen.«

»Außer mir ist doch niemand da.«

»Handelt es sich um einen Notfall?« Sie musterte mich von Kopf bis Fuß und stellte stirnrunzelnd fest, dass ich weder klaffende Wunden noch irgendwelche im Körper steckenden Haushaltsgeräte vorweisen konnte. Ein Mädchen mit einer pfirsichgroßen Beule über dem Auge wurde ins Wartezimmer geführt. Als ich den Zeh bog, zuckte ich zusammen und sagte, es sei ein Notfall.

Nach zwanzigminütiger Wartezeit wurde ich in einen Container gebracht, von einer Ärztin untersucht, die ich noch nie gesehen hatte, und danach allein gelassen. Irgendwo hörte ich

Gejammer, das dumpfe Gemurmel einer ruhigen Erwachsenenstimme, eine kurze Stille und dann einen durchdringenden Schrei: wahrscheinlich das Mädchen mit der Beule. Schließlich kehrte die Ärztin zurück und stellte mir eine Reihe von Fragen. Noch während ich alles beantwortete, schweiften meine Gedanken ab. Das gehört zu meinen Schwächen: Immer wenn ich besonders konzentriert sein müsste – wenn es um ein ernstes Thema geht, das mich unmittelbar betrifft –, driften meine Gedanken nach innen. Ich bin nicht absichtlich so unaufmerksam, obwohl darin vielleicht eine Abwehrhaltung zum Ausdruck kommt, in diesem Fall noch verstärkt durch akuten Schlafmangel, wenn man von dem zehnminütigen Nickerchen im Wagen absah. Das Sprechzimmer war stickig und überheizt, und der Schmerz in meinem Zeh ließ allmählich nach. Die Ärztin war ziemlich ungehalten, was ein gutes Zeichen zu sein schien: Egal, ob ich einen Termin hatte oder nicht, wenn ich im Sterben läge, hätte sie nicht gewagt, einen so abweisenden Ton anzuschlagen.

»Eine ganze Menge, würde ich sagen.«

»Und wie viel ist für Sie eine ganze Menge?« Jetzt sah sie mir direkt in die Augen.

»Keine Ahnung. Eine halbe Flasche Wein am Abend?« Ich wusste, sie würde die Menge, die ich unwillkürlich halbiert hatte, genauso unwillkürlich verdoppeln, aber ich fragte mich, was sie aufschreiben würde. Ich wollte keine Vermutungen anstellen, inwiefern die Lüge meine Genesung gefährdete. Während sie mir für die qualvolle Nacht, die ich verbracht hatte, eine gewundene Erklärung gab, überlegte ich, wo ich den Heizungsschlüssel gelassen haben könnte. Auch wenn es für Oktober noch warm war, rückte die Zeit zum Entlüften der Heizung allmählich näher, und ich hatte am Vortag ein paar Stunden lang vergeblich nach dem kleinen Messingschlüssel gesucht. Ich stellte mir vor, dass er in der blauen Tasse auf der Toilette im Flur lag, unter einer sommerlichen Staubschicht. Dass ich ihn aus irgendeinem

Grund dort hingelegt hatte. Gleich daneben befand sich der Boiler, verborgen hinter einer Schiebewand, deshalb war der Gedanke durchaus einleuchtend. Ich konnte die Tasse deutlich vor mir sehen – leichte Schlagseite und ungleichmäßig glasiert, ein Überbleibsel von zwei Wochen in Portugal, die einzige von ursprünglich vier Tassen, die noch nicht kaputt war. Als ich vor Konzentration die Augen zusammenkniff, sah ich, dass die Ärztin mich verständnislos anstarrte.

»Entschuldigung, was haben Sie gesagt?«

In ungeduldigem Stakkato wiederholte sie alles noch einmal Wort für Wort: »Ich habe gesagt, zur Bestätigung brauchen wir eine Blutprobe, aber es scheint Gicht zu sein.«

Gicht. Gicht gehörte nicht zu den Krankheiten, die ich in Erwägung gezogen hatte. Ich war überrascht, wie wenig mir das Wort sagte.

»Ich bin vierzig«, murmelte ich. Das war nicht ganz richtig, ich war noch neununddreißig, aber da es in knapp einem Monat so weit war, hatte ich beschlossen, dem Unvermeidlichen auf halbem Wege entgegenzukommen und die Vierzig offensiv anzugehen. Das sollte mir helfen, meine Angst zu überwinden, aber eigentlich hatte ich sie nur vier Wochen vorverlegt. Jedes Mal, wenn ich sagte: »Ich bin vierzig«, war es, als würde ich einen Stein in den Abgrund meiner Seele werfen, bloß um das Echo zu hören. Zutiefst erschreckend, aber zur seltsamen Gewohnheit geworden.

»Na ja, das ist in Ihrem Alter nichts Ungewöhnliches«, sagte die Ärztin. »Manche Menschen bekommen es schon in den Zwanzigern. Gicht entsteht durch Kristalle, die sich in den Gelenken ablagern, durch einen hohen Harnsäurespiegel, aber es gibt da viele Faktoren. Wahrscheinlich sind Sie dafür anfällig.« Sie redete weiter, doch ein Summen in meinem Gehirn übertönte sie. Die deprimierende Absurdität der Situation begann in mich einzusickern. Das war erst mein dritter Arztbesuch als Erwachsener. Insgeheim war ich immer froh gewesen über meine Abneigung, dem Gesundheitswesen zur Last zu fallen, aber jetzt fühlte ich mich betrogen, der bedeutenden Meilensteine meines eigenen Verfalls beraubt: Knieprobleme, Rückenschmerzen, eine Standpauke über Cholesterin, stressbedingte Hautausschläge, ein rätselhafter, langwieriger, lebensgefährlicher Virus, vielleicht eine teure Computertomographie, um die Möglichkeit eines Gehirntumors ausschließen zu können. Vor sechs Jahren war ich mit einer Ohrenentzündung, einer typischen Kinderkrankheit, beim Arzt gewesen, und jetzt hatte ich plötzlich Gicht. Mein Alterungsprozess verlief äußerst sprunghaft. Das Summen in meinem Kopf wurde eindringlicher. Gicht. Gibt es dafür keinen anderen Namen? Heißt es auch in Amerika Gicht?

»Ist das Ihres?«

»Was?«

»Ist das Ihr Handy, das da klingelt?«

»Oh.« Das Geräusch kam aus meinem Mantel. »Sieht so aus. Tut mir leid.« Ich kramte das Handy hervor und schaltete es ein.

»Wo bist du denn?«

»Beim Arzt.«

»Mit dem Wagen?«

»Ja.«

»Und wie soll ich die Kinder zur Schule bringen? Ich hab gedacht, die verdammte Karre wäre gestohlen worden.«

»Ich komme jetzt zurück«, sagte ich und stand auf. »Ich habe Gicht.« Die Verbindung brach ab. Ich warf der Ärztin einen entschuldigenden Blick zu. »Ich muss los.« Sie zeigte ein nicht gerade herzliches Lächeln und neigte den Kopf, was ich als sarkastischen Willkommensgruß in einer Welt empfand, in der die Menschen unter einem gewissen Zeitdruck standen.

»Wenn es sich um Gicht handelt«, sagte sie, »sollte der Schmerz in ein paar Tagen von allein nachlassen. Dann nehmen wir Ihnen Blut ab. Machen Sie einen Termin.« Auch diesmal sprach sie alles klar und deutlich aus, mit der Betonung auf dem Wort »Termin«. Ich sagte nichts, sondern nahm nur den Zettel, den sie mir gab, und ging.

Bei der Schlüsselübergabe war Caroline angespannt und zwangsläufig in Eile.

»Ich habe Gicht«, sagte ich.

Die Jungen standen schon in der Diele, mit zerzausten Haaren und schief sitzenden Mänteln. Der Ältere marschierte wortlos an mir vorbei, war noch im Halbschlaf und merkte gar nicht, dass an seiner Augenbraue ein Cheerio klebte. Der Jüngere sah mich an, zog den Daumen aus dem Mund und fragte: »Wo ist dein Gedicht?«

»In meinem Fuß.«

»In deinem Fuß?«

»Im Zeh.«

»Wirklich?«

»Ja.«

»Kann ich's mal sehen?«

Caroline schob ihn an mir vorbei. »Nicht jetzt, Freddy«, sagte sie, »wir sind spät dran.«

2

Der Heizungsschlüssel lag nicht in der blauen Tasse. Nach dieser Enttäuschung durchstöberte ich ein paar Schubladen und kippte die Vase voller Bleistifte in der Küche aus. Nichts. Ich ging in mein Arbeitszimmer hinauf, suchte in allen möglichen Schachteln und Bechern, fand aber nur ein paar Lire und ein winziges Pferdchen aus Ton. Ich zog den Zettel aus meiner Tasche. Ich hatte gedacht, es sei ein Rezept für ein Schmerzmittel, aber auf dem Zettel stand nur die handgeschriebene Adresse einer Gicht-Website. Das war eine Ermunterung, für meine Gicht Verantwortung zu übernehmen.

Ein paar Minuten später saß ich vor dem Computer und las, den geplagten Fuß auf einen Schemel gestützt, eine Online-Broschüre mit dem Titel *Alles über Gicht*. Ich erfuhr, dass 840 von 100 000 Menschen an Gicht leiden und es die häufigste entzündliche Gelenkerkrankung bei Männern über vierzig ist. Das Wort stammt vom lateinischen *gutta*, also Tropfen, ab, ein Ausdruck, der einst für Krankheiten verwendet wurde, die durch einen erkennbaren Abfluss von Körpersäften gekennzeichnet waren. Der hohe Harnsäurespiegel, durch den Gicht entsteht, dürfte auf die Ernährung, eine Störung der Nierenfunktion oder beides zurückzuführen sein. Anfälle können durch Stress, Verletzungen, ungewohnte gymnastische Übungen, Fettleibigkeit oder plötzlichen Gewichtsverlust ausgelöst werden. Ich überflog die Liste der verbotenen purinreichen Nahrung, suchte nach meinen Lieblingsspeisen und entwickelte perverse Gelüste. Ich suchte im weiteren Umfeld: Auf einer anderen Website fand ich den vielversprechenden Halbsatz: »Wie man Gicht überträgt«. Mir war gar nicht klar gewesen, dass Gicht ansteckend war, aber ich hatte große Lust, möglichst viele Leute mit ins Verderben zu reißen. Wie sich herausstellte, gehörte die Website zu einem amerikanischen Heimwerkermarkt. Aus dem Zusammenhang wurde klar, dass der Satz eigentlich »Wie man Kitt aufträgt« heißen sollte. Trotzdem las ich alles durch. Dann klingelte das Telefon.

»Hallo?«

»Hi, Giles. Hier spricht Ken.« Welcher Ken? Ken von der Tageszeitung oder Ken von der Ernährungsbeilage? Lieber auf Nummer sicher gehen.

»Hi.«

»Ihr Artikel über das Aufladen von Einwegbatterien hat mir gefallen.«

»Es handelt sich um eine Verschwörung«, sagte ich. »Die wollen Ihnen weismachen, das geht nicht.«

»Hab ich mir schon gedacht. Also, heute ist ein Artikel über Raritäten fällig …« Ah. Ken von der Zeitung.

»Tatsächlich?«

»Ja. Ich frage mich, ob Sie schon eine Idee haben, damit wir uns um ein Foto kümmern können.«

»Oh. Moment, lassen Sie mich mal überlegen. Ich hatte so einen … lassen Sie mich kurz nachschauen …« Ich zog den letzten Vokal in die Länge, bis er grobfaserig klang, tippte gleichzeitig »wertvolle Raritäten« in die Suchleiste am unteren Rand meines Bildschirms und drückte dann die Returntaste. Die Worte »seltene Bücher und Münzen« stachen mir sofort ins Auge. Mit einem Buch hatte ich mich erst letztes Mal befasst. Ich ersetzte »Raritäten« durch »alte Münzen« und drückte wieder Return.

Während ich rasch die Ergebnisse überflog, sagte ich: »Wie wär's mit dem Liberty Head Nickel von 1913?«

»Den hatten wir schon«, sagte Ken.

»In letzter Zeit? Seit der fehlende fünfte Nickel aufgetaucht ist?«

»Da bin ich mir ziemlich sicher.«

»Na gut. Wie wär's dann mit dem Silberdollar von 1804?«

»Können wir davon ein Foto auftreiben?«

»Ich glaube schon. Man nennt ihn ja den König der amerikanischen Münzen«, las ich vom Bildschirm ab. »Und wir haben 2004, also feiern wir den zweihundertsten Geburtstag seiner, ähm, Prägung.«

»Ausgezeichnet. Sonst alles in Ordnung?«

»Ja. Das heißt, eigentlich nicht. Ich habe Gicht.«

»Mein Gott.«

Ich setzte ein Lesezeichen für eine Website, auf der die faszinierende Geschichte des Dollars von 1804 ausführlich geschildert wurde, wandte meine Aufmerksamkeit dann wieder der Gicht zu und machte britische Sites mit ihrer beruhigenden Terminologie und ihren vertrauten Vorwahlnummern ausfindig. Nicht dass ich irgendwo anrufen wollte, um weitere Informationen über die Anforderungen eines gichtgeprägten Lebens zu erhalten oder Materialien für Gichtgeplagte und ihre Familien zu bestellen; ich hatte nicht die Absicht, ein Fachmann in Gichtfragen zu werden oder in Gichtkreisen Bekanntheit zu erlangen. Eigentlich hatte ich beschlossen, niemandem mehr davon zu erzählen. Ich würde schweigsam und heldenhaft leiden. Der Schmerz war schon so normal geworden, dass ich ihn kaum noch bemerkte.

Ich klickte auf einen Link zum UK-Familiengesundheitsnetz und fand zwei Suchergebnisse für Osteoarthritis, Gicht und Polymyalgie: Gicht. Beide führten mich zu Seiten, auf denen ich schon gewesen war. Ich versuchte mein Glück bei www.wellness.co.uk. Ich tippte ein G in den Kasten zum Durchsuchen der Website. Bevor ich ein I eintippen konnte, versuchte der Computer ungeduldig, mein Ansinnen zu erraten, und stellte mir die Begriffe »G-Punkt«, »Giles Wareing«, »Gicht« und »Gicht UK« zur Auswahl. Ich klickte die falsche Stelle an und durchsuchte die Site der UK-Wellnessvereinigung versehentlich nach meinem eigenen Namen. Zu meiner Überraschung gab es für Giles Wareing ein Ergebnis. Ich glaubte nicht mal an Wellness. Der unterstrichene, anklickbare Text lautete: »Das hat mich unheimlich aufgeheitert!« Natürlich klickte ich.

Es war ein Link zu einem Artikel, den ich vor drei Jahren verfasst hatte. Darin ging es um den Bericht über eine Abendgesellschaft von Nudisten in Kent, der ins Depressionsforum von www.wellness.co.uk gestellt worden war. Unter dem Link standen mehrere Kommentare: »sehr witzig«, »manchmal muss jeder lachen – tolle Medizin!« und »Wareing ist ein Gennie ganz egal wer er ist!!« Eine Frau hatte sogar geschrieben, sie habe nach dem Lesen des Artikels den Mut gefunden, zum ersten Mal seit vier Tagen wieder das Haus zu verlassen. Ich klickte auf den Link und las den Artikel nochmal. Er war ziemlich witzig, witziger als ich ihn in Erinnerung hatte, und erfüllt von einer neuen Schärfe, die, wie ich jetzt wusste, einigen chronisch depressiven Menschen Freude bereitet hatte. Er rückte alles in die richtige Perspektive, besonders all die Leserbriefe von Nudisten, die von den Zeitungen damals veröffentlicht worden waren. Ja, vielleicht war der Artikel, wie ein wütender Nackter es formuliert hatte, »herablassend, anzüglich und in mehreren Punkten fehlerhaft«, aber wenn er einigen Agoraphobikern die Kraft gab, rasch zum Einkaufen zu huschen, hatte er einen höheren Zweck erfüllt. Wenn Menschen, die ans Haus gefesselt sind, über Leute lachen können, die ohne Klamotten essen, dann besteht für uns alle noch Hoffnung.

Ich hörte, wie die Haustür aufging und wieder zufiel, wie sich Carolines Schritte auf der Treppe näherten und mit jedem Absatz die Tonart wechselten. Vor der letzten Biegung, die zum Arbeitszimmer hinaufführte, blieb sie plötzlich stehen und rief durch die Zimmerdecke.

»Hier liegen überall Bleistifte.«

»Ich hab den Heizungsschlüssel gesucht.«

»Irgendwas zu berichten?«

»Ich soll keine Muscheln essen.«

»War der Hund draußen?«

»Ich habe Gicht.«

»Er muss aber raus.«

»Ich bin gichtkrank.« Eigentlich war der Schmerz nur noch ein Schatten seiner selbst und äußerte sich nur in einem gelegentlichen Stechen, gerade stark genug, um zu zeigen, wo er saß, um sich seinen Platz zu reservieren. »Ich bin gichtig.« Das Wort »gichtig« gab es. Ich hatte im Wörterbuch nachgesehen. Es gab auch »gichtisch«.

Ein ausgebrannter Lieferwagen, aus dessen zerdrückter Motorhaube schwarze Kabel hervorquollen, schmückte den Eingang zum Roundworm Park. Die Reifenspuren im dicken Schlamm zeigten, wie der Wagen ins Schlingern gekommen und herumgeschleudert worden war, bevor er auf einer plattgedrückten Parkbank seine letzte Ruhestätte gefunden hatte. Jemand hatte eine Schlafcouch zur Hecktür hinausgeschoben und in Brand gesteckt, aber sie hatte nicht richtig Feuer gefangen. Ich ging zur nächsten Bank, setzte mich und legte den Gichtfuß auf den Absatz des aufgeschnürten Stiefels. Der Hund setzte sich und starrte mich an, stand dann auf und starrte mit erwartungsvoll wedelndem Schwanz. Er hatte mich noch nie auf einer Bank sitzen sehen. Normalerweise drehten wir auf dem bröckeligen Weg zügig eine Runde um den Park, eine Strecke von knapp einem Kilometer, und gingen dann wieder zur Pforte hinaus. Manchmal drehte ich auch zwei Runden, aber es mir auf einer Bank bequem zu machen gehörte nicht zu meinem Programm. Schließlich trottete der

Hund davon und machte einen großen Bogen um einen Hund, mit dem er sich nicht allzu gut verstand.

Die Sonne war herausgekommen und trocknete die Schlammwülste, die unter den Reifen des Wagens hervorgequollen waren, als er einem rostigen Abfalleimer um Haaresbreite auswich. Der Roundworm Park war struppig und ungepflegt, ein abgenutztes Fleckchen Grün am westlichen Rand von London, doch es gab eine treue Anhängerschaft von Hundeausführern, Schulschwänzern und alten Männern, die sich dort trafen, um vor dem Mittagessen ein Schlückchen zu trinken. Die Polizei schien von dem Park keine Notiz zu nehmen, das war offenbar das Geheimnis seiner Beliebtheit.

Am anderen Ende der Wiese nahm der Hund seine übliche Krümmstellung ein und schob sich behutsam durchs hohe Gras. Ich schloss die Augen, ließ die Sonne auf meine Lider brennen und sah ein warmes Rot. Ich fühlte mich alt und müde, aber mit einem unterschwelligen Hochgefühl, weil mich jemand für ein »Gennie« hielt. Die Verbindung von Überschwang und falscher Schreibweise erschwerte es vielleicht, den Standpunkt zu respektieren, doch die Übertreibung wirkte eher verspielt als verfehlt, und das falsch geschriebene Wort konnte leicht ein Tippfehler sein. Wer auch immer dieser Depressive sein mochte, ich war geneigt, nur das Beste von ihm zu denken. Oder von ihr. Und zum ersten Mal seit vielen Monaten dachte ich kurz darüber nach, dass ich mich ganz ordentlich geschlagen hatte. Ich hatte mehr erreicht, als ein im Grunde ehrgeizloser Mensch erwarten konnte. Ich hatte Frau und Kinder und eine kleine berufliche Nische, in der ich ungestört von der Möglichkeit echten Erfolgs arbeiten konnte: Mein Telefon klingelte, aber nicht zu oft. Alles, was mir zu tun blieb, war, Gicht zu bekommen und zu sterben, und da war ich meinem Zeitplan bereits voraus. Plötzlich wackelte die Bank. Jemand anders hatte sich hingesetzt.

Ich schlug die Augen auf und erkannte die Frau sofort: die

scharfen, alterslosen Gesichtszüge, die ungekämmte schwarz gefärbte Haarmähne mit dem grauen Streifen am schiefen Mittelscheitel, der riesige, leicht nach links geneigte Busen, der unförmige Mantel, die makellosen schwarzen Lederturnschuhe. Ich sah sie fast jeden Tag im Park herumwatscheln oder auf ihrer gewohnten Bank sitzen. Anfangs fand ich sie verdächtig, weil sie keinen Hund hatte. Fast alle, die in den Roundworm Park kamen, hatten einen Hund. Die dort herrschende Gesetzlosigkeit machte ihn für Hunde zu einem idealen Ort. Leute ohne Hund konnten nichts Gutes im Schilde führen.

Aber da war noch etwas anderes: Sie nahm mich nie zur Kenntnis. Es war üblich, jeden, dem man im Park ständig begegnete, dezent zu grüßen, aber sie erwiderte nie meinen Gruß, deshalb ging ich ihr aus dem Weg. Wenn sie da war, vergewisserte ich mich stets, welche Richtung sie eingeschlagen hatte, bevor ich meine Runde drehte. Normalerweise ging sie gegen den Uhrzeigersinn, und ich tat es ihr nach, folgte ihr in einiger Entfernung und verlangsamte meine Schritte, um der unerträglichen Aussicht vorzubeugen, sie überholen zu müssen. Im Allgemeinen hielt ich am liebsten zwei Bänke Abstand. Wenn sich unsere Wege aufgrund einer Fehleinschätzung dennoch kreuzten, zwang mich die Höflichkeit, ein Hallo zu murmeln und einmal mehr ihr Schweigen hinzunehmen. Zuerst bedauerte ich sie, weil ich sie für geistig verwirrt hielt, doch dann fiel mir auf, dass sie sich mit den meisten anderen, denen sie begegnete, angeregt unterhielt. Warum bekam ich eine Sonderbehandlung? In letzter Zeit ärgerte es mich, dass immer *ich* ihr aus dem Weg ging, denn manchmal ging sie langsamer oder blieb einfach stehen und zwang mich, dasselbe zu tun.

Jetzt saß sie neben mir. Das war nicht mal ihre gewohnte Bank. Einen Augenblick dachte ich, sie wolle vielleicht Streit provozieren, doch dann begriff ich, dass ihre Bank sich jetzt unter dem ausgebrannten weißen Lieferwagen befand. Trotzdem, warum sollte sie sich auf einer Bank niederlassen, auf der jemand saß, den sie schon dutzendfach ignoriert hatte? Warum fand sie die Situation nicht genauso peinlich wie ich?

Das betretene Schweigen wurde mit der Zeit unerträglich. Nach einer zu langen Pause sagte ich leise: »Schöner Tag« und blickte in ihre Richtung. Sie schaute zu Boden. Lächelte sie? Beinahe, aber nicht richtig. Sie sagte nichts. Sie sah zum Parkeingang hinüber und drehte den Kopf, sodass ihr leerer Blick über mein Gesicht glitt. Ich schaute geradeaus, spürte, wie der Schweiß am Haaransatz kribbelte. Der Hund kam wieder auf uns zugetrottet, blieb aber stehen, um am Inhalt einer Plastiktüte zu schnuppern. »Komm her, Hund!«, rief ich. In der Öffentlichkeit benutzte ich nie seinen Namen, denn er hieß Philippa.

Der Hund machte mehrere Umwege und beschrieb, mit der Nase am Boden, enge Kreise, bevor er sich endlich der Bank näherte. Ich stand auf und machte ein paar Schritte in Richtung Eingangspforte, aber der Hund kam nicht bei Fuß. Ich ging ein paar Meter weiter, in der Hoffnung, der Hund würde neben mir auftauchen, doch er tat es nicht. Also drehte ich mich um und sah, wie er an der ausgestreckten Hand der schwarzhaarigen Frau schnupperte. Die Frau neigte ihm den Kopf entgegen und sagte ganz deutlich »Na, du«. Sie sprach mit meinem Hund! Fuchsteufelswild drehte ich mich um und ging auf direktem Weg zum Eingang, mitten durch ein Minenfeld aus Hundescheiße und Schlamm. Ein heißer Strom pulste durch meinen großen Zeh. Als ich die Pforte erreichte, pfiff ich laut und beharrlich, bis der Hund endlich herüberkam.

Eine Suche mit »Giles Wareing Nudist« brachte keine weiteren Ergebnisse. Bei einer Suche mit dem schlichten alten »Giles Wareing« wurden, wie ich aus Erfahrung wusste, mehrere hundert Dokumente angezeigt, voller Verweise auf Leute, die denselben Namen trugen, aber nachweislich nicht ich waren, herausgeklaubt aus irgendeinem Online-Stammbaum oder aus der Teilnehmerliste eines kanadischen Wohltätigkeitslaufs im Jahre 1997. Es gab den Pfarrer Giles Wareing aus Frome und den hervorragenden Astronomen Dr. Giles Wareing, einen Experten für die Topographie des Jupiter. Es gab Fotos von anderen Giles Wareings, die Machu Picchu besuchten, vor ihrem ersten eigenen Haus posierten oder vor der Tapete eines schmuddeligen Festsaals Preise entgegennahmen und gleichzeitig mit rot glühenden Pupillen Hände schüttelten. Ich ging die ersten paar Dutzend Websites durch, doch alle, die auf mich verwiesen, kannte ich schon. Keine stammte aus jüngster Zeit, die meisten waren verschlungene Links zur Amazonseite für mein Buch *Die Geschichte des irischen Whiskeys* (Verkaufsrang 236981). Ich versuchte, die Suche zu verfeinern, indem ich mehr Begriffe eingab, aber es nützte nichts. Ich probierte andere Suchläufe aus, andere Suchmaschinen, Suchmaschinen, die andere Suchmaschinen durchsuchten, aber nach zehn Jahren als freiberuflicher Autor schien ich in der Welt oder zumindest im Internet weniger Eindruck hinterlassen zu haben als die meisten Giles Wareings, darunter auch einer, der Ende des 16. Jahrhunderts gestorben war. Falls sich noch andere Geisteskranke von meinem Werk erbaut fühlten, ließen sie nichts darüber verlauten. Das Telefon klingelte.

»Hi, Giles, hier spricht Ken.«

»Ken.«

»Müssen wir uns Sorgen machen?«

»Dass was passiert?«

»Dass Ihr Text eintrifft, bevor wir in Druck gehen?«

3

Raritäten: Der König der Münzen

Die wertvollste amerikanische Münze hat, wie alle seltenen Münzen, eine eigenartige Geschichte: Prägeanstalten wollen keine Raritäten erschaffen. Gewöhnlich versuchen sie das zu vermeiden. Amerikanischen Münzdokumenten zufolge wurden in den ersten Monaten des Jahres 1804 insgesamt 19 570 Silberdollars geprägt, bevor man beschloss, diese Münzserie einzustellen. Anscheinend gab niemand seine Silberdollars aus: Fast alle wurden über die Westindischen Inseln nach Europa exportiert, wo sie wegen ihres hohen Silbergehalts über dem Nennwert gehandelt wurden. Da die etwa gleich große spanische 8-Real-Münze in Amerika weit verbreitet war, vertrat die Regierung den Standpunkt, das Land könne auf den Silberdollar verzichten.

1804 steckten die Vereinigten Staaten noch in den Kinderschuhen. Der dritte Präsident Thomas Jefferson strebte seine Wiederwahl an. Außerdem unternahm Amerika seine erste bedeutende Militäraktion nach dem Unabhängigkeitskrieg und führte lieber Krieg gegen die kleptokratischen Barbareskenstaaten der nordafrikanischen Küste, als den Piraten, die im Mittelmeer ständig Schiffe ausraubten, Schutzgeld zu zahlen.

Durch eine Fügung des Schicksals wurden fast alle 1804 geprägten Silberdollars nach Afrika exportiert, wo die amerikanischen Seestreitkräfte gegen Tripolis vorgingen. Es heißt, der größte Teil des Geldes sei für den waghalsigen Landangriff einer von amerikanischen Seeleuten geführten, aus Arabern und Berbern bestehenden Söldnertruppe auf die tripolitanische Stadt Derna verwendet worden. Aus diesem Grunde kehrten nur wenige von den Silberdollars, die nach Afrika geschickt worden waren, auf amerikanischen Boden zurück. Heute existieren nur noch fünfzehn echte Exemplare, obwohl im Lauf der Jahre immer wieder gefälschte Dollars aufgetaucht sind.

1999 brachte ein besonders hoch geschätztes Exemplar bei einer Versteigerung mehr als 4 Millionen Dollar, der höchste Preis, der je für eine Münze bezahlt wurde. Aufgrund seiner Seltenheit nennt man den Silberdollar von 1804 auch den König der amerikanischen Münzen, eine Herrschaft, die bestimmt noch weitere zweihundert Jahre Bestand haben wird.

Giles Wareing

In der Nacht kehrte die Gicht zurück, wenn auch nicht mit derselben Heftigkeit. Vorsichtshalber hatte ich vier Schmerztabletten genommen und eine Flasche Wein getrunken. Außerdem hatte ich mich ins Gästezimmer verzogen. Ich schlief erst kurz vor Morgengrauen ein, und als ich aufwachte, war das Haus leer.

Der Kaffee in der Kanne war kalt. Ich wärmte eine Tasse in der Mikrowelle auf, ging mit den Papieren in mein Arbeitszimmer und schaltete den Computer ein. Ich sah mir den Artikel über den Silberdollar in der Zeitung an. Den letzten Satz hatten sie um ein paar Wörter gekürzt, aber wahrscheinlich nur aus Platzgründen.

Nachdem ich meine E-Mails durchgesehen hatte, tippte ich ein g in das Feld am Fuß des Bildschirms. Der Computer stellte mir Folgendes zur Auswahl:

```
G-Punkt
Giles Wareing
Giles Wareing + klug
```

```
Giles Wareing + hervorragend
Giles Wareing + Fan
Giles Wareing + bester
Giles Wareing + witzig
Giles Wareing + Genie
Giles Wareing + toll
Giles Wareing + Journalist
Giles Wareing + ergreifend
Giles Wareing + anerkannt
Giles Wareing + anerkannt - Jupiter
Giles Wareing + Autor
Gicht
Gicht UK
```

Ich musste herausfinden, wie ich diese Begriffe loswerden konnte. Vielleicht konnte ich die Funktion ausschalten, wenn ich wusste, wie sie hieß. Also schickte ich eine E-Mail an die Hilfeadresse meines Internetproviders BubbleNet:

`Wie wird der Vorgang genannt, wenn man etwas in ein Feld tippt und der Computer zu erraten versucht, was man schreiben will, indem er auf der Grundlage dessen, was man vorher in dieses Feld (d.h. die Suchmaschine) eingegeben hat, eine Liste »hilfreicher« Vorschläge macht? Wie kann ich das abstellen? Giles Wareing.`

Dann wandte ich mich wieder der Suchmaschine zu und gab »Giles Wareing + inspiriert« ein. Nichts. Das Telefon klingelte.

»Hi, Giles, hier spricht Linda von der Zeitung.«

»Linda. Wie läuft's denn so im Immobilienteil?«

»Ich bin jetzt für Gesundheit zuständig.«

»Tatsächlich? Seit wann denn?«

»Seit etwa zwei Jahren.«

»Anscheinend haben wir uns ziemlich lange nicht mehr gesehen.«

»Ich glaube nicht, dass wir uns schon persönlich begegnet sind.«

»Nein. Sie haben recht.«

»Ich wollte Sie etwas fragen.«

»Ja.«

»Könnten Sie bis nächsten Dienstag einen kurzen Artikel für unsere Gesundheitsseite schreiben?«

»Worüber?« Es entstand eine längere Pause. Ich wollte gerade nochmal nachfragen, als sie endlich mit der Sprache herausrückte.

»Tja, ein kleines Vögelchen hat mir gezwitschert, dass Sie Gicht haben.«

»Wer hat Ihnen das erzählt?«

»Ken.«

Der verdammte Ken von der Zeitung. Der Zeh pochte dreimal im Rhythmus meines Herzschlags. Meine mögliche Zukunft lief vor meinem geistigen Auge ab: wie ich über meine Gicht im Radio sprach, den verkrüppelten Zeh im Morgenfernsehen vorführte, auf der Jahrestagung der Britischen Gichtgesellschaft die Begrüßungsansprache hielt und spezielle Wagen für Gichtkranke bei den öffentlichen Verkehrsmitteln forderte. Die jungen Leute würden meine ernsten Warnungen, dass Gicht nicht nur alte Menschen betraf, ignorieren, weil sie mir ansahen, dass ich alt war. Man würde mich stets mit Gicht in Verbindung bringen, auch wenn ich mich noch über andere Gelenkkrankheiten ausließe. Bei jedem Interview mit mir würden die Redakteure in der Schlagzeile geschmacklose Wortspiele verwenden wie »Es werde Gicht«. In den Läden würden sich die Leute mit den Ellbogen anstoßen und flüstern: Ist das nicht dieser Gichtmensch? Selbst meine Freunde würden mich Gicht-Giles nennen, um mich von ihren anderen Bekannten, die Giles hießen, zu unterscheiden. So würde es ablaufen. Es sei denn, ich sagte, ich sei zu beschäftigt. Oder lehnte einfach ab. Ablehnen konnte man immer.

»Wie viele Wörter?« Der Hund, der hinter mir in einem Lichtfleck auf dem Boden lag, schnappte plötzlich nach einer schläfrigen Fliege. Eine CD-Hülle auf meinem Schreibtisch fing einen weiß blitzenden Lichtstrahl ein, der wie ein im Käfig flatternder Vogel aussah. Ich zuckte zusammen und drehte mich um. Philippa sah mich an und schlug mit dem Schwanz auf den Teppich, ihr Blick erfüllt von einer hoffnungslosen, verzweifelten Sehnsucht.

Der ausgebrannte weiße Lieferwagen bewachte noch immer den Parkeingang. Die schwarzhaarige Frau saß genau wie am Vortag auf ihrer neuen Bank und starrte mit ihrem benommenen, undurchdringlichen Halblächeln auf die Wiese. Ich machte mich im Uhrzeigersinn auf den Weg, in der Hoffnung, sie könnte nach meiner Runde verschwunden sein. Aber ich schaffte die Runde überhaupt nicht. Die Gicht machte sich wieder bemerkbar. Ich fingerte nach der Packung Schmerztabletten in der Brusttasche meines Hemds. Es waren noch drei Stück übrig. Ich setzte mich auf die nächste Bank und schluckte alle.

Es war bewölkt und kalt, doch in der Luft lag eine angenehme bleierne Stille, was allem eine unmittelbare Präsenz verlieh. Von irgendwo drang mit seltsamer, echoloser Klarheit das Scharren und Krachen von Bauarbeiten herüber. Die schwarzhaarige Alte unterhielt sich gerade mit jemandem, der hinter ihrer Bank stand. An der lindgrünen Windjacke und dem silberweißen Haar, einer Farbkombination, die man auch aus doppelter Entfernung erkannt hätte, sah ich sofort, dass es Colin war. Er warf den Kopf zurück, und im nächsten Augenblick war sein Gelächter zu hören. Anscheinend gab er ihr etwas. Eine seiner Visitenkarten? Suchte die Alte einen Anstreicher?

Der Hund kam mit einem an einem Seil befestigten lila Tennisball angelaufen, den ich noch nie gesehen hatte. »Wo hast du den her?« Eine große Frau kam mit ihrem Jagdhund auf mich zugestapft. »Der gehört dir nicht«, sagte ich in entschiedenem Ton. »Aus.« Ich streckte die Hand nach dem Seil aus, doch Philippa knurrte bedrohlich.

Irgendwas stimmt nicht mit der Geschirrspülmaschine. Offensichtlich war Caroline zu Hause gewesen, während ich mich im Park aufhielt. Die Nachricht endete mit einem schnörkeligen Pfeil, der auf ein Glas auf der schneeweißen DIN-A4-Seite zeigte. Das Glas war mit einem sandigen Belag überzogen, einem hart gewordenen Bodensatz, der vom Spülzyklus nicht aufgelöst worden und beim Trocknen festgebacken war. Ich öffnete die Spülmaschine und entdeckte weitere Gläser mit einer ähnlichen Kruste, allerdings war das Phänomen auf den oberen Korb beschränkt. Ich war diesem Problem schon ein paar Mal begegnet und wusste sofort die Ursache: Zitronenkerne.

Der Spülvorgang der Maschine wird von zwei frei wirbelnden Plastikpropellern in Gang gesetzt. Diese werden vom Druck des heißen Wassers angetrieben, das aus den präzise ausgerichteten Löchern in den Propellerblättern herausschießt. Einer hängt direkt unter dem oberen Korb, der andere direkt unter dem unteren. Zitronenkerne, die in die Geschirrspülmaschine gelangen, werden irgendwann in den Zulauf und durch die hohlen Blätter gesogen, wo sie sich in den Löchern festsetzen und den Wasserfluss blockieren. Wenn genug Löcher verstopft sind, drehen sich die Propeller nicht mehr, und dann spült die Maschine nicht richtig. Nach meiner Erfahrung sind nur Zitronenkerne so groß, dass sie die Düsen verstopfen können, und zugleich so klein, dass sie durch den Zulauf passen. Manchmal gelangen ungeröstete Popcornkerne in die Maschine, aber die sind schwerer als Zitronenkerne und landen eher im Schmutzfilter. Sie stellen nicht dieselbe Bedrohung für einen wirkungsvollen

Spülvorgang dar. Theoretisch könnten jedoch Pinienkerne ein Problem sein.

Die beiden Propeller lassen sich leicht abnehmen, aber es dauert eine Weile, die Zitronenkerne herauszubekommen. Das ist so ähnlich wie der Versuch, ein Plektron aus dem Inneren einer Gitarre zu holen: umdrehen, schütteln und warten, bis sie durch den in der Mitte gelegenen Zulauf herausfallen. Wenn der Spülvorgang deutlich beeinträchtigt ist, können sich in jedem Propellerblatt bis zu einem Dutzend Kerne befinden. Als Betätigung ist es dem Verfassen eines Artikels über die eigene Gicht gerade noch vorzuziehen, und man hat eher das Gefühl, etwas geleistet zu haben. Am Ende brauchte ich für das Ganze, einschließlich Fernsehpausen, ungefähr eine Stunde.

Als ich schließlich nach oben ging, fand ich dort die erstaunlich gründliche E-Mail eines gewissen Vikram von BubbleNet Support. Er schilderte mir drei verschiedene Arten, die sogenannte »Inline AutoComplete-Funktion« auszuschalten. »Hoffentlich sollte das Ihr Problem lösen. Ich versichere Sie jederzeit meiner besten Absichten, Vikram.« Die am wenigsten verwirrende Methode bestand darin, jeden Vorschlag einzeln zu markieren und dann die Löschtaste zu drücken. Innerhalb weniger Sekunden war ich alles los bis auf

```
Giles Wareing + witzig
Gicht uk
```

Ich markierte den zweiten Eintrag. Dann klickte ich, und der Cursor sprang direkt links neben das w von »witzig«. Und dann änderte ich den Eintrag in »Giles Wareing + geschmacklos« und drückte Return. Es gab bloß ein einziges Ergebnis, aus dem Archiv eines Weblogs – Bens Blog. Der betreffende Satz lautete: »Ganz zu schweigen von diesem geschmacklosen Idioten Giles Wareing.«

Ein Steinchen fiel in den Abgrund meiner Seele, und ich hörte sein leises Echo.

Die Gicht ersparte mir einen Sonntagmorgenausflug ins Schwimmbad. Der Schmerz war fast ganz verschwunden, seit ich die entzündungshemmenden Pillen einnahm, die man mir nach der Blutprobe verschrieben hatte, aber ich musste noch ein bisschen an dem Gichtartikel für die Zeitung arbeiten und das kurze Telefoninterview mit einem neunundzwanzigjährigen Gichtkranken niederschreiben – dem Jüngsten, den ich auftreiben konnte, ausfindig gemacht mit Hilfe der Britischen Gichtgesellschaft. Nach einem langen Bad humpelte ich um elf in mein Arbeitszimmer hinauf. Der Computer war schon eingeschaltet. Zu meiner Überraschung standen auf meinem Schreibtisch eine leere Rotweinflasche und ein halbvolles Glas. Ich wusste nicht mal mehr, dass ich am Abend zuvor heraufgekommen war. Ich ging ins Internet und sah, dass ich die Suchmaschine zu meiner Startseite gemacht hatte. Auch daran konnte ich mich nicht erinnern. Mit einem unguten Gefühl tippte ich ein g in das Feld und erhielt

```
Giles Wareing + schrecklich
Giles Wareing + schlecht
Giles Wareing + Klischee
Giles Wareing + entsetzlich
Giles Wareing + Hass
giles Wareing + Loer
giles Wareing + Loser
Giles Wareing + alt
giles Wareing + Schwachsinn
giles wareing + beschissen
Giles Wareing + selbstgefällig
Giles Wareing + ätzend
```

Giles Wareing + Arschloch
Giles Wareing + Idiot
Giles Wareing + geschmacklos
Giles Wareingscheiße
Gicht UK

Ich konnte mich nur noch dunkel an meine Nachforschungen erinnern, und auch das nur anhand der vorliegenden Beweise: dem Glas, der Flasche, meinem Kater und den Einträgen, die von der Inline AutoComplete-Funktion günstigerweise angezeigt wurden. Aber ich glaubte mich an Entsetzen und Verärgerung zu entsinnen, an einen erhöhten Pulsschlag, der sich auch jetzt wieder einstellte. Das Ganze kam mir vor wie ein Traum, verstärkt durch einen spürbaren Schmerz, wie bei dem vereisten Baumstamm und meinem Zeh, doch das hier war wirklich passiert, während der Baumstamm genau genommen ein literarischer Kunstgriff war.

Jedenfalls hatte ich keine Ahnung, welche Suchbegriffe diese Gefühle hervorgerufen hatten, und im Augenblick hatte ich nicht den Mut, es herauszufinden. Stattdessen setzte ich den Kopfhörer auf und arbeitete pflichtbewusst an dem zwanzigminütigen Interview mit dem gichtkranken Julian Garrett aus New Alresford in Hampshire.

4

Ein lästiger Schmerz im Zeh
Giles Wareing leidet an Gicht

Der Schmerz begann im ersten Gelenk meines linken großen Zehs. Ich hob den riesigen Stein von meinem Fuß und trat vorsichtig einen Schritt zurück, aber als ich den Felsbrocken fallen ließ, war der Zeh wieder vorgerückt und wurde unter dem Gewicht des Steins begraben. Immer wieder versuchte ich mich zu befreien, und überlegte in meiner Hilflosigkeit, wie ich die Sache anders angehen könnte. Dann wachte ich auf.

Die Szenerie löste sich in Luft auf, doch der Schmerz blieb und pulsierte im Gleichtakt mit meinem Blut. Ich lag zu Hause im Bett. Die LED-Anzeige meines Weckers blinkte im Dunkeln: 2:04 Uhr. Ich schaltete das Licht an und untersuchte den Zeh. Möglicherweise war er leicht geschwollen, aber ich war mir nicht sicher. Die Haut war straff und seltsam trocken. Meine Frau Caroline erwachte, war aber noch zu schläfrig, um den Ernst der Lage erfassen zu können. Da ich sie nicht wach halten wollte, erbot ich mich, ins Gästezimmer umzuziehen, doch sie kam mir zuvor.

Der Schmerz wurde immer schlimmer. Schon bald konnte ich nicht mehr stillliegen. Das Gewicht der Steppdecke auf meinem Fuß war unerträglich. Um 4:25 Uhr hörte ich den Milchmann die leeren Flaschen einsammeln. Allein das Geräusch ließ mich zusammenzucken: Schließ-

lich befand er sich ganz in der Nähe und trug bedenklich schwere Sachen. Der Schmerz war heftig und scharf, physikalisch unmöglich wie ein in heißer Butter steckendes Messer.

Am nächsten Morgen tat es nicht mehr so weh, aber auf Carolines Drängen ging ich zum Arzt. Zu meinem Erstaunen stellte er Gicht fest.

Das Wort Gicht stammt vom lateinischen gutta, *also Tropfen, ab, einem Ausdruck, der einst für alle Krankheiten verwendet wurde, die durch einen Abfluss von Körpersäften gekennzeichnet waren. Heute leiden 840 von hunderttausend Menschen an Gicht – allein über 150 000 in Großbritannien. Es ist die häufigste entzündliche Gelenkerkrankung bei Männern über vierzig, beschränkt sich aber nicht auf Menschen mittleren Alters. Bei Julian Garrett aus Hampshire wurde die Krankheit im Alter von 29 Jahren festgestellt …*

»Ich dachte, es wäre eine Ärztin gewesen.« Caroline war heraufgekommen und blickte über meine Schulter, während ich am Küchentisch saß. Sie las schneller als ich.

»Beim ersten Mal, aber bei der Blutabnahme im Krankenhaus war es ein Arzt. Man muss sich kurzfassen.«

»Und ich hab dir auch nicht gesagt, dass du zum Arzt gehen sollst. Du warst schon unterwegs, bevor ich aufgewacht bin.« Sie setzte sich mir gegenüber, nahm sich die Zeitung und blätterte darin.

»Ja, ich weiß, aber wenn man mich für einen Hypochonder hält, geht es nicht um Gicht, sondern darum, was für ein Idiot ich bin.« Ich machte eine Pause, damit sie mir widersprechen konnte, aber sie tat es nicht. Sie blätterte eine Zeitungsseite um. »Es ist ein Artikel über Gesundheit«, sagte ich. »Er soll informativ sein, und kein Bekenntnisjournalismus.« Ich hielt inne. Caroline schien mir nicht länger zuzuhören, und ich spürte, dass ich ein Plädoyer zu halten begann. Und außerdem entsprach der Rest des Artikels der Wahrheit. Abgesehen vom Gewicht der Steppdecke. Das Gewicht der Steppdecke war nicht unerträglich geworden. Das hatte ich bloß irgendwo gelesen.

Die Bildunterschrift unter dem Foto eines trübsinnig dreinblickenden Julian Garrett lautete: »Die Gefahren des Yuppietums: Garretts Partyleben führt mit 29 zu Gicht«. Darüber würde er bestimmt äußerst unglücklich sein, aber ich hatte es nicht geschrieben, obwohl genau das dabei herauskommt, wenn man in Hampshire lebt: Gicht mit neunundzwanzig und ein Zeitungsfoto, auf dem man eine Fliege trägt.

»Da ist ein Brief für dich«, sagte Caroline. Ich blickte auf. Sie hatte sich eindeutig vor kurzem das Haar schneiden lassen, vermutlich am Vortag. Sie faltete die Zeitung zusammen, drehte sie wie ein Tablett auf den Fingerspitzen herum und hielt sie mir vor die Nase. Ich betrachtete die obere Hälfte der Leserbriefseite.

Man erwartet ja gar nicht, dass Giles Wareing ein Münzexperte ist, aber ist es zu viel verlangt, die Fakten zu überprüfen (Raritäten: Der König der Münzen, 21. Okt.)? Mag den Lesern seine Geschichte von Piraten und dem Wagemut amerikanischer Seeleute auch gefallen haben, so übersieht der Artikel doch ein wichtiges Detail: 1804 wurden gar keine 1804er Silberdollars geprägt. Es gibt keine »echten Exemplare«.

David White
London

Normalerweise bin ich immun gegen Beschwerdebriefe irgendwelcher Pedanten, besonders wenn sie das Wort »Wagemut« benutzen, doch diesmal schien mir ein großer Fehler unterlaufen zu sein. Ich spürte, wie mir vor Verlegenheit das Blut in die Wangen schoss, wie eine Woge der Übelkeit in mir aufwallte, spürte die scharfen Blicke Tausender unsichtbarer Augenpaare – Augen von Leuten, die genau in diesem Moment diesen Leserbrief lasen und über meine lächerliche Stümperhaftigkeit nachdachten. Wie konnte mir bloß etwas so Wesentliches entgehen? Andererseits, war das wirklich meine Schuld? Was sollte ich mir beim Anblick eines Silberdollars mit der Jahreszahl 1804 schon denken? Warum waren 1804 bloß keine 1804er Dollars geprägt worden? Woher hatte ich die Piratengeschichte? Caroline lächelte mich breit an.

»Du vertust dich nicht gern, was?«

Einen Augenblick kam es mir vor, als sei meine Irrtumsfähigkeit grenzenlos. Wo hatte ich mich sonst noch vertan? Vom Barbareskenkrieg hatte ich vor der vergangenen Woche noch nie gehört. Vielleicht hatte der auch nicht stattgefunden.

Der Arzt im Krankenhaus hatte mir Krücken mitgegeben, die ich noch nicht benutzt hatte. Doch jetzt war ich so mitleidsbedürftig, dass ich sie aus dem Kleiderschrank holte und mich zum Roundworm Park schleppte. Der Hund bellte die ganze Zeit und biss jedes Mal in die rechte Krücke, wenn sie den Boden berührte. Ein paar Leute starrten mich an, aber nicht gerade mitleidig. An der Pforte lief mir Colin über den Weg. »Alles klar, Guy? Wie geht's dir denn so?« Er nannte mich immer Guy. Er betrachtete den Hund, der inzwischen fast den ganzen Lack unten an der Krücke abgekaut hatte. Ich fuchtelte drohend mit der Krücke vor Philippa herum und zischte: »Aus!«, doch sie schnappte sich das Ding bloß und lief damit in den Park.

»Kann nicht klagen«, sagte ich. Wir hielten inne, um zu beobachten, wie der Hund die Krücke neuerlich mit den Zähnen packte, dann in schrägem Galopp durchs hohe Gras lief und die Gummispitze hinter sich über den Boden schleifte.

»Tja. Ich wollte mal vorbeikommen, um mit deiner Frau über die Küche zu sprechen.« Colin hatte unser Haus innen und außen gestrichen, wofür er fast vier Jahre gebraucht hatte. Als er letzten Sommer mit der Rückseite des Hauses fertig geworden war, brauchte die Küchendecke, wo er begonnen hatte, bereits einen neuen Anstrich, doch mehrere dringliche und geheimnisvolle Geschäftsvorhaben hatten ihn davon abgehalten, mit der Arbeit anzufangen.

»Sobald du Zeit hast, Colin«, sagte ich. »Wir haben's nicht eilig.«

»Na prima«, erwiderte er. »Echt großzügig.« Der Hund lag inzwischen in sicherer Entfernung im Gras und kaute eifrig auf dem oberen Teil der Krücke herum. Im Krankenhaus gab es hauptsächlich Metallkrücken mit angewinkelten Armstützen, die ich unwillkürlich mit dauerhaften Beschwerden oder Degeneration in Verbindung bringe. Deshalb hatte ich mir extra Holzkrücken geben lassen.

»Ich hab dich neulich mit der Schwarzhaarigen reden sehen, die da drüben sitzt.«

»Du meinst Maria? Die kennst du doch, oder?«

»Nein«, sagte ich. »Sie weigert sich, meine Existenz zur Kenntnis zu nehmen.«

»Oh. Soll ich ein gutes Wort für dich einlegen oder so?« Plötzlich sah er besorgt aus und blickte in beide Richtungen wie ein Erdmännchen. Vermutlich war das seine Art, ein Gespräch zu beenden.

»Nein«, sagte ich, »ist nicht nötig.« Er hatte die Straße schon halb überquert.

»Ich komm vorbei«, rief er, den Daumen in die Luft gestreckt. »Mach's gut.«

Zu Hause erwarteten mich keine neuen Nachrichten, was ich als gutes Zeichen wertete. Als ich online ging, entdeckte ich noch mehr Gutes: Es gab einen Barbareskenkrieg. Dann kehrte ich zurück zu meiner Startseite, holte tief Luft und tippte ein g in das Feld.

In Verbindung mit den Wörtern »schrecklich«, »schlecht«, »Klischee« und »entsetzlich« brachte der Name Giles Wareing keine unschicklichen Ergebnisse, doch jedes einzelne Klicken glich einer weiteren Runde Russisches Roulette. Bei dem Wort »Schwachsinn« zuckte ich zusammen, und als ich all meinen Mut zusammennahm, um noch einmal zu klicken, und es plötzlich an der Haustür klingelte, bekam ich einen riesigen Schrecken. Es war vier Uhr.

Dienstags hörte ich immer um vier auf zu arbeiten, damit ich mich um die Jungen kümmern konnte, bis Caroline aus der Buchhandlung nach Hause kam. Als ich die Tür öffnete, brüllte der Jüngere seinem Bruder ins Gesicht: »Ich! bin! nicht! DOOF!« Über ihre Köpfe hinweg sah ich, wie die Mutter eines anderen Schülers – Helen oder Harriet oder so – mir aus ihrem Wagen zuwinkte. »Danke!«, rief ich und winkte zurück. Als ich die Tür schloss, gab mir der Kleine einen braunen Umschlag. »Das ist für dich, Dad.«

»Was ist das?«

»Das ist ein Brief von der Schulschwester«, sagte der Ältere. Der Kleine war an mir vorbeigeschlendert, hatte seine Büchertasche fallen lassen, seine zerfetzte Schmusedecke vom Geländer genommen und war schweigend ins Wohnzimmer gelatscht. Der Fernseher ging an.

Ich riss den Umschlag auf. Darin befand sich ein Formbrief auf mehrfach fotokopiertem Schulbriefpapier, auf dem die Leerstellen mit blauem Kuli ausgefüllt waren:

Liebe Eltern,

Ihr Kind DARBY musste heute wegen einer KOPFVERLETZUNG, AUF DEM SPIELPLATZ ZUGEZGN, zur Schulschwester.

Art der Behandlung: KALTE KOMPRESSE AUFGELEGT.

Bitte achten Sie darauf, ob Ihr Kind weitere Symptome zeigt, und ziehen Sie, falls erforderlich, einen Arzt zu Rate.

Hochachtungsvoll, Vivienne Flynn
Schulschwester

Ich ging ins Wohnzimmer und strich dem Kleinen beiläufig durch die Haare, um nach Beulen zu suchen. Er zog den Daumen aus dem Mund.

»Lass das, Dad.«

»Kann ich dir eine Frage stellen?«

»Was denn, Dad?«

»Wer ist Darby?«

»Er ist mein Freund, aber jetzt nicht mehr.«

»Hast du dich heute mit Darby geprügelt?«

»Ja, aber ich hab nicht am Kopf geblutet, das war er. An seinem Kopf.«

»Womit hast du ihn denn geschlagen?«

»Ich kann nichts sehen, Dad.«

»Antworte mir«, sagte ich in einer tieferen Stimmlage. »Womit hast du ihn geschlagen?«

»Mit einem Stück Backstein.« Sein Bruder kam herüber, um sich an dem Verhör zu beteiligen.

»War es ein Spielstein oder ein richtiger Backstein?«, wollte er wissen. Ein wichtiger Punkt, das musste ich zugeben.

»Richtiger Backstein.«

»Warum hast du ihn damit geschlagen?«, fragte ich. »Das ist nicht besonders nett.« Plötzlich stiegen ihm Tränen der Empörung in die Augen.

»Aber er hat damit zuerst geworfen und mich getrefft, hier, an! meinem! Kopf!« Er fasste sich an den Kopf und begann theatralisch zu schluchzen.

»Schon gut, nicht weinen«, sagte ich gütig und tastete nach der Beule. »Ist Darby ein sehr ungezogener Junge?«

»Nein, Dad. Er ist ein Mädchen.«

Caroline rief um sieben an.

»Hi.«

»Hi.«

»Hör mal, heute ist Lisas letzter Tag, da gehen wir nach Feierabend alle noch in den Pub.« Ihre Stimme hatte bereits die schwerzüngige Ausgelassenheit warmen Champagners. Sie atmete verdächtig lange aus. »Ich komme nicht so spät.«

»Rauchst du gerade?«

»Nein. Und du?«

»Nein.«

»Also dann. Irgendwelche Neuigkeiten?«

»Nein. Ach … wir haben versehentlich Darbys Brief von der Schulschwester erhalten. Muss ich da irgendwas unternehmen?«

»Das ist eine üble Göre.«

»Ich hab die Schulliste gefunden. Muss ich ihre Eltern anrufen? Sie und Freddy hatten eine Auseinandersetzung.«

»Herrgott, bloß keine Sorge. Das kläre ich morgen.«

»Okay.«

»Okay. Mach's gut.«

»Du auch.« Der Ältere stand neben mir.

»War das Mum?«

»Ja.«

»Kommt sie nach Hause?«

»Nein, es wird spät.«

»Kann ich so lange aufbleiben?«

»Nein.«

»Kann ich dann Bonbons haben?«

»Ja.«

Diesmal füllte ich das Weinglas vorsichtshalber bis zum Rand und ließ die Flasche in der Küche stehen. Das Arbeitszimmer war in das violette Sonnenuntergangslicht des Computerbildschirms getaucht, auf dem ein entsprechendes Bild zu sehen war. Es verblasste allmählich und wurde durch grellrosa Blumen ersetzt. Ich drückte die Maus, und mit kaum hörbarem Klacken tauchte meine Startseite auf. In dem Feld stand noch immer

Ich ersetzte »Schwachsinn« durch alle möglichen Formen von »beschissen«: insgesamt acht Ergebnisse. Als ich die Liste überflog, zog sich mir der Magen zusammen, und mein Herz schlug schneller: »... noch mehr beschissenes Zeug von Giles Wareing ...«, »der unglaublich beschissene Giles Wareing«, »dieser untalentierte, beschissene Giles Wareing ...«. Die nächsten paar Ergebnisse waren Online-Nachdrucke eines uralten Interviews mit einem Schauspieler, der ständig fluchte, aber ganz am Ende der Liste kam der Todesstoß, schlicht und ohne Umschweife: »Giles Wareing = beschissen«.

Einen Augenblick lang hegte ich die verzweifelte Hoffnung, die boshafteren Kommentare könnten von verärgerten Astronomen stammen, die sich mit dem Jupiter-Wareing überworfen hatten, doch alle standen auf derselben Website, dem Archiv einer Mailingliste namens MedienGewitterUK. Eigentlich handelte es sich bloß um Links zu meinen Artikeln, mit einem Kommentar drunter und dem Benutzernamen desjenigen, der den Link eingerichtet hatte. Alle stammten von derselben Person: Salome66.

Am Fuß der Liste beginnend, klickte ich jeden Link an und las jeden Artikel. Ich begriff nicht, wie Salome66 eine sechshundert Wörter umfassende Lobeshymne auf das Kassettentonband lesen und daraus schließen konnte, ich sei untalentiert und unbedeutend. An dem Essay war nicht das Geringste auszusetzen. Alle Kommas standen an der richtigen Stelle. Ich hatte sofort das Gefühl, dass ihre achtlos dahingeworfene Boshaftigkeit etwas Einseitiges hatte und mich unnötig bloßstellte. Meine Artikel waren selten dazu angetan, dass man sich den Namen des Verfassers merkte oder sich von ihm gar eine feste Meinung bildete. Dennoch schien Salome66 hinter meinen wenigen Worten zu verschiedenen nützlichen Themen ein abstoßendes Geschöpf zu wittern, das ihren Groll und ihre Beschimpfungen verdiente.

Auch wenn ich nicht berühmt war und es eigentlich keine Öffentlichkeit gab, für die ich schrieb, war ich – zugegebenermaßen erst nach stundenlangem Suchen – auf eine kleine Lichtung gestoßen, wo über meine Fähigkeiten diskutiert wurde: ein Ort der kurzgefassten Beurteilung, der bisher nur in meinen wildesten Albträumen existiert hatte.

Aber vielleicht auch nicht. Sonst hatte niemand einen Kommentar angefügt, ob Pro oder Kontra, obwohl die entsprechende Funktion zur Verfügung stand. Ihr Ton legte zwar nahe, dass sich andere Benutzer ihrer Site zweifellos ihrem Urteil anschließen würden, doch gab es im ganzen Archiv – das ich bis zum letzten Winkel durchsucht hatte – keinen Beweis, dass jemand den Standpunkt von Salome66 teilte, würdigte oder sich auch nur dafür interessierte. Ihre Ansichten mit solcher Leidenschaft in eine antwortlose Leere zu schicken, erschien mir verrückt.

Für jemanden, der Zeit und Lust hatte, solche Schmähungen gegen einen Niemand wie Giles Wareing auszusprechen, konnte ich nur Mitleid empfinden, aber noch größeres Mitleid empfand ich für Giles Wareing, einen Menschen, der es – sogar nach seiner eigenen Einschätzung – nicht wert war, kritisiert zu werden, weder mit Bedacht noch unüberlegt. So ungern ich es auch zugab, weder ich noch meine Arbeit waren dazu angetan, starke Gefühlsregungen hervorzurufen. In gewisser Hinsicht war es schmeichelhaft, dass sich jemand dafür interessierte. Und doch spukte mir die unfertige, aber letztlich nicht mehr zu vereinfachende Gleichung weiter im Kopf herum: Giles Wareing = beschissen. Um ein Uhr nachts vor dem Computerbildschirm, vierzig, gichtkrank und betrunken, kam sie mir beinahe richtig vor.

Ich weiß nicht mehr, was passierte, nachdem ich hinunterging, um die Flasche zu holen.

5

Ich träumte, dass ich nicht schlafen konnte. Der Traum war schrecklich real: Carolines vertraute Silhouette im Dunkeln, das Laternenlicht, das durch den Spalt im Vorhang fiel, die Klebrigkeit der feuchten Bettlaken, während ich mich mit wachsender Frustration von einer Seite auf die andere wälzte, außerstande, von dem Gedanken abzulassen, dass Darbys Eltern nicht nach weiteren Traumasymptomen suchten. Erst als der Wecker klingelte, merkte ich, dass Tageslicht durch die offenen Vorhänge strömte und Caroline nicht neben mir lag. Darum hörte das Klingeln nicht auf.

Ich fand Caroline im Gästezimmer, klein und verfilzt, wie ein Tier, das mit einem Schluck Wasser in einen Pappkarton gelegt wurde, nachdem der Hund es gezaust hatte. Ein Eichhörnchen, das in der Nacht gestorben war. Ich stieß sie behutsam an. Dann nicht so behutsam.

»Wie spät ist es?«, fragte sie mit knirschenden Stimmbändern.

»Halb acht.«

»Du musst die Kinder in die Schule bringen. Ich bin krank.« Plötzlich fiel mir auf, dass ich mich selbst nicht besonders gut fühlte, aber es war der falsche Augenblick, um es anzusprechen.

Freddy saß wie ein Zombie auf meinem Schoß, während ich ihm die Schuluniform anzog. Beim Frühstück wiederholte der

Ältere im Tonfall verschiedener Radiosprecher immer wieder dieselben Worte.

»Dad, ich will Shreddies haben.«

»Wie fühlst du dich heute?«

»Kurze Unterbrechung.«

»Nicht gut.«

»Hast du Kopfschmerzen?«

»Ja.«

»Kurze Unterbrechung.«

»Ich auch.«

»Aber ich will heute nicht in die Schule, Dad.«

»Machst du dir Sorgen wegen Darby?«

»Nein.«

»Kurze Unterbrechung.«

Am Schultor war Darby nicht zu übersehen: eine sehr große Fünfjährige mit rotem Haar und einem Klammerpflaster über dem Auge. Ich musste an das Mädchen in der Arztpraxis am Morgen meines Gichtanfalls denken und bekam ein schlechtes Gewissen, gefolgt von einem leichten Stechen in meinem Zeh.

Auch Darbys Mum war unschwer zu erkennen, angesichts der Tatsache, dass sie einen längeren Streit mit ihr ausfocht, den Darby zu gewinnen schien. Sie war eine dieser Frauen, deren Aussehen den Verstand sofort zum Schweigen bringt, die mich, würde sie an meiner Haustür klopfen, gegen meinen Willen dazu bringen könnte, den Stromanbieter zu wechseln. Solchen Frauen bin ich immer aus dem Weg gegangen oder habe es zumindest versucht. Das war nie besonders schwer.

Unglücklicherweise war Freddy hingelaufen und zog jetzt an Darbys Arm, um sich ihre Wunde genauer ansehen zu können. Darby beendete den Streit mit ihrer Mutter, bei dem es anscheinend um ihr Lunchpaket ging, mit einer leidenschaftlichen Verteidigungsrede und begann dann um sich zu schlagen. Ich sah mich gezwungen hinüberzuschleichen und den Jungen schützend an mich zu ziehen.

»Hi«, sagte ich ein bisschen zu gut gelaunt. »Ich bin Freddys Dad. Giles.«

»Oh, hi«, sagte Darbys Mum und starrte mich mit seltsamem, forschendem Gesichtsausdruck an. Ich spürte, dass ich errötete. »Vielen Dank für den Anruf gestern Abend.«

Ich drängte meine aufwallende Angst zurück. Hatte ich wirklich angerufen? Wann? Wann hatte ich angerufen?

»Tut mir leid, dass es so spät war«, sagte ich und suchte nach einer wasserdichten Erklärung. »Ich hab den Brief erst entdeckt, als alle schon im Bett lagen, aber ich hielt es für besser, Ihnen Bescheid zu sagen.« Aus irgendeinem Grund schlug mich Darby mit ihrer Büchertasche, doch ich brachte es nicht über mich, sie anzusehen.

»Ist schon okay, ich war um die Uhrzeit sowieso noch auf.« Um welche Uhrzeit?

»Heute geht's ihr aber wieder gut, oder?« Darby schlug ihre Büchertasche immer wieder gegen mein Bein. Es war irgendetwas Schweres darin, das sich wie eine Billardkugel anfühlte.

»Es ist nicht so schlimm, wie es aussieht«, erwiderte Darbys Mum. »Ich war gestern nach der Schule deswegen noch bei der Schwester.«

»Wie Sie gesagt haben«, mutmaßte ich.

»Ja.« Darby erwischte mich direkt am Schienbein. Ich sah sie an. Sie blickte mit blinzelnden großen blauen Augen auf.

»Bist du Freddys Daddy?«

»Ja.«

»Freddy ist mein Freund.«

»Bin ich nicht«, sagte Freddy.

Darby machte einen Riesenschritt auf ihn zu, stemmte die Füße auf den Boden, schob ihr Gesicht ganz nah an seins und schrie: »BIST DU DOCH!«

Zu Hause warteten keine neuen Nachrichten. Ich ergriff die Gelegenheit, um belastende Beweise aus meinem Arbeitszimmer zu schaffen: zwei leere Weinflaschen und drei Gläser. Caroline fing mich im Flur vor dem Gästezimmer ab, als ich nach unten kam.

»Ich dachte, jemand, der Gicht hat, sollte weniger Alkohol trinken.«

»Das gilt nur für Bier«, sagte ich, während mein Kopf schmerzte, als würde darin eine Schraube festgedreht. Sie folgte mir die Treppe hinunter und beobachtete schweigend, wie ich die Flaschen in den vollen Recyclingschrank zu zwängen versuchte. Mir schien, als müsste ich mich für irgendetwas entschuldigen, das ich gesagt oder getan hatte, aber mir fiel kein entsprechender Vorfall ein. Caroline starrte angestrengt auf den Kalender. Sie wirkte nicht wütend, aber es lag eindeutig etwas in der Luft, ein Thema, das darauf wartete, angesprochen zu werden. Ich begann, die Sachen im Recyclingschrank umzuräumen, und holte ein paar schlecht gestapelte Dosen und die Apfelsafttüten heraus.

»Die nehmen die Tüten nicht mehr an«, sagte ich. »Wegen dem Wachs.« Das stimmte. Ein Mann mit schütterem Haar und einem Klemmbrett in der Hand war vorbeigekommen, um mir die Neuigkeit mitzuteilen. Wenn man den ganzen Tag zu Hause ist, werden einem solche Informationen oft persönlich überbracht. Ich dachte an das gertenschlanke Mädchen mit den grauen Augen, das an der Tür geklingelt und mich überredet hatte, den Stromanbieter zu wechseln. Ich dachte an Darbys Mum mit ihrem kühlen, forschenden Blick und den blassen Sommersprossen, die ihr Schlüsselbein sprenkelten.

»Du musst dich mal wegen deinem Geburtstag entscheiden«, sagte Caroline. Ich schloss den Schrank und stand auf.

»Nein, ich glaube, ich mache nichts.«

»Es ist dein Vierzigster. Da solltest du irgendwas machen. In einer Woche ist es zu spät, um die Leute einzuladen.«

»Ich finde nicht, dass es was zu feiern gibt. Ich bin vierzig.

Ich habe Gicht. Das sind schon die Highlights.« Ich gab meiner Stimme einen unangenehmen Klang. Caroline hielt inne, um es anders zu versuchen.

»Wenn deine Freunde rausfinden, dass du vierzig bist, werden sie sich fragen, warum sie nicht zu deiner Party eingeladen waren.«

»Welche Party? Und da wir gerade davon sprechen, welche Freunde überhaupt?«

»Ich hole rasch einen Stift, und dann machen wir eine Liste, ja?« Mein Herz begann zu pochen. Meine Mundhöhle fühlte sich an wie frisch verputzt. Ich riss die Geschirrspülmaschine auf, und mir schlug ein warmer, feuchter Lufthauch entgegen.

»Alles sauber«, sagte Caroline mit metallischem Triumphton in der Stimme. Ich nahm ein heißes, funkelndes Glas aus dem oberen Korb und hielt es vors Fenster.

»Und wem«, fragte ich, »haben wir das zu verdanken?«

An jenem Morgen beschloss ich, die Worte von Salome66 meinem eigenen Wohlbefinden zuliebe nie mehr zu betrachten, doch im Laufe des Tages ließ meine Entschlossenheit nach. Bis zum Mittag hatte ich schon zweimal nachgesehen, ob sie irgendetwas Neues geschrieben hatte. Fehlanzeige. Ich fügte die Website meinen Lesezeichen hinzu, um den Zugang zu erleichtern.

Dann ging ich mit dem Hund in den Park. Es sah nach Regen aus, und ich schien den ganzen Park für mich allein zu haben. Ich verließ den Weg und suchte mir ein verstecktes Plätzchen zwischen den Brombeersträuchern. Ich dachte, ein Augenblick schmerzlichen Nachdenkens könnte mir das Gefühl für mich selbst wiederbringen, doch es rückte nur die Nachwehen meines Katers in den Vordergrund. Ringsum begannen kalte Regentropfen im Gras zu landen. Ich blickte in den Himmel und ließ sie über meine Wangen strömen. Das war angenehm, als würde man jemand anders für sich weinen lassen. Der Hund tauchte aus dem

Brombeerdickicht auf, das Fell voller Fuchsscheiße. Ich schaute auf meine Armbanduhr: noch achtzehn Tage bis vierzig

Bei meiner Rückkehr wartete eine Nachricht vom Gichtjungen auf mich, in der er sich über die Bildunterschrift beklagte. Ich beschloss, ihm später per E-Mail zu antworten, wusste aber insgeheim, dass ich es nicht tun würde. Erst am Spätnachmittag regte sich Salome66 wieder, diesmal mit einem Link zu dem Gichtartikel und dem Kommentar: »noch mehr selbstverliebter Unsinn von Großbritanniens zweitschlechtestem Journalisten«. Es gab keinerlei Hinweis, wer Großbritanniens schlechtester Journalist sein könnte, doch ich verspürte eine perverse Enttäuschung, weil ich nur auf den zweiten Platz gesetzt worden war. Ich klickte auf den Link und las den Artikel nochmal. Wie konnte man ihn nur als selbstverliebt bezeichnen? Hatte Salome66 nichts Besseres zu tun? Ich klickte auf Zurück und stellte fest, dass sie während meiner kurzen Abwesenheit einen weiteren Kommentar abgegeben hatte: »wenn ihr das miserabel findet, dürfte euch das hier gefallen!«, das letzte »das!« rot hervorgehoben und anklickbar. Ich richtete meinen Cursor auf das Wort. In der linken unteren Ecke des Bildschirms erschien eine lange Webadresse, von der mir nur der Anfang vertraut war: Es war die Website der Zeitung. Der Regen wurde stärker, prasselte aufs Dachfenster und steigerte sich zu einem Trommelwirbel. Ich klickte.

Ich wusste, dass die Zeitung, genau wie andere Blätter, eine Art Chatroom betrieb, doch ich hatte ihn mir noch nie angesehen. Hätte ich mir je darüber Gedanken gemacht, hätte ich mir vermutlich ein paar treue Leser vorgestellt, die mit ermüdender Ernsthaftigkeit über aktuelle kulturelle Fragen diskutierten und unterdessen versuchten, miteinander Bekanntschaft zu schließen – ein als Debattiersaal getarnter Club der einsamen Herzen. Vielleicht hätte ich geglaubt, dass es gesonderte Bereiche für Leute gab, die über Musik und Filme diskutieren wollten.

Und vielleicht wäre ich auch darauf gekommen, dass ein kleiner Sektor für Kritik an der britischen Presse im Allgemeinen und dieser Zeitung im Besonderen reserviert war. Ich war allerdings nicht darauf vorbereitet, einen Thread mit dem Titel »Club der Giles Wareing-Hasser« zu finden, eingerichtet von Salome66, mit über 180 verschiedenen Einträgen. Rückblickend war es wohl das, wonach ich die ganze Zeit gesucht hatte. Ein lebenslanger unausgegorener Verfolgungswahn nahm plötzlich Gestalt an: Hier war die Bestätigung, dass die geheimnisvollen Anti-Giles-Wareing-Streitkräfte, die ich mir bisher nur ausgemalt hatte, nicht nur existierten, sondern auch die Zeit gefunden hatten, eine Art informelles Hauptquartier einzurichten. Ich konnte mich nur überwinden, die Einträge zu überfliegen, doch da stand alles: »da könnte ja meine Katze besser schreiben«, »selbstgefällig, geschmacklos, überflüssig«, »Bin derselben Meinung. Wareing ist ein Arsch«. Grimmig lächelte ich über den letzten Satz. Und dann übergab ich mich in den Papierkorb. Das Telefon klingelte. Es war Ken von der Zeitung.

»Hi. Schön, der Gichtartikel gestern.«

»Danke.«

»Was macht Ihr großer Zeh?«

»Wenn Sie anrufen, tut er richtig weh.« Mir war schwindlig. Der Geruch von Erbrochenem trieb unter meinen Nasenlöchern vorbei. Der Regen verwandelte sich in Hagel.

»Hören Sie, tut mir leid, dass ich so spät am Tag noch anrufe, aber können Sie rasch was für die Rubrik ›Wörter, die ich hasse‹ schreiben?«

»Nein. Wie lang?«

»Nur zweihundertfünfzig Wörter, aber ich brauche es innerhalb der nächsten Stunde.«

»Heute geht's nicht. Was für ein Wort denn?«

»Können Sie sich aussuchen. Muss nichts Aktuelles sein.«

»Mir fällt kein Wort ein, das ich hasse.«

»Na los. Das machen Sie doch mit links. So was beherrschen Sie doch aus dem Effeff.«

Ich legte das Telefon hin, öffnete eine Datei und gab »Wareing/Wörter, die ich hasse« ein. Ich versuchte mich zu konzentrieren, aber eine zweite Woge der Übelkeit spülte über mich hinweg, und ich musste die Augen schließen und die Stirn auf die Tastatur legen. Ich atmete langsam und gleichmäßig, wartete, bis die Übelkeit vorüber war. Keine Ahnung, wie lange ich so dasaß, aber als ich endlich wieder aufblickte, war der Bildschirm mit kleinen ys übersät. Insgesamt siebzehn Seiten.

Als Caroline eine Stunde später mit den Jungen nach Hause kam, spritzte ich gerade im Garten meinen Papierkorb aus.

»Was machst du da, Dad?«, fragte der Ältere.

»Ja, was machst du da, Dad?«, fragte auch Freddy.

»Ich spritze meinen Papierkorb aus.«

»Ganz schön pingelig«, sagte Caroline. Sie ging mit dem Älteren ins Haus.

»Warum machst du das?«, fragte Freddy.

»Er hat schon ein bisschen gestunken.«

»Gestunken?«

»Ja.« Carrot glitt zwischen meinen Beinen hindurch und steckte seine Nase in den Papierkorb. Ich spritzte ihn mit dem Schlauch voll, und er flitzte ins Haus zurück.

»Du kannst Carrot nicht leiden, stimmt's, Dad?«

»Nein.«

»Aber Stick konntest du gut leiden.« Stick war Carrots Bruder, geschmeidig, grau und verspielt, voll rätselhafter Intelligenz.

»Ja, das stimmt.«

»Aber Stick ist gestorben.«

»Ja, er ist tot.« Er war schon zwei Tage verschollen gewesen, als wir ihn im Nachbargarten gefunden hatten. Er hatte es noch fast bis nach Hause geschafft, nachdem ihn ein Auto überfahren hatte. Als Caroline ihn aufhob, war er steif wie ein Klippfisch und auf der Unterseite ganz platt gewesen. Während sie ihn im Arm hielt, sträubte der Wind ihm das Fell. Caroline hatte über ihre eigenen Tränen gelacht, aber an jenem Abend vor zwei Jahren zerbrach irgendetwas in mir. Das Gewicht aller künftigen Tragödien, ob potenziell oder unvermeidlich, aller Unglücksfälle, Rückschläge und vorzeitigen Ableben lastete einen Augenblick auf mir, und etwas stürzte zusammen. Irgendwie erschien es mir völlig sinnlos weiterzuleben, jetzt, wo Stick tot war, aber damals habe ich das offenbar keinem Menschen gesagt. Angst stieg in mir auf wie Hochwasser, ging aber nur langsam zurück und hinterließ alles feucht und beschädigt. Zwei Jahre später war mein einziger Gedanke, dass es besser Carrot getroffen hätte.

Caroline beugte sich zur Hintertür heraus.

»Jemand muss mal zum Supermarkt fahren«, sagte sie.

»Und ich bin wohl jemand«, erwiderte ich.

»Sag's, als würdest du daran glauben«, erwiderte sie. »Ich schreibe dir eine Liste.« Die Sonne sank in den Spalt zwischen einer niedrig hängenden Wolke und dem Horizont, und ihre Strahlen fielen auf einen Schwarm kleiner Mücken, die über dem Rasen schwirrten und nach aller Welt Ausschau hielten, als wollten sie eine Botschaft überbringen.

»Ich bin jemand.«

»Na klar, Dad«, bestätigte Freddy. »Das musst du nicht dauernd sagen.«

6

Wörter, die ich hasse, Nr. 871
Wagemut

Angesichts der Tatsache, dass es keine nachweisbaren Beispiele von Wagemut gibt, seit Doppeldecker aus der Mode gekommen sind, ist es an der Zeit, dass wir dieses plumpe, pseudomittelalterliche Wort aus dem Verkehr ziehen. Heutzutage wird es, wenn überhaupt, nur noch von Leuten benutzt, die es witzig finden, ihren Arbeitskollegen zu fragen: »Wo beliebst du heute dein Mittagessen einzunehmen?«, und sich dann wundern, wenn sie keine Antwort erhalten. Auch heute weiß niemand genau, was das Wort bedeutet. Bezieht es sich auf die Taten oder auf den unbekümmerten Mut, den man dafür braucht? Besitzt man Wagemut oder vollführt man ihn? Wagt man Wagemut, ohne es zu wissen?

Für alle, die solche Pseudoarchaismen nicht ausstehen können, mag es ein kleiner Trost sein zu wissen, dass »Wagemut« durch eine Reihe schrecklicher Irrtümer in Gebrauch kam. Erstmals taucht es am Ende von Chaucers Troylus und Cressida auf, in dem Vers »Wagt' er den Mut, der einem Ritter angemessen ist«. 1415 übernahm John Lydgate die Redewendung für sein Troy Book – »Wagend den Mut, erwies er sich als Feigling« –, wobei er es ohne Objekt verwendete (den Mut wozu, John?). In den Drucken des Troy Books aus dem 16. Jahrhundert wurde es oft »Wagen Mut« geschrieben und folglich als archaisches Substantiv aufgefasst, das heißt als eigenständiges Hauptwort. Spenser erklärte »in Wagen Mut« in seinen Anmerkungen zu The Shepearde's Calendar (1579) mit »in Mannhaftigkeit und Ritterlichkeit«, und Sir Walter Scotts Schreibung in Ivanhoe (1819) – »eine Tat von solchem Wage-Mut« zementierte das Missverständnis.

Die alten Ritter frönten nie dem Wagemut, denn zu ihrer Zeit gab es so etwas gar nicht. Das Ganze ist bloß ein schreckliches Missverständnis. Akte geschlossen.

Giles Wareing

DER CLUB DER GILES-WAREING-HASSER
Eingerichtet von Salome66 am 19. 09. 04 um 17:40 Uhr
Mitgliedschaft offen für jedermann!

PawlowsKätzchen - 26. 10. 04 um 23:11 Uhr (193/201)
Wenn irgendwer auf dieser Welt Gicht verdient hat, dann Wareing.

---

nochntoastbitte - 26. 10. 04 um 23:15 Uhr (194/201)
Ich hab den Artikel gelesen. Absolut qualvoll. Als Nächstes schreibt er bestimmt über seine Hämorriden.

Grotius - 26. 10. 04 um 23:23 Uhr (195/201)
Warum glaubt er bloß, dass wir uns für seine Gebrechen interessieren? Tun wir nicht.

Salome66 - 26. 10. 04 um 23:30 Uhr (196/201)
Wenn er schreiben könnte, würden wir's vielleicht tun, aber das war die typische Wareing-Kost: selbstbezogen, ungenügend recherchiert, verzweifelt bemüht, intelligent zu klingen, ohne dass es ihm gelingt. »Wie ein in heißer Butter steckendes Messer.« Also echt.

---

nochntoastbitte - 26. 10. 04 um 23:39 Uhr (197/201)
Giles Wareing ist zum Gähnen

Salome66 - 26. 10. 04 um 23:44 Uhr (198/201)
Kann man wohl sagen. Meine persönliche Einschlafhilfe ist dieser idiotische Artikel, wo er vor einer Weile eine neue Stimmerkennungssoftware testete, indem er den ganzen Artikel in einer Zwangsjacke schrieb - ein einziger lahmer Witz, lahm erzählt.

---

nochntoastbitte - 26. 10. 04 um 23:47 Uhr (199/201)
Den hab ich nicht gesehen. Hört sich eigentlich ganz witzig an, war's aber bestimmt nicht.

---

nochntoastbitte - 26. 10. 04 um 23:49 Uhr (200/201) 200!
Hurra!

Salome66 - 27. 10. 04 um 8:05 Uhr (201/201)
Morgen allerseits. Habt ihr schon den jüngsten Schwachsinn gelesen?

Zurück / Seitenanfang / Kommentar abgeben

Das war nicht das Richtige für den Tagesanfang, obwohl es bereits zu meinen morgendlichen Gewohnheiten zu gehören schien. Den Zwangsjacken-Artikel hatte ich schon ganz vergessen. Es stimmte durchaus, dass die Idee witziger war als die Ausführung, aber das Ganze war nicht auf meinem Mist gewachsen, und ich hatte mich für das Ergebnis nicht verantwortlich gefühlt. Bis jetzt. Mir kam plötzlich jeglicher Wille abhanden, und mich überkam das zermürbende Gefühl, völlig nutzlos zu sein. Meine Zukunft schien wegzubröckeln, meine Vergangenheit war ausradiert, die Gegenwart schmerzbeladen. Dann klingelte das Telefon.

»Hi, Giles, hier spricht Margot.« Margot von der Zeitung. Vorübergehend stellvertretende Kulturredakteurin oder so.
»Hi.«

»Wie geht's Ihrem Zeh?«

»Gut.« Ich betrachtete die Krücken, die jetzt in der Ecke lehnten, vom Hund angekaut und mit getrocknetem Schlamm gesprenkelt. So konnte ich sie nicht zurückgeben.

»Hören Sie, ich rufe auf gut Glück an. Ich habe einen wirklich tollen Auftrag zu vergeben und suche jemanden, der ihn übernehmen kann. Hätten Sie nicht Lust, Cher Fitzpaine zu interviewen?«

»Ein Junge namens Cher?« Cher Fitzpaine war ein Journalist, der im Alter von dreißig einen Bestseller über seine Entziehungskur geschrieben hatte. Ich kannte Leute, die ihn kannten. Vielleicht war ich ihm sogar ein paar Mal begegnet, doch ich konnte mich nicht mehr daran erinnern.

»Genau der. Sein neues Buch kommt raus. Ein Roman. Allerdings müssten Sie ziemlich schnell fertig sein. Wir wollen das Ganze am Freitag bringen.«

»Wann ist das Interview?«

»Um halb zwei.«

»Heute?«

Um halb zwei war ich erst in der Tottenham Court Road, und ich musste noch Batterien für meinen Kassettenrecorder besorgen. Bei Fitzpaines Agent hatte ich bereits eine Viertelstunde Verspätung. Dort ließ man mich eine weitere Viertelstunde warten, was mir die Möglichkeit gab, die erste Seite von *Ein Junge namens Cher* viermal zu lesen, ohne irgendetwas zu verstehen. Als er auftauchte, las ich sie gerade zum fünften Mal.

»Hi, Giles. Wie geht's? Schönes Hemd.« Er streckte die Hand aus. Ich wusste nicht, ob er sich wirklich an mich erinnerte. Ich wusste auch nicht, ob ich mich an ihn erinnerte. Er war klein. Seine Frisur und sein Anzug sahen kostspielig aus. Er trug große, glänzende Schuhe, und hinter seiner Drahtbrille schauten kleine mattblaue Augen hervor. Sein Hemd war weiß und frisch gewaschen, wenn nicht sogar brandneu. Alles an ihm sah frisch aus. Als ich ihm die Hand schüttelte, stellte ich fest, dass das verschwommene geistige Bild, das ich mir jahrelang von ihm gemacht hatte, in Wirklichkeit jemand anders war. Am Handgelenk trug er eine klobige Armbanduhr.

»Hi, Cher, schön, Sie …« Ich konnte mich nicht zwischen »zu sehen« und »kennenzulernen« entscheiden, also ließ ich den Satz in der Schwebe und räusperte mich. »Sollen wir uns an den Tisch setzen?«

»Er wird Chair ausgesprochen«, sagte er. Ich sah ihn verständnislos an.

»Was denn? Der Tisch?«

»Mein Name.«

»Tatsächlich?«

»Es ist die Kurzform von Cheriton.«

»Oh. Das hab ich gewusst«, sagte ich, und das stimmte auch. Von irgendwoher. Vielleicht waren wir uns doch schon einmal begegnet.

»Es ist die erste Zeile des Buches«, sagte er und deutete mit dem Kopf auf das Paperback, das ich noch in der Hand hielt. Ich betrachtete das Cover: Der Titel war mit Kokainlines auf schwarzem Hintergrund geschrieben. Das Paperback sah aus wie ein zerknittertes, eselsohriges, oft aufgeschlagenes Lieblingsbuch. Ich hatte es erst vor einer knappen Dreiviertelstunde gebraucht gekauft.

»Stimmt«, sagte ich.

Während wir am Tisch saßen, zogen draußen hinter den verrußten Fenstern dunkle Wolken auf. Ich wollte ihn gerade fragen, wie es gewesen war, als ein Junge namens Chair aufzuwachsen, als er die Hand ausstreckte und meinen Ärmel berührte.

»Das ist ein echt tolles Hemd«, sagte er. »Wo haben Sie das her?« Ich betrachtete mein Hemd. Es war blau. Hatte er das sarkastisch gemeint? Er lächelte, und mir fiel plötzlich auf, dass er Kaugummi kaute. Ich überlegte, ob ich mir das notieren sollte.

»Aus dem Wäschekorb«, antwortete ich. »Ich hatte es ziemlich eilig.« Sein Gesicht blieb ausdruckslos. Er kaute einen Augenblick. Wusste er, dass ich einen Scherz gemacht hatte? Fand er ihn nur nicht besonders witzig? Sollte ich ihn nach seinem Hemd fragen? Es war weiß. Schneeweiß. Sonst brauchte ich nichts zu wissen.

»Okay«, sagte er und beugte sich nach rechts, um meine linke Seite zu mustern. »Erzählen Sie mir mehr über die Hose.«

Irgendwann schaltete ich ab, ließ den Kassettenrecorder Fitzpaines Antworten lauschen und stellte ab und zu eine Frage von meiner rasch hingekritzelten Liste. Man musste ihn nicht lange bitten, er redete unaufhörlich, und eine Anekdote jagte die andere. Manchmal schrieb ich auf meinen Block ein kryptisches Zeichen, als fände ich etwas, das er gesagt hatte, besonders aufschlussreich oder bemerkenswert. Nach etwa vierzig Minuten hörte er auf zu reden und starrte mich erwartungsvoll an. Ich rutschte auf dem Stuhl hin und her, ließ meinen Stift fallen und stieß mich an der Tischkante, als ich ihn wieder aufheben wollte.

»Also«, sagte ich, blickte an Fitzpaines Quadratschädel vorbei und versuchte mich zu konzentrieren. Ein paar Regentropfen klatschten ans Fenster. »Also. Wie werden Sie mit Ihrer, ähm, Berühmtheit fertig? Macht Ihnen das nicht zu schaffen?«

Zwanzig Minuten später saß ich in einem Burger King in der Oxford Street, trank einen Kaffee und zerfloss in Selbstmitleid.

Als ich die Haustür öffnete, sah ich einen Luftpolsterumschlag auf der Fußmatte liegen. Darin befand sich ein Probeabzug von Cher Fitzpaines neuestem Buch, ein Roman mit dem Titel *Triff mich an der Theke*. »Urkomisch und zugleich erschütternd« lautete das auf der Rückseite stehende Urteil einer Autorin, die, wie ich zufällig wusste, auch bei Fitzpaines Agent unter Vertrag war – die Taschenbuchausgabe ihres neuesten, halbwegs gut verkauften Moderomans hatte er gut sichtbar in seinem Büro ausgestellt. Der Hund kauerte auf dem Treppenabsatz und schlug erwartungsvoll mit dem Schwanz auf den Teppich.

»Na gut«, sagte ich. »Komm.«

Die Schwarzhaarige saß auf ihrer Bank. Inzwischen war es zu einem peinlichen kleinen Ritual geworden, dass Philippa zu ihr hinübertrottete und sie ihn tätschelte und mit ihm sprach, während ich dumm an der Pforte herumstand und so tat, als würde ich mich für ein laminiertes DIN-A4-Blatt interessieren, das am Maschendrahtzaun des Hundeauslaufs flatterte. »RETTET DEN ROUNDWORM PARK«, stand auf dem Zettel und dass in der Spielhütte eine Versammlung der Freunde des Roundworm Parks stattfinden sollte, auf der über Verbrechen, Vandalismus und die Pläne diskutiert werden würde, solch üble Dinge wie Quadrennen und Tennisplätze im Park einzuführen. Ich fragte mich, ob an Sommernachmittagen das angenehme Ping und Pock der Tennisbälle bis zu meinem Arbeitszimmer zu hören sein würde. Dann verzog ich mich auf eine weit entfernte Bank und holte *Triff mich an der Theke* von Cher Fitzpaine hervor:

Nachts streifte das Mädchen durch seine Träume, eine neblige Landschaft, weichgezeichnet durch Pillen und Alkohol und bevölkert von namenlosen, schwammgesichtigen Gespenstern. Nur das Mädchen war deutlich zu erkennen: ihre grünen Augen, das durchsichtige Kleid, die hochhackigen schwarzen Manolos, die sie an dem Tag gekauft hatte, an dem sie sich kennengelernt hatten …

Das war mindestens so schlecht, wie ich erwartet hatte. Neben den Klischees und der Kleidermanie war es auch ziemlich hirnverbrannt. Die Hauptfigur war ein besser aussehender Fitzpaine, frisch aus der Entziehungskur, und das Mädchen, das er verführen wollte, ein tschechisches Model, das kokainsüchtig war und einen Gangster als Freund hatte. Ihr Schamhaar, erfährt der Leser auf Seite neun, ist in der Form eines Fragezeichens rasiert.

Ich stellte mir die Verrisse vor, die das Buch erleiden, den zusätzlichen Ruhm, den Fitzpaine daraufhin ernten, und den Hass, den all das bei völlig fremden Menschen auslösen würde. Ich versuchte mir vorzustellen, wie er die Aufmerksamkeit genoss, die er bewirkt hatte, der zentralen Botschaft jedoch keine Beachtung schenkte: Dein Buch ist miserabel, du bist ein Trottel, ein Stück Scheiße. Wahrscheinlich hatte er ein dickes Fell, aber ich bekam eine Gänsehaut, wenn ich daran dachte.

Hinter dem Buch saß der Hund erwartungsvoll vor einem durchnässten, aufgeplatzten Tennisball, sein Blick unfassbar zuversichtlich.

DER CLUB DER GILES-WAREING-HASSER
Eingerichtet von Salome66 am 19. 09. 04 um 17:40 Uhr
Mitgliedschaft offen für jedermann!

---

nochntoastbitte - 27. 10. 04 um 11:14 Uhr (202/212)
Den Mut wozu, Giles? Den Mut, ein Arschloch zu sein?

Salome66 - 27. 10. 04 um 13:04 Uhr (203/212)
Ein trauriger kleiner Mann, verliebt in seine eigenen Ansichten

---

Lordhaha - 27. 10. 04 um 14:22 Uhr (204/212)
Was hat dieser Kerl gegen Wagemut? Ist er ein Feigling?

---

platsch - 27. 10. 04 um 14:43 Uhr (205/212)
Ich hab diesen Mist heute früh gelesen, ohne zu wissen von wem er stammt. Schlampig hingeworfenes Zeug.

Salome66 - 27. 10. 04 um 15:17 Uhr (206/212)
Könnte das hier erklären, warum er das Wort so hasst? Das stand vor ein paar Tagen auf der Leserbriefseite:

Man erwartet ja gar nicht, dass Giles Wareing ein Münzexperte ist, aber ist es zu viel verlangt, die Fakten zu überprüfen (Raritäten: Der König der Münzen, 21. Okt.)? Mag den Lesern seine Geschichte von Piraten und dem Wagemut amerikanischer Seeleute auch gefallen haben, so übersieht der Artikel doch ein wichtiges Detail: 1804 wurden gar keine 1804er Silberdollars geprägt. Es gibt keine »echten Exemplare«.
David White
London

Grotius - 27. 10. 04 um 15:26 Uhr (207/212)
Ha ha! Was für ein Idiot! Gut gemacht, David White aus London! Wie hast du das entdeckt, Salome?

---

nochntoastbitte - 27. 10. 04 um 15:29 Uhr (208/212)
Ich hab den Artikel nicht gesehen. Um was für einen Fehler ging's denn?

Salome66 - 27. 10. 04 um 15:32 Uhr (209/212)
Ich hab im Archiv einfach nach Wagemut gesucht.

Grotius - 27. 10. 04 um 15:38 Uhr (210/212)
Toasty, es war ein Lückenfüller über die »wertvollste Münze der Welt«, den Wareing eindeutig aus dem Internet geklaut hat, und trotzdem ist es ihm dabei gelungen, die wesentlichen Fakten zu verdrehen.

---

nochntoastbitte - 27. 10. 04 um 16:01 Uhr (211/212)
Schmeißt Giles Wareing raus!

Grotius - 27. 10. 04 um 17:56 Uhr (212/212)
Giles, wenn du das hier liest, bring dich bitte um.

Zurück / Seitenanfang / Kommentar abgeben

Ich las die Einträge. Es war zwei Uhr nachts, und die Direktheit des Vorschlags überraschte mich. Es war, als hätte man mich beim Lauschen ertappt. Und doch glühten mir wegen der Ungerechtigkeit des Ganzen die Ohren. Man hatte mir genau eine Stunde gegeben, um den Wagemut-Artikel zu schreiben, und seine Inhaltslosigkeit stand außer Frage. In der Zeitung erschienen jeden Tag Dutzende von inhaltslosen Artikeln. Warum wurde gerade dieser herausgegriffen? Warum wurde ich herausgegriffen? Warum wurden 1804 keine 1804er Silberdollars geprägt?

Ich klickte auf »Kommentar abgeben« am unteren Bildschirmrand und wurde mit den Worten begrüßt:

SIE SIND NICHT ANGEMELDET
Um Kommentare aufs Talkboard senden zu können, müssen Sie registrierter Benutzer sein. Wenn Sie nicht registriert sind, klicken Sie hier, um sich anzumelden.

Ich klickte und füllte die erforderlichen Felder aus. Mein Benutzername wurde akzeptiert. Ich meldete mich an, klickte auf »Kommentar abgeben«, tippte ein paar Worte in das Kästchen und klickte auf »Senden«. Kurz darauf kehrte ich zu dem Thread zurück, und da stand alles.

MisterBlister - 28. 10. 04 um 2:22 Uhr (213/213)
Ich fandden Wagemut-Artikel witzig.

Vielleicht hätte das Ganze einen etwas größeren Effekt gehabt, wenn es redigiert worden wäre, aber in diesem Kreis war es bestimmt umstritten. Es würde Staub aufwirbeln.

Aber vielleicht nicht um halb drei in der Nacht. Ein paar Minuten lang lud ich den Thread mehrmals neu und wartete auf eine Antwort. Ich griff nach meinem Weinglas, stieß es um, und es zersplitterte auf dem Fußboden und brachte meine kurze Nachtwache zu einem natürlichen Abschluss. Mit drei Schritten schaffte ich es, ohne das Licht anzuschalten und nur in Socken, unversehrt aus dem Zimmer.

Als ich am nächsten Morgen nach unten kam, saßen die Jungen schon beim Frühstück. Ich sah zu, wie sich Freddy Cornflakes in den Mund schob und sein wütend kauendes Gesicht aufsetzte.

»Morgen.«

»Hallo«, sagte der Ältere, ohne aufzublicken.

»Du siehst furchtbar aus«, sagte Caroline.

»Wo sind meine Gichtpillen?«, fragte ich.

»Wann bist du denn ins Bett gegangen?«

»Ich dachte, ich hätte sie hier liegenlassen.«

»Plagt er dich immer noch?«

»Wer?«

»Dein Zeh.«

»Oh. Ja, kann man sagen.«

Während der Computer warmlief, sammelte ich die Glasscherben einzeln auf und legte sie auf eine alte Zeitung. Der Hund schnupperte an den Weinflecken auf dem beigen Teppich. Mir war schwindlig. Als das Modem bereit war, piepte der Computer. Im Club-der-Giles-Wareing-Hasser-Thread gab es zwei neue Nachrichten. Mein Herz begann zu pochen, ich summte eine Melodie, als wollte ich mich davon ablenken. Dann klickte ich.

MisterBlister - 28. 10. 04 um 2:22 Uhr (213/216)
Ich fandden Wagemut-Artikel witzig.

Lordhaha - 28. 10. 04 um 9:11 Uhr (214/216)
Unter uns ist ein Verräter!

---

nochntoastbitte - 28. 10. 04 um 9:32 Uhr (215/216)
MisterBlister, ich glaube, du BIST Giles Wareing

Salome66 - 28. 10. 04 um 9:40 Uhr (216/216)
Ha! Genau, Toasty! Man kann sich richtig vorstellen, wie der selbstbezügliche Penner mitten in der Nacht seine eigene Pro-Giles-Propaganda postet (tschuldige die Alliteration)!

Zurück / Seitenanfang / Kommentar abgeben

Es war genau 9:41 Uhr. Salomes Kommentar war erst vor einer knappen Minute verfasst worden. Ich schaltete das Internet aus, und dann – ich schäme mich immer noch, es zu schreiben – zog ich mit einem idiotischen, aus Angst geborenen Aberglauben den Modemstecker aus dem Computer. Danach setzte ich mich vor den leeren Bildschirm, streifte den Kopfhörer über und ging mein Interview mit Cher Fitzpaine nochmal durch. Vieles davon war mir völlig neu.

CF: … eigentlich nicht. Ruhm, jedenfalls auf diesem Niveau, ist ziemlich angenehm. Erzählen Sie mir was über die Schuhe.

Ich: Wie gehen Sie mit negativen Kritiken um?

CF: Die machen mir nichts aus. Glücklicherweise waren die Kritiken zu *Ein Junge namens Cher* ziemlich gut.

Ich: Na ja, nicht alle.

CF: Alle, die ich gelesen habe, die mir wichtig sind, waren im Großen und Ganzen …

Ich: Was ist mit persönlichen Angriffen?

CF: Wie meinen Sie das?

Ich: Leute, die im Internet über Sie herziehen, und so was.

CF: Ähm. [Unverständlich]. Dieses Zeug sehe ich mir eigentlich nicht an. So was lässt sich heutzutage wohl nicht vermeiden.

Ich: Aber was ist es für ein Gefühl zu wissen, dass die Leute über Sie herziehen, dass sie Sie da ständig kritisieren und beleidigen, ja, sogar hassen, ohne Sie zu kennen?

CF: Ich weiß nicht. Darüber denke ich nicht nach. Ich meine, ich weiß nicht mal, dass sie es tun.

Ich: Glauben Sie mir. Sie tun es. [Sehr langes, betretenes Schweigen] Und, ist der Anzug neu?

Ich hielt das Band an und durchsuchte das Talkboard nach Fitzpaine. Es gab keine Treffer. Ich sah wieder im Hassclub nach. Ein weiterer Fan des Wortes »Wagemut« hatte sich zu Wort gemeldet – »Auf diese Art entstehen viele Elemente unserer Sprache. Was ist los mit diesem Arschloch?« –, aber das war alles. Das Telefon klingelte.

»Hi, Giles. Hier spricht Margot. Rufe bloß an, um zu sehen, wie Sie vorankommen.«

»Gut.«

»Konnten Sie ein Exemplar des Romans auftreiben?«

»Ja. Der Verlag hat es gestern vorbeigebracht. Ich bin noch nicht besonders weit gekommen. Jammerschade, wenn es gut wäre.«

»Keine Sorge. Ist es nicht. Können Sie den Text bis um fünf an Ken schicken? Ich bin den ganzen Nachmittag weg.«

Als ich auflegte, erstreckten sich die sieben Stunden bis fünf Uhr vor mir. Die angesetzte Zeit kam mir endlos lang vor, besonders weil sich die zweite Seite der Kassette als komplett leer erwies. Ich sah mir meine Notizen zu diesem Teil des Interviews an, die in voller Länge »Geruch? Solariumbräune?« lauteten, und überlegte, ob ich mir ein pochiertes Ei machen sollte. Der Hund spürte die Stimmungsänderung und begann mit dem Schwanz auf den Boden zu schlagen.

»Vergiss es. Es regnet.«

Im Kühlschrank waren keine Eier. Im Brotkasten war kein Brot. Die Obstschale war leer, und auch im Schrank stand nichts Interessantes. Die Küche schien ein öder, verfluchter Ort zu sein. Ich starrte in das nasse Dunkel des Gartens und erwog, doch mit dem Hund in den Park zu gehen. In diesem Augenblick sah ich das Ding auf dem Rahmen des unteren Schiebefensters in der Küche stehen, neben einem welken Rosmarinableger in einem Eierbecher.

Der Heizungsschlüssel. Ich steckte ihn in die Tasche, einen kleinen Messingtalisman, der gelassene Männlichkeit, ruhige Zielstrebigkeit ausstrahlte. Ich spielte mit dem Gedanken, ihn an einer Kette um den Hals zu tragen.

7

Um halb sechs klingelte das Telefon. Ken von der Zeitung.

»Nur zur Erinnerung«, sagte er.

»Der Artikel ist fertig. Ich meine, im Wesentlichen.«

»Super. Ist es ein Wareing-Klassiker?«

»Was soll das denn heißen?«

»Ist es herablassend, anzüglich und in mehreren Punkten fehlerhaft?« Dieser Leserbrief hatte ihm gefallen.

»Es entspricht dem Stil des Hauses, ja.«

»Ich freue mich drauf.«

Als ich nach unten kam, waren die Jungen schon im Schlafanzug, und der Jüngere lag auf dem Sofa, den Daumen im Mund, den Blick auf den Fernseher gerichtet, seine Schmusedecke um den Kopf geschlungen wie ein lockerer Turban. Der Ältere drückte wütend auf seiner tragbaren hölzernen Spielkonsole herum.

»Was spielst du da?«

»Galactor. Ich bin auf Level 4, das ist ziemlich schwer.«

Da ihm Caroline eine Spielkonsole verweigert und sogar seine Paten angewiesen hatte, ihm keine zu schenken, hatte er sich aus einem rechteckigen Brückenpfeiler der stabilen Holzeisenbahn, die ihm und seinem Bruder gehörte, selbst eine angefertigt und mit schwarzem Kugelschreiber sorgfältig einen Bildschirm, eine Schalttaste mit vier Pfeilen und mehrere Knöpfe daraufgemalt, die er mit Stop, Start und A und B beschriftete. Es war eine originalgetreue Nachbildung des neuesten Modells Advantage II, ein Name, den es zufällig mit dem Girokonto gemeinsam hatte, das mir wegen meiner fortlaufenden Verschuldung gewährt worden war. Er arbeitete sich stundenlang durch die unzähligen Levels der verschiedenen Spiele, die er andere Kinder am Schultor hatte spielen sehen. Ursprünglich war ich mir mit Caroline beim Thema Spielkonsole völlig einig gewesen, aber ich fand diese Protestform unheimlich und besorgniserregend und hätte am liebsten nachgegeben.

»Wenigstens benutzt er seine Phantasie«, hatte Caroline gesagt, als ich das Thema zum ersten Mal ansprach.

»Aber nur, um uns zu beschämen.«

»Er spielt gern damit.«

»Genau das macht mir Sorgen.«

Als Caroline jetzt ins Wohnzimmer kam, sah sie seltsam jung aus.

»Bist du für heute fertig?«

»Ja.«

»Kannst du die beiden ins Bett bringen? Ich will nur für ein Stündchen auf die FRP-Versammlung.«

»FRP?«

»Freunde des Roundworm Parks. Ich hab doch gesagt, dass ich hingehen will.« Sie trug Ohrringe. Trug sie sonst auch welche?

»Trägst du mich als Tennis-Befürworter ein?«

»Damit wirst du dich nicht besonders beliebt machen.« Sie ging zu den Jungen. »Ich gehe nochmal weg«, sagte sie. »Aber vorher will ich von euch beiden einen Kuss haben.« Der Ältere schaltete seinen Holzklotz auf Pause und streckte ihr das Gesicht entgegen. Sie drehte sich um und sah mich an. Ihr linkes Ohr schaute aus dem Haar hervor, was ihr ein mädchenhaftes, verwirrtes Aussehen verlieh. »Die Mikrowelle ist kaputt«, sagte sie und ging.

Ich begab mich in die Küche und goss mir ein Glas Rotwein

ein. Von dem Geruch drehte sich mir der Magen um. Die Tür der Mikrowelle öffnete sich problemlos und schloss auch fest, doch beim Drücken der Starttaste passierte nichts. Im Augenblick überstieg die Reparatur meine Fähigkeiten. Ich ging zu dem Heizkörper an der gegenüberliegenden Wand, zog den Heizungsschlüssel hervor, löste die kleine viereckige Mutter an der rechten Seite um eine Vierteldrehung und hörte das befriedigende Zischen entweichender Luft. Dann legte ich die Hand auf den Heizkörper und spürte, wie sich die Wärme von der Mitte nach oben und nach außen ausbreitete.

»Was machst du da, Dad?«, fragte Freddy entschieden, und in seiner unbewussten Nachahmung schwang Carolines missbilligender Unterton mit.

»Ich entlüfte die Heizung.«

»Warum machst du das, Dad?«

»Das muss man ab und zu machen.« Ein dünner Strahl heißen schwarzen Wassers spritzte aus dem Ventil. Ich drehte den Schlüssel. »So.«

»Ist es wieder in Ordnung?«

»Ja.«

Ich hörte das ferne Telefonklingeln in meinem Arbeitszimmer, gefolgt von meiner müden, monotonen Stimme auf dem Anrufbeantworter. Dann piepte es plötzlich, und im nächsten Moment begann das Telefon in der Küche zu klingeln.

»Hi, Giles, hier spricht Margot.«

»Hi.«

»Ich habe gerade Ihren Artikel gelesen, und er ist wunderbar, aber ich habe da ein paar Fragen.«

»Okay. Schießen Sie los.«

»Hat Ihnen das Buch wirklich gefallen?«

»Also, ich dachte, ich meine, es war …«

»Wenn es so ist, dann ist das in Ordnung. Ich fand es bloß absolut fürchterlich, darum bin ich ein bisschen erstaunt.«

»Es war nicht gerade das Beste, was ich je gelesen habe. Kommt das nicht rüber?«

»Ich dachte bloß, Sie hätten sich vielleicht aus irgendeinem Grund zurückgehalten, und wollte Ihnen sagen, dass das unnötig ist. Wir haben keinen Deal mit Fitzpaine.«

»Nein, ich weiß.«

»Gut. Und da ist noch was.«

»Ja?«

»Haben Sie ihn wirklich gemocht?« Ich versuchte mir den Artikel ins Gedächtnis zu rufen, mich daran zu erinnern, was ich vor ein paar Stunden geschrieben hatte, doch die Akte war bereits geschlossen.

»Nicht, ähm, nicht besonders. Nein.«

»Ich meine, er ist bekanntermaßen ein ziemliches Arschloch, und Sie lassen ihn vieles sagen, das ganz schrecklich klingt, aber Sie lassen ihm alles kommentarlos durchgehen. Es ist schwer zu erkennen, was Sie davon halten.«

»Na ja, ich wollte nicht ...« Ich hielt inne. Ich hatte keine Ahnung, wie ich den Gedanken zu Ende führen sollte.

»Dieses ganze ›Ich bin vielen bedeutenden Menschen begegnet, aber jetzt, wo ich genauso bedeutend bin, ist das nicht mehr so spannend‹. Wer sagt denn so was?«

»Ich dachte, ich lasse es für sich selbst sprechen, aber wenn Sie wollen, ändere ich es gern.«

»Nur ein paar Sätze dazu, wie Sie ihn fanden, das ist eigentlich alles. Nicht mehr als dreißig oder vierzig Wörter. Wir haben nicht so viel Platz.«

»Kein Problem.«

Aber es war ein Problem. Oben im Arbeitszimmer verspürte ich nur den Wunsch, Fitzpaine gegen seine Kritiker zu verteidigen, an der unangenehmen Oberfläche zu meißeln, bis etwas Menschliches und Verzeihliches übrig blieb. Wo er Sprüche klopfte, die den Leser wütend machen sollten, konzentrierte ich mich auf höflichere Äußerungen. Da mit ziemlicher Sicherheit eine Flut schlechter Kritiken bevorstand, hingen seine Verkaufszahlen weitgehend von der bitterbösen Neugier seiner Feinde ab. Er brauchte mehr davon.

Ich brachte es nicht fertig. Es war kein Mitleid. Nach dem Interview hatte ich das Gefühl gehabt, als sei ich mit etwas Schleimigem eingerieben worden. Es war Angst. Ich sah bereits voraus, was für eine Reaktion meine Schmähungen bei Salome66 auslösen würden. Es würde ihr einen weiteren Vorwand liefern, mich anzugreifen, hässliche Vergleiche zu ziehen, mich zu charakterisieren. Wenn ich Cher Fitzpaine nach einem fünfundsiebzigminütigen Gespräch zu beiläufig kritisierte, würde das die dreisten Verleumdungen des Clubs der Giles-Wareing-Hasser bloß rechtfertigen. Ich hatte mir den ganzen Tag die herzlose Schimpfkanonade ausgemalt, die sich darauf konzentrierte, dass ich unfähig sei, Cher Fitzpaines altmodische Schuhe zu polieren, geschweige denn ihn in einem Interview auseinanderzunehmen. Ich hatte mir große Mühe gegeben, fair, langweilig und sachlich zu sein, und sei es nur, um den Clubmitgliedern einen Strich durch die Rechnung zu machen. Ich wagte nicht, eine Meinung zu äußern. Ich hatte die Nerven verloren.

Aus journalistischer Sicht lag die Lösung für einen erfahrenen Profi wie mich auf der Hand: Ich nahm ein paar kleine Änderungen vor, die nichts mit dem Problem zu tun hatten, und wartete eine halbe Stunde, bis ich den Artikel mailte, zu spät für weitere Überarbeitungen.

In dem wogenden Nebel blieb nur das Mädchen scharf eingestellt: Ihre grauen Augen waren reglos. Ihr fester Blick umklammerte mich. Sie lächelte, und ich hatte ein flaues Gefühl im Magen.

»Ich verstehe das nicht«, sagte ich und beugte mich zu ihr. Sie kam näher, zwischen uns war jetzt nur noch die Türschwelle. Ich spürte ihre Wärme, hörte, wie sich ihre Haut an ihrer Kleidung rieb. Ihr Duft war berauschend. Es herrschte eine erwartungsvolle Atmosphäre.

»Es ist ganz einfach«, erwiderte sie. »Keine Grundgebühr heißt, Sie bezahlen nur den Strom, den Sie verbrauchen.« Die Worte bedeuteten nichts. Zwischen den Augenbrauen hatte sie, nicht ganz in der Mitte, ein winziges Muttermal. »Außerdem«, sagte sie mit einem neckischen Flüstern, bei dem ich am liebsten die Augen geschlossen hätte, »gibt es einen jährlichen Preisnachlass von 10 £, wenn Sie sich für die papierlose Rechnungszustellung entscheiden. Haben Sie einen Internetzugang?«

»Ja.« Ich riss mich von ihrem Blick los, spürte seine magnetische Anziehungskraft und betrachtete die Sommersprossen an ihrem unbedeckten, schweißglänzenden Schlüsselbein. Sie lächelte.

»Natürlich haben Sie einen. Hat doch jeder. Wenn Sie noch den Einzugsermächtigungsrabatt dazurechnen und den billigeren Tarif, weil Sie Gas und Strom von uns beziehen, dann bezahlen Sie bis zu zehn Prozent weniger als jetzt.«

»Was muss ich tun?« Sie streckte mir schon ihr Klemmbrett entgegen, und die kühle weiße Haut an ihrem Innenarm war zu sehen. Ich hörte ein fernes Wehklagen.

»Sie müssen bloß hier unterschreiben, um zu bestätigen, was wir besprochen haben. Es gibt ein vierzehntägiges Widerrufsrecht, so lange können Sie sich noch umentscheiden. Um alles andere kümmern wir uns. Sie erhalten eine Abschlussrechnung von ihrem derzeitigen Anbieter, die Sie in voller Höhe bezahlen sollten.« Wieder hörte ich das jämmerliche Klagegeschrei. War das eine Frau? Ein Kind? »An Ihrer Versorgung wird sich nichts ändern – Sie behalten den Zähler, die Leitungen und alles. Das Einzige, was Ihnen auffallen wird, sind niedrigere Rechnungen.« Plötzlich kniete sie sich hin und begann, den Reißverschluss meiner Hose zu öffnen. Ich versuchte, das Klagegeschrei nicht zu beachten, mich auf das zu konzentrieren, was gerade passierte. Ich sagte die Worte »Wie ein in heißer Butter steckendes Messer«, und dann war alles vorbei.

Als ich aufwachte, lag ich auf dem Bauch, mein steifer Penis schmerzhaft unter dem Oberschenkel verkeilt, mein linker Arm unter mir, taub und wie gelähmt. Immer noch hörte ich fernes Geschrei, die Worte eindringlich, aber unverständlich. Sie schienen vom Park herüberzudringen. Ich hielt den Atem an und lauschte, bis ich merkte, dass es nur die Luft war, die durch Carolines Nasenlöcher strich. Ich rollte mich auf den Rücken und streckte den leblosen Arm über den Kopf, um ihn zu dehnen. Der Arm fiel wieder herab, und die Fingerknöchel krachten auf meine Nase. Es war, als hätte mich jemand anders geschlagen. Meine Augen tränten.

Etwas später hörte ich auf den Steinstufen Glas klirren, gefolgt vom gedämpften Surren des davonfahrenden Milchwagens. Carolines Atmung ahmte das Heulen einer weit entfernten Sirene nach und dann ein Kätzchen, das in der Wandkammer eingesperrt war. Die LED-Anzeige der Uhr leuchtete im Dunkeln: 5:55 Uhr. Ich stieg aus dem Bett. Ich schnappte mir die Hose vom Vortag, die auf dem Boden lag, öffnete die Schlafzimmertür und hob die Tür am Knauf an, damit sie nicht in den Angeln quietschte. Der Hund stand schon zuversichtlich im Flur.

»Okay«, flüsterte ich. »Gehen wir.«

Die Mitte des Parks war pechschwarz, der Wind warm und stürmisch. Meine nackten Füße rutschten in den Stiefeln hin und her, während ich den feuchten Weg entlangging. Ein staubiger Nebel waberte über die offene Fläche, Bäume wiegten und bogen sich, Zweige knackten. Die Styroporschachtel eines Schnellrestaurants flog in die Luft und wirbelte um die eigene Achse. Im Osten brach am anderen Ende der Wolke hellgrün der Tag an. Mein Herz schlug schneller. Ich fühlte mich leicht, vom Wind in die Lüfte gehoben. Der Hund scheuchte einen Fuchs unter dem illegal abgeladenen Bauschutt am Zaun hervor und jagte ihn in weitem Zickzack durchs Dornengestrüpp. Der Wind sprang hin und her und trieb mir den feinen Regen unters Kinn. Ich schob die Hände tief in die Taschen meines Regenmantels und entdeckte eine uralte Schachtel mit drei vertrockneten, verbogenen Zigaretten. Noch weiter unten, tief im Futter, fand ich ein kleines Feuerzeug. Ich setzte mich unter eine große, schief gewachsene Eiche, die schwankte, als würde sie umfallen, und rauchte meine erste Zigarette seit zwei Jahren. Davon wurde mir so schwindlig, dass ich ein Auge schließen musste.

Bei Sonnenaufgang hatte sich die hintere Seite des Parks trockengeschüttelt, doch rings um den Eingang, wo die Reihenhäuser auf der anderen Straßenseite die horizontalen Strahlen der Sonne nicht durchließen, hielt sich noch die verregnete Nacht. Die Schwarzhaarige stand allein an der Pforte und lehnte sich schwer auf den Griff ihres bunt karierten Einkaufstrolleys, mit einer langen, baumelnden Zigarette zwischen den Lippen, scheinbar erstarrt beim Durchstöbern ihrer Tasche. Der Hund umkreiste sie und schnupperte am Boden. Ich verspürte den Drang, jetzt, wo ich ein Feuerzeug hatte, vor sie zu treten und ihre Zigarette anzuzünden, doch ich widerstand der Versuchung. Als ich mich auf der Straße noch einmal umdrehte, stand sie noch genauso da, und plötzlich kam mir der Gedanke, dass sie nicht sehen sollte, in welchem Haus ich wohnte. Ich ging zum Kiosk und kaufte eine Zeitung.

Geld und Cher

Vier Jahre nachdem sich Cher Fitzpaine durch seine umstrittene Vom-Tellerwäscher-zur-Entziehungskur-Story einen Namen gemacht hat, meldet er sich mit einem Roman zurück. Giles Wareing hat sich mit ihm getroffen.

Man ist geneigt, Cher Fitzpaine unsympathisch zu finden. Seine unangenehme, aggressive Art weckt die dunkle Seite in uns, verbindet uns mit seinen Klassenkameraden, die ihn, als er nach zwei Jahren in Kalifornien mitten im Schuljahr (die zweite Ehe seiner Mutter mit einem Hollywood-Agenten war gerade spektakulär in die Brüche gegangen) mit schulterlangem Haar, amerikanischem Akzent und einem Namen auftauchte, der der Aufforderung gleichkam, sich über ihn lustig zu machen, auf dem Spielplatz hänselten, indem sie »I Got You Babe« und »Half Breed« sangen. Sein mürrisches Mantra in jener dunklen Zeit – »Es wird ›Chair‹ ausgesprochen«, sagte er ihnen immer wieder – erwies sich nicht als besonders abschreckend.

Die darauf folgende Geschichte von Einsamkeit, exzessivem Nachtleben, Berühmtheit durch den Umgang mit Berühmtheiten, wachsenden Schulden, Kleinkriminalität, Nervenzusammenbruch, Entziehungskur und wahrer Liebe, erzählt in dem Bestseller *Ein Junge namens Cher*, machte ihn in der Welt der Literatur nicht gerade beliebt (ein Kritiker nannte das Buch »wahnsinnig schlecht«). Mit bewusster Arroganz bezeichnete Fitzpaine seine Kritiker als neidische Versager. Beim Warten in der Agentur rechne ich mit einem Ungeheuer, zu dem der Erfolg einen Drangsalierten mitunter macht. Vorherige Interviewer haben ihn als herrisch, oberflächlich, eitel, selbstgefällig, nachtragend, eingebildet (das ist übrigens nur eine kleine Auswahl), ahnungslos, materialistisch, kindisch, gehässig, boshaft und langweilig geschildert. Was will man mehr?

Deshalb ist man enttäuscht, wenn man einem sanften, höflichen, zurückhaltenden, sympathischen und intelligenten Cher Fitzpaine gegenübertritt, der nicht einmal äußerlich eine Ähnlichkeit mit dem wichtigtuerischen Partygänger aufweist, den man sich allgemein vorstellt. Seine charakteristischen Locken sind kurz geschoren, sein Anzug ist schlicht und keine Designerkleidung. »Den hab ich mir anfertigen lassen«, gesteht er auf mein unziemliches Drängen, »aber nicht in der Savile Row oder so. Ich habe bloß ungewöhnliche Maße.« Fitzpaines neuer Roman *Triff mich an der Theke* ist eine Liebesgeschichte, die in der von Drogen geprägten Halbwelt spielt, die den Autor zu ihren berühmten Opfern zählte, doch der Mann, der diese Geschichte geschrieben hat, hat mit seiner Hauptfigur nur wenig gemein und wird seinem Ruf als lästiger Selbstanpreiser nicht gerecht. Was kann da passiert sein?

»So schlimm dürfte ich nie gewesen sein«, sagt Fitzpaine und lächelt bei dem Gedanken. »Aber in meiner Drogenzeit habe ich mir bestimmt viele Feinde gemacht, und als ich auf Entzug ging, kamen noch ein paar dazu. Die Abneigung der einen habe ich verdient, aber die anderen wollten offenbar nur, dass ich nicht wieder auf die Beine komme. Wenn ich auf die gehört hätte, wäre ich jetzt tot. Das sind meine einzigen wirklichen Feinde.«

Diese Zeit bildet zwar weitgehend den Hintergrund von *Triff mich an der Theke*, doch der Roman befasst sich auch mit anderen Themen, die man normalerweise nicht mit Fitzpaine in Verbindung bringt, zum Beispiel mit Gangsta Rap, dem Zeitgeist nach dem 11. September und der erlösenden Kraft der Fuchsjagd. Die Themenfülle des Buches wird viele seiner Kritiker überraschen, genau wie seine Schreibgewandtheit. Es handelt sich um eins der seltenen Bücher, die eine ganze Generation widerspiegeln. Fitzpaines Kritiker werden das vielleicht anders sehen, doch um Kritik hat er sich noch nie besonders gekümmert. Er sagt, das sei seine letzte Äußerung zu seiner wilden Zeit, dieses Kapitel sei damit für ihn abgeschlossen. Hat der Junge namens Cher seine Vergangenheit endlich hinter sich gelassen?

»Ich glaube schon. Ich hoffe es. Ich bin jetzt solider, ruhiger. Ich habe eine Freundin, wir heiraten nächstes Jahr. Ich habe mein eigenes Haus in Ordnung gebracht.« Dennoch wird sich der Stress durch den Ruhm verstärken, denn die Fernsehfassung von *Ein Junge namens Cher* ist bereits in Arbeit. Ist die ganze Aufmerksamkeit für jemanden, der sich erholen muss, keine Gefahr? »Berühmt sein ist nicht so glamourös, wie es aussieht«, sagt er. »Es wird eher alltäglich. Klar, ich bin vielen bedeutenden Menschen begegnet, aber jetzt, wo ich genauso bedeutend bin, ist das nicht mehr so spannend.« Das scheint mir einer der Sätze zu sein, die Fitzpaine aus Effekthascherei sagt, in der Hoffnung, dass die Journalisten nicht von dem ironischen Lächeln berichten, das seinen Mund umspielt, und in der Hoffnung, dass eine weitere schamlose Zurschaustellung seiner Selbstbezogenheit für bare Münze genommen wird. Es wäre nachlässig, wenn nicht gar unprofessionell, ihm das durchgehen zu lassen.

Cheriton Fitzpaine wurde 1969 in London geboren. Der Tod seines Vaters im Alter von sechs Jahren und die folgende »höchst verwirrende« Zeit in Kalifornien verwandelten ihn in einen schüchternen, unsicheren Jungen, aber erst die Einsamkeit und die Schikanen, die nach seiner Rückkehr nach England begannen, formten seinen Charakter grundlegend: Er wurde verschlossen, überheblich, provozierend. »Wahrscheinlich wollte ich ihnen austreiben, mich zu schikanieren«, sagt er heute. »Ich konnte mich nicht prügeln. Ich sah es als meine einzige Möglichkeit. Bis zu einem gewissen Grad klappte es sogar: Die anderen lästerten über mich, und ich machte es ihnen möglichst schwer.«

Aus Fitzpaines Sicht lag sein Fehler darin, diese Strategie auch als Erwachsener zu verfolgen. »Irgendwann hätte ich wohl begreifen müssen, dass ich nicht mehr so ein Arschloch zu sein brauchte«, sagt er, »aber ich konnte erst nach zwei Jahren Therapie damit aufhören.« Er begann zu trinken, anfangs um seine Unsicherheit zu überspielen. Das Kokain ermöglichte ihm, noch mehr zu trinken. Im Verlauf eines Abends wurde er zunächst arrogant, dann gemein und verwandelte sich schließlich in ein geistloses Großmaul. Wenn er so geblieben wäre, hätten ihn die Leute, mit denen er verkehrte – hauptsächlich Journalisten und Künstler von bewusster Zweideutigkeit – vermutlich weiter ertragen. Aber sein Flirt mit der Psychose jagte der Schickeria Angst ein, und plötzlich war er ganz schnell allein und pleite und fand sich in der berühmten Schlüsselszene von *Ein Junge namens Cher* nackt mit einer gestohlenen Sellerieknolle auf dem Borough Market wieder.

»Ich hatte ein Hemd an«, sagt er kichernd, »das mir nicht mal bis zu den Knien reichte. Und ein Paar Turnschuhe. Adidas, glaube ich. Aber ich trug keine Hose und hatte keinen Geldbeutel dabei, deshalb hatte ich den Sellerie gestohlen. Was ich damit wollte, weiß ich nicht, aber wenn ich an meine Hose gedacht hätte, hätte ich ihn bestimmt bezahlt.«

Aber dann würden Sie heute vielleicht nicht hier sitzen, werfe ich ein.

»Stimmt«, sagt er. »Dass ich verhaftet wurde, hat mir das Leben gerettet.«

Die letzten fünf Jahre haben es mit Fitzpaine gut gemeint. *Ein Junge namens Cher* hat sich trotz der Beschimpfungen seitens der Kritiker ganz gut verkauft, doch über Nacht reich gemacht haben ihn die Filmrechte. Zur Zeit ist er mit seiner angesehenen, scharfzüngigen Zeitschriftenkolumne beschäftigt, hat aber noch genügend Zeit, seinem neu entdeckten Interesse an Mode zu frönen. Obwohl er gesteht, dass er inzwischen einen richtigen Kleiderfimmel hat (Designermarken sind eins der großen Leitmotive in *Triff mich an der Theke*), behauptet er beharrlich, das sei nur ein zeitweiliges Hobby, ein Überbleibsel von den Recherchen für das Buch, und habe nichts mit Eitelkeit zu tun. »Sehen Sie mich an. Ich bin nicht so groß, dass ich eitel sein könnte. Das würde nicht hinhauen.«

Triff mich an der Theke
erscheint am 12. November bei Collop & Sprague.

»Wo warst du denn so früh?«, fragte Caroline. Ich las im Stehen in der Küche Zeitung. »Gibt's noch Kaffee?«

»Im Park, ich konnte nicht schlafen«, sagte ich. »Und nein.«

»Tja, dann kannst du ja die beiden zur Schule bringen. Ich hab noch einiges zu erledigen.« Der Ältere kam mit dem Gang eines Schlafwandlers herein, seine Haare sahen aus wie die Nadeln einer Bonsaifichte.

»Kein Problem.«

Am Ende der Straße hatte sich ein Knäuel von Müttern vor dem Schultor versammelt, während Väter in Anzügen zielstrebig kamen und gingen. Ich trug immer noch meinen Regenmantel und meine Stiefel und spürte bereits, dass ich zu früh aufgestanden war. Freddy lief wortlos auf den Spielplatz. Der Ältere gesellte sich zu den Schülern mit Spielkonsolen, um ihnen beim Daddeln zuzuschauen. Ich betrachtete ein Polizeiplakat, das auf dem Gehsteig aufgestellt war und auf ein vor zwei Wochen geschehenes Verbrechen hinwies. Große nasse Blätter verdeckten kunstvoll die näheren Einzelheiten.

»Ich glaube, wir wohnen ganz in Ihrer Nähe«, sagte eine Stimme. Ich blickte auf. Es war Darbys Mum.

»Tatsächlich?«

»Wo ist Freddy?«, fragte Darby und zupfte die Blätter von dem Plakat.

»Der ist schon reingegangen«, sagte ich.

»Ich habe Sie heute früh mit Ihrem Hund gesehen. Ich wohne in der Gorham Road, gegenüber vom Zeitungskiosk.« Die Schulglocke klingelte.

»O ja«, sagte ich. »Das ist nicht weit.«

»Was ist Körbeverletzigung?«, fragte Darby.

»Körperverletzung«, sagte ich. »Schwere Körperverletzung.« Am Schultor kam es zu Auseinandersetzungen, weil die Mütter die tragbaren Spielkonsolen konfiszierten. Als der Ältere sich aus der Menge löste und zum Tor ging, winkte ich ihm zu.

»Mach's gut!«, rief ich. Er verdrehte theatralisch die Augen und drehte sich auf dem Absatz um.

»Wir sind erst letzten Juni hergezogen«, sagte Darbys Mum, »die Gegend gefällt mir gut.«

»Ja, es ist schön.« Ich betrachtete meine Hände. Ich hielt immer noch die Büchertasche des Älteren.

»Wir sollten für morgens irgendwas organisieren.«

»Unbedingt«, erwiderte ich, ohne genau zu wissen, wovon sie redete. »Bis bald.«

Nach meiner Rückkehr drehte ich mit dem Hund noch eine volle Runde im Park. Am Eingang hielt mich Colin an.

»Alles in Ordnung, Mann? Du siehst ziemlich witzig aus.«

»Ja, alles klar«, sagte ich. »Ich hab nicht gut geschlafen. Zu wenig.«

»Sag deiner Frau, dass ich Anfang des Monats loslegen kann. Wenn ihr das recht ist. Weißt schon, wie ich das meine.«

»Keine Ahnung. Ich geb's weiter.«

Ich schob meinen Besuch im Club der Giles-Wareing-Hasser bis mittags auf, damit die Mitglieder Gelegenheit hatten, die Morgenzeitung zu verdauen. Als ich mich anmelden wollte, war der Club verschwunden. Der Thread stand einfach nicht mehr auf der Liste. Ich durchsuchte das Talkboard nach Wareing. Es gab fünf Einträge, alle aus einem brandneuen Thread:

IDIOT TRIFFT IDIOT

Eingerichtet von nochntoastbitte am 29. 10. 04 um 10:12 Uhr

Heute interviewt unser Lieblingsschmierfink Giles den berühmten Schmierfink »Chair« Fitzpaine. Kann man sich eine noch größere Verschwendung von Druckerschwärze vorstellen?

Grotius - 29. 10. 04 um 10:21 Uhr (1/19)
Du liebe Güte. Schwer zu entscheiden, wer schlimmer ist, aber ich würde sagen, wegen seiner Arschkriecherei liegt Wareing knapp vorn.

Salome66 - 29. 10. 04 um 10:31 Uhr (2/19)
O mein Gott! Ich hab noch keinen Blick in die Zeitung geworfen!

---

nochntoastbitte - 29. 10. 04 um 10:32 Uhr (3/19)
Fitzpaine: »Ich habe mein eigenes Haus in Ordnung gebracht …« Welches denn sonst, Chair? Dieser Kerl nennt sich Schriftsteller?

Grotius - 29. 10. 04 um 10:35 Uhr (4/19)
Er hat aus dem Stegreif gesprochen. Aber GW konnte ausarbeiten, was er sagen wollte, trotzdem ist dabei nur ein dampfender Haufen Scheiße rausgekommen

---

FritsZernike - 29. 10. 04 um 10:42 Uhr (5/19)
Ein neues Clubhaus für GW-Hasser! Was ist aus dem alten geworden?

Grotius - 29. 10. 04 um 10:43 Uhr (6/19)
Gestern Abend gelöscht. Leute, bitte keine Verleumdungen

Salome66 - 29. 10. 04 um 10:49 Uhr (7/19)
Es ist schrecklicher als ich mir hätte vorstellen können. Darf man es als »wahnsinnig schlecht« bezeichnen?

---

nochntoastbitte - 29. 10. 04 um 10:53 Uhr (8/19)
na los, dreh mir doch den Arm um - Es ist wahnsinnig schlecht

---

Salome66 - 29. 10. 04 um 10:59 Uhr (9/19)
Unglücklicherweise hab ich Fitzpaines erstes Buch gelesen, und das war grottenschlecht - selbstgefällig, schlecht geschrieben, voll unangenehmer Rechtfertigungen - ich kann mir nur vorstellen, dass sein Roman zehnmal schlimmer ist.

Grotius - 29. 10. 04 um 11:00 Uhr (10/19)
Nach Wareings Einschätzung zu urteilen ist es ein Werk von einzigartiger Genialität und nachhaltiger Bedeutung.

FritsZernike - 29. 10. 04 um 11:03 Uhr (11/19)
Dann ist es mit Sicherheit Schrott, oder?

Grotius - 29. 10. 04 um 11:08 Uhr (12/19)
Aber es befasst sich mit »Gangsta Rap, dem Zeitgeist nach dem 11. September und der erlösenden Kraft der Fuchsjagd«. Da kann es doch einfach nur toll sein!

Lordhaha - 29. 10. 04 um 11:14 Uhr (13/19)
Morgen zusammen. Sind Giles und Cher vielleicht verwandt? Das sollte man uns sagen.

Salome66 - 29. 10. 04 um 11:16 Uhr (14/19)
Das würde jedenfalls GWs unerträglichen, ähm, Respekt erklären

---

ReimJungfer - 29. 10. 04 um 11:21 Uhr (15/19)
Wir trauen nicht dem Schein
Die beiden müssen Freunde sein
Wie lässt sich sonst erklären
Dass sie sich so betören?

Grotius - 29.10.04 um 11:22 Uhr (16/19)
Für Dichtung ist es noch ein bisschen früh, ReimJungfer. Aber ich bin derselben Meinung wie du.

Salome66 - 29.10.04 um 11:31 Uhr (17/19)
Wenn man zwischen den Zeilen liest (das ist nicht so qualvoll, wie den eigentlichen Text zu lesen, finde ich), kann man bei Wareing einen weinerlichen Neid heraushören. Es ist eindeutig, dass er Fitzpaine zugleich verehrt und verachtet, doch er wagt nicht, ihm seinen unverdienten Erfolg zu missgönnen, denn er weiß, das ist das Einzige, worauf er selbst je hoffen kann.

Zurück / **Seitenanfang** / **Kommentar abgeben**

Ich war am Fuß der Seite angelangt. Meine Kehle war trocken, und mein Herz pochte, als wäre ich zwei Kilometer gelaufen. Ich konnte das Ganze als beiläufige Freizeitbeschäftigung abtun, als elektronisches Gegenstück dazu, dass man in einem Bushäuschen einen Schnurrbart auf ein Filmplakat malt, das heißt, alles außer dem letzten Beitrag. Ich begriff, dass Salome66 mich nicht nur hasste, sondern auch einschätzen konnte. Alles, was sie geschrieben hatte, stimmte. Das Telefon klingelte.

»Hi, Giles, wie geht's?« Es war Ken von der Zeitung.

»Hi.«

»Netter Artikel heute. Wollen Sie auf der Rückseite von Fitzpaines Buch verewigt werden?«

»Nein.«

»Na ja, Sie waren jedenfalls ziemlich nett. Sie wissen natürlich, dass er wieder an der Flasche hängt.«

»Tatsächlich?«

»Und dass sein Roman in der Samstagsausgabe verrissen wird.«

»Kann ich mir vorstellen.«

»Und dass er bekanntermaßen ein Arschloch der schlimmsten Sorte ist.«

»Ja, davon hab ich gehört.«

»Schön, dass Sie eine andere Seite an ihm entdecken konnten.«

»Rufen Sie wegen irgendwas Bestimmtem an?«

»Ich rufe bloß an, um mit Ja zu antworten.«

»Worauf?«

»Auf die Einladung zu ihrem Vierzigsten, Mann. Bis Freitag in einer Woche.«

»Super«, sagte ich. »Und wo?«

Als er aufgelegt hatte, hielt ich den Atem an und klickte auf *Nächste Seite*. Inzwischen gab es insgesamt zweiundzwanzig Einträge.

PawlowsKätzchen - 29.10.04 um 11:47 Uhr (18/22)
Ein Fitzpaine-Verteidiger! Ich hab gar nicht gewusst, dass es so was gibt!
Bis auf Fitzpaine selbst natürlich

Lordhaha - 29.10.04 um 11:54 Uhr (19/22)
Vielleicht sind die beiden ja auch ein Paar

Salome66 - 29.10.04 um 12:03 Uhr (20/22)
Zu heimelig, um es in Worte fassen zu können, was? Aber ich glaube, dass hier bloß ein schlechter Schreiber einem anderen unwillkürlich zu Hilfe kommt und jemanden, dessen offenkundige Unzulänglichkeiten seine eigenen widerspiegeln, nicht kritisieren will. Es sei denn, der Idiot Wareing veröffentlicht bald ein Buch, und die beiden haben eine Vereinbarung getroffen.

Lordhaha - 29.10.04 um 12:09 Uhr (21/22)
Ich glaube immer noch, dass sie's miteinander treiben

---

nochntoastbitte - 29.10.04 um 12:17 Uhr (22/22)
Es sei denn, der Idiot Wareing veröffentlicht bald ein Buch …
Gott bewahre!

Zurück / Seitenanfang / Kommentar abgeben

Meine Hände zitterten. Es juckte mich überall. In meinen Ohren sammelte sich der Schweiß. Mir war klar, dass ich aufhören musste, dieses Zeug zu lesen. Ich konnte vor mir sehen, wie es sich in eine absonderliche Form von Autoaggression verwandelte. Ich war bereits besessen. Ich, der allen Auseinandersetzungen aus dem Weg ging, bei denen Kritik geäußert werden könnte, der sich davor hütete, an verschlossenen Türen zu lauschen, der alle Stellen kannte, an denen das dünne Furnier seiner Selbstachtung abgesplittert war. Ich holte mehrmals tief Luft und versuchte, die Sache realistisch zu betrachten. Die Fähigkeit von Salome66, mir direkt in die Seele zu blicken, war höchstwahrscheinlich nur Zufall: zwei kurz hintereinander erzielte Glückstreffer. Sie kannte mich nicht wirklich, das war unmöglich. Ich fühlte mich bloß verwundbar, weil mein Geburtstag bevorstand und in der Tageszeitung ein Artikel von mir abgedruckt war, der nicht gerade zu meinen besten Arbeiten gehörte. Salome66 war bestimmt eine traurige, einsame Frau mit zu viel Zeit, vielleicht sogar eine erfolglose Schreiberin, die Trost daraus zog, jemanden anzugreifen, der besaß, was ihr fehlte. Ich hätte sie bedauern sollen. Ich hätte ihr gegenüber großmütiger sein sollen. Zumindest hätte ich ihr keine Beachtung schenken sollen.

Ich klickte auf den ›Aktualisieren‹-Button. Es gab zwei neue Einträge:

Grotius - 29.10.04 um 12:26 Uhr (23/24)
Hier - Wareings Werk in seiner Gesamtheit:
http://www.bookbargains.co.uk/-/Wareing_Giles_The_Story_of_Irish_Whi/009-14-3.html
»Giles Wareings fesselnde Geschichte des Whiskybrennens in Irland verfolgt die Wurzeln des uisce beatha *von den bescheidenen Anfängen bis zu den heutigen Herstellungsmethoden …«*
Bestellen Sie Ihr Exemplar heute!

Salome66 - 29.10.04 um 12:34 Uhr (24/24)
Absolut perfekt! Sein »Buch« ist nichts anderes als eine von den Whiskeybrennereien gesponserte Broschüre - zweifellos das Produkt einer viertägigen Sauftour in Dublin -, dazu bestimmt, in den Souvenirläden von Heimatmuseen verkauft zu werden. Wahrscheinlich ist er trotzdem ungeheuer stolz drauf, überlegt aber manchmal, ob er sich weiter auf seinen Lorbeeren ausruhen soll. Du hast meinen Tag gerettet, Grotius!

Zurück / Seitenanfang / Kommentar abgeben

Ich glaube, das war der Augenblick, in dem mir zum ersten Mal der Gedanke kam, Salome66 aufzuspüren und sie umzubringen.

Das Telefon klingelte. Es war Caroline, die von unten anrief.

»Die Mikrowelle ist immer noch kaputt.«

»Ich hab sie mir angesehen.«

»Und?«

»Ich muss sie mir nochmal ansehen.«

»Tja, falls du nichts Besseres zu tun hast, könntest du sie dir vielleicht jetzt mal ansehen.«

Der Hund rappelte sich mühsam auf, streckte sich und folgte mir die Treppe hinunter. Caroline saß am Küchentisch und erstellte eine weitere Partyliste.

»Ich weiß nicht genau«, sagte ich. »Ich hab keine Lust, dass mir das Gesicht weggeschmolzen wird.«

»Wir brauchen eine Mikrowelle. Wenn du sie nicht reparieren kannst, kaufe ich eine neue.«

»Strahlung ist einfach nicht mein Fachgebiet.« Abgesehen von START reagierten die Tasten wieder normal. Es piepte wie immer, aber der Ventilator war nicht zu hören, kein zufriedenstellendes Betriebsgeräusch. Und das Licht blieb aus.

»Die Goslings kommen nicht«, sagte Caroline.

»Ein schwerer Schlag. Wer ist das überhaupt?«

»Weißt du doch. Sie waren letzte Woche bei Dingsbums zum Abendessen. Beide sind ziemlich klein. So winzigkleine Pfeffertopf-Leute.«

»Vielleicht hab ich sie einfach nicht gesehen.«

»Du bist ihnen schon tausendmal begegnet. Aber das spielt keine Rolle, denn sie können ja nicht kommen.«

Die Tür der Mikrowelle ließ sich auf Knopfdruck ganz leicht öffnen – möglicherweise zu leicht. »Wer kommt denn alles?«

»Fast alle anderen. Lisa und Claire. Sam und Gabby. Aus der Nachbarschaft die Skeldings, Jake, Libby. Die Kollegen von der Zeitung haben zugesagt. Bis jetzt ungefähr dreißig Leute.«

»Mein Gott.« Auf der Innenseite der Mikrowellentür waren zwei wie gekrümmte Finger aussehende Plastikhaken übereinander angebracht, die in zwei identische Schlitze im Rahmen glitten, wo sie mit zwei unsichtbaren Schließmechanismen verbunden waren. Einer von beiden, der obere, hatte seine abgerundete Spitze verloren. Das musste das Problem sein. Der obere Haken war mit Sicherheit unentbehrlich: Er verriegelte nicht nur die

Tür, sondern setzte vermutlich auch den Sicherheitsmechanismus außer Kraft, der verhinderte, dass die Mikrowelle bei offener Tür lief. Ohne seine Spitze konnte der Haken nicht auf diesen Mechanismus einwirken. Wenn das stimmte, dann funktionierte die Mikrowelle nur deshalb nicht, weil sie nicht wusste, dass die Tür geschlossen war.

»Ich kann das reparieren«, sagte ich. »Das kriege ich hin.«

»Gut«, sagte Caroline. »Aber geh erst mal mit diesem bedauernswert aussehenden Hund raus.«

Der Roundworm Park war leer, bis auf drei Schulmädchen in Uniform, von denen sich zwei prügelten. Das dritte stand daneben und brüllte unflätiges Zeug. Ich beschloss, einen großen Bogen um die Mädchen zu machen, in der entgegengesetzten Richtung halb um den Park zu laufen und dann umzukehren. Der Hund ging mitten auf die Wiese, wo die letzten Nebelfetzen einen großen, stark hinkenden Mann mit einem Stock einhüllten. Ich erkannte seine Silhouette und wusste, dass er auf einen winzigen, im hohen Gras nicht zu sehenden Terrier aufpasste und geduldig darauf wartete, dass der rastlose Hund seine spätmorgendliche Toilette beendete. Als Philippa an seiner Hand schnupperte, einen Buckel machte und direkt vor ihm einen Haufen kackte, zuckte ich zusammen. Ich sah, wie der Mann sich bückte, eine Plastiktüte als Handschuh benutzte und den Haufen aufhob. Dann richtete er sich auf und winkte in meine Richtung. Ich winkte zurück.

Beschämt, weil er mir eine Aufgabe erspart hatte, die ich sowieso nicht verrichtet hätte, bekam ich auf dem Weg durch den Park einen roten Kopf. Ich versuchte mir vorzustellen, ich würde selbstlos die Scheiße von den Hunden anderer Leute aufheben, aber es gelang mir nicht. Verwirrt von meiner eigenen Verlegenheit, vergaß ich umzukehren und steuerte direkt auf die Schulmädchen zu. Sie waren nur noch zu zweit. Sie saßen rauchend auf einer Bank, und die eine betupfte das blutende

Ohrläppchen der anderen. Da mich mein Gewissen noch wegen des Hundehaufen-Vorfalls plagte, spürte ich, wie mich eine jähe Woge von Bürgersinn durchströmte. Ich zwang mich, langsamer zu gehen und vom Weg aufzublicken. Der Hund schlich schwanzwedelnd zu den Mädchen hinüber und schnupperte an ihren nackten Knien.

»Keine Schule heute?«

»Leck mich, Opa«, fauchte die Verletzte und wandte ihre Aufmerksamkeit dem Hund zu. »Och. Bist du ein niedlicher Kerl.«

Mit einem Eisstiel, den ekelhaften Himbeergeschmack des Eises noch auf der Zunge, vermischte ich auf einer Zeitschrift Epoxydharz und Härter. Der Briefkastenschlitz klappte zu, und die Post fiel auf die Fußmatte. Ich hob die Briefe und Kataloge auf und nahm sie mit in die Küche. Die meisten waren an das slowakische Au-pair-Mädchen gerichtet, das im Juni gekündigt hatte. Fünf Monate später bekam sie immer noch mehr Post als ich. Nur ein Brief war an mich adressiert: ein kleiner, steifer, quadratischer grauer Umschlag. Darin steckte eine quadratische graue Karte:

Sie sind eingeladen zur Präsentation von
Cher Fitzpaines neuem Roman
TRIFF MICH AN DER THEKE
Erschienen bei Collop & Sprague
Am 12. November 2004 ab 19:30 Uhr im Surgery
Bitte bringen Sie diese Einladung mit.

Das Datum sprang mir ins Auge, denn es war mein Geburtstag. Mein vierzigster Geburtstag. Ich starrte die Karte an und dachte an viele andere Dinge, Hunderte von anderen Dingen, bis ich an gar nichts mehr dachte. Inzwischen wurde der Epoxydharz an dem Stiel hart.

IDIOT TRIFFT IDIOT

Eingerichtet von nochntoastbitte am 29. 10. 04 um 10:12 Uhr

Heute interviewt unser Lieblingsschmierfink Giles den berühmten Schmierfink »Chair« Fitzpaine. Kann man sich eine noch größere Verschwendung von Druckerschwärze vorstellen?

PawlowsKätzchen - 29. 10. 04 um 13:24 Uhr (25/28)

Eine Freundin von mir arbeitet bei Collop, und sie sagt, alle scheißen sich die Hosen voll, weil das Fitzpaine-Buch so miserabel ist.

FritsZernike - 29. 10. 04 um 13:29 Uhr (26/28)

Wareing ist fürchterlich. Warum ist er überall? Warum ist er überhaupt da?

Salome66 - 29. 10. 04 um 14:11 Uhr (27/28)

Ach, aber ihr seht doch, dass er nichts auch nur annähernd Ernstes oder Lohnendes schreibt. So was würde ihm niemand anvertrauen.

Grotius - 29. 10. 04 um 14:40 Uhr (28/28)

Er schreibt auch nichts Witziges, aber das hält niemanden ab.

Zurück / Seitenanfang / Kommentar abgeben

»Na los«, sagte ich und reichte Caroline einen Becher voll Wasser. »Probier's aus.«

Sie stellte den Becher in die Mikrowelle, schloss die Tür, gab zwanzig Sekunden ein und drückte auf »Start«. Das zufriedenstellende Geräusch ertönte, das Surren des Ventilators, und das Innenlämpchen beleuchtete den sich drehenden Becher.

»Es klappt«, sagte Caroline. »Was war damit los?« Ich wollte es ihr erzählen, ihr schildern, wie ich das Problem im Ausschlussverfahren erkannt, wie ich die tränenförmige Spitze des oberen Hakens mit Epoxydharz wiederhergestellt, sie abgeschmirgelt hatte, bis sie der Spitze des anderen Hakens aufs Haar glich, und wie ich irgendwann zu viel weggenommen hatte und nochmal von vorn anfangen musste.

»Es lag an der Tür«, sagte ich. Plötzlich piepte die Mikrowelle und wurde dunkel. Es war, als wäre ein kurzes Stück über einen sich drehenden Becher am Ende des ersten Akts angelangt.

8

Die Nachttischlampe leuchtete mir direkt in die Augen und drehte sich wirr. Ringsherum war alles dunkel.

»Wach auf, Dad. Du hast Geburtstag.« Die nackte Glühbirne war nur wenige Zentimeter von meinem Gesicht entfernt.

»Alles Gute«, sagte Caroline in einem Singsang, den man bei einem Kind benutzen würde.

»Verbrenn mich bitte nicht.«

»Du wirst heute fünfzig, stimmt's?«

»Vierzig.«

»Ja, vierzig.«

»Kannst du mal die Lampe hinstellen?«

»Versuch nicht, vor deinen Kindern den Trauerkloß zu spielen«, sagte Caroline.

»Au!«

»Tut mir leid, Dad.« Caroline stieg aus dem Bett. Die Deckenleuchte ging an. Hinter dem Spalt im Vorhang sah ich tiefe Finsternis.

»Wie spät ist es?«

»Viertel vor sechs.«

»Mein Gott.«

»Zeig mal ein bisschen Begeisterung. Die beiden sind richtig aufgeregt.«

»Wo ist denn der andere?«

»Hier!«, sagte er und schleppte einen riesigen verpackten dreieckigen Karton zur Tür herein. »Herzlichen Glückwunsch.« Das Paket krachte mit dumpfem Knall aufs Bett.

»Ich muss mal.«

»Hilf Dad beim Auspacken«, sagte Caroline. Sie zerrten an dem Papier und rissen es streifenweise ab.

»Es ist eine Geige!«, rief Freddy.

»Nein«, sagte der Ältere. »Eine Gitarre.«

»Ach ja. Eine Gitarre. Es ist eine Gitarre, Dad.«

»Wow. Tatsächlich. Danke. Ich kann gar nicht Gitarre spielen.«

»Dann musst du's lernen«, sagte Caroline. »So was tun Männer in deinem Alter.«

»Pack jetzt das aus«, sagte Freddy. Er reichte mir ein buchförmiges Päckchen.

»Was kann das wohl sein?«, sagte ich und schüttelte es.

»Ein Buch«, sagte er. »Aber kein richtiges Buch. Eins, das nur so aussieht.« Ich packte es aus. Es war ein schwarzes, gebundenes Buch mit unbeschrifteten Seiten.

»Aha.«

»Du musst es selber schreiben. Es ist ein Trickbuch.«

»Danke.«

»Das nennt man Tagebuch, Freddy«, sagte der Ältere.

»Ja. Es ist ein Tagebuch, Dad. Witzig, was?«

»Es ist total schwer, für dich was zu finden«, sagte Caroline.

»Ich weiß.«

Nachdem ich meine Geschenke alle ausgepackt hatte, durfte ich im Bett bleiben, aber ich konnte nicht mehr einschlafen. Bisher hatte mich das Thema Geburtstag gestört, es hatte mich gestört, so zu tun, als würde es mich nicht stören, aber als ich so dalag, spürte ich, dass eine winzige Flamme der Hoffnung in meinem Magen brannte. Ich versuchte sie zu löschen, aber sie flackerte immer wieder auf. Schließlich wurde daraus ein Plan: Warum sollte ich im nächsten Jahr nicht auf einer Welle der Weiterbildung schwimmen? Gitarrespielen lernen, ein Tagebuch führen, mir alle dunklen Künste aneignen, die mir gefallen? Die Liste der Möglichkeiten wuchs: Französisch, Autoreparatur, Kung-Fu, Poker, Bühnenhypnose, Brotbacken, Quantentheorie. Am Ende des Jahres hätte ich mich so weitergebildet, dass ich kaum noch ich selbst wäre. Ich schlug die Steppdecke zurück und setzte mich auf, erfüllt von einer seltsamen Energie und einer ganz schrecklichen Angst. Ich beschloss, die Angst nicht zu beachten, sie zu bekämpfen, zu unterdrücken, aufzusaugen, sie durch Willenskraft zu vernichten. Ich weiß noch, dass ich ziemlich lange dort sitzen bleiben musste.

12. 11. 04

Heute, an meinem vierzigsten Geburtstag, beginne ich mein Tagebuch für das bevorstehende Jahr, ein Jahr der Weiterbildung, der Leistung, des Erfolgs und des Wohlergehens.

Da ich dieses Tagebuch erst vor knapp zwei Stunden bekommen habe, hatte ich nur wenig Zeit, mein Manifest auszuarbeiten. Dennoch nehme ich mir aufrichtg vor, folgende Ziele zu erreichen, auch wenn das keineswegs alles ist:

Ich will ein besserer Schreiber werden, von längeren und ernsthafteren Artikeln, um zu beweisen, dass jegliche Kritik an meinem Werk, ob im Internet oder sonstwo, lächerlich ist.

In der Zwischenzeit will ich jegliche Kritik ignorieren, ob im Internet oder sonstwo, die sich auf das Werk des guten alten GW oder irgendwelche Vorurteile über ihn stützt.

Ich will mich bemühen, mir selbst gegenüber oder, falls mir das nicht gelingt, gegenüber diesem Tagebuch immer ehrlich zu sein.

Ich will mich bemühen, mehr und bessere Freunde zu finden, damit ich nie wieder eine Liste von Geburtstagsgästen gutheißen muss, die größtenteils aus Carolines Freunden, Leuten von der Zeitung, mit denen ich noch nie zu tun hatte, und Paaren besteht, die ich vor dem Schultor kennengelernt habe.

Ich will mich ab jetzt aufrichtig bemühen, hinter dem Hund sauber zu machen. So läuft das ab jetzt.

Ich will versuchen, weniger zu trinken und mehr Sport zu treiben. Außerdem will ich nach morgen Abend wieder das Rauchen aufgeben.

Ich will lernen, die Gitarre zu spielen, die mir Caroline zum vierzigsten Geburtstag geschenkt hat, und zwar richtig.

Ich will ein besserer, aufmerksamerer Vater werden. Das sollte übrigens ganz oben stehen.

Ich will mich bemühen, mein schreckliches Benehmen am Telefon zu verbessern.

Da ich seit meinem zweiundzwanzigsten Lebensjahr keinen so langen Text mehr mit der Hand geschrieben habe, höre ich jetzt auf.

GW

Der Akkord des Tages ist Amaj7.

Ich rief den Kulturredakteur an und hinterließ die Nachricht auf seiner Voicemail, dass ich eine Idee für einen längeren Artikel hätte, der in den kommenden Wochen genau das Richtige sei. Ich hinterließ zweimal meine Nummer und versuchte mir nicht anmerken zu lassen, dass mir der Schweiß auf der Stirn stand. Dann ließ ich ein peinliches Schweigen folgen, bevor ich auflegte.

Ich betrachtete meinen frisch aufgeräumten, leeren Schreibtisch, mein neues schwarzes Tagebuch und dann die Gitarre, die in ihrem Karton auf dem Fußboden lag. Ich hob sie auf und stimmte sie. Das dauerte eine Weile, auch mit dem kleinen Gerät, das mir Caroline geschenkt hatte. Unsicher ging ich die fünf Akkorde durch, die ich kannte, die fünf Akkorde, die jeder kennt: C, A, G, D, E. Dann begann ich einen neuen zu lernen. Ich hatte mich für Amaj7 entschieden, weil er in dem Begleitheft mit den Akkorden ganz einfach aussah, eine Abwandlung von A, bei der nur ein Finger anders greifen musste, doch er war nicht so einfach: Er hatte etwas Beunruhigendes, Unfertiges und klang unbestimmt, unentschlossen, als würde sich ein Akkord vorsichtig auf das Territorium eines anderen schleppen und einen seltsamen, unheimlichen Optimismus auslösen, der meinen derzeitigen Gefühlen ähnelte. Vielleicht hätte ich auch bei jedem anderen Akkord außer F, für den ich mich an jenem Tag entschieden hätte, den Eindruck gehabt, dass er von derselben gesiebten Mischung aus Hoffnung und Bedrohung erfüllt war. Ich schlug immer wieder Amaj7 an, fingerte an den Saiten herum wie an einem lockeren Zahn. Ich spielte ihn zusammen mit ein paar anderen Akkorden und fand, dass er eine angenehme Ähnlichkeit mit D hatte. Ich schlug die beiden abwechselnd an, und abgesehen von den langen, musiklosen Pausen, in denen ich die Finger an die richtige Stelle legte, klang es gut. Durch die stetige Wiederholung schien die einfache Komposition volltönender zu werden. Dann klingelte das Telefon.

»Hallo.«

»Hallo, kann ich bitte mit Giles Wareing sprechen?«

»Am Apparat.«

»Hi, hier spricht Amanda von London AllTalk. Von der Duncan-White-Sendung.« Von beidem hatte ich noch nie gehört.

»Hi.«

»Giles, keine Ahnung, ob Sie das wissen, aber Duncan macht jeden Freitagmittag einen Beitrag über Gesundheit, und wir alle haben mit großem Interesse einen Artikel gelesen, den Sie vor kurzem geschrieben haben.«

»Über Feuerwerkskörper?«

»Nein. Es ging um Gicht.«

»Ach, ja.«

»Giles, wir haben uns gefragt, ob Sie als Fachmann und Erkrankter bereit wären, über das Thema zu sprechen.«

»Sie meinen heute?«

»Hier in unserem Studio? Wir schicken Ihnen einen Wagen.« Ich hatte eine Frage zur Bezahlung, wusste aber nicht, wie ich sie stellen sollte. Ich hatte mich davor gefürchtet, zu Mr Gicht zu werden, aber jetzt, wo der Titel verliehen war, empfand ich einen seltsamen Stolz.

»Ähm, okay, ja. Warum nicht.«

»Super! Nennen Sie mir Ihre Adresse.«

Ich war zu nervös, um mich weiter mit Amaj7 beschäftigen zu können. Also ging ich nach unten. Im Flur waren sechs Kisten Wein und mehrere Kartons mit Gläsern aufgestapelt. Caroline telefonierte, während Colin die Decke über dem Dunstabzug strich, die gerötete Stirn elfenbeingelb gesprenkelt.

»Wie geht's, Guy?«

»Gut, ja. Gut.« Ich griff um ihn herum, um an die Kaffeekanne zu gelangen, ein kleines italienisches Modell, bei dem der halbe Griff abgeschmolzen war. »Willst du Kaffee?«

»Tee, bitte. Die große Vier-null heute, was?«

»Stimmt.«

»Herzlichen Glückwunsch. Ich hab noch gar keine Einladung.« Caroline legte das Telefon hin und betrachtete uns.

»Glaub bloß nicht, ich hätte nicht gehört, dass du den ganzen Morgen oben auf der verdammten Gitarre gespielt hast«, sagte sie. Sie nahm das Telefon wieder. »Colin, wenn du heute Nachmittag nicht mit der verdammten Decke fertig bist, bring ich dich um.«

Als ich wieder hinaufging, blieb ich auf dem Treppenabsatz stehen, um die Heizung zu entlüften. Das Wasser gluckerte träge, während die Luft zischend aus dem Ventil entwich. Die Luftblase in der Heizungsanlage schrumpfte, doch sie verdichtete sich zugleich und sammelte sich in den weiter oben gelegenen Heizkörpern.

Als ich mich beeilte, um das oben klingelnde Telefon rechtzeitig zu erreichen, spritzte Kaffee auf die Fußleisten. Ich schnappte mir den Hörer beim vierten Klingeln, aber es war zu spät. »Sie haben den Anschluss von Giles Wareing gewählt«, sagte die müde Stimme, die nicht mehr mir gehörte, ein Register zu tief und trüb von all den Ablagerungen. »Bitte hinterlassen Sie eine Nachricht oder versuchen Sie es auf 020 …« Ich drückte auf die Stopptaste.

»Hallo?«

»Wareing. Was gibt's Neues?« Es war der Kulturredakteur.

»Hi, Brian. Gut.« Ich merkte, dass ich die falsche Frage beantwortete, redete aber einfach weiter. »Und dir?«

»Eine Idee für einen Artikel, hast du gesagt. Erzähl mir rasch davon.« Wie immer bereute ich, ihn angerufen zu haben.

»Im Grunde ist es so was wie ein historischer Artikel.«

»Oh-ooh.«

»Über den Barbareskenkrieg.«

»Okay. Was ist das?«

»Der Barbareskenkrieg? Eigentlich war das Amerikas erster Versuch einer präventiven Außenpolitik. Man beschloss, gegen die Barbareskenpiraten im Mittelmeer lieber Krieg zu führen, als ihnen Abgaben zu zahlen. Es war auch das erste Abenteuer Amerikas im Nahen Osten. Es gibt eine Menge Parallelen zu dem, was zur Zeit vor sich geht.«

»Von welcher Zeit reden wir?«

»1800. Direkt nach der Revolution sozusagen.« Es entstand eine Pause.

»Das klingt langweilig.«

»Ist es aber nicht. Es ist erzählerische Sachliteratur, zum Leben erweckte Geschichte, mit wichtigen Lektionen für die gegenwärtige Situation.«

»Ist das so was wie ein Hobby von Ihnen?«

»Das wird nicht langweilig. Es wird witzig.«

»Okay. Schreiben Sie nicht mehr als achtzehnhundert Wörter. Und jetzt hab ich noch eine Idee für Sie.«

»Was denn?«

»VHS. Warum wir es immer noch gut finden. Achthundert Wörter.«

»Für heute?«

»Ja. Erinnern Sie sich noch an Ihre Ode an die Audiokassette? Selbes Thema, anderes Format.«

»Hab's kapiert.«

»Gut. Bis heute Abend.«

Ich schaltete den Computer an.

IDIOT TRIFFT IDIOT

Eingerichtet von nochntoastbitte am 29. 10. 04 um 10:12 Uhr

Heute interviewt unser Lieblingsschmierfink Giles den berühmten Schmierfink »Chair« Fitzpaine. Kann man sich eine noch größere Verschwendung von Druckerschwärze vorstellen?

Salome66 - 8. 11. 04 um 11:31 Uhr (78/91)

Ganz meine Meinung - der Artikel über die Guy-Fawkes-Nacht war miserabel, vielleicht sogar sein allerschlechtester. Dasselbe alte Rezept: Nimm eine leichte Gegenposition ein, schwafel ein bisschen, lass 5 oder sechs naheliegende »Witze« einfließen und verwende dann eine nichtssagende, plumpe Ausdrucksweise, um zum Schluss zu kommen.

FritsZernike - 8. 11. 04 um 14:35 Uhr (79/91)

Wenn's bloß so gut wäre …

Salome66 - 8. 11. 04 um 15:21 Uhr (80/91)

Vielleicht steckt unser Giles in der Midlife-Crisis. Über seinem Schreiben liegt eine schreckliche Müdigkeit, findest du nicht auch? Dieser ganze Schwachsinn über die Vorzüge »der unverblümten Transaktion von Gib mir Süßes, sonst gibt's Saures« – das ist so zynisch, so müßig, so furchtbar zweitklassig, dass ich langsam den Verdacht habe, es könnte ein Hilferuf sein.

Lordhaha – 8.11.04 um 17:04 Uhr (81/91)
Seitdem ist Giles ziemlich still geworden, was

FritsZernike – 8.11.04 um 17:13 Uhr (82/91)
Vielleicht hat er diesen Thread entdeckt und beschlossen, den Journalismus aufzugeben …

---

nochntoastbitte – 8.11.04 um 23:44 Uhr (83/91)
drücken wir die Daumen

Grotius – 9.11.04 um 10:32 Uhr (84/91)
Es ist da! Endlich ist es gekommen!

LOLOLO – 9.11.04 um 14:07 Uhr (85/91)
was denn?

Grotius – 9.11.04 um 14:39 Uhr (86/91)
Ich dachte schon, ihr würdet überhaupt nicht mehr fragen!

Grotius – 9.11.04 um 14:49 Uhr (87/91)
Bloß die seltene, vergriffene erste (und einzige) Auflage von Die Geschichte des irischen Whiskeys von Giles Wareing! Es hat vierzehn Tage gedauert, bis das Ding gekommen ist, aber endlich gehört es mir! Mir ganz allein!

Salome66 – 9.11.04 um 15:11 Uhr (88/91)
Meine Güte, Groty! Du hast doch nicht etwa dafür bezahlt, oder?

Grotius - 9. 11. 04 um 15:13 Uhr (89/91)
Doch! Und es ist jeden Penny wert. Auszüge folgen in Kürze …

Salome66 - 9. 11. 04 um 15:20 Uhr (90/91)
Darauf freu ich mich.

Lordhaha - 12. 11. 04 um 8:04 Uhr (91/91)
Lass dir ruhig Zeit, Grotius

Zurück / Seitenanfang / Kommentar abgeben

Als ich die letzten Einträge näher betrachtete, entdeckte ich, dass alle Benutzernamen anklickbar waren und dass man mit dem Klick auf eine Seite kam, wo alle persönlichen Informationen aufgeführt waren, die die Benutzer preisgeben wollten. Manche hatten komplette Lebensläufe hinterlassen, andere hatten Links zu ihren Websites gesetzt. Salome66 verriet erwartungsgemäß nicht das Geringste, abgesehen von ihrer Webmailadresse war ihre persönliche Seite leer. Aber das Ganze bot die Möglichkeit, all meine Internet-Feinde zu ermitteln und zu entlarven, ihren Hass auf mich durch die Entdeckung ihrer eigenen Schwächen zu erklären. Aber das würde eine Weile dauern. Das Telefon klingelte.

»Ich würde gern Giles Wareing sprechen.«

»Am Apparat.«

»Hi, Giles, hier spricht Molly Brennan.« Wer?

»Hi.«

»Ihre Ärztin.«

»Oh, hi.«

»Ich habe gerade Ihre Testergebnisse bekommen.«

»Oh, schön. Das hat aber ziemlich lange gedauert.«

»Anscheinend hatte man die Proben verlegt.«

»Hm. Typisch.« Ich hatte mich bemüht, einen Wir-gegendie-anderen-Ton anzuschlagen, aber es war mir nicht richtig gelungen. Sie machte eine kurze, bewusste Pause.

»Die Ergebnisse sind jedenfalls sehr interessant. Ihr Harnsäurespiegel ist mehr oder weniger normal.«

»Heißt das, die Gicht ist nicht so schlimm, wie wir gedacht haben?«

»Das heißt, Sie haben überhaupt keine Gicht.« Mir fehlten die Worte.

»Äaammhhh.«

»Die Gelenkschmiere hat das bestätigt. Für alle Fälle habe ich Sie auch auf Pseudogicht testen lassen.«

»Pseudogicht. Sie meinen falsche Gicht?« Ich konnte es kaum glauben. »Hysterische Gicht?«

»Pseudogicht ist ein arthritisches Leiden, das durch Kalziumablagerungen hervorgerufen wird. Es kann sich schwächend und degenerativ auswirken. Normalerweise fängt sie im Knie an, deshalb bin ich zunächst nicht davon ausgegangen.«

»Dann ist Pseudogicht schlimmer als Gicht?«

»Es kann schlimmer sein. Glücklicherweise haben Sie keins von beidem.« Machte sie sich über mich lustig? Lächelte sie am anderen Ende der Leitung?

»Und was hab ich dann?«

»Anscheinend gar nichts. Alles sieht normal aus.«

»Aber Sie haben doch gesagt, ich habe Gicht.« Ich hörte den Türsummer unten.

»Das war eine vorläufige Diagnose, die auf den von Ihnen geschilderten Symptomen beruhte«, erwiderte sie.

»Dann hab ich also gelogen?«

»Das war als gute Nachricht gedacht. Sie sollten eigentlich froh sein.«

»Bin ich auch. Vielen Dank. Ich muss auflegen.« Carolines Schritte stapften schon die Treppe herauf, zu ihrem bevorzugten Rufposten.

»DA WARTET EIN AUTO AUF DICH.« Ich legte auf, erhob mich und tastete unwillkürlich nach den Schlüsseln. Dann lief ich wortlos und ohne Blickkontakt auf der Treppe an Caroline vorbei.

9

Das Büro war total unterbesetzt. Nur an drei von vielleicht zwanzig Schreibtischen saß jemand, und einer davon war ich. Amanda von AllTalk hatte mir eine Tasse Kaffee gebracht und mich dort zurückgelassen. Die Neonbeleuchtung schien auf halbe Stärke geschaltet zu sein, und das reichte nicht aus, um die mattgraue Düsternis zu vertreiben, die sich an die Fenster drängte. Zwei Personen in Mantel und Schal standen an der Tür und unterhielten sich leise. Telefone klingelten kurz, ehe sie sich meldeten. Die laufende Radiosendung – die, in der ich ich auftreten sollte, die Duncan White Show – plätscherte im Vordergrund beharrlich wie Nieselregen aus den hoch oben hängenden Lautsprechern. Kein Wunder, dass niemand da war. Jemand aus Barking rief gerade bei Duncan an und beschwerte sich über Zigeunerlager, Ziehharmonikabusse, die überflüssigen Schilder, die unsere historischen Hauptstraßen verschandeln, oder vielleicht auch über alles zusammen. Wenn man auf Sendung war, spielte das Thema anscheinend keine Rolle mehr. Das Ganze gehe zu weit, sagte der Mann. Es sei längst nicht mehr zum Lachen. Alle Postämter würden geschlossen. Die Fußballvereine kümmerten sich nicht mehr um ihre Fans. Es gehe nur noch um Geld. Seit zwei Monaten laufe braunes Wasser aus der Leitung, doch niemand unternehme etwas. Pizzas würden immer kleiner. Jugendliche brausten die ganze Nacht auf Mini-Bikes die Straße rauf und runter. Asylbewerber verzehrten Schwäne. Niemand höre mehr zu.

»In der nächsten halben Stunde«, sagte Duncan, »haben wir den Journalisten Giles Wareing zu Gast, der über die Gefahren der Gicht spricht.« Mein Herz pochte, obwohl meine Lider vor Müdigkeit juckten. Mein Atem ging langsam und flach. Am liebsten wäre ich woanders gewesen.

Die schwere Tür auf der anderen Seite des Raums ging quietschend auf. Amanda trat heraus und hielt die Tür mit dem Rücken offen.

»Wir sind bereit für Sie«, sagte sie. »Wollen Sie reinkommen?«

Ich war vierzig. Ich hatte keine Gicht. Sie waren bereit für mich.

DIE DUNCAN WHITE SHOW – ABSCHRIFT
London AllTalk Radio 98.6 FM – Am Puls von London
Ein Tochterunternehmen der Featherbed Communications plc

Sendung vom 12. 11. 04 – Gesundheitsfragen:
Gicht auf dem Vormarsch

Produzentin: Amanda Jennings
Moderator: Duncan White
Gast: Giles Wareing

DIESE ABSCHRIFT WURDE
VON EINER AUFZEICHNUNG ERSTELLT,
NICHT VON EINEM SCRIPT.
FEATHERBED COMMUNICATIONS PLC HAFTET
NICHT
FÜR DIE RICHTIGKEIT DES INHALTS.

WHITE: Danke, Carole. Gicht ist eine Krankheit, bei der man normalerweise an übergewichtige Männer mit gepuderten Perücken denkt, aber zur Zeit haben wir im Vereinigten Königreich schätzungsweise eine halbe Million Gichtkranke, viele von ihnen noch erstaunlich jung, und es gibt Anzeichen, dass die Zahl weiter steigt. Was ist die Ursache dieser großen Gichtepidemie? Neben mir sitzt heute der Journalist Giles Wareing, den man als Experten auf diesem Gebiet bezeichnen könnte, da er selbst an Gicht leidet. Herzlich willkommen, Giles.

WAREING: Danke.

WHITE: Und wie geht's Ihnen heute, Giles? Haben Sie Schmerzen?

WAREING: Nein, heute geht's mir gut, danke [lacht].

WHITE: Freut mich zu hören. Über Gicht werden ja ständig Witze gerissen. Die Krankheit steht im Ruf, eher witzig zu sein, aber in Wirklichkeit ist sie nicht zum Lachen, oder?

WAREING: Ganz und gar nicht. Gicht kann äußerst schmerzhaft sein.

WHITE: Sie selbst …

WAREING: Und wenn Gicht nicht behandelt wird, kann sie einen sehr schwächen.

WHITE: Ja. Sie haben das Ganze so beschrieben, als würde Ihnen immer wieder ein Felsbrocken auf den Zeh fallen.

WAREING: Ja. Oder ein schwerer Baumstamm. Ziemlich schmerzhaft.

WHITE: Anscheinend fängt es immer im Zeh an. Woran liegt das?

WAREING: Tja, das liegt hauptsächlich an der Schwerkraft. Gicht wird durch zu viel Harnsäure im Blut ausgelöst, die sich schließlich in den unteren Extremitäten als …

WHITE: Darauf kommen wir gleich zurück, Giles. Inzwischen machen wir eine kurze Pause. Falls Sie irgendwelche Fragen an Giles Wareing haben oder uns Ihre persönlichen Erfahrungen mit Gicht mitteilen wollen, rufen Sie uns an unter der Nummer 0207 222 3131 oder mailen Sie an d.white@alltalk.co.uk

– Pause –
[ERKENNUNGSMELODIE]

WHITE: Wir sind wieder da, mein Name ist Duncan White, und diese Sendung läuft bis 14 Uhr. Um zwanzig nach kommen Reisewetter und Verkehrshinweise, im Moment habe ich den gichtkranken Journalisten Giles Wareing zu Gast, und wir sprechen passenderweise über Gicht. Was nehmen Sie gegen die Krankheit, Giles? Gibt es so etwas wie Gichttabletten?

WAREING: Normalerweise behandelt man die Symptome mit nichtsteroidalen Antiphlogistika, aber es gibt auch …

WHITE: Nichtsteroidale Antiphlogistika – was ist das genau?

WAREING: Tut mir leid, das sind, äh, lassen Sie mich kurz überlegen … entzündungshemmende Schmerzmittel. Das reicht von Ibuprofen bis Aspirin und einer Reihe verschreibungspflichtiger Medikamente, obwohl …

WHITE: Wie wir schon am Beginn der Sendung gesagt haben, leiden immer mehr junge Leute an Gicht – obwohl bestimmt immer noch Leute wie Sie, so zwischen vierzig und fünfzig, am gefährdetsten sind. Kann man das so sagen?

WAREING: Ich bin erst vierzig.

WHITE: Und Sie sehen keinen Tag älter aus.

WAREING: Bin ich auch nicht. Heute ist mein Geburtstag.

WHITE: [lacht] Das ist echt gut. Also, falls Sie irgendwelche Fragen an Giles zu seiner Gicht haben oder ihm einfach zum Geburtstag gratulieren wollen, dann wählen Sie die Nummer 0207 222 3131. Ich wiederhole: 0207 222 3131. Mir ist da gerade etwas eingefallen. Eine interessante Frage an Sie, Giles. Meinen Sie, dass diese ganze Low-Carb-Sache, Atkins etc., für den gewaltigen Anstieg von Gicht bei der jüngeren Generation verantwortlich sein könnte?

WAREING: Speziell bei Atkins weiß ich das nicht genau, aber schneller Gewichtsverlust kann bestimmt zu einem Gichtanfall führen. Wenn die Nieren überbelastet werden, dann wird ihre normale Funktion beeinträchtigt und …

WHITE: Und ehe man sich's versieht, ist aus einem Volk von Leuten, die Low-Carb-Diäten machen, ein Volk von Gichtkranken geworden.

WAREING: Sozusagen.

WHITE: Ernüchternder Gedanke. Also, verzichten Sie nicht auf Kartoffeln, meine Damen und Herren sonst könnte es Ihnen ergehen wie dem armen Giles hier. Welche Nahrungsmittel sollten wir meiden, wenn wir denn nun der gefürchteten Gicht entgehen wollen?

WAREING: Offenbar sind Alkohol, rotes Fleisch, Schalentiere und bestimmte Gemüsesorten wie zum Beispiel Spargel gefährlich. Milchprodukte können interessanterweise von Nutzen sein. Das, äh …

WHITE: Also, auf Spargel kann ich gut verzichten. Das Zeug kann ich absolut nicht ausstehen. Und nicht bloß weil es … na ja, das sollten wir nicht weiter vertiefen. Wir haben jetzt David aus Loughton in der Leitung. Hallo, David!

ANRUFER: Ja, hallo, Duncan. Ich leide an Gicht, seit mehr als neun Jahren, und kann kaum glauben, dass jemand, der vorgibt, ein sogenannter Gichtexperte zu sein, Aspirin als Heilmittel empfiehlt. Denn jeder Arzt wird Ihnen sagen, dass Gicht durch Aspirin noch verschlimmert wird. Ich bin wirklich schockiert, dass solche gefährlichen Ratschläge im Radio gesendet werden.

WAREING: Ich glaube nicht, dass ich das empfohlen habe.

WHITE: Ich aber. Für mich hat sich das so angehört.

WAREING: Tja, tut mir leid, wenn ich missverstanden wurde. Ich habe gesagt, Aspirin ist ein nichtsteroidales Antiphlogistikum, was auch zutrifft, aber damit wollte ich nicht sagen …

WHITE: Dann sollte man gegen Gicht also kein Aspirin nehmen.

WAREING: Ja. Nein. Ich meine, ich glaube, er hat recht, das sollte man nicht.

ANRUFER: Auf keinen Fall, das …

WHITE: Fragen Sie wie immer Ihren Arzt, bevor Sie irgendwelche Medikamente nehmen. Vielen Dank für den Hinweis, David aus Loughton.

WAREING: Aus irgendeinem Grund steigt davon der Harnsäurespiegel im Blut.

WHITE: Okay, unser heutiges Thema ist Gicht, und Sie können uns wie immer unter der Nummer 0207 222 3131 erreichen. Um zwanzig nach kommen Verkehrshinweise und zur vollen Stunde Nachrichten, mein Name ist Duncan White, und jetzt erzählt ihnen Carole etwas über die Sondersendung von Sport Chat live heute Abend …

– Pause –
[ERKENNUNGSMELODIE]

WHITE: Guten Tag, Sie hören die Duncan White Show, diese Sendung läuft bis 14 Uhr, und gleich kommen Verkehrshinweise. Mein heutiger Gast ist Giles Wareing, freiberuflicher Journalist und selbsternannter Gichtexperte, der obendrein heute Geburtstag hat, da ist es sehr nett, dass er bei uns vorbeischaut. Herzlichen Glückwunsch, Giles.

WAREING: Danke.

WHITE: Wir haben eine E-Mail von Dennis in Ruislip erhalten, der fragt: »Woran erkenne ich, dass ich Gicht habe?« Giles, die Symptome dürften doch ziemlich eindeutig sein.

WAREING: Könnte man sagen.

WHITE: Jetzt erzählen Sie mal von Ihrer eigenen Gicht, Giles, denn Sie haben ja darüber geschrieben. Alles beginnt mit diesem schrecklichen Schmerz in Ihrem großen Zeh …

WAREING: Das stimmt.

WHITE: Der Schmerz ist total heftig, stimmt's? An einer Stelle haben Sie geschrieben, wie ein in heißer Butter steckendes Messer. Ich habe absolut keinen Schimmer, was das heißen soll [lacht], aber ich will Ihnen gern glauben.

WAREING: Tja, das ist schwer zu beschreiben.

WHITE: Der schlimmste Schmerz, den Sie je empfunden haben?

WAREING: [Pause] Schwer zu sagen. Schmerz ist relativ. Und man kann sich nicht richtig daran erinnern. Aber er ist schlimm. Selbst das Gewicht der Bettdecke ist unerträglich.

WHITE: Gut. Aua. Sie hinken also unter schrecklichen Qualen zur Arztpraxis, und woher weiß man dort, dass es Gicht ist?

WAREING: Leider dauert es eine Weile, bis eine verlässliche Diagnose gestellt werden kann. Es müssen ein Bluttest und Röntgenaufnahmen gemacht, vielleicht auch ein bisschen Flüssigkeit aus dem Gelenk entnommen werden.

WHITE: Und wie lange dauert es, bis Sie die ganzen Ergebnisse haben?

WAREING: Also, wenn jemand die Proben verlegt, wie bei mir, dann kann es mehrere Wochen dauern.

WHITE: Typisch! [lacht] Typisch National Health Service. Und wann haben Sie die Ergebnisse schließlich erhalten?

WAREING: Die endgültigen Ergebnisse habe ich erst heute früh bekommen.

WHITE: [lacht] Unglaublich!

WAREING: Tja …

WHITE: Und wonach wird da genau gesucht?

WAREING: Äh, eigentlich geht es um einen erhöhten Harnsäurespiegel im Blut, aber das allein ist noch nicht beweiskräftig, deshalb wird oft noch ein bisschen …

WHITE: Ihr Problem ist also, dass Sie zu viel von dem Zeug im Blut haben. Was können die Ärzte dagegen tun?

WAREING: Ja, deshalb …

WHITE: Was heißt hoch? Wie hoch war Ihr Wert?

WAREING: Eigentlich war mein Wert ziemlich normal.

WHITE: Das ist doch ein bisschen rätselhaft, oder?

WAREING: Wie gesagt, das allein ist noch nicht beweiskräftig. Also überprüft man unter dem Mikroskop die Gelenkschmiere, denn es könnte sich auch um Pseudogicht handeln.

WHITE: Pseudogicht! [lacht] Was ist das denn? Wenn man so tut, als hätte man Gicht, damit man einen Behindertenparkausweis kriegt? [Hintergrundgelächter]

WAREING: Eigentlich nicht, nein. Pseudogicht wird durch eine andere Art von Kristallablagerungen ausgelöst, aber in vielen Fällen ... es ist schlimmer als Gicht. Es kann schlimmer sein als Gicht. Im Grunde ist es eine Form von Arthritis, mit gichtähnlichen Symptomen.

WHITE: Pseudogicht! Wer denkt sich so was aus? [Hintergrundgelächter] Debbie lacht sich halb tot. Sie ist ins Studio gekommen, um die Verkehrshinweise zu geben, und jetzt kriegt sie sich ... Debbie, du sollst still sein! Beruhig dich doch!

DEBBIE: [unverständlich]

WHITE: Ich weiß. Debbie wird um zwanzig nach die Verkehrshinweise geben, falls sie sich bis dahin zusammengerissen hat. In der Zwischenzeit haben wir den Journalisten Giles Wareing zu Gast, der an einer Krankheit namens [lacht] Pseudogicht leidet. Debbie bringt mich zum Lachen. Giles, reagieren die Leute oft so, wenn Sie erzählen, dass Sie Pseudogicht haben?

WAREING: Ich habe keine Pseudogicht.

WHITE: Tut mir leid, ich bin ein bisschen durcheinander, seit Debbie angefangen hat [lacht], seit sie so ungehörig kichert. Woran leiden Sie, Giles? Was genau fehlt Ihnen?

WAREING: Ich weiß es nicht.

WHITE: Sie wissen es nicht?

WAREING: Nein.

WHITE: Da ist ein weiterer Anruf. Ich glaube, wir haben Corinne in der Leitung. Sind Sie noch da, Corinne?

ANRUFERIN: Hallo zusammen.

WHITE: Wie geht's Ihnen an diesem trüben Novembertag?

ANRUFERIN: Danke, gut.

WHITE: Schön. Und wie lautet Ihre Frage?

ANRUFERIN: Ich wollte bloß fragen – mein Mann hat seit einer Weile Gicht – und da wollte ich wissen, ob die verschriebenen Schmerzmittel bei Ihrem Experten, seiner Erfahrung nach, irgendwelche Nebenwirkungen hatten, denn unser Arzt will sie aus diesem Grund nicht verschreiben.

WHITE: Interessante Frage. Giles? Irgendwelche Nebenwirkungen?

WAREING: Das weiß ich nicht.

ANRUFERIN: Wie bitte?

WHITE: Er sagt, er weiß es nicht. Das Problem ist, wir haben gerade herausgefunden, dass Giles eigentlich gar keine Gicht hat. Wenigstens glaube ich das. Haben Sie wirklich keine Gicht, Giles?

WAREING: Nein.

ANRUFERIN: Dann ist er ein Hochstapler?

WHITE: [lacht] Gute Frage. Giles, sind Sie ein Hochstapler? [Pause] Giles, sind Sie … Giles?

ANRUFERIN: Macht ihm das Spaß, die Zeit anderer Leute zu verschwenden?

WHITE: Leider müssen wir es dabei bewenden lassen, Corinne, vielen Dank. Herzlichen Dank auch an den Journalisten Giles Wareing. Mein Name ist Duncan White, und Sie hören 98,6 London AllTalk. Es folgen Verkehrshinweise und Reisewetter.

– Abschrift endet –

Keine Ahnung, warum ich an Ort und Stelle in Tränen ausbrach. Normalerweise passierte mir das immer nur im Auto. Die Innerlichkeit, zu der ich in Stresszeiten neige, überkam mich nach dem Fehler mit dem Aspirin. In dem Wissen, dass ich keine Gicht hatte, hatte ich mich entschieden, den sachlichen Verbreiter nützlicher Informationen zu spielen, aber durch den Irrtum wurde mein Selbstvertrauen erschüttert. Ich verlor die Konzentration. Plötzlich stellte ich fest, dass ich den Hund am Morgen nicht ausgeführt hatte. Ich dachte an meine Kinder, meine kleinen Söhne, in der Schule, der weiten Welt, so verletzlich. Ich zog die Möglichkeit in Betracht, dass mich meine Frau nicht mehr liebte. Ich dachte an die Luftblase, die sich in der Heizungsanlage stetig nach oben arbeitete. Ich fragte mich, wer der schlechteste Journalist in Großbritannien war. Warum 1804 keine 1804er Dollars geprägt wurden. Ich dachte daran, wie Stick steif und platt im Nachbargarten gelegen und der Wind ihm das Fell gesträubt hatte. In jenem Moment kam ich mir erstmals wirklich alt vor und goss meine formlose Angst in eine Form. In diesem neuen

Zusammenhang ergab die Angst einen Sinn: alt zu sein, Angst zu haben, tagtäglich an den Tod zu denken, das war weder morbid noch feige, sondern nur den Umständen angemessen. Ich hatte den Eindruck, dass Alter und Angst zusammengehörten, unteilbar, ein Alter-Angst-Kontinuum. Außerdem hatte ich noch nichts gegessen. Die ersten Tränen landeten auf dem Schaumstoffwindschutz des Mikrofons. Ich hörte sie in meinem Kopfhörer.

Amanda verhielt sich sehr nett.

»Keine Sorge«, sagte sie. »Wir haben alle unsere schwachen Momente. Ich bin mal ohnmächtig geworden und hinten aus dem Bus gefallen.«

»Wirklich?«

»Ja. Das war echt peinlich.«

»Ich hab live im Radio geheult. Tausende von Menschen haben das mitgekriegt.«

»Ziemlich unwahrscheinlich. Duncans Nummern sind beschissen. Und nach dem ersten Schluchzen wurde Ihr Mikro sofort abgeschaltet. Wen interessiert das schon? Bloß eine blöde Sendung am Freitagmittag. Was soll's?« Sie lächelte strahlend, auf eine Art, die ihr Mitleid so gut verbarg, dass ich spürte, wie mir wieder Tränen in die Augen stiegen. Blinzelnd räusperte ich mich und lächelte zurück.

»Werde ich für diesen Auftritt bezahlt?«

Als ich nach Hause kam, verteilte Caroline gerade vier große Blumensträuße auf alle Vasen, die wir besaßen. Die sie besaß. Ich konnte eigentlich nicht behaupten, dass eine der Vasen mir gehörte. Ich sah ihr eine Weile zu. Sie hatte die gelassene Effizienz einer Fließbandarbeiterin, aber auch einen klaren Blick für Ausgewogenheit, und neigte jedes Mal den Kopf, wenn sie überlegte, ob eine Blüte mehr oder weniger vonnöten war. Ein feines Gespür ohne jegliche Frustration. Wie mochte sich das anfühlen?

»Wo warst du denn?«

»Im Radio.«

»Oh. Und wie ist es gelaufen?«

»Erwartungsgemäß.«

»Und hilfst du mir heute irgendwann?«

»Ich muss noch ein bisschen arbeiten.«

»Geh bitte erst mit dem Hund raus.«

»Ja.« An der Tür drehte ich mich um und ging nochmal in die Küche. Ich zog die Schublade auf, in der sich die ganzen Plastiktüten befanden, wählte die stabile weiße Tüte eines Computerladens aus und untersuchte sie auf Risse oder Löcher.

»Wozu brauchst du die?«, fragte Caroline.

»Dem Allgemeinwohl zuliebe.«

Ein schwarzer Wolkenstreifen trieb über den Roundworm Park, dessen östliche Kante sich scharf vor dem glanzlosen Kaschmirhimmel dahinter abzeichnete. Abgesehen von einem der professionellen Hundeausführer, der sich auf seinem Fahrrad von acht Hunden verschiedener Rassen langsam den Weg entlangziehen ließ, während er in das Kopfhörermikrophon des Handys sprach, das an seinem Ohr hing, war der Park leer. Philippa blieb zurück und schnupperte an stinkenden Pfützen. Auf der anderen Seite des Rundwegs wehte mir der Regen ins Gesicht und durchnässte die Knie meiner Hose. Eine blaue Plastiktüte, die in den kahlen Zweigen eines Baumes hing, flatterte schlaff im Wind, wie sie es schon seit fünf Jahren tat. Als ich mich umdrehte, sah ich gerade noch, wie der Hund sich ungefähr hundert Meter entfernt wieder aufrichtete.

Zielstrebig ging ich hinüber und zog im Gehen die Tüte aus der Tasche, doch der Hund beschrieb kleine Kreise und entfernte sich bereits von der Stelle. Als ich ankam, wusste ich nicht, wo ich suchen sollte.

Wie soll man mitten auf einer Wiese einen Hundehaufen finden? Wie lange muss man als guter Bürger danach suchen?

Ich blickte mich im Park um. Der Hundeausführer befand sich auf der gegenüberliegenden Seite. Am Eingang standen ein paar Schuljungen herum. Niemand, der sah, dass ich guten Willen zeigte. Ich wollte schon aufgeben, als ich plötzlich einen besonders großen Haufen entdeckte. Höchstwahrscheinlich stammte er nicht von Philippa, aber das war jetzt unwichtig. Einen Haufen gelegt, einen beseitigt: So retten wir den Park. Ich stülpte die Tüte verkehrtrum über meine Hand und hob den Haufen vorsichtig auf.

Als ich mich dem Eingang näherte, stand nur noch einer der Schuljungen da. Unter seiner grauen Kapuze hervor starrte er mich an. Er war unglaublich groß.

»Yo, ich muss mir mal dein Handy borgen.«

»Ich hab keins.«

»Du hast kein Handy?«

»Also, eigentlich hab ich eins, aber ich hab's nicht dabei.« Ungeduldig trat er von einem Fuß auf den anderen und starrte mich immer noch an. Anscheinend war das ein Überfall, wenn auch ein äußerst halbherziger. Ich blickte mich nach dem Hund um.

»Wie steht's mit Geld? Hast du Geld?« Sein höhnisches Grinsen verrutschte ihm ständig und hinterließ einen ziemlich nervösen Gesichtsausdruck. Außerdem war er klatschnass und noch viel zu jung für so etwas, doch seine Körpergröße blieb beeindruckend. Seine Freunde, beide viel kleiner, standen rauchend im Bushäuschen an der Straße und beobachteten, wie er vorankam.

»Nein. Auch kein Geld. Glaub mir, ich hab nichts, was du haben willst.« Mit gesenktem Blick trat er vorsichtig einen Schritt auf mich zu.

»Und was ist das dann?« Mit der Faust in der Tasche deutete er auf meine Plastiktüte. Die hatte ich in den Abfalleimer werfen wollen, aber ich war zu sehr damit beschäftigt gewesen, meinen katastrophalen Radioauftritt zu überdenken.

»Das hier? Das ist ...« Um ehrlich zu sein, war mir die Wahrheit peinlich, und ich versuchte mich zu erinnern, was ursprünglich in der Computertüte gewesen war. »Ein USB-Hub mit vier Anschlüssen.«

Seine Fingerspitzen knallten auf meine Hand, und er schnappte sich blitzschnell die Tüte und rannte schräg über die Straße in Richtung Bushäuschen. Als seine beiden Freunde ihn kommen sahen, sprinteten auch sie los, und dabei riefen sich die drei etwas zu. Ein vierter Junge auf einem zu kleinen Fahrrad sah sie vorbeirennen und brauste hinterher. Ich blickte nach unten und sah den Hund neben mir stehen.

»Wo warst du?« Das Pochen meines Herzens klang mir in den Ohren, aber als wir die Straße überquerten, lächelte ich zum ersten Mal seit ungefähr vier Tagen. Ich spürte, wie sich von dem Grinsen meine Haut spannte.

10

IDIOT TRIFFT IDIOT

Eingerichtet von nochntoastbitte am 29. 10. 04 um 10:12 Uhr.

Heute interviewt unser Lieblingsschmierfink Giles den berühmten Schmierfink »Chair« Fitzpaine. Kann man sich eine noch größere Verschwendung von Druckerschwärze vorstellen?

Grotius - 12. 11. 04 um 10:37 Uhr (92/109)

Entschuldigt die Verzögerung. Hatte sehr viel zu tun. Hier eine kleine Kostprobe: »*Nichts schmeckt so gut wie ein Schluck irischer Whiskey in der Wärme eines irischen Pubs, schlicht eingerichtet, aber von Gesang und Gelächter erfüllt. Jahrhundertelang hat dieses Getränk Musiker und Geschichtenerzähler der Grünen Insel inspiriert. Auch wenn die Schotten es vermutlich bestreiten würden, können die Iren mit Fug und Recht behaupten, die Erfinder dieses goldenen Getränks zu sein, das sie* uisce beatha *oder Wasser des Lebens nannten.*« Es fällt mir schon schwer, dieses Zeug zu tippen. Kann ich jetzt aufhören?

---

nochntoastbitte - 12. 11. 04 um 11:02 Uhr (93/109)

Das tut echt weh. Bitte mehr davon!

Salome66 - 12. 11. 04 um 11:11 Uhr (94/109)
Das klingt, als stammte es von einer Website für Frühstückspensionen in Kerry

---

Grotius - 12. 11. 04 um 11:23 Uhr (95/109)
… es heißt, St. Patrick habe das Geheimnis der Destillation nach Irland gebracht. Vieles deutet darauf hin, dass der Alembic - ein primitives Gefäß, das im Nahen Osten noch immer zum Destillieren von Parfüm benutzt wird - seit dem 6. Jahrhundert in Irland verbreitet war …
Ich glaube, wir kennen Mr Wareing zu gut, um dieser historischen Zeitachse viel Vertrauen zu schenken …

Lordhaha - 12. 11. 04 um 11:28 Uhr (96/109)
Geh mal zu der Stelle, wo die Kobolde ins Spiel kommen!

Salome66 - 12. 11. 04 um 11:41 Uhr (97/109)
Wie viele Seiten sind es noch, bis zum ersten Mal vom *craic* die Rede ist?

Wiederholungstäter - 12. 11. 04 um 11:50 Uhr (98/109)
Das ist mein neuer Lieblingsthread!

Grotius - 12. 11. 04 um 11:55 Uhr (99/109)
Ich hab gleich eine Besprechung. Ihr müsst alle noch warten …
Alle außer Salome: *»guter Whiskey, gute Freunde, guter craic …«* Seite 7. Nicht schlecht.

---

nochntoastbitte - 12. 11. 04 um 11:58 Uhr (100/109) 100!
Ich danke euch …

Wiederholungstäter - 12.11.04 um 12:04 Uhr (101/109)
Wie schreibt man kursiv?

PawlowsKätzchen - 12.11.04 um 12:15 Uhr (102/109)
O mein Gott! Er ist im Radio!!!! Giles ist im Radio!!!

Salome66 - 12.11.04 um 12:17 Uhr (103/109)
Was? Wo? Warum?

PawlowsKätzchen - 12.11.04 um 12:22 Uhr (104/109)
Ist schon vorbei. Ich hab erst am Schluss erfahren, dass er's war. So eine blöde Gesundheitssendung auf AllTalk, aber GW schien völlig überfordert zu sein.

---

nochntoastbitte - 12.11.04 um 12:29 Uhr (105/109)
Der ist doch schon überfordert, wenn er auf einem feuchten Geschirrtuch steht. Aber was bitte ist AllTalk?

Salome66 - 12.11.04 um 12:40 Uhr (106/109)
Lokales Talkradio. Rundfunk des kleinsten gemeinsamen Nenners *par excellence*. Da verpasst man nichts.
Wie hat er sich angehört, Kätzchen?

---

nochntoastbitte - 12.11.04 um 12:52 Uhr (107/109)
Hier im Norden gibt's auch LCD Radio, meine Liebe. Und Strom ebenfalls.

PawlowsKätzchen - 12.11.04 um 12:58 Uhr (108/109)
wie zu erwarten - spießig, arrogant, selbstgefällig, total daneben. Vielleicht ein bisschen älter, als ich dachte, oder vielleicht auch krank.
Muss los. Das Mittagessen ruft. Was ist denn bloß mit dem Wetter los?

Wiederholungstäter – 12. 11. 04 um 13:01 Uhr
(109/109)
noch mehr Kursivschrift! Erklärt mir, wie's geht!

Zurück / Seitenanfang / Kommentar abgeben

Als ich nach unten ging, lag ein weiteres Geschenk auf dem Bett: eine steife, schlichte weiße Einkaufstüte, verziert mit einem kleinen, kaum zu entziffernden Logo. Darin befand sich ein geblümtes Hemd mit roter Ziernaht an Kragen und Manschetten, unverhohlen schick, ein Partyhemd. Als ich es auseinanderfaltete, war ich nicht überrascht zu sehen, dass es viel zu groß war. Für Caroline war die Größe nie so wichtig wie ihre Vorstellungen davon, was ich tragen sollte. Wenn sie fand, dass der Stil zu mir passte, ließ sie sich nicht davon abbringen, nur weil es nicht in meiner Größe vorrätig war. Es lag keine Karte dabei, aber es war ein Geschenk, dem eine unausgesprochene Aufforderung innewohnte: Zieh das an!

Ich dachte wieder an die Gitarre, die in eine andere Geschenkkategorie fiel. Caroline betrachtete Gitarrespielen bestimmt als kläglichen männlichen Luxus, als Mittel der Selbstbefangenheit, als beschämendes, unwürdiges Hobby. Deshalb war die Gitarre ein eindeutiges Zeichen ihrer Opferbereitschaft, ihrer bedingungslosen Liebe. Dass ich nie das geringste Interesse an einer Gitarre bekundet hatte, war völlig nebensächlich. Sie hatte mir etwas geschenkt, das ich in ihren Augen nicht haben sollte. Immerhin hatte es etwas zu bedeuten. Meine Geschenke an sie umfassten keine komplizierten emotionalen Transaktionen. Ich kaufte sie, und Caroline brachte sie zurück.

Beim Rasieren schnitt ich mich zweimal am Hals und musste warten, bis kein Blut mehr lief, bevor ich das Hemd anziehen konnte. Inzwischen suchte ich in meinem Gesicht nach den beiläufigen Spuren des Alters. An beiden Ohren waren da, wo die

Schwerkraft die Haut über die Grenzen der Dehnbarkeit hinaus nach unten gezogen hatte, eine Reihe winziger Fältchen zu sehen. Die Brauen hatten sich bis zu den Lidern gesenkt, und die Augenhöhlen schienen am unteren Rand offenzuliegen. Die Haut saß nicht mehr straff am Kinn, alles löste sich allmählich, verknitterte und verzog sich wie schlecht geklebte Tapete. Denk nicht drüber nach, dachte ich. So ist das nun mal. Auf die Art werden die Leute ihren Hunden immer ähnlicher.

»Wie schön, dass du kommen konntest«, sagte Caroline. Sie hielt inne, um den Tonfall zu ändern. Der Sarkasmus war so tief in ihr verwurzelt, dass sie sich anstrengen musste, um ernsthaft zu klingen. »Das steht dir gut.«

»Der Kragen kommt mir ein bisschen groß vor«, sagte ich.

»Nur wenn du das Hemd zuknöpfst, du Dummkopf.« Sie öffnete den obersten Knopf und zog an den beiden Kragenenden. »So ist es besser. Ich gehe nach oben, um zu baden und mich anzuziehen. Warum verbringst du zur Abwechslung nicht mal ein bisschen Zeit mit deinen Kindern?«

Das Wohnzimmer war richtig aufgeräumt. Überall standen Blumen und saubere Aschenbecher. Eine alte Decke, die auf irgendeiner Kommode gelegen hatte, war über die Rückenlehne des Sofas gebreitet, um die Flecken und Risse zu verbergen. Auf dem Klavier stand eine brennende Duftkerze, die den rätselhaften Geruch in dieser Ecke des Zimmers überdecken sollte. Die Jungen saßen in ihren Schlafanzügen hintereinandergekuschelt auf dem Sofa und starrten konzentriert auf den Fernseher, wo sich mehrere schlecht animierte japanische Werbefiguren – Kopien von Spielzeugrobotern, auf die ich schon oft getreten war – einen Kampf lieferten. Mir schien, dass ich meine Kinder in letzter Zeit immer nur im Schlafanzug gesehen hatte, aber nicht weil ich zu beschäftigt war, sondern sie.

»Ist das ein Video oder richtiges Fernsehen?«, fragte ich.

»Eine DVD«, sagte der Ältere.
»Ein Räuberfilm«, sagte Freddy.
»Die sehen gar nicht wie Räuber aus.«
»Er meint, es ist eine Raubkopie.«
»Wo habt ihr die her?«
»Die hat Colin mitgebracht.«
»Oh. Ihr wisst doch, heute Abend ist meine Party.«
»Ich weiß, Dad«, sagte der Jüngere.
»Natürlich wissen wir das.«
»Wie war der Geigenunterricht?«
»Gut.«
»Und Taekwondo?«
»Gut.«
»Wart ihr danach bei Billy?«
»Schhht, Dad.«
»Tut mir leid.« Ich setzte mich zwischen die beiden und sah ebenfalls zu.

Obwohl ich dem Zeichentrickfilm kaum folgen konnte, ärgerte ich mich darüber. Selbst wenn man das Ganze als eine einzige lange Kampfszene betrachtete, ließ er jegliche Erzählstruktur vermissen. Wenn die Roboter unterlegen waren, verwandelten sie sich einfach in etwas ganz anderes – einen Dinosaurier, einen Bulldozer –, um die Oberhand zu gewinnen. In ihrer neuen Gestalt wurden Feinde manchmal zu Verbündeten, um eine Kreatur zu besiegen, die sie beide bedrohte. All das erforderte ausführliche Erklärungen, die prompt in Form eines atemlos vorgetragenen Kommentars von einer Schar steifer, großäugiger, abseits sitzender Zeichentrickkinder gegeben wurden. Dabei blieb unklar, auf wessen Seite sie standen.

»Jetzt gewinnt Mobatak wieder«, sagte der Ältere.

Mein Blick fiel auf ein Foto auf dem Beistelltisch, eine gerahmte, zerkratzte Aufnahme, auf der Caroline und ich scheinbar schlafend irgendwo in Devon im struppigen Gras liegen. Das Foto war fünfzehn Jahre alt und hielt einen der wenigen ruhigen Momente eines Wochenendes fest, an dem wir uns eigentlich ununterbrochen gestritten hatten. Wir waren damals erst ein knappes Jahr zusammen gewesen, und ich befürchtete allmählich, dass unsere Beziehung immer schwierig sein würde, immer wieder geprägt von Phasen der Unzufriedenheit und emotionalen Entfremdung. Mehrere Monate später blieben wir nach einem weiteren großen Streit eines Abends lange auf, um über die Möglichkeit einer dauerhaften Trennung zu sprechen. In dem verzweifelten Versuch, eine Trennung zu verhindern, sagte ich ihr, unsere Streitigkeiten seien mir egal, die Spannungen und die Unzufriedenheit seien erträglich, weil mir seit langem klar sei, dass sie für mich die Richtige war. Bei der Erinnerung lief es mir kalt den Rücken hinunter. Ich weiß noch, wie sie auf den Tisch blickte und in äußerst resigniertem, bedrückten Ton gestand, dass es ihr genauso ging: Es gab für sie keinen anderen. Das war unser wahrer Pakt, ein Versprechen, das bindender war als das folgende Ehegelöbnis. Im Lauf der Zeit hatten wir neue und raffinierte Methoden entwickelt, den Willen des anderen zu bezwingen, neue Arten, uns zu verletzen, doch wenn sich die Welt gegen uns verschworen zu haben schien, wurde unser ursprüngliches Bündnis stets erneuert. Wir waren in der Zwischenzeit andere Menschen geworden, doch unsere Abmachung an jenem Abend, über die wir nie wieder sprachen, band uns aneinander wie, wie …

»Wie heißen diese beiden Dinger?«

»Jeddera und Mobatak.«

»Wer ist wer?«

»Das da ist Jeddera. Weißt du, welche Fähigkeit er besitzt?«

»Nein.«

»Er hat Superkraft.«

»Ah.«

Caroline rief etwas von oben. In ein Handtuch gehüllt, stand sie auf dem Treppenabsatz, nass und ganz rot im Gesicht.

»Ich hab die Versammlung total vergessen«, sagte sie. »Da musst du hingehen.«

»Was für eine Versammlung denn?«

»Die FRP-Versammlung. Wegen des Parks. Ich hab versprochen, dass einer von uns beiden kommt, und hab das Ganze dann völlig vergessen.«

»Jetzt?«

»Geh einfach zwanzig Minuten hin und sag, du kannst nicht länger bleiben. Ich hab's ihr versprochen – wie heißt sie noch gleich? Die Frau mit dem lahmen Schäferhund.«

»Kommen unsere Gäste nicht in zwanzig Minuten?«

»Ich hab ihr in die Augen geschaut und es versprochen. Gestern.«

Die Spielhütte in der westlichen Ecke des Parks war den Kindern seit zwei Jahren verschlossen, aber für die örtlichen Übeltäter war die mit einem Vorhängeschloss versehene Stahltür anscheinend kein Hindernis. Eine einzige Sicherheitslampe, die in ihrer Halterung himmelwärts gebogen war, beleuchtete lediglich den schräg herabfallenden Regen. Im Innern der Hütte strahlte kaltes Neonlicht. Ich überlegte, ob ich nicht wieder gehen sollte, aber plötzlich tauchte jemand hinter mir auf.

»Was für ein Abend, hm?«, sagte eine Gestalt, in der ich die von Caroline erwähnte Frau mit dem lahmen Schäferhund erkannte.

Die Versammlung war schon im Gange. »Das ist Carolines Mann«, sagte die Schäferhundfrau. Bei den gemurmelten Begrüßungen schwang ein Hauch von Enttäuschung mit, als wären alle hauptsächlich gekommen, um Caroline zu sehen. »Tut mir leid, Ihr Name ist mir entfallen!«

»Giles«, sagte ich in dem leicht entschuldigenden Ton, in dem man einen Namen wie Giles zu nennen lernt. Ich nahm mir einen Kinderstuhl und setzte mich neben einen glühenden Heizlüfter. Jemand gab mir eine Fotokopie des Protokolls der letzten

Versammlung. In dem Raum roch es nach Schimmel und verbranntem Staub.

»Das Ganze ist doch total lächerlich«, sagte ein Mann mit schief stehenden Zähnen.

»Die Hälfte der Fördermittel sind schon für Beratungshonorare draufgegangen«, meldete sich eine ältere Frau mit bebender, ziemlich imposanter Stimme zu Wort.

»Na ja, ich meine, die müssen ihre Existenz ja irgendwie rechtfertigen, oder?«, erwiderte ein blasser junger Mann mit orangenen Dreadlocks.

»Und es ist immer noch von Fußballplätzen und Basketballfeldern die Rede. Direkt hinter der Cows Lane gibt's schon acht Basketballfelder«, sagte hinter mir eine Stimme. »Da hab ich noch nie jemanden spielen sehen.«

»Macht doch kaum Arbeit. Es muss bloß irgendwer alle vierzehn Tage das verdammte Gras mähen«, meinte jemand anders.

»Und morgens die ausgebrannten Autos wegräumen.« Eigentlich hatte ich das nicht laut sagen wollen.

»Amen«, sagte jemand unter allgemeinem Gelächter und zustimmendem Nicken. Sofort erfüllte mich ein Gefühl der Verbundenheit. Ich war stolz, dass wir an diesem scheußlichen Novemberabend alle hergekommen waren. Es gab keinen Grund, warum diese kleine Schar besorgter und entschlossener Bürger den Park, unseren Park, nicht auf Vordermann bringen konnte. Unsere Stärke lag in unserem gesunden Menschenverstand. Auf die hochfliegenden Pläne einer nutzlosen Kommission, der jede Menge Zeit und Geld zur Verfügung stand, konnten wir gut verzichten. Es war nur ein bisschen Instandhaltung nötig, ein bisschen wohlüberlegte Gartenpflege, neue Bänke und Abfalleimer, genug Geld, um den Mutter-Kind-Verein wieder ins Leben zu rufen und vielleicht sogar ein kleines Café mit ein paar Tischen in der Nähe des Eingangs einzurichten.

»Und was ist mit den Quadrennen? Ihr wisst ja, was so was anrichtet«, sagte der Mann mit den schrägen Zähnen.

»Im Moment ist nicht geplant, im Roundworm Park Quadrennen zu veranstalten. Das hat mir die Frau vom Parkkomitee letzte Woche gesagt.«

»Dann kommen die ganzen Zigeuner her – entschuldigt das Wort – und klauen alles, was nicht niet- und nagelfest ist.«

»Ich muss los«, sagte ich. Als ich mich von dem winzigen Stuhl erhob, ging die Tür auf, und ein paar Regentropfen prasselten auf einen Aushang. Eine wunderschöne Frau mit langem roten Haar und atemberaubend klaren grau-grünen Augen trat ein. Alle verstummten.

Es war Darbys Mum.

Während meiner Abwesenheit war erst ein einziger Gast eingetroffen: Patrick Gallet, ein alter, überpünktlicher Freund von Caroline. Noch bevor ich die Tür öffnete, hörte ich ihn schon in der Küche grölen.

»Da kommt er ja«, sagte Caroline. »Wo warst du denn bloß?«

»Ah! Der Gichtkranke kehrt zurück!«, rief Patrick.

»Da, wo du mich hingeschickt hast. Hallo, Patrick.«

»Wie ich höre, engagierst du dich in der hiesigen Gemeinde. Genau das Richtige für jemand in deinem Alter.« Seine Stimme war laut und unglaublich tief. Beim Handschütteln ging sie mir durch Mark und Bein.

»Ich hab gesagt, zwanzig Minuten«, warf Caroline ein. Ihre Wimpern waren mit Mascara in Szene gesetzt, ihre Lippen glänzten.

»Ich weiß, aber sie haben mich auf Anhieb zu ihrem Anführer gemacht. Da konnte ich nicht einfach abhauen.« Ich nahm mir eins der mit Rotwein gefüllten Gläser.

»Worum geht's denn, um die Verschönerung dieses schrecklichen Parks?«, fragte Patrick.

»Nein, wir wollen alle Verschönerungen verhindern. Wir befürchten, dass ein besseres Angebot Zigeuner anlockt.«

»O nein. War der auch da?«

»Ja.«

»Was hat das denn zu bedeuten?«

»Das ist todlangweilig«, sagte Caroline.

»Ich geh nur kurz rauf und schalte in meinem Arbeitszimmer alles aus«, sagte ich und nahm mein Glas mit. »Bin gleich wieder da.«

IDIOT TRIFFT IDIOT

Eingerichtet von nochntoastbitte am 29. 10. 04 um 10:12 Uhr

Heute interviewt unser Lieblingsschmierfink Giles den berühmten Schmierfink »Chair« Fitzpaine. Kann man sich eine noch größere Verschwendung von Druckerschwärze vorstellen?

---

nochntoastbitte - 12. 11. 04 um 14:25 Uhr (110/126)
ein absoluter Vollidiot, oder?

Lordhaha - 12. 11. 04 um 14:33 Uhr (111/126)
Ja, ein absoluter Vollidiot

---

nochntoastbitte - 12. 11. 04 um 14:46 Uhr (112/126)
Wünschte, ich hätte es gehört.

Salome66 - 12. 11. 04 um 15:18 Uhr (114/126)
Euer Wunsch ist mir Befehl. Hier ist ein Link: www.all-talk-radio.co.uk/prog/duncanwhite/12. 11. 04/ …

---

nochntoastbitte - 12. 11. 04 um 15:46 Uhr (115/126)
OMG, das ist ZU SCHRECKLICH, um es in WORTE zu fassen!

FritsZernike - 12. 11. 04 um 15:55 Uhr (116/126)
Unfallradio in höchster Vollendung!

Grotius - 12. 11. 04 um 16:02 Uhr (117/126)
Kann es so was wie Unfallradio geben? Ich hab das Gefühl, da ist noch ein visuelles Element nötig. Man muss in Zeitlupe sehen, wie sich das Metall verbiegt und die Glasscherben fliegen. Unfallfernsehen, okay meinetwegen. Aber Radio? Ich weiß nicht … Oder bin ich da jetzt vielleicht zu pedantisch?

Salome66 - 12. 11. 04 um 16:09 Uhr (118/126)
Nicht mehr als sonst. Aber du musst zugeben, es hat alle akustischen Elemente eines Autounfalls …

Wiederholungstäter - 12. 11. 04 um 16:16 Uhr (119/126)
Hallo zusammen.

FritsZernike - 12. 11. 04 um 16:20 Uhr (120/126)
Wie kann man im Radio über was sprechen, wovon man nichts weiß?

---

nochntoastbitte - 12. 11. 04 um 16:23 Uhr (121/126)
Typisch Giles! Vierzig Jahre und nichts dazugelernt!

Salome66 - 12. 11. 04 um 16:24 Uhr (122/126)
Hallo, Wiederholungstäter. Wie ich sehe, klappt das mit der Kursivschrift inzwischen.

Wiederholungstäter - 12. 11. 04 um 16:27 Uhr (123/126)
Ja danke.

Salome66 - 12.11.04 um 16:33 Uhr (124/126)
Mir gefällt die Vorstellung von Pseudogicht. Gab es je etwas Passenderes zwischen Mensch und Krankheit?

FritsZernike - 12.11.04 um 16:41 Uhr (125/126)
Zu schade, dass er nicht wirklich Pseudogicht hat.

---

nochntoastbitte - 12.11.04 um 16:56 Uhr (126/126)
Was ist das für ein seltsames Geräusch kurz vor Schluss? Ich hab's mir 4-mal angehört.

Zurück / Seitenanfang / Kommentar abgeben

Ich entlüftete die Heizung im Arbeitszimmer, die höchstgelegene des Hauses, während es unten einmal, zweimal, dreimal klingelte. Das schwarze Wasser sprudelte aus dem Ventil auf meine Schuhe. In der Heizungsanlage war keine Luft mehr.

Die Party nahm rasch Fahrt auf, und ich ging wie in Trance umher, nickend, lächelnd, händeschüttelnd und wangenküssend, versicherte den Leuten, ich würde sofort zurückkommen, und mied jeden, der mein Unbehagen bemerken könnte. Ich versuchte mir vorzustellen, es sei die Party von jemand anderem, versuchte alles mit den Augen eines Gastes zu sehen. Dann versuchte ich mir vorzustellen, dass es meine Party war, doch auch das gelang mir nicht. Ich hatte gesehen, wie zwei, drei jüngere Mädchen von der Zeitung hereingekommen waren, die Lage gepeilt und sich dann in eine Ecke verzogen hatten, um die Strategie für einen schnellen Abgang zu besprechen, aber fast alle anderen wollten länger bleiben und stellten die Art unnatürliche Ausgelassenheit zur Schau, die man sich für den vierzigsten Geburtstag von jemand anderem aufspart. Die Leute hatten sich bestimmt um die Babysitterinnen gestritten. Bestimmt hatten sie Drogendealer unter Handynummern angerufen, die schon so alt waren, dass sie noch eine 7 hinzufügen mussten. Bestimmt hatte jemand Kokain dabei, irgendwer, aber mich als Geburtstagskind würde man wahrscheinlich übersehen, wenn es verteilt wurde. Ich wusste nicht genau, was ich davon halten sollte. Ich hatte vorgehabt, relativ nüchtern zu bleiben, doch ich hielt bereits mein viertes Glas in der Hand und spürte, wie ich langsam auf Autopilot schaltete. Als Caroline im Flur an mir vorbeiging, zischte sie: »Ich glaub's ja nicht. Die Skeldings haben ihr verdammtes Baby mitgebracht!« und schlich dann die Treppe hinauf. Ich ging hinten in den Garten und schnorrte bei Patrick Gallet eine Zigarette.

»Du siehst nicht glücklich aus.«

»Bin ich auch nicht. Warum sollte ich?«

»Genau. Du bist schließlich vierzig geworden.«

»Mir ist zum Heulen zumute.«

»Es ist deine Party. Wenn du willst, kannst du ruhig weinen.«

»Es kommt mir vor, als würden wir eine Nierenentzündung feiern.«

»Genau.« Patrick fing an, leicht zu lallen. »Komm, wir ziehen eine Line. Das muntert dich auf.« Ich liebte Patrick. Er hatte meinen Wink verstanden.

»Ich weiß nicht genau, ob … lass uns einfach locker …« Jemand fasste mich an der Schulter. Es war Ken von der Zeitung.

»Tolle Party«, sagte er. »Und was ist es für ein Gefühl, offiziell auf der anderen Seite zu sein?«

»Echt phantastisch«, erwiderte ich. »Ich kann gar nicht mehr erwarten zu sterben.« Ken erzählte mir eine zusammenhanglose Geschichte von der Arbeit, während ich Patrick im Haus verschwinden sah. Als ich später auch hineinging, konnte ich ihn nirgends finden. Ich gesellte mich zu einem Grüppchen, in dem Caroline das Kommando führte.

»Wie geht's Ihnen, Giles?«, fragte eine Frau, die ich noch nie gesehen hatte. Ich sah Caroline an, die kurz die Augen verdrehte, ohne ihre Geschichte zu unterbrechen.

»Gut. Und Ihnen?«

»Wirklich gut. Noch ein bisschen schwach auf den Beinen. Ich hab mich nur langsam erholt.«

»Das glaub ich«, sagte ich. Ich hatte keine Ahnung, wovon sie redete.

»O mein Gott«, sagte Caroline plötzlich. »Was zum Kuckuck will die denn hier?« Ich blickte mich um. Auf der anderen Seite des Zimmers stand Darbys Mum in ihrem Mantel.

»Oh. Die hab ich eingeladen«, erwiderte ich.

»Aha«, sagte Caroline.

»Tut mir leid, hab ich ganz vergessen. Sie war auf der Parkversammlung. Sie wohnt gleich um die Ecke.«

»Tja, dann kümmer dich mal um sie.«

Inzwischen war Darbys Mum schon bei uns angelangt.

»Hallo, Caroline. Hoffentlich haben Sie nichts dagegen, dass ich hier so reinplatze.«

»Hi, Sarah. Natürlich nicht. Wie ich höre, haben Sie Giles auf der Versammlung getroffen.« Sarah. Zum ersten Mal hörte ich ihren Namen.

»Ja. Nächste Woche verteilen wir zusammen Flugblätter.«

»Tatsächlich.«

»Man hat es uns aufgedrängt«, sagte ich.

»Das ist meine Schuld«, sagte Sarah. »Ich wollte unbedingt meinen Teil beitragen.«

»Aha«, erwiderte Caroline.

»Hallo«, sagte Patrick Gallet und gesellte sich zu uns.

»Sarah, das ist Patrick«, stellte ihn Caroline vor.

»Hi«, sagte Sarah.

»Giles!«, sagte Patrick. »Du siehst echt gut aus! Tolle Leistung!« Er klopfte mir mehrmals auf die Brust und strich über meinen rechten Arm. Dann zwinkerte er mir zu.

»Danke«, sagte ich. Es klingelte.

»Das muss das Taxi der Skeldings sein«, vermutete Caroline.

»Sag dem Fahrer, sie kommen gleich, damit er nicht wieder abhaut.«

Jemand hatte bereits die Haustür geöffnet. Der Taxifahrer stand verwirrt da und lächelte unbeholfen.

»Es dauert nur ein paar Minuten«, sagte ich. »Sie haben ein Baby dabei.« Ich hielt die Hände übereinander, als wollte ich ihm die Größe eines Neugeborenen zeigen. Der Fahrer sah mich verständnislos an. Er sah aus, als hätte ich gesagt, sein Fahrgast sei eine Eule. Ich ging zurück ins Wohnzimmer. Caroline, Sarah und Patrick waren verschwunden. Ich stellte mich neben den Kamin, lauschte den Fetzen von drei oder vier Gesprächen und versuchte gedankenversunken zu wirken. Mein Blick fiel auf ein viereckiges graues Kärtchen auf dem Kaminsims: die Einladung zu Chair Fitzpaines Buchpräsentation. Ich nahm es und starrte es einen Augenblick an. Dann steckte ich es in die Tasche und ging zur Haustür. Der Fahrer stand immer noch da, die Hände fest vor dem Körper verschränkt.

»Okay«, sagte ich. »Ich bin so weit. Fahren wir.«

11

Das Surgery lag irgendwo in Vauxhall, und ich musste das Taxi zweimal anhalten lassen, um am Automaten Bargeld abzuheben. Als ich ankam, war es schon nach 23:00 Uhr, aber noch immer schoben sich Leute vorsichtig an dem Türsteher am Eingang vorbei und stiegen das enge, rot gestrichene Treppenhaus hinauf. Oben hielt ein weiterer Mann die schwere Tür auf, die in einen langen, von gepolsterten Sitzbänken gesäumten Raum mit niedriger Decke führte. Die meisten Leute hatten sich auf der anderen Seite des Raums vor einer leuchtend orangenen Theke versammelt. Allmählich wurde mir klar, wie viel ich bereits getrunken hatte. Der Raum neigte sich beharrlich nach vorn wie bei nachlaufender See, es sei denn, ich hielt ein Auge geschlossen.

»Giles! Sie konnten es tatsächlich einrichten! Phantastisches Hemd.« Fitzpaine schien sehr ausgelassen zu sein. Seine Brillengläser waren oben beschlagen.

»Hi. Danke. Tut mir leid, dass ich so spät dran bin.«

»Kein Problem. Das hier müssen Sie unbedingt probieren.« Vom Tablett eines vorbeigehenden Kellners schnappte er sich einen großen grünen Drink. »Hier.«

»Was ist das?«

»Größtenteils Rum.«

»Prost.« Limonensaft brannte in meinen Mundwinkeln. Der Raum drehte langsam bei. »Sehr gut.«

»Die Party oder der Drink?«

»Beides.«

»Es sind eine Menge Leute da, die Sie kennenlernen sollten.«

»Tatsächlich?« Ich bezweifelte, dass viele Leute da waren, die mich kennenlernen wollten. Er redete weiter, aber bei der lauten Musik verstand ich die Worte nicht. Ich nickte lachend, als hätte er etwas Witziges gesagt, das zugleich sehr treffend war. Eine elegante ältere Frau glitt neben uns.

»Mark, ich glaube, ich muss jetzt wirklich nach Hause.« Ihre Aussprache war von gestochen scharfen englischen Konsonanten und knappen amerikanischen Vokalen gekennzeichnet.

»Bist du sicher? Mum, das ist Giles Wareing. Der Mann, der mich für die Zeitung interviewt hat.«

»Nett, Sie kennenzulernen«, sagte ich.

»Ich fand das Interview sehr schön«, sagte sie. »Sehr ausgewogen.«

»Danke.«

»Mum, bleib hier, dann bestelle ich dir ein Taxi. Giles, können Sie sich bitte kurz um meine Mutter kümmern?«

»Natürlich.« Ich lächelte ihr zu, blickte mich um und ließ in dem Gespräch eine unangenehme Pause entstehen. Der ganze Raum schien jetzt auf dem Rücken eines Menschen zu liegen, der eine Treppe hinaufstieg. »Sie haben ihn Mark genannt.«

»Was?«

»Haben Sie Ihren Sohn gerade nicht Mark genannt?«

»Oh! Ja. Das ist sein richtiger Name. Ich bin wohl die Einzige, die ihn noch so nennt.«

»Und was ist Cheriton dann, ein weiterer Vorname?«

»Ja, sein dritter. Er benutzt ihn als eine Art Pseudonym. Damit dürfte er in Cambridge angefangen haben, um sich von den anderen abzuheben. Kannten Sie ihn damals schon?«

»Nein. Wir haben uns erst vor kurzem kennengelernt.«

»Aha. Ich würde Ihnen gern eine Frage stellen: Meinen Sie, er hat heute Abend etwas genommen?«

»Das kann ich nicht beurteilen. Ich bin gerade erst gekommen.«

»Oh, stimmt.« Sie ließ die Zunge langsam über ihre Zähne gleiten. Mark Soundso Cheriton Fitzpaine trat von hinten zwischen uns.

»Das Taxi ist unterwegs. Komm, wir holen deinen Mantel. Giles, nehmen Sie sich noch einen Drink. Ich bin gleich wieder da.«

»Es war nett, Sie kennenzulernen«, sagte seine Mutter und sah mich an, als teilten wir ein trauriges Geheimnis, den Tod eines lang verlorenen gemeinsamen Freundes.

»Ebenso.«

Der Mann mit dem Tablett war nirgends zu sehen, deshalb ging ich zur Theke, wo die Leute in drei Reihen standen, und wartete darauf, von der Menge geschluckt zu werden. Ich ließ meine Gedanken zu meiner eigenen Party zurückschweifen. Meiner Geburtstagsparty. Der Party zu meinem Vierzigsten.

Während ich vor dem Gaskamin gestanden, den Gesprächen anderer Leute gelauscht und Cheriton Fitzpaines Einladung angestarrt hatte, hatte ich kurz mit dem Gedanken gespielt zu gehen, bevor mein Gehirn unwillkürlich die Gründe aufgezählt hatte, warum ich bleiben musste. Als Letztes war mir eingefallen, dass ich auf den alljährlichen Anruf meiner Mutter aus Florida warten musste, der wegen des Zeitunterschieds, einer Sache, die sie nie richtig begriffen hatte, gewöhnlich nach elf Uhr abends kam. Dann wurde mir klar, dass sie mich dieses Jahr nicht anrufen würde, denn sie war tot. Das hatte den Ausschlag gegeben. Ich war gegangen.

Sie war ungefähr sechs Monate krank gewesen, als sie mit Bruce herüberkam, um einen Arzt in Oxford aufzusuchen, der ihr einen Hoffnungsschimmer geben sollte, stattdessen aber eine endgültigere Prognose stellte, als ihr amerikanischer Onkologe es gewagt hatte. Sie blieb vier Tage bei uns und machte einen unglaublich lebhaften und gesunden Eindruck, während Bruce still und mit wässerigen Augen im Sessel saß und nicht wie knapp achtzig, sondern viel älter aussah. Wir versuchten sie zu überreden, bis nach Weihnachten zu bleiben, doch sie war fest entschlossen, sich ihren letzten Wunsch zu erfüllen und in Florida zu sterben, weit weg von Familie und alten Freunden, in einem sauberen weißen Krankenhaus. Das Ende ließ nicht lange auf sich warten. Ich kam noch rechtzeitig, um mit ihr sprechen zu können, aber ich sagte nichts von all dem, was man eigentlich sagt. Ich stand bloß da, nutzlos und starr, genau wie Bruce.

Der Geruch des Krankenhauszimmers ging mir monatelang nicht aus der Nase. Eines Tages mussten meine Söhne an meinem Totenbett sitzen und meinen eigenen morphiumgetrübten Erinnerungen lauschen, aber wann? Nächstes Jahr? In zehn Jahren? In zwanzig? In vierzig? Ich fand es verrückt, in dieser Phase des Spiels nicht mit solch wichtigen Informationen gewappnet zu sein. Wie viel von meinem Leben war schon vorbei?

»Hey. Das ist Sunita. Sunita, das ist Giles.« Cher Fitzpaine war wieder hinter mir aufgetaucht und bohrte mir den Fingerknöchel in die Schulter. Er hatte eine zierliche, schöne Frau dabei.

»Hallo.«

»Sunita ist eine der besten Literaturagentinnen Londons. Giles ist ein phantastischer Journalist. Er hat diese Sache für die Zeitung geschrieben, das Interview.«

»Ach ja?«, sagte Sunita. Ich nickte. Plötzlich wünschte ich mir inständig, Sunita als Agentin zu haben.

»Haben Sie sich einen Drink geholt, Giles?«

»Noch nicht, nein.«

»Ich schau mal, ob ich eine Kellnerin finde.«

»Sind Sie der Mann mit der Gicht?«, fragte Sunita.

»Nein«, sagte ich. »Das war nicht ich.«

»Gehen wir da rüber«, sagte Cher.

Ich setzte mich zu einer Gruppe von Leuten, unter denen ich ein paar berühmte Schriftsteller erkannte. Der Romanautor Becket Hitch und der Drogendichter Perry Freak waren in eine Auseinandersetzung über den Irak verwickelt. Ich nahm mir ein paar Zigaretten aus einer Schachtel, die auf dem Tisch lag. Ich weiß noch, dass eine Frau lauthals über eine meiner Bemerkungen lachte, doch ich kann mich nicht mehr erinnern, worum es ging. Ich weiß noch, dass sich der Raum wie eine riesige Lunge blähte und in sich zusammenfiel. Ich weiß noch, dass ich einen Drink umstieß, was aber außer demjenigen, dem der Drink gehörte, niemanden störte. Ich weiß noch, dass ich einen Schluckauf bekam und mich darauf zu konzentrieren versuchte, ihn wieder loszuwerden. Dann weiß ich noch, wie ich aufblickte und der Raum nahezu leer war. Und wie Cher Fitzpaine im Mantel vor mir stand.

»Kommen Sie«, sagte er. »Wir fahren noch woanders hin.«

Und dann habe ich einen Filmriss.

12

14. 11. 04

Ich musste in diesem Tagebuch schon einen Tag überspringen, was nicht gerade für mein Engagement spricht. Das lag an einer absolut vorhersehbaren Krankheit, auf die ich nicht näher eingehen will. Caroline spricht immer noch nicht mit mir, aber ich spüre eine leichte Entspannung. Wenn man 40 wird, darf man sich auch mal danebenbenehmen. Zumindest behaupte ich das.

Meine Ermittlungen gehen zügig voran. Bei einem Suchlauf nach Benutzernamen zeigt sich, welche anderen Threads diese Leute oft aufsuchen – wenn überhaupt, erhält man oft Hinweise zu Interessen/Lebenslauf/Wohnort/Beruf –, aber das ist sehr zeitaufwendig und bedeutet, dass man sich seitenweise Müll anschauen muss. Manche dieser Verlierer mailen 50mal am Tag. Trotzdem entstehen langsam Profile. Nur ein Beispiel:

FritsZernike – Männlich. Lebt in Manchester. Student oder vor kurzem examiniert, University of Manchester Institute of Science and Technology. Wählte als Benutzernamen den Namen des Nobelpreisträgers für Physik von 1953. Dafür scheint es keinen ersichtlichen Grund zu geben. Vermutlich hat er irgendwo im Netz eine Liste der Preisträger entdeckt und den letzten Namen genommen. In Connecticut gibt es jemanden namens Frits Zernike, der obstförmiges Eis herstellt, aber das dürfte reiner Zufall sein.

Interesse an: Teilchenphysik, The Cure, Real Ale, Radfahren.

Abneigung gegen: London, organisierte Religion, Giles Wareing.

Die E-Mail-Adresse weist darauf hin, dass er in Wirklichkeit David heißt. Sein zweiter Vorname scheint mit K anzufangen.

Ich weiß nicht, was ich mit diesen Informationen anfangen soll, aber ich finde es ziemlich beruhigend, sie zusammenzutragen.

Der Akkord des Tages ist Cdim.

Die Geschichte der Videokassette

Giles Wareing beklagt das Ende von VHS

Das war's also. Ein großer Elektronikhandel hat bekannt gegeben, dass er keine VHS-Videorecorder mehr führt. In den Staaten haben mehrere Videoverleihketten VHS-Bänder aus dem Angebot genommen. Das sind nur die deutlichsten Anzeichen für ein im Verschwinden begriffenes Format. Lassen Sie sich eins gesagt sein: Wenn es verschwunden ist, wird es uns fehlen.

Die VHS-Kassette wird langsam in Vergessenheit geraten, abgelöst vom DVD-Format, mit seiner besseren Qualität und unglaublich billigen Abspielgeräten, so wie die schlichte Audiokassette von der CD ausgelöscht wurde. Für Videophile war VHS nie das Format ihrer Wahl, aber das war auch nicht beabsichtigt. Es war für alle Übrigen gedacht. Werfen wir zum Abschied noch einen letzten Blick auf das Format, das einen Krieg gewann und die Welt eroberte.

Die Wurzeln der Magnetaufzeichnung liegen im 19. Jahrhundert, und die ersten funktionsfähigen Geräte nahmen Töne mittels Stahldraht auf. Mit dem Anbruch des Fernsehzeitalters entstand der Bedarf für eine billige und verlässliche Methode zur Aufzeichnung von Videobildern, die später gesendet werden sollten, aber diese Technologie existierte noch nicht. Anfangs wurden alle Fernsehsendungen live übertragen. In Amerika, einem

Land, das sich über vier Zeitzonen erstreckt, wurden Fernsehspiele gewöhnlich zweimal aufgeführt – einmal für jede Küste.

Die ersten Versuche, das Prinzip der Audioaufzeichnung auf Videos zu übertragen, trafen auf ein scheinbar unüberwindliches Problem: Da für die Bildproduktion eine höhere Frequenz nötig war, musste das Band mit großer Geschwindigkeit über den Aufnahmekopf gleiten – bis zu 140 Stundenkilometer schnell –, und das war nicht nur unpraktisch, sondern auch gefährlich. Wenn dabei etwas schiefgeht, hält man sich besser nicht im selben Raum auf.

Die Lösung des Problems war eine beträchtliche Neuerung: Der Magnetkopf wurde in eine schnell rotierende Trommel eingebaut, sodass die Aufzeichnung in einer Serie von Querspuren hoher Frequenz erfolgte, während das Band langsam vorbeilief. Dennoch benötigte man vier Magnetköpfe, um genug Informationen für die Bild- und Tonproduktion aufnehmen und abspielen zu können, bis irgendein Intelligenzbolzen auf die Idee verfiel, die Trommel schräg zu dem herangleitenden Band einzubauen, sodass mit jeder Drehung des Magnetkopfes ein längerer Diagonalstreifen bespielt werden konnte. Das war sozusagen die Geburt der Videoaufzeichnung.

Aber diese neue Technologie war dem Normalverbraucher nicht zugänglich. Die erhältlichen Videogeräte waren unverschämt teuer, und ihre Bedienung erforderte großen Sachverstand. Angesichts der frühen Versuche, Heimsysteme zu produzieren, wie das nie zur Marktreife gelangte Telcan-Spulengerät (1962) oder das innovative, aber zum Scheitern verurteilte Cartrivision-System (1972), kamen viele Leute zu der Überzeugung, dass die Idee ihrer Zeit zu weit voraus war. Die Zukunft schien den nicht zur Aufzeichnung verwendbaren Bildplatten zu gehören.

Sony blieb jedoch bei der Kassette und führte 1975 das Betamax-System ein. VHS, ein von JVC entwickeltes Konkurrenzsystem, wurde ein knappes Jahr später auf den Markt gebracht. Heute bezeichnen wir die »Formatkriege« am Ende der siebziger Jahre gern als den Triumph des Marketings über die Qualität, aber frühe Verbrauchertests zeigten, dass die Öffentlichkeit nicht zwischen VHS und dem angeblich überlegenen Betamax unterscheiden konnte. Bei den damaligen Fernsehgeräten waren die Unterschiede tatsächlich kaum zu erkennen. VHS war, genau wie zuvor die Audiokassette, ein perfektes Beispiel ausreichender Technologie – wenn man nur die Politiksendung vom Vorabend aufnehmen will, wie gut muss das Bild dann schon sein?

VHS-Recorder waren im Großen und Ganzen billiger als ihre Konkurrenzprodukte (aber beim besten Willen nicht günstig – das erste Gerät, das im Vereinigten Königreich angeboten wurde, kostete in heutigem Geld fast 2200 £). Das Format bot Kassetten mit längerer Laufzeit – bis zu drei Stunden –, und ganz entscheidend war, dass die Geräte schnell in den Verleihläden auftauchten. Die Verbraucher waren nicht dumm: Sie begriffen, dass ein Format sich durchsetzen würde, und viele liehen die Geräte lieber aus, als irgendwann mit einem teuren Auslaufmodell dazustehen. Da die Leute immer mehr VHS-Recorder zu Hause hatten, wurde VHS auf dem wachsenden – und größtenteils unvorhergesehenen – Markt für Filmverleih zum vorherrschenden Format.

Mit V2000 tauchte ein weiteres Konkurrenzprodukt auf, doch es hatte nie eine richtige Chance. 1980 besaß VHS einen Marktanteil von 70 Prozent. Für Betamax war 1984 das beste Jahr, man verkaufte 2,4 Millionen Geräte und gewann einen kleinen Marktanteil zurück, aber ein paar Jahre später war alles vorbei. 1988 gab Sony auf und begann VHS-Videorecorder herzustellen.

Beta schleppte sich wider Erwarten noch bis in die neunziger Jahre. In Japan wurden die Geräte sogar bis 2002 produziert. Doch die plumpe, klobige, nicht besonders tolle VHS-Kassette wurde zur Norm. Die Geräte waren zuverlässig und die Kassetten erstaunlich robust. Obwohl viele Erwachsene die Handhabung eines VHS-Recorders nie richtig beherrschten, wurde er ein Vierteljahrhundert lang von allen benutzt. Kinder konnten den Videorecorder schon bedienen, bevor sie sprechen lernten.

Die technologischen Fortschritte, die VHS zunichte machten, haben einen hohen Preis. Die Qualität von Videoaufzeichnungen wird im Lauf der Zeit immer schlechter, aber nur ganz allmählich, während die Alles-oder-nichts-DVD schon bei einem einzigen Kratzer nicht mehr abgespielt werden kann. Videokassetten kann man gut in Bücherregalen aufstellen, während man DVDs in diesen bescheuerten CD-Regalen verstaut, die ständig von irgendwelchen Designern erfunden werden. Und außerdem bleibt der VHS-Recorder im Zeitalter der Mikrochip-Technologie ohne bewegliche Teile beruhigend mechanisch und vielleicht eines der letzten Geräte im Haus, die man noch erfolgreich mit der Faust bearbeiten kann. Beim nächsten Problem mit Ihrem neuen DVD-Player sollten Sie mal mit der Faust draufschlagen und sehen, ob das hilft.

Die strahlende Sonne stand tief am Himmel. Ein scharfer Wind fuhr unter die Abdeckplane des vor dem Nachbarhaus stehenden Motorrads und blähte sie auf, bis sie wie eine riesige geduckte Katze aussah. Links vom Parkeingang war eine ausrangierte Matratze auf dem Zaun aufgespießt, und auf dem Gehsteig daneben stapelten sich die verschiedensten Schubladen. Es war noch vor halb neun, und die Geländewagen der schicken Frauen aus Kensington standen noch an der Roundworm Road aufgereiht. Die Frauen kamen früh, noch vor den Politessen, und ließen ihre Lurcher das unüberwachte Gestrüpp verschmutzen. Sie trugen kniehohe Gummistiefel und gewachste Mäntel und nannten ihre Hunde Odin oder Daisy. Caroline bezeichnete sie als Frauen, die nichts anderes zu tun hatten, als ihre Hunde spazieren zu führen. Da die Politessen gleich auftauchen würden, um Parksünder zu notieren, waren die meisten bereits wieder bei ihren Fahrzeugen und wandten sich den alltäglichen Verrichtungen zu, die verhindern sollten, dass das Wageninnere schmutzig wurde: andere Schuhe anziehen, Stiefel abklopfen, Hunde abreiben, Decken ausbreiten. Es kam selten vor, dass ich schon so früh unterwegs war. Normalerweise wartete ich, bis der Park wieder in seiner vertrauten Schäbigkeit erstrahlte.

Seit Caroline mich am Samstagmittag aufgefordert hatte, aufzustehen und mit den Kindern ins Schwimmbad zu fahren, hatten wir nicht mehr miteinander gesprochen. Folglich hatte sie keine Ahnung, wohin ich am Freitagabend verschwunden war, und mir blieb verborgen, was für einen Verdacht sie hegte. Da ich nicht wusste, wie meine eigene Geburtstagsparty zu Ende gegangen war, wusste ich nicht einmal genau, ob sie meine Abwesenheit bemerkt hatte. Ich war überzeugt, dass wir heute darüber sprechen würden. Ganz bestimmt hatte sie mir etwas mitzuteilen.

Als ich wieder zu Hause war, setzte ich Kaffee auf und stolzierte Zeitung lesend durchs Erdgeschoss. Die Tiere folgten mir mit der üblichen dreisten Erwartungshaltung von einem Zimmer zum nächsten. Ein Redakteur hatte eine grotesk klischeehafte Schlusszeile angefügt – »So leb wohl, VHS …« – entweder um eine Lücke zu füllen oder weil man meinen Schluss zu unverbindlich fand, doch ansonsten war der Artikel unverändert. In Birmingham hatte jemand im Obergeschoss des Hauses, das er gerade gekauft hatte, eine verweste Leiche entdeckt. Unglücklicherweise waren die Gebeine bei der Begutachtung des Hauses übersehen worden. Eigentlich hätte der Anfang des dritten Absatzes, eine aus dem Zusammenhang gerissene Information, übrig geblieben von einem Textabschnitt, den ich eigenhändig gestrichen hatte, ebenfalls getilgt werden sollen. Er war überflüssig und verwirrte nur. Das hätte den Redakteuren auffallen müssen. Der Kaffee spritzte in die obere Kammer der Kanne.

IDIOT TRIFFT IDIOT
Eingerichtet von nochntoastbitte am 29. 10. 04 um 10:12 Uhr
Heute interviewt unser Lieblingsschmierfink Giles den berühmten Schmierfink »Chair« Fitzpaine. Kann man sich eine noch größere Verschwendung von Druckerschwärze vorstellen?

LOLOLO - 12. 11. 04 um 23:12 Uhr (127/148)
Vielleicht jemand, der an einer Tonne kratzt?

StGurnard - 13. 11. 04 um 2:43 Uhr (128/148)
Dieser Thread ist echt lecherlich

---

nochntoastbitte - 15. 11. 04 um 8:51 Uhr (129/148)
Morgen zusammen. Lasse mir gerade einen fettarmen Roggentoast mit Honig schmecken. Hattet ihr ein schönes Wochenende?

Grotius - 15. 11. 04 um 9:28 Uhr (130/148)
Morgen, Toastie. Sehr schön, danke. Wir hatten wohl alle Gelegenheit, die jüngste Verbalscheiße von GW zu verdauen.

Wiederholungstäter - 15. 11. 04 um 9:36 Uhr (131/148)
Das VHS-Zeug? Was für ein Haufen Mist.

Salome66 - 15. 11. 04 um 9:55 Uhr (132/148)
Wirr, überflüssig, in der Sache zweifelhaft - der Artikel zeigt echt alle üblichen Merkmale.

Grotius - 15. 11. 04 um 10:09 Uhr (133/148)
Zweifelhaft? Eher eindeutig falsch. Beta-Geräte waren in den achtziger Jahren viel billiger, besonders als VHS schon den Markt beherrschte, und die tech-

nologische Überlegenheit des Beta-Systems stand außer Frage – deshalb war's auch noch bis vor ein paar Jahren in Gebrauch.

PawlowsKätzchen – 15. 11. 04 um 10:16 Uhr (134/148)
»so wie die schlichte Audiokassette von der CD ausgelöscht wurde …«
Habt ihr gesehen, was er da gemacht hat? Audiokassette? Ausgelöscht?

Grotius – 15. 11. 04 um 10:24 Uhr (135/148)
Und er berücksichtigt gar nicht, dass Universal und Disney wegen der Rechtmäßigkeit privater Videoaufzeichnungen gegen Sony prozessierten, wodurch die VHS-Hersteller von Anfang an einen ungerechtfertigten Vorteil hatten.

PawlowsKätzchen – 15. 11. 04 um 10:27 Uhr (136/148)
Der Schluss ist echt jämmerlich: »So leb wohl, VHS …«
Igitt.

Salome66 – 15. 11. 04 um 10:29 Uhr (137/148)
Ähm, das glauben wir dir jetzt einfach mal, Grotius.

Grotius – 15. 11. 04 um 10:41 Uhr (138/148)
Tut mir leid. Ist so was wie ein Spezialthema von mir.

FritsZernike – 15. 11. 04 um 10:45 Uhr (139/148)
»… der Mikrochip-Technologie ohne bewegliche Teile …«
Was? Hat er denn noch nie gesehen, wie die kleinen DVDs ständig rotieren?

---

nochntoastbitte – 15. 11. 04 um 10:57 Uhr (140/148)
Wie Sal schon gesagt hat, das war ja zu erwarten: ein

paar wahllose »Fakten« aus dem Internet geholt, ohne erkennbare Ordnung hingeklatscht und mit dem langweiligen, müden Stil, für den unser Mann zu Recht berühmt ist, zusammengekleistert. Und jetzt hab ich 5 Minuten meines Lebens damit vergeudet, das Zeug zu lesen.

Salome66 - 15. 11. 04 um 11:07 Uhr (141/148)
Aber du musst zugeben, Toastie, das Ganze beschwört ein ausdrucksvolles Bild herauf: das eines glücklosen, unbegabten, mittelalten Mannes mit schütterem Haar, der allein in einer dunklen Dachkammer sitzt, einen Bildschirm anstarrt, ein ermüdendes Klischee ans andere reiht und sich dem Tod entgegenschreibt.

Wiederholungstäter - 15. 11. 04 um 11:12 Uhr (142/148)
So leb wohl, Giles Wareing. Du wirst uns nicht fehlen, wenn du tot bist …

---

easyGeoff - 15. 11. 04 um 11:19 Uhr (143/148)
141 stimmt genau, Salome. Und ich muss es wissen: Ich bin ihm schon mal begegnet.

Zurück / Seitenanfang / Kommentar abgeben

»Bist du bereit, darüber zu reden, wo du bis acht Uhr früh warst?« Caroline war lautlos die Treppe heraufgekommen. Ich schloss rasch das Internetfenster und drehte mich um. Sie starrte mich gespannt an. Ich drehte mich wieder zum Bildschirm und zählte bis sechs.

»Ich bin hier mit der Situation einfach nicht klargekommen«, sagte ich und versuchte, besorgt zu klingen. »Tut mir leid.«

»Wo warst du?«

»Bei einer Buchpräsentation.«

»Bis acht Uhr früh?«

»Ich weiß nicht, wo ich noch gelandet bin. Um ehrlich zu sein, weiß ich nicht mehr viel von dem Abend.«

»Das ist inakzeptabel. Hier waren vierzig Leute. Ich musste ihnen erzählen, du wärst ins Bett gegangen.«

»Tut mir leid.«

»Wer war das Mädchen, das sich an deinem Handy gemeldet hat.«

»Wann?«

»Als ich dich um zwei Uhr nachts vollkommen panisch angerufen habe.«

»Keine Ahnung. Daran kann ich mich nicht erinnern.«

»Du bist mit Patricks Kokain abgehauen.«

»Welchem Kokain?«

»Er hat gesagt, du wärst damit verschwunden.«

»Das stimmt einfach nicht.« EasyGeoff hatte geschrieben, er sei mir schon einmal begegnet. Wo war das gewesen?

»Okay. Ich bin bereit, Freitag als einmalige Dummheit eines gerade vierzig gewordenen Mannes abzuhaken, der einen Nervenzusammenbruch bekommt, weil vor acht Monaten seine Mutter gestorben ist. Aber wenn so was nochmal vorkommt, verlasse ich dich. Das ist die letzte Warnung. Hast du mich verstanden?«

»Ja.«

»Wenn du Hilfe brauchst, solltest du Hilfe in Anspruch nehmen. So kannst du jedenfalls nicht weitermachen.«

»Mir geht's gut.«

»Du benimmst dich aber nicht so.«

»Mach ich in Zukunft.«

»Gut. Mehr habe ich nicht zu sagen. Du kannst jetzt wieder auf deine Pornoseite gehen. Übrigens räumst heute du auf.«

»Das ist keine, es ist bloß diese ...« Sie war schon weg. Ich legte die Hände auf Nase und Mund und drückte mir die Zeigefingerspitzen in die Augenwinkel. EasyGeoff. Mir schon einmal begegnet. Wo?

Ich versuchte, zu dem Thread zurückzukehren, aber die Verbindung war unterbrochen worden. Das kleine Breitband-Icon am unteren Rand des Bildschirms, die einfache Darstellung zweier Computerbildschirme, die durch einen gezackten Blitzstrahl verbunden waren, wurde von einem großen X verdeckt. Ich ruckelte an dem Kabel, das aus dem Modem kam, weil das manchmal half, aber nichts passierte. Auf der Suche nach dem Block, auf dem die Nummer des Hilfsdienstes stand, kramte ich in den Papieren auf meinem Schreibtisch.

Wo war mir easyGeoff schon begegnet? Kannte ich ihn? Plötzlich erinnerte ich mich, wie ich nach der Buchpräsentation neben Cher Fitzpaine in einem Kleintaxi gesessen hatte, während Perry Freak vorn saß.

Cher bittet mich um Feuer, ich schiebe die Hand in meine Jackentasche und ziehe keine Streichhölzer, sondern ein kleines rechteckiges Briefchen hervor. Das ist natürlich Patrick Gallets Kokain, das hat er mir offenbar in die Tasche gesteckt und sein verstohlenes Zwinkern als ausreichende Erklärung betrachtet. Aber als ich es entdecke, bin ich außerstande, zwei und zwei zusammenzuzählen, und viel zu betrunken, um wirklich überrascht zu sein. Ich halte Cher Fitzpaine das Briefchen unter die Nase. Er öffnet es und faltet es geschickt wieder zusammen.

»Na, Sie stellen Ihr Licht ja ganz schön unter den Scheffel, was, Giles?«, sagt er. »Perry, wir können unseren ersten Zwischenstopp streichen. Sag ihm, er soll direkt zu dir fahren.«

Als ich nach unten ging, sah ich das Jackett, das ich an jenem Abend getragen hatte, im Wandschrank hängen. In der Tasche steckte ein zusammengerollter Zehnpfundschein, der wahrscheinlich auch Patrick gehörte, aber sonst nichts. In der anderen Tasche befand sich eine Klarsichtpackung voll kleiner weißer

Pillen. Woher stammten die? Wer war easyGeoff? Wie sah er aus? Wo war er mir schon begegnet?

In Perry Freaks Wohnung sind noch andere Leute. Ich weiß nicht, ob sie eingeladen wurden oder sich immer dort aufhalten. Cher und ich schnupfen Lines vom Einband eines seiner Bücher. Er hat einen ganzen Karton dabei. Als ich mich vorbeuge, sehe ich, dass der weiße Pfad einen Teil des Satzes unterstreicht: »›Es handelt sich um eins der seltenen Bücher, die eine ganze Generation widerspiegeln.‹ – Giles Wareing«. Wir trinken puren Wodka, der Zimmertemperatur hat. Perry Freak spielt mit der Nase eine Blechflöte. Plötzlich packt mich Fitzpaine und brüllt: »Hören Sie auf, mich so zu nennen! Hören Sie damit auf!« Aber ich mache weiter. Ich nenne ihn weiter Mark.

Irgendwann ziehe ich freiwillig los, um Zigaretten zu holen, aber als ich sehe, dass es kurz vor Tagesanbruch ist, gehe ich einfach weiter. In der Ferne sehe ich drei große, unverwechselbare Hochhäuser, die in der Nähe unseres Hauses stehen, und begebe mich in diese Richtung. Es sind nicht die richtigen Hochhäuser. Schließlich stoße ich auf eine Straße, die ich kenne, und rekonstruiere den Weg nach Hause, aber die Entfernung ist größer, als ich gedacht habe. Ich muss mit zur Seite geneigtem Kopf gehen.

Die Nummer des Hilfsdienstes war nirgends zu finden. Ich schaltete den Computer aus und wieder an – die Allzwecklösung. Der Bildschirm erwachte zum Leben. Die Icons reihten sich an der Fußleiste auf: Die Uhr, der Stecker, der kleine Lautsprecher, das winzige Arztkoffer-Logo meiner Antiviren-Software. Das Icon des Modems erschien, und der Computer machte ping. Problem gelöst. Ich befingerte die Klarsichtpackung mit den Pillen. Wer war easyGeoff, und wo war er mir schon begegnet?

Als ich nach Hause komme, bin ich halbwegs nüchtern, habe aber keinen Schlüssel. Meinem Handy zufolge ist es Samstagmorgen, 7:20 Uhr. Ich will nicht klingeln. Auf der anderen Seite der Haustür winselt der Hund. Ich pinkle neben den Mülltonnen in den Kies und gehe zum Park.

Ich sehe, wie die schwarzhaarige Frau mit ihrem Trolley auf mich zukommt. Am liebsten würde ich auf dem Absatz kehrtmachen und den Park verlassen, aber die Beine tragen mich nicht mehr weiter. Ich bin nicht so nüchtern, wie ich gedacht habe. Da ich mich plötzlich matt fühle, setze ich mich auf die Bank. Die Frau nähert sich quälend langsam. Ich starre geradeaus und versuche, mich auf die blaue Plastiktüte in dem Baum zu konzentrieren. Die Frau setzt sich neben mich. Eine Weile sitzen wir schweigend da. Die Sonne ist noch nicht über den Häusern auf der anderen Straßenseite aufgegangen, aber es ist ungewöhnlich warm und ruhig, die Luft geradezu stickig. Ich spüre den angenehm kühlen Schweiß, der in meinem Nacken trocknet.

»Wo ist Ihr Hund?« Das sind die ersten Worte, die ich von dieser Frau je gehört habe. Sie hat einen seltsamen, kehligen Akzent mit halb verschluckten Vokalen, klingt irgendwie slawisch, primitiv und geheimnisvoll, verwurzelt in einer düsteren Vergangenheit ausgestorbener Religionen und unmenschlicher Grausamkeit. Ich habe große Angst, ihr zu antworten.

»Zu Hause«, sage ich schließlich.

»Schläft noch, was? Das ist aber nicht gut.« In Wirklichkeit ist sie Schottin.

»Nein.«

»Wollen Sie die Hälfte?« Ich blicke sie in der Erwartung an, dass sie ein schlaffes Sandwich, einen Doughnut oder vielleicht eine Orange in der Hand hält, doch ihre Hände sind leer.

»Die Hälfte wovon?«

»Ein halbes Gramm.«

»Wovon?«

»Egal.« Ich lasse den Blick über den Park schweifen. Wir sind dort die einzigen Menschen.

»Nein danke.« Mein Kopf beginnt zu dröhnen. Mein Zeh tut

weh. Ich habe das Gefühl, meine Nasenlöcher sind voller Sand. Und ich habe Durst, einen Riesendurst. »Was haben Sie sonst noch?«

»Nicht viel. Ich fahre keine große Auswahl in dem Trolley spazieren. Fast nur Pillen. Ein bisschen E, ein paar Viagra. Ein paar neue aus Amerika.«

»Neue?«

»Die hier.« Sie holt sie für mich heraus, eine Klarsichtpackung mit sieben Stück. »Die heißen Penny-glows.«

»Und was bewirken die?«

»Keine Ahnung. Ich hab jede Menge davon. Jemand hat mir gesagt, die würden gut laufen, aber kein Mensch will sie haben. Hier.« Ich drehe sie um, und hinten auf der Folie steht »Panaglos«.

»Panaglos?«

»Um ehrlich zu sein, weiß ich nicht, wie das ausgesprochen wird.«

»Sind das Schmerztabletten?«

»Nein, irgend so'n Antidepressivum. Brandneu. Angeblich sind die Pillen inzwischen Kult. Nehmen Sie sie. Gratisprobe.« Sie kichert nachsichtig, wie eine Hexe unter Freunden.

»Danke«, sage ich. Sie kramt in ihrem Trolley, und ihre Fingernägel kratzen innen am Stoff. Schließlich zieht sie einen fest zusammengefalteten Zettel hervor.

»Nehmen Sie das lieber mit«, sagt sie. »Für den Fall, dass es – wie heißt das nochmal? – Kontraindikationen gibt.« Die Sonne findet eine Lücke, ein Gerüstlager zwischen den Reihenhäusern auf der anderen Straßenseite, und wirft einen blassen Lichtstreifen aufs Gras. Es gibt noch etwas, das ich sie fragen will. Ich weiß nicht genau, ob ich es wagen darf, denn unsere Begegnung hat die Zerbrechlichkeit eines Traums.

»Warum sprechen Sie mit mir? Sie haben noch nie mit mir gesprochen.«

Sie zeigt ein freudloses, unwillkürliches Lächeln, ein Gesichtszucken. »Dachte, Sie wären vielleicht ein Bulle. Aber Colin hat gesagt, Sie sind okay.«

Ich machte einen Doppelklick auf das Internet-Icon, und sofort erschien das Talkboard. In den letzten vierzehn Tagen war es meine Startseite gewesen. Wo war mir easyGeoff schon einmal begegnet? Wer war er?

Grotius - 15. 11. 04 um 11:32 Uhr (144/158)
Ich hab mal für eine Marketingzeitschrift eine Studie über die Formatkriege verfasst, deshalb finde ich die sachlichen Fehler besonders ärgerlich.

Salome66 - 15. 11. 04 um 11:36 Uhr (145/158)

Wie bitte, geoff? Du hast geschrieben, du bist Giles Wareing schon mal BEGEGNET! Wie konntest du uns das vorenthalten? Wann denn? Und wo?

---

nochntoastbitte - 15. 11. 04 um 11:44 Uhr (146/158)
Erzähl's uns! Wir haben ein Recht, es zu erfahren!

Grotius - 15. 11. 04 um 11:51 Uhr (147/158)
Ja, ich finde, wir sollten alle intimen Details auf der Stelle erfahren.

StGurnard - 15. 11. 04 um 11:52 Uhr (148/158)
Immer noch beim selben Thema? so viel Gift und Galle wegen eines armseligen Schreiberlings

---

Salome66 - 15. 11. 04 um 11:57 Uhr (149/158)
Hast du mit ihm gesprochen? Hast du verraten, dass du weißt, wer er ist? Wie sieht er aus?

Grotius - 15. 11. 04 um 12:12 Uhr (150/158)
»Auf der Stelle« soll so viel wie »sofort« oder »augenblicklich« heißen.

---

nochntoastbitte - 15. 11. 04 um 12:23 Uhr (151/158)
easyGeoff, wo bist du?!!!

StGurnard - 15. 11. 04 um 12:34 Uhr (152/158)
Mein Gott, wisst ihr nichts Besseres mit eurer Zeit anzufangen? Muss denn keiner von euch zur Arbeit?

PawlowsKätzchen - 15. 11. 04 um 12:42 Uhr (153/158)
Doch, natürlich. Ich arbeite gerade!

Salome66 - 15. 11. 04 um 12:46 Uhr (154/158)
Ich auch!

Grotius - 15. 11. 04 um 12:55 Uhr (155/158)
StGurnard, anscheinend weißt du an diesem Montagmittag nichts mit dir anzufangen. Könnte es sein, dass du nicht zur Arbeit musst?

---

nochntoastbitte - 15. 11. 04 um 12:57 Uhr (156/158)
Könnte es sein, dass du in Wirklichkeit Giles Wareing bist?

PawlowsKätzchen - 15. 11. 04 um 12:57 Uhr (157/158)
Ist es denn schon Mittag? Ich klinke mich aus!

Salome66 - 15. 11. 04 um 13:09 Uhr (158/158)
easyGeoff … easyGeoff, bitte melden …

Zurück / Seitenanfang / Kommentar abgeben

Geistesabwesend hatte ich vor Enttäuschung mit der Klarsichtpackung herumgespielt und den Daumen über die regelmäßigen Beulen gleiten lassen. Plötzlich gab eine davon nach, eine einzelne weiße Pille durchbrach die Schutzfolie, das O von Panaglos, und kullerte über den Schreibtisch. Ich packte sie und schluckte sie hinunter.

13

Der Ältere kam mit der üblichen gequält-resignierten Miene aus dem Schultor, dem Wareing-Standardgesicht – dem Gesicht meiner Mutter, auch wenn bei ihr noch ein Hauch von Entrüstung dazugehört hatte, während es bei mir eine leichte Besorgnis war. Das Alter schärfte und festigte die Gesichtszüge, sodass man schließlich jederzeit tief enttäuscht aussah. Irgendwann dreht sich der Wind, und dann bleibt es so. Freddy kam mit einem knallgelben Aufkleber an der Jacke hinterhergehüpft und überholte ihn.

»Hallo, Dad.«

»Hallo. Wofür ist denn das? Für gute Leistungen?« Er streckte die Brust raus und lehnte sich zur Seite, damit der Aufkleber besser zu sehen war. Ich beugte mich vor. Auf dem Aufkleber stand: »Ich habe mir den Kopf gestoßen.«

»Schon wieder?«

»Weil Darby mich geschubst hat.«

»Vielleicht sollte ich besser mal mit Darbys Mum reden.«

»Oder ihrem Dad.«

»Ja.« Bisher hatte ich nicht mal darüber nachgedacht, dass Darby einen Dad haben könnte. Der Ältere kam herübergeschlichen.

»Mrs Benny will dich sprechen.«

»Und wer ist Mrs Benny?«

»Meine Lehrerin.«

»Ach, stimmt.«

»Hey, tolle Party. Haben Sie sich gut amüsiert?«

»Weiß ich nicht mehr.«

»So enden alle guten Partys. Bis dann!« Plötzlich kam eine Frau, die eigentlich nur Mrs Benny sein konnte, mit gespieltem Bedauern auf uns zu.

»Hi, Mr Wareing«, sagte sie und blickte auf den Kopf des Älteren. »Wir müssten mal über die Spielkonsole reden.«

»Ach. Was für eine Spielkonsole?«

»Die hier.« Sie holte den Holzklotz hinter dem Rücken hervor und gab ihn dem Jungen zurück. »Die Dinger sind auf dem Schulgelände grundsätzlich verboten.«

»Das ist der Brückenpfeiler einer Holzeisenbahn.«

»Wir finden, dass er zumindest gegen den Geist der Vorschrift verstößt.«

»Es ist ein Stück Holz.«

»Das weiß ich, aber er hat im Lese-und Schreibunterricht damit gespielt und war nicht bei der Sache.« Ich sah, wie er fest auf ein schwarzes, aufgemaltes Viereck drückte, um das Gerät einzuschalten, und dann wartete, bis es warm lief. »Wenn er es zu Hause lassen könnte, wäre das wirklich hilfreich.«

»Sie werden es nie wieder zu Gesicht bekommen«, sagte ich. »Versprochen.«

Ich rief Caroline in der Buchhandlung an, um ihr die Neuigkeit mitzuteilen.

»Das hast du nicht getan.«

»Die Lehrerin hat ihn gerügt, weil er einen Holzklotz in die Schule mitgebracht hat.«

»Wir hatten doch beschlossen, es nicht zu tun.«

»Na, dann haben wir halt unsere Meinung geändert. Er kann sie zum Geburtstag bekommen.«

»Der ist erst in vier Monaten.«

»Das weiß ich.«

»Sie werden sich darum streiten.«

»Werden sie nicht. Ich habe beiden eine gekauft.«

»O mein Gott. Wie viel hat das gekostet?«

»Wenn man noch die Spiele dazurechnet, die wir besorgt haben, eine ganze Menge.«

»Giles, was ist los? Hast du irgendwelche Probleme?«

»Keine Ahnung.«

»Das hat uns nämlich gerade noch gefehlt.«

Ich sah die beiden Jungen an, die getrennt auf verschiedenen Sofas saßen, wie wild auf den Knöpfen ihrer Konsolen herumdrückten und damit kurze Platschgeräusche auslösten, die das elektronische Gedudel untermalten. Ihr Blick war aufmerksam, aber glasig, von einer schaurigen Konzentration beseelt, die man nicht mit Kindern in Verbindung bringt.

»Wer hat Daddy am liebsten?«, rief ich. Keiner von beiden blickte auf.

»Ich.«

»Ich, Dad.«

IDIOT TRIFFT IDIOT

Eingerichtet von nochntoastbitte am 29. 10. 04 um 10:12 Uhr

Heute interviewt unser Lieblingsschmierfink Giles den berühmten Schmierfink »Chair« Fitzpaine. Kann man sich eine noch größere Verschwendung von Druckerschwärze vorstellen?

Lordhaha - 15. 11. 04 um 14:11 Uhr (159/170)
StGurnard, wenn dir der Thread nicht gefällt, kannst du ihn jederzeit verlassen.

PawlowsKätzchen - 15. 11. 04 um 15:24 Uhr (160/170)
Ich glaube, er ist schon weg.

---

nochntoastbitte - 15. 11. 04 um 16:44 Uhr (161/170)
Hat easyGeoff sich noch nicht gemeldet?

Grotius - 15. 11. 04 um 17:01 Uhr (162/170)
Er scheint mit uns zu spielen.

---

nochntoastbitte - 15. 11. 04 um 17:12 Uhr (163/170)
dum di dum

---

easyGeoff - 15. 11. 04 um 17:23 Uhr (164/170)
Tut mir leid! Auf der Arbeit ging's drunter und drüber. Ist in der Vorweihnachtszeit immer so. Ja, ich bin GW schon mal begegnet - am Wochenende, auf einer Party. Ich erzähl später davon, wenn ich zu Hause bin. Die Geschichte ist zu gut, um sie zwischen dringenden E-Mails rasch in die Tasten zu hämmern!

Salome66 - 15. 11. 04 um 18:10 Uhr (165/170)
Weil ich heute Abend ausgehe, muss ich bis morgen warten, aber ich freue mich drauf.

---

nochntoastbitte - 15. 11. 04 um 19:17 Uhr (166/170)
Hoffentlich ist die Geschichte auch gut.

---

easyGeoff - 15. 11. 04 um 20:35 Uhr (167/170)
Also: Ein Freund von mir lebt mit einer Literaturagentin zusammen, und ich habe ihn überredet, mich zur Buchpräsentation von Cher Fitzpaine mitzunehmen. Fitzpaine kann ich zwar nicht ausstehen, aber ich hatte gehört, Perry Freak würde da sein, und den fand ich schon immer toll, Die Feier fand im Surgery, einem Nachtclub in Vauxhall, statt, und spätnachts setzte

sich an unseren Tisch so ein betrunkener Idiot, der Drinks verschüttete, Kippen klaute, geschmacklose Bemerkungen machte und aussah, als würde er jeden Moment alle vollkotzen. Erst später, als ein paar von uns noch zu Perry fuhren (super!), stellte ich fest, dass der schwitzende Säufer mit dem schütteren Haar, der mir die letzte Marlboro Light klaute, unser Giles war. Er und Fitzpaine saßen in einer Ecke und stritten sich (war nicht nah genug dran, um mitzubekommen, worum es ging und, ehrlich gesagt, interessierte mich das auch gar nicht - um irgendeinen Typ namens Mark oder so), und irgendwann waren sie anscheinend kurz davor, sich zu prügeln. Am Schluss schickte Perry GW zum Zigarettenholen & als GW weg war, rief Perry: »Alles klar - dass ihm bloß keiner die Tür aufmacht!« Aber der Kerl kam sowieso nicht zurück.
Leider ist Perry kein bisschen schwul. Man sollte meinen, dass er wenigstens bi wäre!

StGurnard - 16.11.04 um 1:09 Uhr (168/170)
lleckt mich, ihr Iditoen

StGurnard - 16.11.04 um 1:11 Uhr (169/170)
Idioten

Salome66 - 16.11.04 um 9:58 Uhr (170/170)
Glänzende Geschichte, glänzend erzählt, geoffrey. Jedes Mal ungeheuer befriedigend, wenn das wirkliche Leben deinen liebgewordenen Vorurteilen gerecht wird. GW musste einfach ein jämmerlicher, rüpelhafter Säufer sein, oder? Warum so wütend, StGurnard? Ist das zu hart an der Schmerzgrenze?

Zurück / Seitenanfang / Kommentar abgeben

16. 11. 04

Heute habe ich noch eine von den Pillen genommen. Die Packung lag auf dem Schreibtisch herum, eine der Blasen schon aufgeplatzt. Später kam mir das Ganze ziemlich dumm vor, aber bisher noch keine schlimmen Auswirkungen, eigentlich sogar überhaupt keine Wirkung.

Die Online-Verleumdung geht weiter, mit StGurnard, also mir selbst, als einzigem Andersdenkenden. Ich dachte, ich hätte eine komplexe Figur erschaffen – verbittert, roh, menschenfeindlich, doch mit starkem Gerechtigkeitssinn –, deren ehrliche Ansichten vielleicht ein paar Sympathisanten gewinnen würden, doch ich wurde ungeheuer schnell enttarnt. Jeder direkte Versuch, GW zu verteidigen, wird anscheinend mit Spott beantwortet, nur pauschale Verachtung wird geduldet. Ich habe überlegt, mich direkt auf der Website zu beschweren, aber ich will keine weitere Aufmerksamkeit auf den Thread lenken. Im Moment liegt meine einzige Hoffnung darin, dass außer den hingebungsvollsten Teilnehmern niemand das Ganze liest. Sieht so aus, als bräuchte ich noch ein Alter Ego, einen weiteren Webmail-Account und eine neue Strategie.

Das heutige Profil:

easyGeoff. 27 oder 28, schwul, wohnt in »Stoke Newington-Schrägstrich-Dalston«. Arbeitet für ungenannte PR-Agentur, die angegebene E-Mail-Adresse deutet darauf hin, dass sein echter erster Vorname Geoff lautet, der Nachname oder der zweite Vorname beginnt mit C. Erwähnt zweimal, dass er ab und zu Film- und DVD-Kritiken für eine beliebte Kino-Website schreibt. Bei einer Suche in den Archiven von Hairinthegate.com stößt man auf einen gewissen Geoff Church (3 Kritiken insgesamt), der als »in Nordlondon lebender Autor« bezeichnet wird. Bei der Telefonauskunft gibt es einen Eintrag für einen G. Church, der in 49 Grayton Road, N6, wohnt.

Interesse an: le theatre du grand guignol, Simone Signoret, Perry Freak, Eurostar, Erbsenmus, Gin

Abneigung gegen: Pseudointellektuelle (das soll wohl ein Scherz sein!), GW, Bier, Leicester, alle Sportsendungen im Fernsehen außer Snooker.

Der Akkord des Tages ist Db7/9, der, auch wenn man überprüft hat, dass die Finger an der richtigen Stelle liegen, irgendwie falsch klingt.

14

Genau wie die Gicht suchte mich der Phantomgeruch beim ersten Mal nachts heim. Es roch nach Tier, mit einem Hauch verbranntem Toast und einer leicht giftigen Note. Die charakteristischen Merkmale des Geruchs veränderten sich, als wollten sie sich der Identifizierung entziehen, ein Geruch, von dem man nicht wissen sollte, woraus er bestand oder wo er herkam. Er rief eine Reihe wahlloser Erinnerungen hervor, Erinnerungen an die Fütterung einer Ziege im Zoo, an einen Kochtopf, der ohne Wasser auf der heißen Herdplatte gestanden hatte, an eine bestimmte, nicht mehr erhältliche Filzstiftmarke. Es war alles zusammen und nichts davon. Doch was es auch sein mochte, der Geruch war so stark gewesen, dass er mich geweckt hatte. Er schien vom Fenster zu kommen, aber vielleicht auch von meinen Fingerspitzen.

»Riechst du das?«

»Hmmmf«, sagte Caroline und rollte sich auf die andere Seite.

»Das da. Es riecht, als würde jemand einen Kürbis verbrennen. Aber das trifft es nicht ganz.«

»Ich rieche nichts«, sagte Caroline. »Sei still.«

Zuerst war ich beunruhigt, doch ich wusste, dass ich meinen Symptomen nicht trauen durfte. Ich würde deswegen nicht zum Arzt gehen. Keine weiteren Ärzte mehr.

Der Wind kam aus Norden und war bitterkalt. Die Flugblätter flatterten wie lose Segel, als ich sie den Leuten hinhielt, und wurden nur widerwillig entgegengenommen. Darbys Mum stand am anderen Parkeingang. Ab und zu blickten wir uns an, und dann zuckte sie lächelnd mit den Schultern, als würde das Ganze großen Spaß machen. Meine Finger färbten sich weiß. Sogar in dem kalten, scharfen Wind klebte der veränderliche Geruch an mir: wie ein alter Apfel in einem Autoaschenbecher, die Luft aus einem Fahrradreifen, mit einem Hauch Kinderarznei.

»Schließen Sie sich den Freunden des Roundworm Parks an«, sagte ich mechanisch zu einer Frau, die, wie ich genau wusste, kein Englisch konnte, und drückte ihr ein Flugblatt in die Hand.

Ich schaute in den Park und sah, dass Maria inzwischen auf ihrer Bank saß. Der Hund stand bereits vor ihr. Ich ging hinüber und setzte mich.

»Wie geht's?«, fragte sie und sah den Hund an. Es war immer noch seltsam, sie sprechen zu hören.

»Geht so, und Ihnen?« Der Geruch wurde schärfer, künstlicher: wie die Klebeseite von Packband, das einem direkt unter die Nase gehalten wurde.

»Gut. Kalt heute.«

»Ich weiß. Mir ist eiskalt. Also, ich hab mich gefragt, ob Sie – ob Sie noch mehr von diesen Pillen haben, denen aus Amerika?« Sie blickte an mir vorbei zur Eingangspforte und steckte sich eine Zigarette in den Mund.

»Die bringen's, was?«

»Weiß ich eigentlich nicht. Haben Sie noch welche?«

»Jede Menge. Aber ich kann das Zeug nicht verschenken.«

»Wie viel wollen Sie für, sagen wir …«

»Ein Pfund pro Packung.«

»Okay. Ich hab bloß einen Zehner dabei, können wir …«

»Nicht jetzt.« Ich blickte auf. Darbys Mum kam auf uns zu.

»Ich hab alles verteilt!«, sagte sie lächelnd und wedelte mit ihren leeren, in lavendelblauen Handschuhen steckenden Händen. Ihre Wangen hatten sich vor Kälte rosa gefärbt. »Soll ich Ihnen die Hälfte abnehmen?«

»Oh. Okay«, sagte ich und reichte ihr einen Stoß von über vierzig Flugblättern. »Ein paar von meinen sind weggeflogen.«

»Haben Sie Lust, sich den Freunden des Roundworm Parks anzuschließen?«, fragte Darbys Mum und reckte theatralisch den Hals, um zu zeigen, dass sie Maria meinte. »Zu helfen, dass es für alle, die sich dort aufhalten, ein schönerer Ort wird? Tut mir leid, ich weiß nicht, wie Sie heißen.«

»Mir gefällt's, wie's ist«, sagte Maria und starrte geradeaus, ihre Stimme nur noch ein bedrohliches Krächzen. Der Geruch erlangte ein jähes, schreckliches Gewicht: wie Kastanien, die über einem offenen Abwasserkanal rösteten.

Das Telefon klingelte.

»Wareing. Wie weit sind Sie?« Brian, der Kulturredakteur.

»Womit?«

»Mit dem verdammten Arabeskenkrieg.«

»Barbaresken.«

»Sind Sie fertig?«

»Nein.«

»Wann kann ich den Artikel haben?«

»Keine Ahnung. Wann wollen Sie ihn denn haben?«

»Morgen?«

»Ich dachte, die Idee hätte Ihnen nicht gefallen.«

»Ich hab doch ja gesagt, oder?«

»Sie haben gesagt, es klingt langweilig.«

»Sie wollen also sagen, dass Sie in einer ganzen Woche keine einzige Zeile dazu geschrieben haben.«

»Nein, ich ...«

»Hören Sie, ich will das Ding nächste Woche bringen. Wann kann ich's haben?«

»Dienstag?«

»Hach. Okay, aber Dienstag früh. Wie geht's Ihnen übrigens?«

»Gut.«

»Wie ist Ihre Party weitergegangen? Ich musste noch woanders hin.«

»Keine Ahnung.«

»Hört sich an, als wär's lustig gewesen.«

Im Verlauf meiner nachmittäglichen Internet-Recherche über den Barbareskenkrieg erfuhr ich, dass Panaglos zu einer »neuen Welle« von Antidepressiva gehörte, die mit den unzähligen Serotonin- und Serotonin-Noradrenalin-Wiederaufnahmehemmern chemisch nicht verwandt waren. Der neurochemische Mechanismus der antidepressiven Wirkung von Panaglos war unbekannt. In den Vereinigten Staaten galt es inzwischen als Kultdroge, hauptsächlich wegen der unbegründeten Behauptung, es bewirke »Riesenerektionen«, die vermutlich auf klinischen Belegen für Priapismus bei einem kleinen Prozentsatz von Männern beruhte. Auch wenn das Medikament bei Depressiven in den Vereinigten Staaten eine kleine, aber sehr treue Anhängerschaft hatte, war es in Europa nicht zugelassen und bei Ärzten in Amerika unbeliebt. Auf dem Beipackzettel waren die üblichen, sich widersprechenden Nebenwirkungen aufgeführt – Schläfrigkeit und Schlaflosigkeit, übermäßiger Speichelfluss und trockener Mund, erhöhte und verringerte Libido –, aber in mehreren Panaglos-Foren schrieben die Benutzer von seltsameren, subtileren Symptomen: »unwillkürliche Schroffheit«, »Offenbarungsträume«, »spürbar verbesserte Fähigkeit, sich auszudrücken« (mein Gott, wie hatte der wohl vorher geschrieben?), »vermindertes Folgenbewusstsein« und »olfaktorische Halluzinationen«.

Nach dem letzten Punkt hatte ich gesucht. Phantomgerüche wurden von mehreren Panaglos-Konsumenten erwähnt, doch in den meisten Fällen schien das nach ein paar Wochen nachzulassen. Ich hatte keine der anderen Nebenwirkungen kennengelernt. Eigentlich schienen mich die Pillen bloß daran zu erinnern, dass ich sie weiter einnahm. Vielleicht haben Pillen gar keine andere Aufgabe.

Bei einer Schnellsuche im Katalog der British Library fand ich fünf Bücher zum Thema Barbareskenkrieg, deshalb fasste ich den vagen Plan, irgendwann frühmorgens hinzufahren, obwohl ich die Bibliothek nicht mehr betreten hatte, seit ich dort vor drei Jahren eine Woche lang vergeblich über die Besteuerung irischen Whiskeys im 19. Jahrhundert recherchiert hatte. Aber diesmal fühlte ich mich durch die schwierige Aufgabe seltsam befähigt: fünf Tage, um eine schlüssige Abhandlung über einen Krieg zu verfassen, von dem ich gerade erst erfahren hatte.

SUPERBESTE CHEMISCHE REINIGUNG (oder DER GEHEIME UNTERSCHLUPF FÜR GW-HASSER)
Eingerichtet von Salome66 am 18. 11. 04 um 12:31 Uhr
Schnell! Meldet euch an!

Salome66 - 18. 11. 04 um 12:34 Uhr (1/20)
Urteilt über den für jedermann unausstehlichsten Journalisten in der Gesellschaft gleichgesinnter Kritiker. Zeigt keinem anderen den geheimen Händedruck.

---

nochntoastbitte - 18. 11. 04 um 12:46 Uhr (2/20)
Ach, hier ist es schön mollig!

Lordhaha - 18. 11. 04 um 13:06 Uhr (3/20)
Ist es das, wofür ich es halte?

---

nochntoastbitte - 18. 11. 04 um 13:08 Uhr (4/20)
Hier drin ist es so geräumig!

Salome66 - 18. 11. 04 um 13:11 Uhr (5/20)
Willkommen, GW-Hasser! Irgendwer einen Keks?

---

nochntoastbitte - 18. 11. 04 um 13:23 Uhr (6/20)
Und doch sieht es von außen wie eine normale leer stehende chemische Reinigung aus!

Wiederholungstäter - 18. 11. 04 um 13:27 Uhr (7/20)
ziemlich schlau

Grotius - 18. 11. 04 um 13:47 Uhr (8/20)
Ich hab gerade überlegt, selbst so ein Versteck einzurichten. Gut gemacht, Sal

---

Lordhaha - 18. 11. 04 um 14:33 Uhr (9/20)
Was ist aus dem alten Thread geworden? Als ich das letzte Mal reingeschaut habe, steuerte er auf 200 Einträge zu.

Grotius - 18. 11. 04 um 14:51 Uhr (10/20)
Der wurde rausgenommen. Jemand (ich sag jetzt nicht, wer, damit er nicht nach seinem Namen sucht und uns hier findet) hat rumgetobt und irgendwann die anderen angestachelt, GW aufzuspüren und umzubringen. Die anderen haben das abgelehnt, und da wurde es ziemlich ungemütlich.

Wiederholungstäter - 18. 11. 04 um 15:12 Uhr (11/20)
StG*rnard, da könnte ich wetten

---

nochntoastbitte - 18. 11. 04 um 15:20 Uhr (12/20)
Genau, aber ich glaube, er wurde sowieso ausgeschlos-

sen. Ist schon komisch, denn am Anfang hat er den Advocatus Diaboli gespielt und GW verteidigt.

Salome66 - 18. 11. 04 um 16:15 Uhr (13/20)
Bis die meisten von uns geglaubt haben, er wäre GW

---

sammy'sdot - 18. 11. 04 um 17:02 Uhr (14/20)
Wer ist GW, und warum lästern wir über ihn?

Wiederholungstäter - 18. 11. 04 um 17:15 Uhr (15/20)
Wenn du fragen musst, wirst du's nie erfahren

Salome66 - 18. 11. 04 um 18:23 Uhr (16/20)
Das ist bloß ein grottenschlechter Journalist, der für eine gewisse Zeitung arbeitet, die eigentlich nicht bemerkenswert ist. Wir vermeiden bloß, seinen Namen zu nennen, um die Diskussion vor Saboteuren zu schützen, aber du solltest imstande sein, ihn herauszubekommen.

PawlowsKätzchen - 18. 11. 04 um 18:31 Uhr (17/20)
der Vorname reimt sich auf Styles

---

sammy'sdot - 18. 11. 04 um 18:44 Uhr (18/20)
Was hat denn dieser Thread im Mode-Ordner zu suchen?

---

nochntoastbitte - 19. 11. 04 um 8:21 Uhr (19/20)
schhhhhh!!

Grotius - 19. 11. 04 um 8:19 Uhr (20/20)
Haben eine Weile nichts von GW gehört, was? Hat er vielleicht Urlaub?

Zurück / Seitenanfang / Kommentar abgeben

15

Vor dem neuen Hintergrund ergab alles an Marias Verhalten einen Sinn. Normalerweise machte sie es sich um kurz vor neun auf der Bank bequem und empfing bis gegen Mittag Besucher. Menschen aller Gesellschaftsschichten und jeden Alters – Männer mit versteinertem Gesicht, jugendliche Schulschwänzer, Mütter mit Kinderwagen, ausgezehrte Junkies – setzten sich abwechselnd zu ihr und plauderten, bis der raffinierte Tausch unter dem Vorwand, dem anderen ein Feuerzeug oder eine Schachtel Zigaretten zu geben, vor sich ging. Statt sich anzustellen, zogen die Kunden eine komplizierte Warteschleife und schlenderten, wobei sie sich manchmal miteinander unterhielten, auf und ab. Ich setzte mich auf der anderen Seite des Parks auf eine Bank, um die imposante Reihe von Transaktionen zu beobachten, und wartete auf eine günstige Gelegenheit, sie anzusprechen. Ich wollte mehr Pillen haben, jede Menge Pillen, Pillen in Reserve. Der Hund lag unter der Bank und kaute auf einem Stück Holz herum.

»Hallo.«

Ich blickte auf und sah Tony, einen Mann, den Colin bei der Reparatur von zwei Schiebefenstern mal als Aushilfe mitgebracht hatte. Er führte seinen Hund an der Leine – einen uralten Collie, der sich nur noch unter Schmerzen und steifbeinig fortbewegen konnte – und hielt in der freien Hand eine extragroße Dose Apfelwein. Morgens war Tony im Allgemeinen schweigsam und mürrisch, mittags war er redselig und charmant und bei Sonnenuntergang kaum noch zu verstehen. Nach seinem strahlenden Lächeln zu urteilen, war das wohl schon seine zweite Dose.

»Hi, Tony.«

»Wie geht's Ihnen so, gut? Was macht Ihre Familie?«

»Der geht's gut.«

»Mit den Fenstern alles klar?« Er ließ die Leine los und setzte sich. Der Hund rührte sich nicht vom Fleck.

»Die sind immer noch in Ordnung.« Er hatte für die Reparatur acht Wochen gebraucht, aber letztendlich gute Arbeit geleistet.

»Fürchterlich, was?« Er machte mit der Dosenhand eine weit ausholende Geste, als meinte er alles in seinem Blickfeld.

»Ja.«

»In meiner Kindheit war das mal ein schöner Park. Da drüben war ein Teich, und ein Musikpavillon. Und es gab einen Parkwächter. Sein Häuschen stand direkt an der Pforte.« Ein schlanker, nervöser Schwarzer stand von Marias Bank auf und ging in Richtung Straße. Er trug Hausschuhe.

»Das ist eine Schande.«

»Das brauchen Sie mir nicht zu sagen. Liegt daran, dass wir uns genau zwischen zwei Bezirken befinden. Keiner schert sich drum.« Er schob seine klobige Brille nach oben, und am Steg war ein kleines rosa Pflaster zu sehen. Dann bot er mir seine Dose an.

»Nein, keine Lust. Aber … warum eigentlich nicht?« Der Apfelwein war warm und roch nach Desinfektionsmittel und altem Tabak, aber das galt auch für alles andere. Mit einem Hauch von verbranntem Ingwer und Kompost. Der Junge mit der Kapuze kam auf einem vierrädrigen Motorroller in den Park, der schneller fuhr, als ich es für möglich gehalten hätte. Seine beiden Freunde liefen hinterher, fielen aber zurück, als er um die Ecke bog und auf dem Weg auf uns zugerast kam. An unserer Bank bremste er jäh und starrte mich wütend an.

»Du hast mir einen Hundehaufen angedreht.« An der Seite des Motorrollers prangten die Worte »Ventura Shopsprinter II«.

»Also, genau genommen hast du meinen Hundehaufen gestohlen.« Ich hatte einen scharfen Ton in der Stimme, den ich nicht kannte.

»Deinen was?«, fragte Tony.

»Wie würde's dir gefallen, wenn ich ihn dir zurückgebe, du Arschloch?«

»Hast du ihn denn dabei?«

»Willst du mich verarschen, oder was?« Er beugte sich auf dem Sitz vor, als wollte er aufstehen.

»Natürlich nicht«, sagte ich. »Wie könnte ich etwas anderes als den größten Respekt für dich empfinden? Du bist eindeutig ein Genie.«

»Wir wollen doch keinen Ärger«, erwiderte Tony.

»Ja, das stimmt. Wir wollen keinen Ärger. Du kannst den Hundehaufen behalten. Er gehört dir.«

Der Junge stieg ab und kam einen Schritt auf uns zu. Unter der Bank ließ der Hund ein tiefes Knurren ertönen, wie immer, wenn er befürchtete, jemand wolle ihm den Stock wegnehmen. Ich war außerstande oder nicht gewillt, mich vom Fleck zu rühren. Ich wusste nicht genau, was von beidem. Der Junge kam noch einen Schritt näher, und das Knurren wurde lauter. Er wich einen Schritt zurück, der Hund verstummte. Ein dickes Mädchen kam auf einem rosa Fahrrad angefahren.

»Die Bullen stehen vor der Drogerie.«

»Und?« Der Junge zog die Kapuze über, stieg wieder auf und fuhr querfeldein zur anderen Seite des Parks, wo im Maschendrahtzaun ein Loch klaffte.

»Verdammte Halbstarke«, sagte Tony und warf seine leere Apfelweindose über die Schulter. Die Schnauze eines Streifenwagens schob sich vorsichtig durch die Eingangspforte. Als die Polizisten vorbeifuhren, winkte Maria dem Wagen zu, der den ganzen Weg einnahm und eine Kräuselspur aus Schlamm und zerfetztem Gras hinterließ. Erst da begann mein Herz so stark zu pochen, dass mein Kopf leicht zuckte. Der Geruch kam herangeschlichen und überfiel mich: wie alte Makrele in einer frischen Mülltüte. Ich schloss die Augen und beugte mich vor, stützte die Ellbogen auf die Knie und atmete ganz langsam.

»Hi.«

Als ich aufblickte, stand Darbys Mum mit einem angeleinten Welpen vor mir.

20. 11. 04

Das heutige Profil: Salome66.

Richtiger Vorname unbekannt. Nachname unbekannt. Bedeutung des Benutzernamens unbekannt. »66« bezieht sich vielleicht auf ihr Geburtsjahr (dann wäre sie 38), aber vielleicht auch nicht. Nur netzbasierte E-Mail-Adresse. Schickt oft Einträge an Lyrik-Threads. Behauptet, Gedichte zu schreiben, schickt aber keine Beispiele und gibt keine Links an. Wohnt in Südlondon. Einträge von ihr in manchen der längeren Threads gehen bis 2002 zurück. Bezeichnet sich als »nicht mehr ganz junge Studentin«, scheint aber auch einen Job zu haben. Scheint vielgereist, belesen, politisch engagiert, intelligent, redegewandt, kultiviert und romantisch veranlagt zu sein.

Interesse an: Blankversen, Wallace Stevens, mexikanischer Küche, Hunden, Pfingstrosen, Cornwall.

Abneigung gegen: »jeglichen Kaffee abgesehen von schwärzestem Espresso«, Prinz Charles, GW

Interessanter Punkt: In einem Thread mit dem Titel »Wo sitzt du in der British Library?« hat Salome66 im März 2004 um 16:17 Uhr behauptet, sie habe immer im niedrigen 4000er-Bereich von Geisteswissenschaften 1 gesessen.

Der Akkord des Tages ist B.

16

SUPERBESTE CHEMISCHE REINIGUNG (oder DER GEHEIME UNTERSCHLUPF FÜR GW-HASSER)

Eingerichtet von Salome66 am 18. 11. 04 um 12:31 Uhr

Schnell! Meldet euch an!

PawlowsKätzchen - 19. 11. 04 um 11:53 Uhr (21/28)

Vielleicht haben sie ihn auch endlich rausgeworfen.

FritsZernike - 19. 11. 04 um 14:22 Uhr (22/28)

Oder vielleicht ist er krank, Gott bewahre

DieserZerstörteBall - 20. 11. 04 um 1:06 Uhr (23/28)

Nein, ich bin mir sicher, dass er sich eine Weile freigenommen hat, um an einem ernsten, ja bahnbrechenden Artikel zu arbeiten, der seinen Ruf den Klauen der Mittelmäßigkeit entreißen wird.

Salome66 - 20. 11. 04 um 10:21 Uhr (24/28)

Genau, DieserZerstörteBall! Er will uns für sich einnehmen! Die jämmerlichen Arbeiten dieses Intelligenzzwergs sind völlig durchschaubar! Ich kann kaum erwarten, dass sein lebensverändernder 3000-Wörter-Artikel erscheint. Wovon wird er wohl handeln?

Grotius - 20. 11. 04 um 10:39 Uhr (25/28)
Dem perfekten Martini?

---

nochntoastbitte - 20. 11. 04 um 10:55 Uhr (26/28)
Dass Birnen immer schon zu reif oder noch nicht reif genug sind?

Salome66 - 20. 11. 04 um 11:02 Uhr (27/28)
Hübscher Benutzername, übrigens, DZB. Hamlet, oder?

DieserZerstörteBall - 21. 11. 04 um 12:24 Uhr (28/28)
So ist es, Gnädigste.

Zurück / **Seitenanfang** / **Kommentar abgeben**

Colin strich die Küchenschränke innen mit weißer Grundierfarbe. Alle standen weit offen.

»Hallo, Guy. Alles klar?«

»Kann nicht klagen. Tee?«

»Wenn du welchen dahast, gern.« Der starke Farbgeruch war seltsam appetitanregend. Ich hatte aufgehört, meiner Nase zu vertrauen. Der Kessel ließ sein heiseres Pfeifen ertönen.

»Weißt du, wie man jemanden aufspüren kann, Colin?«

»Wie meinst du das?«

»Stell dir vor, eine Person, die du suchst, hat ihren Namen geändert, und du hast nur eine E-Mail-Adresse oder einen Internet-Benutzernamen.«

»Komm mir bloß nicht mit dem Internet. Mein Schwiegersohn hat mir seinen alten Computer geschenkt und mir einen Funkanschluss eingerichtet, sodass ich nicht mal dafür bezahlen muss. Kommt einfach aus dem Äther. Aber ich werde aus dem Ding nicht schlau. Ich trau mich nicht mal, es einzuschalten, verstehst du?« Im Kessel brodelte das Wasser, und er schaltete sich ab.

»Ja. Ich meine, man kann anhand einer E-Mail bestimmt den Namen und die Adresse rauskriegen – normalerweise muss man doch bei der Anmeldung seine persönlichen Daten angeben, seine Postleitzahl. Aber ich weiß nicht, wie das geht. Und ich bin mir nicht sicher, ob das streng legal ist.«

»Tja, ich kann Gary, meinen Schwiegersohn, mal fragen, der kennt sich mit Computern und so was aus. Und der ist selber nicht streng legal, wenn du verstehst, was ich meine. Aber du musst es mir aufschreiben. Wie gesagt, ich hab davon keinen Schimmer.«

»Nicht so wichtig. Ich kann diese Person bloß nicht finden.«

»Weshalb suchst du sie denn?« Das war eine gute Frage.

»Es handelt sich um jemanden, den ich mal gekannt habe, und vielleicht will ich wieder Kontakt aufnehmen, die Person soll aber nicht erfahren, dass ich sie suche, verstehst du?«

»Eine Frau, stimmt's?«

»Es ist eine Frau, aber es geht nicht um das, was du denkst.« Colin legte den Pinsel hin und zog eine selbstgedrehte Zigarette hinter dem Ohr hervor. Er schirmte das Feuerzeug mit der hohlen Hand ab, als befände er sich im Freien.

»Ich sag dir was. Gib mir, was du hast, und ich schau mal, was Gary tun kann.«

»Danke.« Ich stellte seinen Tee neben ihn auf die Küchentheke. »Hier. Drei Stück Zucker.«

»Danke. Das ist gut.«

24. 11. 04

Letzte Nacht habe ich geträumt, ich sei tot. Als Kinder haben wir einander immer versichert, dass man in einem Traum nicht tot sein kann, dass man immer vorher aufwachen würde, aber als ich so dalag und spürte, wie mein Leben dahinschwand, wie mein Augenlicht und mein Atem langsam erloschen, kam es mir vor, als könnte ich nicht mehr das Bewusstsein erlangen. Ich hatte das ganz und gar nicht unangenehme, aber unabänderliche Gefühl, als würde mein Gehirn langsam ausflackern. Dann kam ein letzter, zitternder Atemstoß, und das war's. Ich war für immer von der Notwendigkeit zu atmen befreit. Ich verwandelte mich in einen winzig kleinen Bewusstseinspunkt, der in gerader Linie dahinschwebte. Nach einer Weile löste sich auch das Gefühl von Bewegung auf, denn ich bewegte mich mit derselben Geschwindigkeit wie alles andere. Ich streifte die Fesseln jeglicher Bedeutung ab, und der letzte Rest Energie löste sich im Hintergrundrauschen auf. Und dann erwachte ich.

Einige Stunden später hat mich die Vorstellung, tot zu sein, immer noch nicht losgelassen. Ich spüre, wie mein Herz schlägt, sehe, wie sich meine Hände bewegen, doch jede Bedeutung hat sich aufgelöst, und ich habe das Gefühl, nicht mehr wirklich hier zu sein. Oder total hier zu sein, aller Illusionen über Vergangenheit und Zukunft beraubt, nur in der Gegenwart lebend. Ich verspüre den starken Drang, in der dritten Person von mir zu sprechen. Irgendwie findet er das angemessener. Verstehen Sie ihn nicht falsch: Er weiß, dass er nicht verschwunden ist oder sich in etwas anderes verwandelt hat. Sobald man sich der ersten Person entledigt hat, muss man bloß zugestehen, dass es ein neues Gefühl der Distanz gibt. Er sagt sich immer wieder, dass es an der Droge liegt. So dürfte man sich dadurch fühlen (glaubt er): unbesiegbar, unsterblich, vor dem Tod geschützt durch des Todes eigene Umarmung, wie ein Zombie, ein Vampir. Er sieht sich nicht mehr im Spiegel. Er sieht jemand anderen. In seiner Kindheit hieß es: Wenn man in seinen Träumen stirbt, heißt das, man ist tot.

Das heutige Profil: Grotius – Äußert sich zu allen möglichen Themen, hat zu allem eine Meinung. Eindeutig über 30. Computerspielentwickler oder Kritiker oder beides. Wohnt irgendwo in der Nähe von London. Scheint mal Probleme mit den Hoden gehabt zu haben, denn er weist in mehreren Gesundheitsthreads darauf hin, ohne auf Einzelheiten einzugehen. Hugo Grotius war anscheinend ein holländischer Theologe, Rechtsgelehrter und Aufklärer aus dem 17. Jh. – möglicher Hinweis auf den Vornamen, vielleicht will er auch zeigen, dass er die-

selben Ideale vertritt, oder bloß, dass er weiß, wer Hugo Grotius ist. Hat eine Katze, die Megan heißt. Ist Linkshänder und idiotischerweise stolz darauf. Hat bei der letzten Wahl aus »streng lokalen Gründen« die Liberaldemokraten gewählt.

Möglicherweise hat er Salome66 schon vor ihrer Internet-Bekanntschaft gekannt. Obwohl die beiden nicht offen darüber reden, verkehren sie ungezwungener miteinander. Grotius ist selbstgefällig und pedantisch, beugt sich ihr jedoch immer.

Interesse an: Spielen, Katzen, Pingpong, Schach, japanischem Essen, Klee, Krieg der Sterne.

Abneigung gegen: Hunde, GW, Geländewagen, Independent Television, unnötige Großschreibung.

Der Akkord des Tages ist wieder B.

DAS LETZTE GEDICHT, DAS IHR GELESEN HABT
Eingerichtet von ReimJungfer am 09. 05. 03 um 22:39 Uhr
Mit welchem Gedicht habt ihr euch als Letztes befasst? Hat es euch traurig oder glücklich gemacht, getröstet oder zum Nachdenken angeregt? Diskutiert hier darüber.

Salome66 - 24. 11. 04 um 23:22 Uhr (1361/1373)
Das ist komisch. Stevens ist wahrscheinlich mein Lieblingsdichter

---

DieserZerstörteBall - 24. 11. 04 um 23:25 Uhr (1362/1373)
Er war immer einer meiner Lieblingsdichter, aber ich hab seit Jahren keins von seinen Gedichten gelesen. Keine Ahnung, warum ich das Buch heute Abend, nach so langer Zeit, aus dem Regal genommen hab. Aber ich bin froh drüber.

Salome66 - 24. 11. 04 um 23:28 Uhr (1363/1373)
In welchem Thread bist du sonst noch, DZB? Ich bin dir noch nicht oft begegnet.

DieserZerstörteBall - 24. 11. 04 um 23:31 Uhr (1364/1373)
Ich lauere schon seit Monaten, war aber bis vor kurzem zu schüchtern, um was zu schreiben, wie du bestimmt siehst, wenn du nach mir suchst.

Salome66 - 24. 11. 04 um 23:35 Uhr (1365/1373)
Nichts liegt mir ferner! Warum so schüchtern?

---

dubstar24 - 24. 11. 04 um 23:36 Uhr (1366/1373)
»Mystery Bruise« von Perry Freak. Absolut phantastisch!

DieserZerstörteBall - 24. 11. 04 um 23:39 Uhr (1367/1373)
Weiß nicht. Im Gegensatz zu mir scheinen hier alle so selbstsicher zu sein

---

Salome66 - 24. 11. 04 um 23:40 Uhr (1368/1373)
Alles bloß Pose, das kannst du mir glauben.

---

dubstar24 - 24. 11. 04 um 23:41 Uhr (1369/1373)
noch irgendein Freak, der heute Abend rumfreakt?

Salome66 - 24. 11. 04 um 23:45 Uhr (1370/1373)
Perry Freak ist kein Dichter. Er ist ein nutzloser, bescheuerter, selbstbezogener, post-literarischer Kokser, der glaubt, dass willkürlich gesetzte Zeilenumbrüche in einer pubertären Tagebuchtirade Dichtung darstellen.

DieserZerstörteBall - 24.11.04 um 23:48 Uhr (1371/1373)
Amen. Ich sollte ins Bett gehen. Ich muss morgen in aller Frühe in der British Library sein.

Salome66 - 24.11.04 um 23:51 Uhr (1372/1373)
Gott, da war ich schon seit Monaten nicht mehr! Ich komm mir so faul vor.

---

dubstar24 - 24.11.04 um 23:53 Uhr (1373/1373)
ihr könnt mich mal, ihr icknoranten Affen

Zurück / Seitenanfang / Kommentar abgeben

17

Das Telefon klingelte.

»Was macht der Geschichtsunterricht?« Es war Brian, der Kulturredakteur.

»Es dauert ein bisschen länger, als ich gedacht habe. Ich muss einiges durcharbeiten.«

»Wir haben gesagt, diese Woche.«

»Sie wollen doch, dass der Artikel gut wird, oder?«

»Diese Woche wäre aber besser.«

»Das schaff ich schon.«

»In der Zwischenzeit hab ich noch was anderes für Sie.«

»Was denn?«

»Würden Sie sich als Alphamann bezeichnen?«

»Keine Ahnung.«

»Aber Sie wissen, wovon ich rede, oder?«

»Ich weiß, was ein Alphamann ist. Aber nicht, ob ich einer bin.«

»Das war keine Fangfrage.«

»Ich bin nur nicht in der Lage, sie zu beantworten.«

»Wenn Sie einer wären, wüssten Sie's wahrscheinlich. Also, wir wollen Folgendes: Irgendein Professor für irgendwas an irgendeiner Uni im Norden hat gesagt, Alphamänner wären in unserer feminisierten Gesellschaft inzwischen erheblich im Nachteil. Ihre Aggressivität wäre in der modernen Welt evolutionär gesehen kontraproduktiv. Deshalb würden sich die Frauen nicht mehr für sie interessieren.«

»Ich weiß immer noch nicht, was ich bin.«

»Vergessen Sie mal für einen Augenblick Ihre Midlife-Crisis und hören Sie zu. Alle im Büro haben heute früh davon gesprochen, dass immer nur von Alphamännern die Rede ist, aber nie von Betamännern, Deltamännern oder was auch immer.«

»Hm-hmm.«

»Deshalb wollen wir von Ihnen«, sagte er und machte eine Pause, weil vermutlich irgendwas anderes seine Aufmerksamkeit beanspruchte, »das ganze griechische Alphabet, alle Männer von Alpha bis Omega, aber witzig. Verstanden? Ein witziges griechisches Männeralphabet. Alle verschiedenen Typen in fünfzehnhundert Wörtern.«

Ich ließ ein kurzes, nachdenkliches Schweigen eintreten. »Das funktioniert nicht.«

»Mir gefällt Ihre Begeisterung. Ist echt ansteckend.«

»Mit griechischen Buchstaben lässt sich nichts anstellen. Damit kann man nicht mal Wortspiele machen.«

»Zwölfhundert Wörter.«

»Das kann ich nicht.«

»Sie sind übrigens eindeutig kein Alphamann. Ich würde Sie etwa bei Tau einordnen.«

»Ich weiß nicht mal, wo das kommt.«

»Dann überlasse ich das Ihnen also. Seien Sie witzig. Ich muss jetzt auflegen.«

Darbys Mum war drei Tage hintereinander mit ihrem Welpen morgens im Park aufgetaucht und hatte darauf bestanden, mit mir den ganzen Rundweg zurückzulegen. Sie hielt mich auf, störte meine Privatsphäre und stellte eine Menge Fragen über Haustierhaltung, auf die ich keine Antwort wusste. Ihr Hund hatte kurze Beine und einen langen Hals, war eine Kreuzung aus Lurcher und Cairn-Terrier, hatte ein struppiges braunes Fell und sah aus wie ein chemisch zu reinigender Pullover, der ein paar Mal gewaschen worden war. Sie nannte ihn Jackie, ein Name, auf den er nicht zu reagieren schien, und lockte ihn mehrmals mit Bio-Hundekuchen weiter. Deshalb kamen wir nur zentimeterweise voran.

»Welches Futter geben Sie Ihrem Hund? Nass? Trocken?«

»Keine Ahnung. Das, was da ist.« Es war erstaunlich kalt, und ich hatte mich zu dünn angezogen. Die Ränder der Pfützen waren mit schmutzigem Raureif bedeckt.

»Machen Sie sich keine Gedanken über die Ernährung Ihres Hundes? Komm, Jackie. Komm, mein Junge.«

»Ist doch bloß ein Hund. Der frisst auch Curryreste von der Straße.«

»Und wie verhindern Sie das?« Sie taumelte rückwärts, weil der Welpe stehen blieb, um an einem Baumstumpf zu schnuppern. Als auch ich stehen blieb und mich umdrehte, fuhr der Wind zwischen meine Hemdknöpfe. Ich griff nach dem obersten Knopf meiner Jacke, wusste jedoch, dass er fehlte.

»Überhaupt nicht. Ich betrachte das als Dienst an der Allgemeinheit.« Sie lächelte den Boden an, und ich betrachtete alles, nur nicht sie. Unser Schweigen konnte alles Mögliche bedeuten, es mochte wohltuend oder verlegen oder eine Mischung aus beidem sein. Ich war mir immer noch nicht im Klaren darüber, ob ich Darbys Mum bezaubernd oder lästig fand. Wir erreichten die im Schatten der Bäume liegende andere Seite des Parks, wo der Boden unter unseren Füßen noch vom Raureif knirschte.

»Und haben Sie heute früh noch viel zu tun?«, fragte sie.

»Ich habe nie viel zu tun.«

»Haben Sie Lust, auf eine Tasse Tee mitzukommen?«

Zunächst brachte ich den Hund nach Hause, wie um meine Frau zu betrügen, aber als ich eine halbe Stunde später, die Finger um eine Tasse Tee geschlungen, in der halb herausgerissenen Küche von Darbys Mum saß, ging es dort ganz unschuldig und gutnachbarlich zu. Ich fand die Situation nicht so unpassend, dass ich mir hätte Gedanken machen müssen, und wäre am liebsten nach Hause gegangen. Ich lehnte an ihrem neuen Kühlschrank, während sie am Tisch saß und mich mit Fragen über meine Arbeit und meine Familie bombardierte.

»Und wer hatte die Idee, ihn Philippa zu nennen?«

»Der Ältere. Wir hatten mal ein Kindermädchen namens Philippa. Die hatten wir erst einen Monat vorher rausgeworfen.«

»Ahh. Und er hat sie gern gehabt.«

»Das kommt dabei raus, wenn ein Dreijähriger dem Haustier einen Namen geben darf: ein Hund, der den Namen eines dicken südafrikanischen Mädchens mit Alkoholproblemen erhält.«

»Trotzdem ein toller Hund. Wenn Sie mal beschäftigt sind, kann ich ihn ja ausführen, ich muss ja jetzt sowieso immer in den Park.«

»Ja, vielleicht. Und wenn es nötig ist, kann ich genauso gut, ähm, Jackie mitnehmen.« Sie kam und stellte sich ganz dicht vor mich, Auge in Auge. Ich spürte, wie mein Nacken kribbelte und mir heiß wurde.

»Ich könnte Ihnen einen Schlüssel geben«, sagte sie. »Für den Fall, dass niemand da ist.« Ich blickte in ihre Augen und spürte, wie sie mich vorwärtszogen. Mein Herz schlug höher und schien dann völlig stillzustehen.

»Okay.« Sie berührte meinen Arm. Sie hielt meinen Arm. Sie hielt wirklich meinen Arm. Die Zeit blieb einen Augenblick stehen, schwebte am Rande der Sünde. Ich wusste, dass ich allem, was sie wollte, zustimmen würde. Ich hatte das Gefühl, jeden Moment den Stromanbieter zu wechseln.

»Könnten Sie morgen gegen zehn vorbeikommen und ihn holen?«

»Ja.« Alles, was sie wollte.

»Und falls jemand fragt, können Sie dann bitte sagen, dass ich bei Ihnen war?«

18

BETA, GAMMA UND SO WEITER

In einer neuen Studie heißt es, der Alphamann gehört der Vergangenheit an, er ist in unserer zunehmend feminisierten Gesellschaft ein Opfer seiner eigenen Aggressivität. Wer wird seinen Platz einnehmen? Giles Wareing nimmt die komplette Bewerberliste in Augenschein, vom Betajungen bis zum Omegamann …

Vielen Medienwissenschaftlern zufolge sind Alphamänner Schnee von gestern. Professor Rick Ferris von der University of Leicester meint, die Eigenschaften, die man normalerweise mit einem Alphamann verbinde – Aggressivität, Konkurrenzdenken, Statusbesessenheit – benachteiligten ihn in unserer feminisierten Gesellschaft. Wenn Frauen einen Mann auswählen, ist ihr Blickfeld nicht mehr so eingeschränkt, und sie suchen weiter hinten im griechischen Alphabet. Aber wie sind diese anderen Männer wirklich? Für Uneingeweihte folgt hier ein grober Leitfaden:

Betamann – *teure, hochwertigere Alternative zum Alphamann, Anfang der achtziger Jahre im sogenannten Formatkrieg, als Frauen das derbere, verfügbarere Modell für den täglichen Hausgebrauch völlig ausreichend fanden, beinahe von der Bildfläche verschwunden. Jetzt seltsamerweise retromäßig wieder in Mode.*

Gammamann *– strahlt starken, in Wahrheit hochgiftigen Elektromagnetismus aus. Gut brauchbar als erster Freund, besonders wenn man seine Eltern aus der Fassung bringen will, ansonsten aber eher untauglich.*

Deltamann *– Gefühlvoller, grüblerischer Typ, auch als Mississippi-Delta-Mann bekannt. Positive Seiten: gutes Rhythmusgefühl, oft voll echter Sinnlichkeit. Negativ: ständig deprimiert, kann im Besitz einer Gitarre sein.*

Epsilonmann *– genetisch veranlagt, wie ein Mädchen zu werfen, aber ansonsten normal. Jemand, auf den man achten sollte.*

Zetamann *– besteht größtenteils aus Männern, die sich kleiden wie Superhelden, um ihre Botschaft rüberzubringen.*

Etamann *– wie der Alphamann ist der Etamann hungrig, triebhaft und zielstrebig, aber nur, wenn es um Essen geht. Ihre Das-Überleben-des-Dickeren-Strategie galt lange als taktisch falsch, doch manche Wissenschaftler sagen voraus, dass der Etamann eines Tages über die Erde herrscht.*

Thetamann *– eine Gruppe, zu der alle aktuellen und ehemaligen Schauspieler und Regisseure gehören. Sollte man lieber meiden.*

Iotamann *– der Iotamann ist im Allgemeinen ein bisschen besser als die meisten Männer, die einem begegnen. Vielleicht auch ein bisschen schlechter, aber nicht in dem Maße, dass es ein großer Unterschied wäre. 75 Prozent der männlichen Bevölkerung gehören dieser Gruppe an.*

Kappamann *– über Kappamänner braucht man bloß zu wissen, dass sie im Freien und in geschlossenen Räumen Baseballkappen tragen und deshalb entweder Idioten, Glatzköpfe oder beides sind.*

Lambdamann *– bezeichnet sich als »Hausmann«, weil das besser klingt als »agoraphobisch«.*

Mymann *– äußerlich normal, aber so katzenliebend, dass es verdächtig ist.*

Nymann *– er hat Geschmack, ist stets sauber und gepflegt, mag Kinder, findet Abba gut, ist fürsorglich, verständnisvoll, witzig, charmant*

und klug und räumt ohne Aufforderung die Geschirrspülmaschine aus. Keine lebenden Exemplare bekannt.
***Ximann** – vom Nymann kaum zu unterscheiden, aber leider schwul.*
***Omikronmann** – liest ganze Artikel über Uhren in Männerzeitschriften und ist deshalb im großen Weltenplan nicht weiter von Bedeutung. Kann getrost ignoriert werden.*
***Pimann** – Hat einen unangenehmen, schwierigen und letztlich unbegreiflichen Charakter, am besten ausgedrückt durch das Verhältnis zwischen Umfang und Radius eines Kreises. Wie man das genau zum Ausdruck bringt, ist unklar – vielleicht durch ein T-Shirt mit der Aufschrift »Pimänner gehen endlos weiter, ohne sich je zu wiederholen«.*
***Rhomann** – dazu gehören alle Hypochonder, Ohnmachtsanfälligen und Nichtschwimmer.*
***Sigmamann** – umfasst die meisten Männer, die inzwischen im wachsenden Sündenbocksektor beschäftigt sind.*
***Taumann** –Männer, die noch im Sündenbocksektor nach Arbeit suchen.*
***Ypsilonmann** – das sind alles Veganer von hier.*
***Phimann** – alle Männer, die durch unschöne Phobien – Mäuse, Spinnen, Vögel, spezielle Nahrungsmittel – evolutionär beeinträchtigt sind.*
***Chimann** – Kann nicht fahren, deshalb ungeeignet zur Paarung, aber Chimänner sind schön zum Verhätscheln.*
***Omegamann** – der Einzige, mit dem man nicht mal ausgehen würde, wenn er der letzte Mensch auf Erden wäre, andererseits sollte man sich das vielleicht nochmal genau überlegen, wenn es so weit ist.*

Ich rief Ken von der Zeitung an.

»Hallo?«

»Sie haben Psi weggelassen.«

»Hallo, Giles? Können Sie das wiederholen?«

»In dem ›Alphamann‹-Artikel. Sie haben einen der Buchstaben weggelassen.«

»Welchen denn?«

»Psi.«

»Ah. Das Ganze war ein kleines bisschen zu lang, deshalb haben wir den unwitzigsten Gag rausgenommen. Ich persönlich finde es dadurch besser. Die Zeichnungen sind toll, was?«

»In einem Artikel über das Alphabet können Sie nicht einen ganzen Buchstaben weglassen. Das ist unmoralisch.«

»Es ist das griechische Alphabet. Das fällt niemandem auf.«

»Sie glauben, die Leute kennen das griechische Alphabet nicht?«

»Kannten Sie's?«

»Wissen Sie, was ich deswegen alles einstecken muss?«

»Was denn? Von wem?«

2. 12. 04

Ihm gehen langsam die Panaglos aus. Sein zur Neige gehender Vorrat stellt eine starke Ablenkung dar. Er kann nicht denken. Er kann nicht arbeiten. Die Frau, die ihm die Pillen besorgt, hat seit zwei Tagen nicht mehr auf ihrer Bank gesessen. Leute mit stärkerer Sucht sitzen mit verzweifelter Miene da, trinken aus großen Dosen und geraten miteinander in Streit. Er versucht, ein paar Gesprächsfetzen aufzuschnappen, doch wenn er vorbeigeht, verfallen die Leute in Schweigen. Sein Vorrat reicht noch eine knappe Woche, aber er kann sich auf nichts anderes konzentrieren, als neue Pillen zu besorgen. Er fühlt sich unwohl, und das soll sich ändern.

Das heutige Profil:

PawlowsKätzchen. 26, weiblich, zieht gerade von London nach Edinburgh. Single, besitzt eine Schlange, richtiger Name Hannah Mytton. Führt ein Weblog, in dem sie ihre Ansichten über bestimmte Berühmtheiten, die näheren Einzelheiten ihrer unsteten Beziehung zu einem Medizinstudenten namens C und ihre Überzeugung bekanntgibt, dass die meisten ihrer zwischenmenschlichen Probleme von Verdauungs-

schwierigkeiten herrühren. Es gibt regelmäßig einen Abschnitt, der aus der Sicht ihrer Schlange geschrieben ist.

Interesse an: Schlangen, Mangos, Countrymusik, Keanu Reeves, gegen ihr besseres Wissen.

Abneigung gegen: Gelb, GW, einfache Kohlehydrate.

Der Akkord des Tages ist immer noch B.

Der Welpe bellte die ganze Zeit, während ich mich mit den beiden Schlössern abmühte, und als ich die Tür öffnete, hatte er schon auf die Fußmatte gepinkelt. Irgendwie hoffte ich, Darbys Mum würde mich erwarten, bereit, eine sexuelle Phantasie auszuleben, für die ich erst die Wohnung betreten musste. Stattdessen fand ich in der Küche einen Hundehaufen. Ich machte gründlich sauber und spürte, wie diese lästige Aufgabe meinen Unmut schürte. Dann zerrte ich Jackie zur Eingangspforte, wo ich meinen eigenen Hund angebunden hatte, und wir zogen zu dritt los. Philippa, die keine Leine gewohnt war, versuchte die ganze Zeit, sie mir mit den Zähnen zu entreißen, während Jackie sich weigerte, auch nur einen Schritt zu gehen. Schließlich musste ich ihn auf den Arm nehmen und tragen.

Maria saß nicht auf ihrer Bank. Ich ließ Philippa von der Leine, aber sie hielt das für eine neue Phase des Spiels: Sie sprang nach der Leine und versuchte sie mir zu stibitzen, und als ich die Leine endlich aufgewickelt hatte, begann sie zu knurren und an meinen Schuhen herumzubeißen. Plötzlich hörte ich ein seltsames Geräusch, wie leises Grillenzirpen. Meine Brust vibrierte, und ich geriet langsam in Panik, bis ich merkte, dass es mein Handy war. Die Kinder änderten ständig den Klingelton, um mich zu erschrecken. Ich hatte fast eine Woche lang nicht mehr damit telefoniert. Anscheinend hatte es die ganze Zeit in meinem Mantel gesteckt. Caroline war dran.

»Hallo?«

»Wo bist du?«

»Im Park. Lass das!«

»Hallo?«

»Tut mir leid. Der Hund beißt in meinen Schuh.«

»Ist Sarah bei dir?«

»Wer?«

»Sarah-Darbys-Mum. Sie hat mir heute früh erzählt, dass ihr die Hunde meistens zusammen ausführt.« Mir war nicht klar gewesen, dass ich so schnell auf die Lüge würde zurückgreifen müssen. Betraf sie auch Caroline?

»Oh. Ja. Sie ist hier.«

»Frag mal, ob ich Darby heute Nachmittag immer noch abholen soll. Taekwondo fällt aus, also ginge es.«

»Taekwondo fällt aus? Warum denn?«

»Als würde dich das interessieren.«

»Sie läuft gerade auf der Wiese hinter Jackie her.« In Wirklichkeit fraß Jackie vor meinen Füßen einen weggeworfenen Hähnchenflügel.

»Ich hab ihre Handynummer nicht. Frag sie doch mal und schick mir eine SMS.«

»SMS? Ich weiß nicht mal …«

»Menü, auswählen, auswählen, auswählen.«

»Okay.«

»Ach und noch was: Wir sind zum Abendessen eingeladen bei …« Irgendetwas traf mich von hinten heftig an der Schulter. Das Handy flog mir aus der Hand. Der Hund kläffte. Ein Fahrrad tauchte auf dem Weg vor mir auf und raste weiter. Ich erkannte den großen Jungen mit der Kapuze sofort, auch von hinten. Ich beobachtete, wie er mein Handy in die Manteltasche steckte, sich dann aufrichtete, um fest in die Pedale treten zu können, und in Zickzacklinien beschleunigte.

Jackie würgte fürchterlich. Mein rechtes Schulterblatt war ganz heiß. Philippa humpelte im Kreis herum und versuchte ihr linkes Hinterbein zu betrachten. Das Fahrrad fuhr hinter eine Baumgruppe auf der Rückseite des Parks und tauchte nicht wieder auf. Jackie erbrach sich. Mein Herz pochte melodramatisch, ohne zu merken, dass es den richtigen Zeitpunkt verpasst hatte. Dann durchlief mich ein Schauder, der mir die Schultern krümmte und die Knie auseinanderdrückte, doch ich widerstand dem Drang, mich auf den Boden zu setzen.

SUPERBESTE CHEMISCHE REINIGUNG (oder DER GEHEIME UNTERSCHLUPF FÜR GW-HASSER)

Eingerichtet von Salome66 am 18. 11. 04 um 12:31 Uhr

Schnell! Meldet euch an!

PawlowsKätzchen - 2. 12. 04 um 10:56 Uhr (38/52)
unglaublich schwach

Wiederholungstäter - 2. 12. 04 um 11:09 Uhr (39/52)
Wie findet's wohl der, der diesen Mist verzapft hat?

Grotius - 2. 12. 04 um 11:24 Uhr (40/52)
Überflüssig und witzlos, abfällig und unverschämt. Darin werden idiotische Klischees über kahlköpfige Männer und Katzenliebhaber aufgewärmt (zufällig trifft beides auf mich zu), der ganze Ton ist insgeheim homophob.

DieserZerstörteBall - 2. 12. 04 um 11:49 Uhr (41/52)
Und er hat Psi vergessen

Grotius - 2. 12. 04 um 12:04 Uhr (42/52)
Gut erkannt DZB! Ist mir gar nicht aufgefallen. So dumm wie zu erwarten.

---

easyGeoff - 2. 12. 04 um 12:08 Uhr (43/52)
Finde ich auch. Widerlich, homophob, witzlos, lahm.

Salome66 - 2.12.04 um 12:21 Uhr (44/52)
Hi zusammen! Mir ist das fehlende Psi auch aufgefallen, DZB. Zumindest ein mieser Witz weniger.

DieserZerstörteBall - 2.12.04 um 12:25 Uhr (45/52)
Sollte sich nicht jemand über das rätselhafte Fehlen des griechischen Buchstabens beschweren? Damit unser Giles seine Dummheit eingestehen muss? Wäre nicht ein Brief an den Herausgeber angebracht?

Salome66 - 2.12.04 um 12:31 Uhr (46/52)
Gute Idee. Teilen wir den Zeitungsleuten mit, dass sie einen Idioten beschäftigen. Obwohl ich kaum glauben kann, dass ihnen das entgangen ist.

---

easyGeoff - 2.12.04 um 12:45 Uhr (47/52)
Ich hätte gut Lust, eine »Feuert GW«-Petition zu starten

Wiederholungstäter - 2.12.04 um 12:52 Uhr (48/52)
Ich unterschreibe.

Grotius - 2.12.04 um 13:11 Uhr (49/52)
Wie wär's damit:
»An den Herausgeber: Auch ein so schludriger Journalist wie Giles Wareing müsste doch imstande sein, irgendwo ein vollständiges griechisches Alphabet ausfindig zu machen. Welche Ausrede könnte er wohl dafür haben, dass er den Buchstaben Psi weggelassen hat? Ich will mich ja gar nicht beschweren: ein übles Klischee oder ein abgedroschener Witz weniger, das kann man nur als Verbesserung ansehen. Hätte er doch noch ein paar Buchstaben weggelassen.«

Salome66 - 2.12.04 um 13:14 Uhr (50/52)
Brillant.

DieserZerstörteBall - 2.12.04 um 13:19 Uhr (51/52)
Das musst du unbedingt hinschicken, Grotius.

Grotius - 2.12.04 um 13:23 Uhr (52/52)
Hab ich schon.

Zurück / Seitenanfang / Kommentar abgeben

Ich lag auf dem Sofa, beide Jungen über mich drapiert wie Schlangen, den Finger in mein Buch geklemmt, und sah mir im Fernsehen an, wie ein Eisbär einen Seehund fraß. Der Hund lag zusammengerollt auf meinen Füßen, und obwohl ich die Hand nicht ausstrecken konnte, ohne dass wir alle umgekippt wären, stand vor mir ein Glas Wein auf dem Boden. Plötzlich wurde mir klar, dass ich in diesem Augenblick so glücklich wie möglich war, dass sich diese halbe Stunde vor dem Schlafengehen irgendwann als ein Höhepunkt meines kurzen Lebens erweisen könnte.

Caroline telefonierte mit theatralischer Stimme in der Küche. Irgendwer hatte seine Frau verlassen, und in Carolines Freundinnenkreis waren alle erschüttert. Normalerweise bereitete es ihnen eine boshafte Freude, die Eigenheiten aufzuzählen, die eine bestimmte Beziehung zum Scheitern verurteilten – sein langweiliges Wesen, ihre ungezügelte Dummheit –, aber dieses Beispiel schien ihnen näherzugehen: eine Ehe, die gescheitert war, obwohl sie ähnlich verlaufen war wie ihre eigene. Auf der Suche nach Anhaltspunkten durchstöberten alle die Trümmer. In den letzten fünf Minuten hatte Caroline immer wieder dasselbe gesagt und dabei unterschiedliche Worte betont: »Ich meine, Scheiße, was hat sie denn gedacht?«

»Mum hat geflucht«, sagte Freddy.

»Ich hab's gehört«, sagte ich. Er steckte den Daumen wieder in den Mund.

»Dad, ist das echt?«, fragte der Ältere, von seiner Spielkonsole aufblickend, und deutete auf den Fernseher. Ein lebloser, schlaffer Seehund. Blutverschmierter Schnee.

»Ja.«

»Was hat sie denn verdammt nochmal gedacht?«

»Mum hat schon wieder geflucht.«

»Ich weiß.« Ich legte mich anders hin und spürte, wie mich der Hausschlüssel von Darbys Mum in den Schenkel stach.

»Ich dachte, Eisbären wären lieb.«

»Tja, die müssen auch fressen«, erwiderte ich.

»Die sollten nur Obst fressen«, sagte der Kleine.

»Da, wo sie leben, gibt's kein Obst«, entgegnete der Ältere.

»Dann sollten sie irgendwo hingehen, wo's welches gibt.«

»Du bist echt dumm, Freddy.«

»Ich bin nicht dumm, du bist dumm!«, rief Freddy. Er rappelte sich auf, einen Fuß auf meinem Ohr.

»Au! Keine Kämpfchen auf mir«, sagte ich. Freddy setzte sich wieder, steckte den Daumen in den Mund und legte den Kopf an meine Schulter. Der Ältere richtete seine Aufmerksamkeit wieder auf sein Spiel. Die Eisbärjungen tollten im Schneesturm herum. Caroline kam mit nachdenklicher Miene ins Zimmer.

»Helen fand deinen Artikel heute witzig«, sagte sie, nahm mein Weinglas und trank es aus.

»Welchen denn?«

»Keine Ahnung. Irgendwas über griechische Männer. Sie hat gesagt, dass sie lachen musste.«

»Sie haben Psi weggelassen.«

»Wer ist Sy?«

»Und wer ist Helen?«

»Mein Gott. Vergiss es.« Sie stellte das Glas hin. »Was liest du denn da?«

Ich stellte das Buch auf meine Brust, um ihr das Cover zu zeigen.

»Wallace Stevens.«

»Seit wann liest du Gedichte?«

»Schon immer.«

»Woher hast du das Buch?« Sie lächelte nachsichtig, als wäre ich ein kleines Kind, das etwas Niedliches tut.

»Ich hab's bestellt.«

»Hmm.«

Sie klatschte viermal in die Hände und raffte Freddy an sich. Er knurrte verärgert, schmiegte sich dann aber schlaff wie ein Sack Reis an ihre Schulter.

»Schlafenszeit. Komm.«

»Mum, ich bin noch nicht mal tot!«, protestierte der Ältere, der die Knöpfe immer noch wild mit beiden Daumen bearbeitete.

»Okay«, sagte Caroline. »Komm hoch, wenn du tot bist.«

Als sie weg war, schlug ich das Buch an der Stelle auf, wo mein Finger lag, der inzwischen ganz weiß war. Beim Lesen bewegte ich leicht die Lippen.

19

Die Zeitung druckte Grotius' Brief mit, wie mir schien, kaum verhohlener Freude ab. Er war mit K Mabey, Bedford, unterschrieben. Ich starrte die Unterschrift eine Weile an und murmelte die Worte leise vor mich hin. Natürlich konnte es ein Pseudonym sein, aber es hatte den faden Klang des Echten, besonders Bedford.

Nach einer knappen Minute hatte ich die Adresse gefunden: Bei der Online-Telefonauskunft war nur ein einziger K Mabey in Bedford aufgelistet, in 45a Penshurst Road. Penshurst. Es gab da eine Gedichtzeile – »Dich, Penshurst, hat man nicht zur Schau erbaut« –, doch an den Rest oder den Autor konnte ich mich nicht erinnern. Das war Grotius. Ich hatte ihn gefunden. Ich schrieb den Namen und die Adresse in mein Tagebuch, unter sein Profil. Es war, als hätte ich ein Haarbüschel von ihm.

Ich fand es einfacher, Philippa zu Hause zu lassen, wenn ich Jackie holte, und sie dann auf dem Weg zum Park abzuholen. Je kürzer ich auf beide aufpasste, desto besser. Als ich Jackie von der Leine ließ, folgte er mir so dicht auf den Fersen, dass ich ständig Gefahr lief, auf ihn zu treten. Philippa trottete in trägem Bogen davon. Zum ersten Mal seit vier Tagen saß Maria wieder auf ihrer Bank. Neben ihr ein zerzauster junger Mann, der in seinem eigenen Schoß zu schlafen schien.

»Wie ich sehe, haben Sie den Hund Ihrer Geliebten dabei«, sagte sie und zündete sich eine lange braune Zigarette an.

»Sie ist nicht meine Geliebte.« Ich bemühte mich, nicht verärgert zu klingen, aber es gelang mir nicht ganz. »Wo waren Sie denn?«

»Ich musste mich hier und da um einiges kümmern. Verwaltung nennt man das heutzutage.« Sie stieß ein jähes Lachen aus, das in ein Husten wie der ferne Widerhall eines inneren Donners überging.

»Oh. Hast du ...« Der Mann neben ihr erschauderte und spuckte dann zwischen seinen Knien hindurch auf den Boden.

»Kümmern Sie sich nicht um ihn. Alles klar, John?« John ließ ein brüchiges, ratschiges Ächzen hören. Ich setzte mich vorsichtig auf die andere Seite der Bank und blickte geradeaus, während Maria in ihrem Trolley kramte. Es war ein strahlender, kalter Tag. Von den frischen Hundehaufen stiegen Dampfwölkchen auf. Ich dachte daran, dass Maria in ihrem Alter den ganzen Winter hier draußen saß. Wie alt mochte sie sein? Sechzig? Siebzig? Ich hatte nicht die geringste Ahnung.

»Bitte sehr«, sagte sie und gab mir ein weißes Schächtelchen, das rappelte, als wäre es nicht ganz voll. Darin befanden sich drei hinten mit Folie überzogene Klarsichtpackungen mit sieben Kammern pro Stück: 21 kleine Pillen, ein Vorrat für drei Wochen.

»Ist das alles?«

»Hab Probleme mit meinem Lieferanten«, sagte sie und zündete sich eine Zigarette an. »In Amerika ist das Zeug inzwischen verboten. Zu viele Selbstmorde.«

»Oh.«

»Keine Sorge. Ich bring das in Ordnung. Sie haben ja erst mal genug, um die Feiertage zu überstehen.«

John ächzte wieder. Zwischen seinen Stiefeln sammelte sich allmählich eine Sabberpfütze.

»Haben Sie nichts, was Sie ihm geben können?«

»In so einem Zustand geb ich ihm gar nichts. Wer weiß, was er schon alles genommen hat?« Plötzlich ertönte ein lautes Knacken. Auf der anderen Seite des Parks war es vier kleinen Jungen mit Rucksäcken gelungen, ein Bäumchen so weit herunterzuziehen, dass der Stamm zerbrach. »Total außer Kontrolle«, sagte Maria. »Kleine Arschlöcher. Schuld sind die Eltern.«

»Erst gestern hat mir hier ein Jugendlicher mein Handy gestohlen.«

»Was für ein Typ?«

»Ein ganz altes. Prepaid. Nicht viel wert.«

»Nein, ich meine den, der es geklaut hat. War das ein Schwarzer?«

»So ein Halbwüchsiger. Ein Mischling oder Asiate, keine Ahnung. So ein großer Bursche, der ständig im Park ist. Der hat's anscheinend auf mich abgesehen.«

»Ich weiß, wen Sie meinen. Überlassen Sie das mir. Sie schulden mir übrigens sechzig.«

Ich gab ihr drei Zwanziger. John murmelte irgendwas Unverständliches. Ich stand auf, um zu gehen, und trat auf Jackie.

Die folgende Woche rauschte in einem sanften Nebel aus Vormittagen im Park, Nachmittagen an meinem Schreibtisch und von Wein und Fernsehen geprägten Abenden an mir vorüber. Der Phantomgeruch hatte sich verflüchtigt oder vielmehr in einen erträglichen, nur noch selten auftretenden herben Seifenduft verwandelt. Im Freien schien ihn der Wind aus großer Entfernung zu mir zu wehen, sodass ich ihn kaum noch mein Eigen nennen konnte.

Die Tage waren glücklicherweise kürzer geworden und ließen sich leichter füllen. Ohne Handy hatte ich keine Verbindung zur Außenwelt. Einmal am Tag hörte ich den Anrufbeantworter in meinem Arbeitszimmer ab, gelobte jedoch, nur Nachrichten von höchster Wichtigkeit zu beantworten, und meiner Ansicht nach war keine dabei. Ohne frisches Kritikmaterial waren die Talkboards zum Thema Giles Wareing verstummt. Wenn in den nächsten fünf Tagen kein Kommentar kam, würde der Thread automatisch gelöscht werden. Am Freitag stellte ich am frühen Nachmittag den Artikel über den Barbareskenkrieg fertig und mailte ihn an die Zeitung. Ich sah mir die Talkboards an, zupfte ein paar Akkorde, sah mir wieder die Talkboards an: nichts. Dann beschloss ich, für diese Woche Schluss zu machen. Ich ging nach unten, um einen Blick in den Kühlschrank und aufs Fernsehprogramm zu werfen.

Der Ältere sägte in der Küche auf seiner Geige herum, und Caroline schaute zu. Der Kühlschrank war verdächtig leer.

»Es ist nichts zum Abendessen da«, sagte ich.

»Warum wohl?«, fragte Caroline.

»Ich kann das nicht«, sagte der Junge.

»Du machst das wirklich gut«, erwiderte Caroline. »Versuch, den Bogen gerader zu halten.«

»Keine Ahnung«, sagte ich.

»Weil wir eingeladen sind.«

»Mein Hals tut weh.«

»Wo denn?«

»Bei Helen und Dingsbums«, sagte Caroline und verdrehte kunstvoll die Augen. »Das hab ich dir doch erzählt.«

»Nein, hast du nicht.«

»Also, jedenfalls sind wir eingeladen.«

»Mum, mein Hals tut weh.«

»Vielleicht kann dein Vater dir ausnahmsweise mal beim Üben zuhören. Ich nehme jetzt ein Bad. Die Babysitterin kommt um acht mit dem Taxi.«

Ich schob den Schlafanzugkragen des Jungen zurecht, damit er sein Schlüsselbein vor der Metallstütze des Kinnhalters schützte und setzte mich auf den von Caroline geräumten Stuhl. Ein gelbes, in enger, schwungvoller Handschrift vollgeschriebenes Heft lag offen vor mir.

»Da steht, du sollst besonders auf deinen Ton auf der A-Saite achten. Welches ist die A-Saite?«

»Die da«, sagte er und verdrehte die Augen haargenau wie Caroline.

Helen wohnte irgendwo nordöstlich von uns, in einer Straße, die fast identisch mit unserer war, nur ein bisschen imposanter, mit ausgewachsenen Bäumen und teuereren Autos vor den Häusern.

»Hübsch«, sagte ich mit belegter Stimme, während das Taxi auf der Suche nach der Hausnummer die Straße entlangschlich. Ich war bereits schläfrig und unbeteiligt und spürte den scharfen Geschmack von Zahnpasta in der Kehle.

»Hier würde ich nicht mal wohnen wollen, wenn man mir viel Geld dafür bieten würde«, sagte Caroline, die ganze Gegenden von London nicht richtig in Ordnung fand: zu vornehm, zu verwahrlost, zu vorstädtisch, zu edwardianisch, zu zentral, zu weit südlich. Nach ihren Maßstäben war auch unser eigenes Viertel untragbar. Das Taxi hielt. Caroline reichte dem Fahrer ein paar Münzen, die in einen Zehner eingerollt waren.

»Wie heißt Mr Helen noch gleich?«, fragte ich und drückte die Klingel.

»Weiß ich nicht mehr«, sagte Caroline. »Mist.«

»Hallo!«, rief Helen und riss die Tür auf. Ich erkannte sie als die Frau wieder, die die Jungen mittwochs nach Hause brachte. »Kommt rein!«

Wir folgten Helen durch die Diele in die Küche. Der Tisch war für acht Personen gedeckt. Ich wusste nicht, ob ich erleichtert sein sollte. Das Zimmer war leer, aber durch die offene Tür zum Garten drangen Stimmen und Zigarettenrauch herein. Eine Stimme klang seltsam vertraut: abgehackt und von roboterhafter Heiterkeit, wie aus dem Radio. Ein großer, gebeugter, flaschenförmiger Mann kam zaghaft herein, als beträte er einen Porzellanladen. Es war der Mann, der mich am Schultor gefragt hatte, ob ich mich auf meiner Party amüsiert hätte. Ich hatte gesagt, das wisse ich nicht mehr, und er hatte gelacht. Ich sah Caroline an, die mit den Lippen das Wort »Martin« bildete. Es kam alles zusammen.

»Hallo, Giles«, sagte er und kam auf mich zu. »Schön, Sie wiederzusehen.« Er hatte eine hohe, sanfte Stimme. Es war nicht die, die ich wiedererkannt hatte.

»Hi, Martin.«

Während ich Martin lächelnd die Hand schüttelte, kam eine weitere Gestalt aus dem Garten ins Haus. Ich bemühte mich, nicht über seine Schulter zu blicken.

»Da sind Sie ja«, sagte Helen. »Caroline, kennst du Cher Fitzpaine?«

Martin gab mir ein Glas Wein. Im selben Moment trafen weitere Gäste ein: eine Schwangere in einem Umhang und ihr argwöhnisch aussehender Partner, die beide behaupteten, mich schon mal irgendwo gesehen zu haben.

»Sie sind der Mann mit dem weißen Hund«, sagte die Frau. »Ich habe Sie schon mal in dem Park gesehen – wie heißt er noch gleich?«

»Roundworm.« Ich fühlte mich sofort unwohl. Wobei hatte sie mich gesehen? Als ich mit Tony auf einer Bank Apfelwein getrunken hatte? Als ich weinend im hohen Gras gelegen hatte? Als ich von der örtlichen Dealerin Drogen gekauft hatte?

»Ah ja«, sagte der Ehemann oder Partner. »Nordwestlondons führende Hundetoilette.«

»Genau der.«

Ich tat so, als beanspruchte die folgende Diskussion über Hunde und Hundebesitzer meine volle Aufmerksamkeit, und streute einige meiner abgedroschensten Anekdoten in den Monolog, den ich wie Fugenmasse in die Gesprächspausen einbrachte. Wenn ich nicht sprach, nickte ich verständnisvoll und blickte verstohlen ins Nebenzimmer. Erst eine Viertelstunde später, als ich meine unfreiwilligen Zuhörer entlassen hatte, begegnete ich Fitzpaine.

»Hi.«

»Giles. Können wir miteinander sprechen?«

»Ja«, sagte ich. »Warum nicht.«

»Ich hab Sie letzte Woche angerufen, aber Sie …«

»Tatsächlich? Ich hab nicht … das ist wirklich … also, mein Handy wurde gestohlen. Das ist alles.«

»Dann haben also nicht Sie mir gesagt, dass ich mich verpissen soll.«

»Nein.«

»Hat sich auch nicht nach Ihnen angehört. Er hat mich auch als etwas bezeichnet, dessen Bedeutung ich im Internet nachschlagen musste.«

»Worum ging's denn?«

»Das sage ich Ihnen nicht. Es ist widerwärtig.«

»Nein, ich meine, warum Sie mich angerufen haben?«

»Ich wollte Sie zu meiner Junggesellenabschiedsparty einladen. Ich heirate nächsten Monat.«

»Oh. Wow. Schön.« Ich sah mich im Zimmer nach etwas wie einer Verlobten um, weil ich unbedingt wissen wollte, was für eine Frau einwilligen würde, Cher Fitzpaine zu heiraten. Es kam nur eine einzige Person in Frage: eine zierliche junge Frau in einem schweren grünen Samtkleid, die uns den Rücken zukehrte.

»Nach dem Anruf hatte ich ein bisschen Angst«, sagte Fitzpaine. »Besonders weil ich nicht mehr genau wusste, wie wir bei unserer letzten Begegnung auseinandergegangen sind.«

»Das weiß ich auch nicht mehr.«

»Gut. Dann hoffe ich wirklich, dass Sie kommen können. Nur eine kleine Feier, Sie, ich, Perry und wer auch immer.«

Ich begriff nicht, warum er mich zu seiner Junggesellenabschiedsparty einlud. Hatte er nur so wenige Freunde? Ich kannte ihn nicht gut genug, um ihn danach zu fragen, geschweige denn, um abzusagen. Hoffentlich fand die Feier an einem Tag statt, an dem ich schon etwas vorhatte, aber ich hatte nichts vor.

»Ich fühle mich geschmeichelt. Wann steigt die Party?«

»Ich gebe Ihnen Bescheid.«

»Sie dürfen mich nicht neben meinen Mann setzen«, sagte Caroline mit lauter Stimme. »Wir reden kaum noch miteinander.« Martin kam mit einer Flasche Weißwein herüber, und ich hielt ihm mein Glas hin.

»Oh. Sie hatten Rotwein«, sagte er.

»Spielt keine Rolle.«

»Ziehen die Leute in diesem Chatroom immer noch über Sie her?«, fragte Fitzpaine. Ich konzentrierte mich auf mein Glas, während Martin eingoss, und hoffte, um eine Antwort herumzukommen.

»Habe ich Ihnen davon erzählt?«

»Ziemlich ausführlich.«

»Tatsächlich? Tja, ich glaube, sie tun es immer noch.« Er ging auf die Tür zum Garten zu. Ich folgte ihm hilflos.

»Und was wollen Sie dagegen unternehmen?«, fragte er, als wir draußen waren. Er bot mir eine Zigarette an, und ich nahm sie.

»Ich glaube, es legt sich langsam.«

»Darauf würde ich mich nicht verlassen. Da ist ein Typ dabei, der Sie wirklich zu hassen scheint.«

»Sie haben den Thread gesehen?«

»Na ja, Sie haben gesagt, er hätte was mit dem Interview zu tun, deshalb hab ich danach gesucht.«

»Die können Sie auch nicht ausstehen.«

Er lächelte. »Nein, aber als ich letztes Mal nachgesehen hab, ging es eigentlich nur um Sie, und alles war ziemlich böswillig und persönlich. Ich vermute, dass Sie ein paar von den Leuten kennen.«

»Nee, ich glaube, das ist bloß eine Gruppe freiberuflicher Nörgler. Und das Internet bringt sie zusammen.«

»Unternehmen Sie was dagegen. Gehen Sie der Sache nach. Finden Sie raus, wer diese Leute sind. Ich würde das tun.«

»Das glaube ich.« Ich hatte eine schreckliche Vorahnung: Plötzlich wusste ich genau, was er als Nächstes sagen würde. Ich versuchte mit meiner Willenskraft zu verhindern, dass er es sagte, und biss die Zähne zusammen. Er betrachtete die Asche seiner Zigarette von allen Seiten und sah mich dann an.

»Sie und ich, wir sind Geistesverwandte.«

Nein, sind wir nicht, dachte ich. Wirklich nicht. Ich wollte mein Weinglas austrinken, aber es war schon leer.

Aus dem Haus drang Gelächter, das von Carolines Stimme noch übertönt wurde.

»Und dabei hatte er nicht mal Gicht!«, rief sie.

Als ich am nächsten Morgen aufwachte, sah mich eine kleine Gestalt an.

»Dad, ich will Shreddies haben«, sagte sie.

»Hmm, okay, gut.« Meine Kehle fühlte sich an, als hätte ich ein Stück Seil verschluckt.

»Dad, steh auf.« Er zerrte an der Steppdecke.

»Ja, mach ich doch.« Ich setzte mich auf die Bettkante. Mir schwirrte der Kopf.

»Dad, du bist ja nackt.«

»Stimmt.« Es stimmte.

»Ich kann deinen Pimmel sehen.«

»Ja.« Ich blickte über die Schulter und betrachtete Caroline, die, eine Haarsträhne an der Unterlippe, reglos dalag. Vielleicht hatten wir miteinander geschlafen. Trotz meiner pochenden Schläfen hob sich sofort meine Stimmung.

»Was wolltest du haben? Haferbrei?«

»Nein, Dad. Shreddies.«

»Wie wär's mit einem schön dünnen Haferschleim? Tolle Art, den Tag anzufangen.«

»Shreddies hab ich gesagt!«

»Ah. Du hast keine Lust auf Haferschleim. Wie wär's dann mit überbackenen Muscheln? Viele Leute finden, das schmeckt nicht zum Frühstück, aber ich …«

»Nein!«

»Wie du willst. Ich persönlich mag morgens nichts Schweres. Nur eine Handvoll Hanfsamen und ein Glas von meinem eigenen Pipi.«

»Gib ihm seine verdammten Shreddies«, sagte Caroline.

Ich schüttete ihm die Cornflakes ein, machte Kaffee, fütterte die Tiere und holte die Zeitung herein. Die Jungen aßen ihr Frühstück schweigend vor dem Küchenfernseher und setzten sich dann vor den großen Apparat. Caroline kam gegen neun.

»O Gott, mein Kopf«, sagte sie.

»Hmm.«

»Was treibst du eigentlich die ganze Nacht allein in deinem Arbeitszimmer?«

»Wann denn?«

»Als wir nach Hause kamen, bist du sofort raufgegangen und eine Ewigkeit dageblieben.«

»Hab bloß meine E-Mails gelesen.« Ich wusste nichts mehr – weder, wie wir nach Hause gekommen waren, noch, wie ich die Babysitterin bezahlt hatte, in mein Arbeitszimmer gegangen war oder sonstwas.

»Hm-hmm. Und warum hast du gestern Abend so rumgebrüllt?«

»Wann?«

»Du hast diese Frau angebrüllt. Die Schwangere, die mit dem Kerl in dem schrecklichen Pullover verheiratet ist.«

»Oh.«

»Ja.«

»Sie, äh, hat mich bezichtigt, ein Glas-halb-leer-Mensch zu sein.«

»Okay.«

»Während sie von sich behauptete, ein Glas-halb-voll-Mensch zu sein.«

»Und deshalb hast du sie angebrüllt.«

»Nein, ich hab bloß gesagt, dass Glas-halb-voll-Menschen nicht begreifen, worum es geht.«

»Und das wäre?«

»Dass das Glas halb leer ist.«

»Aha.«

»Und immer leerer wird.«

»Deins ist bestimmt immer leer.«

»Was für einen Sinn hat blöder Optimismus angesichts trostloser Unvermeidlichkeit?«

»Hmm. Hast du ihr vielleicht erzählt, dass du gerade vierzig geworden bist?«

»Weiß ich nicht mehr.«

Caroline nahm einen Becher aus dem Schrank, und ich hatte wieder eine böse Vorahnung. Ich hatte das Gefühl zu wissen, was sie gleich sagen würde. Als sie ihren Kaffee eingoss, sich setzte und in der Zeitung zu blättern begann, wurde ich mir dessen immer sicherer. War sie so berechenbar, oder war das eine weitere Nebenwirkung der Panaglos? Ich starrte ihren Kopf an, während sie las.

»Tja«, sagte sie endlich, schob einen Teil der Zeitung beiseite und nahm sich den nächsten. »Dein kleiner Freund Cher Fitzpaine ist ein ziemlicher Idiot, was?«

Wort für Wort.

Ich fand die Kleidungsstücke, die ich am vorigen Abend getragen hatte, in meinem Arbeitszimmer, zusammen mit einer Flasche Wein. Neben dem Computer stand ein leeres, mit Fingerabdrücken beschmiertes Glas. Der reinste Tatort. Auf der

Tastatur lag eine unleserliche Notiz, die ich auf die Rückseite eines ausgedruckten griechischen Alphabets gekritzelt hatte. Die erste Zeile war gerade noch zu entziffern: »Vergiss nicht«. Dafür war es bereits zu spät. Dann folgten eine Menge Großbuchstaben und eine Reihe von Ausrufezeichen. Zuerst dachte ich, die Buchstaben wären vielleicht Akkorde. Vielleicht hatte ich in der Nacht eine Inspiration gehabt. Nackte Inspiration. Ich nahm die Gitarre und arbeitete mich durch: C, F, A … Es klang nicht besonders gut, aber ich war bereit, es auszuprobieren. Der nächste sah aus wie Db, doch das war unwahrscheinlich: Ich kannte Db nicht. Dann D, und dann G. Ich spielte das Ganze zweimal und hatte eine begründete Vermutung zu Db, bis ich merkte, dass alle Ds eigentlich Ps waren und das klein b ein L: CFAPLPG. Was konnte das bedeuten?

Mit dem inzwischen ziemlich vertrauten, schmerzenden Vorgefühl schaltete ich den Computer ein.

SUPERBESTE CHEMISCHE REINIGUNG (oder DER GEHEIME UNTERSCHLUPF FÜR GW-HASSER)
Eingerichtet von Salome66 am 18. 11. 04 um 12:31 Uhr
Schnell! Meldet euch an!

DieserZerstörteBall - 11. 12. 04 um 1:42 Uhr (62/72)
wo seid ihr alle?

DieserZerstörteBall - 11. 12. 04 um 2:01 Uhr (63/72)
???

DieserZerstörteBall - 11. 12. 04 um 2:09 Uhr (64/72)
mutterseelenallein

---

easyGeoff - 11. 12. 04 um 2:13 Uhr (65/72)
Hi DZB. Einen draufgemacht?

DieserZerstörteBall - 11. 12. 04 um 2:15 Uhr (66/72)
jja, ein bisschen

---

easyGeoff - 11. 12. 04 um 2:19 Uhr (67/72)
Bin grade erst reingekommen

DieserZerstörteBall - 11. 12. 04 um 2:21 Uhr (68/72)
ich auch

---

easyGeoff - 11. 12. 04 um 2:24 Uhr (69/72)
liegt an der Jahreszeit, was? gehst du zum CFAPLPG?

DieserZerstörteBall - 11. 12. 04 um 2:31 Uhr (70/72)
dem was

---

easyGeoff - 11. 12. 04 um 2:37 Uhr (71/72)
Dem Combined Film and Poetry London Pre-Christmas Get-together. Bloß ein Anlass für örtliche Chatter, sich irgendwo zu treffen und zu besaufen. Findet zum zweiten Mal statt. Im Bücher-Ordner gibt's einen Thread darüber. Du gehörst doch zu der Lyrik-Gruppe, stimmt's?

DieserZerstörteBall - 11. 12. 04 um 2:57 Uhr (72/72)
Glaub schon.

Zurück / Seitenanfang / Kommentar abgeben

20

Am Montagmorgen lag ein kleiner weißer Umschlag auf der Fußmatte, der den örtlichen Poststempel trug und in zittriger, altmodischer Schrift an den »Bewohner« adressiert war. Der darin befindliche Brief war in derselben kritzeligen Handschrift verfasst, schräg und schwungvoll bis zum Rand. Es gab weder eine Anrede noch eine Unterschrift oder irgendwelche Satzzeichen:

Ich schreibe ihnen diesen Brief um ihnen mitzuteilen dass der Kerl der neulich als Anstreicher in ihr Haus kam vorbestraft ist er ist in unserer Gegend allgemein bekannt und steht im Ruf gewalttätig zu sein zu stehlen Leute einzuschüchtern und vieles mehr ein Freund von ihm wurde vor ein paar Wochen ermordet aufgefunden er saß schon im Gefängnis Leute von seinem Schlag halten nichts davon für ihren Lebensunterhalt zu arbeiten sie stehlen lieber und bestechen und schüchtern andere ein hoffentlich kann er sich nicht bei ihnen einschleichen für solche Leute ist Lügen eine Kunstform die er bestens beherrscht lassen sie sich nicht von ihm hinters Licht führen denken sie daran solche Leute tun nichts umsonst und lassen sie sich nicht von seinem Londoner Akzent täuschen er ist Ire

Hoffentlich ist dieser Brief ihnen eine Hilfe

Ich wusste nicht, was ich davon halten sollte. Es war unmöglich, die Richtigkeit der Behauptungen oder die Beweggründe des

Briefschreibers einzuschätzen. Jedenfalls war es ein zweifelhafter nachbarschaftlicher Rat. Ich beschloss rasch, dass ich den Brief gegenüber Colin zunächst nicht erwähnen würde. Nicht ganz so klug war vielleicht, dass ich beschloss, auch Caroline nichts davon zu erzählen.

Während ich mich anzog, klingelte das Telefon.

»Wareing.« Es war Brian, der Kulturredakteur.

»Hi, Brian.«

»Was zum Kuckuck soll ich mit dem Zeug anfangen, das Sie mir geschickt haben?«

»Ähm. Keine Ahnung.«

»Der Artikel hat dreitausend Wörter.«

»Eigentlich sind es nur circa zwei-acht.«

»Und wohl kaum Ihr üblicher Stoff.«

»Nein. Darum ging's ja gerade.«

»Das Ding ist ernst und gewichtig.«

»Tut mir leid.«

»Uns gefallen ernste und gewichtige Texte, aber dafür haben wir unsere Autoren. Und zwar mehr als wir brauchen.«

»Aber?«

»Uns fehlen Leute, die sechzehnhundert Wörter über den Besuch einer Abendgesellschaft von Nudisten schreiben können.«

»Das ist schon drei Jahre her.«

»War aber Ihre beste Zeit, wie ich finde.«

»Vielleicht.«

»Hören Sie«, sagte er und klang plötzlich müde, »vielleicht tue ich Ihnen einen Riesengefallen, aber ich muss mir noch überlegen, warum ich das tun sollte.«

»Okay. Kann ich mich schon mal bedanken?«

»Noch nicht. Ich rufe in einer Stunde nochmal an.«

Ich musste vor halb zehn bei Jackie sein, sonst würde er auf den Fußboden scheißen, und in der Eile vergaß ich meine eigenen

Hausschlüssel. Als ich auf dem Weg zum Park mit Jackie unterm Arm wieder am Haus vorbeikam, sah ich Philippa verzweifelt aus dem Schlafzimmerfenster der Jungen starren. Ich bildete mit den Lippen die Worte »Tut mir leid« und ging weiter.

Maria saß mit einem Kunden auf ihrer Bank, deshalb wandte ich mich in die andere Richtung und blieb nur kurz stehen, um zu winken. Sie nickte diskret, oder vielleicht nicht einmal das, aus so einer Entfernung war das schwer zu beurteilen. Jackie schnupperte gut zehn Minuten am Boden eines überquellenden Mülleimers, aber ohne meine Schlüssel hatte ich es nicht eilig. Die Luft war kalt, aber die Sonne schien, der Himmel ein kühles Eierschalenblau. Ich blieb ungefähr alle zehn Schritte stehen, und schließlich kam Jackie hinterher. Es dauerte eine halbe Stunde, bis wir an Marias Bank angelangten, und inzwischen war sie allein. Ich setzte mich.

»Ich hab was für Sie«, sagte sie und kramte tief in ihrer Tasche. Ich hoffte, es wären weitere Panaglos – meine Zukunft schien sich in diesem Augenblick nur so weit zu erstrecken, wie mein Vorrat reichte –, aber das Ding, das sie aus der Tasche zog, hatte nicht die richtige Form. »Das gehört also Ihnen?«

Ich sah den Gegenstand an, der mir einen Moment zwar vertraut, aber unbeschreiblich vorkam, als wäre mein Gehirn in einen Nebelschleier gehüllt.

»O mein Gott«, sagte ich. »Mein Handy.« Ich nahm und betrachtete es, nach wie vor unsicher, ob es wirklich meins war.

»Gern geschehen.«

»Wie haben Sie's zurückgekriegt?«

»Das ist nicht Ihr Problem.« Das sagte sie mit einer kühlen Entschiedenheit, die mich ärgerte und mir zugleich Angst machte. Ich dachte an den Brief auf der Fußmatte. Ich war zu alt, um mich mit einer üblen Bande einzulassen.

»Ich brauche mehr Pillen«, sagte ich und bemühte mich, nicht verzweifelt zu klingen.

»Nächste Woche«, erwiderte sie. Tief aus ihrer Brust drang ein Geräusch, das sich wie das Mischen eines alten Kartenspiels anhörte.

Beim Verlassen des Parks rief ich Caroline an.

»Ich sitze gerade im Auto.«

»Ich hab mich ausgesperrt, das ist alles.«

»Ich bin in etwa zwanzig Minuten da. Wieso telefonierst du mit deinem gestohlenen Handy?«

»Oh. Das hab ich wiedergefunden.«

»Dann war's also gar nicht gestohlen.«

»Doch, aber ich hab's zurückgekriegt.«

»Wie meinst du das?«

»Man hat's mir zurückgegeben.«

»Wer?«

»Jemand im Park.«

»Versteh ich nicht. Wie zum … Mist, da ist ein Polizist hinter mir. Ich muss fahren.«

»Okay. Bis in zwanzig Minuten.« Sie war nicht mehr dran.

Philippa stand noch immer am Fenster, verlagerte das Gewicht erwartungsvoll auf die Vorderpfoten und gähnte vor Aufregung. Während ich vorbeiging, spürte ich das Alberne an der Situation wie etwas Kaltes, wie einen Schneeball, der mich am Hinterkopf traf. Schuldgefühle durchströmten mich, doch die Panaglos löschten sie völlig aus. Ich hatte zwar noch Gefühle, aber sie hinterließen keine Spur mehr, das war immerhin etwas.

Ich schloss zuerst das untere Schloss auf, denn ich konnte mich nie erinnern, ob der Schlüssel oben mit oder gegen den Uhrzeigersinn gedreht werden musste. Heute öffnete die Tür sich einfach. Vielleicht hatte ich oben nicht abgeschlossen. Das wäre jedenfalls klug gewesen. Jackie zwängte sich zwischen meinen Beinen hindurch und flitzte in die Küche. Ich ging zwei Schritte weit in die Diele, um die Leine übers Treppengeländer zu hängen, aber als ich gehen wollte, fiel mir ein, dass ich zu Hause ausgesperrt war. Caroline kam frühestens in zwanzig Minuten, wahrscheinlich aber eher in vierzig. Ich überlegte, ob ich mich auf die kalten Stufen setzen sollte, während auf der anderen Seite der Tür der Hund jaulte, aber dann kam ich zu dem Schluss, dass eine rasche Tasse Tee bei Darbys Mum genau die richtige Zeitspanne beanspruchen würde. Ich folgte Jackie in die Küche und ließ den Kessel volllaufen.

Das Fenster hinter dem Spülbecken war mit Gips bespritzt, und auf dem Fensterbrett lag eine dicke Schicht Sägemehl. In dem winzigen Garten lehnten Schrankteile an der Wand. Der neue Kühlschrank stand an seinem Platz, doch ansonsten sah das Zimmer genauso aus wie bei meinem letzten Besuch, nur dass, wie ich plötzlich bemerkte, ein Mann am Küchentisch saß und mich anstarrte.

»Hallo!«, sagte ich gut gelaunt und versuchte, den Eindruck zu erwecken, als sei unsere Begegnung ganz normal. Doch ich war überrascht und befürchtete, dass man mir das auch ansehen konnte. Dass meine Füße vielleicht kurz den Boden verlassen hatten.

»Wer sind Sie?«, fragte der Mann. Er hatte eine tiefe, rauchige Stimme. Er trug ein weißes Hemd, hatte die Arme verschränkt und das schwarze Haar gerade nach hinten gekämmt. Hinter ihm hing ein Jackett am Stuhl. Das starke, seitlich einfallende Licht vom Fenster erschuf ein Gitter aus beleuchtetem Staub, das wie ein Tor zwischen uns in der Luft schwebte.

»Ich bin Giles«, sagte ich und trat einen Schritt zurück. »Freddys Dad.«

»Ah. Sarah führt immer mit Ihnen zusammen den Hund aus.« Obwohl er mich kannte, wirkte sein Lächeln keineswegs beruhigend.

»Ja. Also, meistens.«

»Aber heute nicht.«

»Nein, sie hatte eine … sie hatte wohl etwas vor.«

»Was denn?«

»Weiß ich nicht genau. Sie hat gerade angerufen. Eine SMS geschrieben.«

»Komisch. Ich versuche sie ständig zu erreichen, aber ihr Handy ist ausgeschaltet. Darby hat sich in der Schule verletzt. Ich musste sie abholen.« Ich fragte mich kurz, ob Freddy vielleicht etwas damit zu tun hatte.

»Geht's ihr gut?«

»Ist nichts Ernstes. Eine Grünholzfraktur. Sie schläft.«

»Gut.« Als ich in die Diele blickte, sah ich, dass die Haustür immer noch sperrangelweit offenstand. In dem Weiß jenseits der Türschwelle ging die verschwommene Gestalt eines Fußgängers von rechts nach links, und ich hörte das sandige Knirschen von Schuhen auf dem Gehsteig, das wie zwei schnelle Boxhiebe klang.

»Sie haben einen Schlüssel.«

»Wie bitte? Ja, wissen Sie, für den Fall, dass …« Der Name steckte mir in der Kehle. »Dass Sarah Jackie aus irgendeinem Grund nicht ausführen kann.«

»So wie heute.«

»Genau.«

»Sehr nett von Ihnen.«

»Ach, kaum der Rede wert. Ich muss sowieso raus«, sagte ich mit gezwungenem Lächeln. »Leider bei jedem Wetter.«

»Weil Sie auch einen Hund haben.«

»Ja.«

»Wo ist der?«

»Wo ist wer?«

»Ihr Hund.«

»Oh! Ach so. Der ist, äh, der hat, den setze ich auf dem Rückweg als Erstes ab. Ich wohne bloß … dann ist das Ganze nicht so anstrengend.«

»Aha.«

»Aber heute hab ich mich ausgesperrt, sodass er nicht mal … ich muss wohl später nochmal mit ihm rausgehen.«

»Sie scheinen sich hier gut auszukennen.« Ich stellte fest, dass er sehr breite Schultern hatte.

»Eigentlich nicht. Nein, wie gesagt, ich hab mich ausgesperrt, und da, ähm …« Ich hielt inne. Eine Weile sprach keiner von uns beiden ein Wort. Plötzlich wurde das Sonnenlicht schwächer, und das Tor aus Staub verschwand. Ich sah, wie sich auf seiner Stirn vor Sorge ein roter Fleck bildete.

»Ich weiß nicht, wo meine Frau ist«, sagte er und starrte mich an. »Weiß Ihre Frau, wo Sie sind?«

Ich atmete ein paar Mal tief durch, betrachtete meine Schuhe und überlegte, was ich tun sollte. Jackie schob seine Nase in die Lücke zwischen der Geschirrspülmaschine und dem angrenzenden, noch nicht fertiggestellten Schrank und schnaubte. Ich hörte das Ticken der Uhr und blickte auf. Darbys Dad starrte mich an, als würde er nie wieder blinzeln.

Ich kramte in meiner Tasche, zog den an einem lila Band befestigten, dicken Schlüssel hervor, legte ihn auf die Küchentheke und ging: die unmittelbare Lösung für das drängendste Problem. Das gefiel mir an Panaglos. Jedes Mal, wenn die Lage schwierig wurde, gaben die Pillen einem das Gefühl, dass die seelischen Folgen nebensächlich sind. Du brauchst den Knoten nicht zu lösen, raunten sie. Schneide einfach das Seil durch.

Ich setzte mich mit einer Tasse Kaffee aus dem Café an der Ecke auf die Stufe vor der Haustür und versuchte das Jaulen des Hundes zu ignorieren. Bei dem Haus gegenüber wurde gerade auf billige Art ein Keller gegraben, denn um mehr Platz zu bekommen, galten Keller in dieser Gegend zur Zeit als der letzte Schrei. Ich beobachtete, wie der Polier seine beiden Arbeiter in irgendeiner osteuropäischen Sprache herunterputzte, weil sie in der Nacht nicht tief genug gegraben hatten. Mein Handy spielte ein paar Takte eines mir unbekannten Popsongs.

»Hallo?«

»Du hast dein Handy wieder.«

»Ja, hab's gerade zurückgekriegt. Unglaublich.«

»Ich hab's bloß hergegeben, weil's geklappert hat.«

»Ja.« Ich hielt inne. »Wer spricht da?«

»Warum besorgst du dir nicht ein besseres, dann klau ich dir nächstes Mal das, du verdammter …«

Ich schaltete das Handy aus. Colin hielt in seinem weißen Kleinbus, der an der Seite mit dem Lack eines anderen Fahrzeugs blau gestreift war. Ich beobachtete, wie er sein Hemd abtastete, einen Behindertenparkausweis aus der Brusttasche zog und ihn aufs Armaturenbrett schob. Ich musste daran denken, dass er im Ruf stand, gewalttätig zu sein, zu stehlen, andere einzuschüchtern und vieles mehr. Ich hoffte, dass er einen Schlüssel für die Haustür hatte. Und hoffte zugleich, dass er keinen hatte.

ES WIRD ZEIT, SICH FÜRS CFAPLPG* ZU VERABREDEN

Eingerichtet von Psalmanazar am 7. 12. 04 um 10:09 Uhr

***das ist das Combined Film and Poetry London Pre-Christmas Get-together! Kommet zuhauf!**

PawlowsKätzchen – 11. 12. 04 um 21:31 Uhr (87/96)

Echt schade, denn ich komme sowieso nach London, aber mein Zug geht an diesem Abend. Würde das Treffen doch einen Tag vorher stattfinden!

Psalmanazar – 13. 12. 04 um 8:48 Uhr (88/96)

Der 21. ist der Tag, an dem es anscheinend den meisten passte. So kurz vor Weihnachten ist ein Problem, ich weiß, aber wir versuchen, so viele Nicht-Londoner wie möglich unterzubringen, und wir Übrigen sind sowieso hier. Wenn's hilft, fangen wir früher an – gegen 3 oder so.

DieserZerstörteBall - 13. 12. 04 um 11:45 Uhr (89/96)
Wo findet das Ganze statt? Wer fährt hin? Kommen alle?

---

easyGeoff - 13. 12. 04 um 12:02 Uhr (90/96)
Du musst unbedingt kommen DZB!

Psalmanazar - 13. 12. 04 um 12:10 Uhr (91/96)
Wir treffen uns im Badger in King's Cross, DZB. Alles Nähere weiter oben.
Die Gästeliste ist noch nicht vollständig, aber bisher sieht sie folgendermaßen aus:
easyGeoff
ReimJungfer
agitprop
LadyMintCake
Halloichheißejanice
ChildeHarold
marco9xe
Grotius
sammysdot, ein »entschiedenes Vielleicht«
ich …
… und hoffentlich du, DZB

DieserZerstörteBall - 13. 12. 04 um 12:24 Uhr (92/96)
Muss ich sehen

---

sammy'sdot - 13. 12. 04 um 12:27 Uhr (93/96)
Kommt Salome66 nicht? Die wollte ich schon immer mal kennenlernen.

DieserZerstörteBall - 13. 12. 04 um 12:26 Uhr (94/96)
Weiß ich nicht. Sie wohnt in London, oder?

Psalmanazar - 13. 12. 04 um 12:31 Uhr (95/96)
Hab nichts von ihr gehört, aber du hast recht - sie

ist unverzichtbar. Salome66, melde dich, melde dich und antworte bitte!

PawlowsKätzchen - 13.12.04 um 12:48 Uhr (96/96)
Mal sehen, ob es noch einen späteren Zug gibt, dann könnte ich kurz vorbeischauen …

Zurück / Seitenanfang / Kommentar abgeben

Das Telefon klingelte.

»Okay, jetzt können Sie sich bei mir bedanken.« Es war Brian.

»Danke. Wofür eigentlich?«

»Ihr Artikel. Ich hab jemanden, der ihn bringen will.«

»Wen denn?«

»Claire Pleasance vom Sunday Review. Kennen Sie Claire?«

»Nein.«

»Nicht? Jedenfalls hab ich sie am Wochenende gesehen, und da hat sie gesagt, sie hätte wirklich Probleme, den Weihnachtsteil frühzeitig fertigzustellen. Anscheinend handhaben sie das immer so.«

»Hm-hmm.«

»Also hab ich eben nochmal angerufen und sie überredet, Ihren ellenlangen Barbaresken-Artikel am 26. auf die Titelseite zu stellen. Hab ich das nicht toll hingekriegt?«

»Am zweiten Weihnachtstag.«

»Auf der Titelseite. Ich hab gesagt, der Artikel ist echt gut.«

»Am zweiten Weihnachtstag liest doch kein Mensch Zeitung.«

»Sie sind ja wirklich ein Muster an Dankbarkeit.«

»Tut mir leid. Danke.«

»Sie werden dafür bezahlt. Das ist doch die Hauptsache, oder?«

»Ja.«

»Ich hab achthundert gesagt, also lassen Sie sich nicht mit weniger abspeisen.«

»Okay.«

»Jetzt müssen Sie aber auch mir einen Gefallen tun.«

»Oh-ooh.«

»Das wird Ihnen Spaß machen. Wird eine tolle Sache.«

»Kann ich noch ablehnen?«

»Nein. Hören Sie sich das an: Giles Wareing infiltriert das AKBA.«

»Das was?«

»Das Aktionskomitee britischer Autofahrer, die extremistische Kraftfahrer-Organisation.«

»Hab ich noch nie gehört.«

»Müssen Sie aber. Die sind klasse. Der stellvertretende Verkehrsminister hat sie letzten Monat als Terroristen bezeichnet. Sie müssen sich ihre Website ansehen.«

»Okay, mach ich.«

»Ich finde, diese Story verlangt nach der Wareing'schen Magie.«

»Wer hat schon abgelehnt?«

»Niemand.«

»Warum übernimmt Phil das nicht?«

»Er ist … er wollte nicht. Aber nur wegen seiner Kolumne. Er hat eine zu bedeutende Position, um verdeckt zu recherchieren.«

»Sie brauchen einen Niemand.«

»Nicht irgendeinen Niemand. Sehen Sie sich die Website an.«

»Mach ich.«

»Danach müssen Sie Wayne anrufen, der ist – hören Sie gut zu – ein verärgertes Ex-Mitglied der Ortsgruppe von High Wycombe. Ich muss Sie vorwarnen: Der Bursche ist ziemlich unheimlich und möglicherweise gefährlich. Aber er hat gesagt, er kann Sie in die Milton-Keynes-Gruppe einschleusen. Margot mailt Ihnen in der nächsten Stunde noch ein paar Sachen zu.«

»Okay.«

»Wir bringen das Ganze erst nach Weihnachten, aber Sie müssen schon mal anfangen.«

»Mach ich.«

»Hals- und Beinbruch, und lassen Sie sich von Claire nicht mit weniger als achthundert abspeisen.«

»Geht klar.«

Als ich aufgelegt hatte, hörte ich Colin unten irgendwo an einer Wand kratzen, und sein unmelodisches Pfeifen klang plötzlich forsch und bedrohlich. Er schabte die Farbe von der Treppe und arbeitete sich langsam nach oben.

Claire Pleasance bot mir fünfhundert, und ich erklärte mich einverstanden.

Ich ging im Dunkeln mit dem Hund spazieren. Anscheinend stand die Lösung des Rätsels um Salome66 kurz bevor. Ich hatte viel Zeit damit verschwendet, das Internet nach Hinweisen zu durchforsten, doch jetzt brauchte ich nur an einem bestimmten Abend in einem bestimmten Pub aufzutauchen, um sie zu sehen. Natürlich nur, falls sie kam. Aber warum sollte ich hingehen? Was für einen Sinn hätte das? Wonach würde ich suchen? Jemanden im Internet ausfindig zu machen, war eine Sache. Die Energie, die man dafür aufwenden musste, ging gegen Null, und die Personen, denen man dort begegnete, waren nur Schemen. Ich wusste nicht genau, ob ich bereit war zu akzeptieren, dass diese Leute wirklich existierten, dass Salome66 ein menschliches Wesen war und kein persönlicher Dämon, der meinem Kopf entsprang. Ich konnte mich nicht einmal erinnern, wann ich zum letzten Mal einen Pub betreten hatte.

Ich beschloss, nicht hinzugehen, und gelobte, mich an mein eigenes Verbot zu halten. Normalerweise hätte mich meine Feigheit an dem fraglichen Abend vom Badger ferngehalten, aber die Pillen sorgten dafür, dass sich mein Verhalten kaum vorhersagen ließ, genauso wie der Alkohol dafür sorgte, dass ich mich im Nachhinein kaum daran erinnern konnte. Zur Zeit wusste ich weder, was ich tun würde, noch, was ich getan hatte. Ich bewegte mich in einer milchigen, schlingernden Gegenwartsblase durchs Leben, und im Augenblick gefiel es mir so.

Plötzlich schoss ein Radfahrer in einem Kaleidoskop aus blitzendem Rot und reflektierendem Gelb vorbei, und als er mich umkurvte, holperten die Reifen den unebenen Wegrand entlang. Als ihn die Dunkelheit vor mir wieder verschluckt hatte, kniete ich mich hin und wartete, bis meine Panik sich legte. Das Blut stieg in meinen Kopf, und er begann zu dröhnen. Irgendwann spürte ich, wie der Hund in meinen Taschen herumschnupperte.

Als ich die Kinder ins Bett gebracht hatte, sah ich mir die AKBA-Website an. Nur eine der Seiten wurde regelmäßig auf den neuesten Stand gebracht und zeigte eine wöchentliche Botschaft des Gründers Robin Royce, der erst kürzlich vorhergesagt hatte, dass eine Straßenbenutzungsgebühr allgemeine Krawalle auslösen würde. Auf einer Sonderseite der Ortsgruppe von Milton Keynes stand außer einem monatealten Artikel aus der Lokalzeitung über ein Radargerät, das in Brand gesteckt worden war, nichts Interessantes. Salome66 hatte sich auf dem Thread für das Weihnachtstreffen immer noch nicht gemeldet.

21

Als Caroline am Dienstag aus der Buchhandlung nach Hause kam und Einkaufstüten und kalte Luft in die Küche schleppte, machte ich den Kindern gerade ihren Tee. Dann konzentrierte ich mich darauf, eine weiche Zwiebel mit einem stumpfen Messer kleinzuschneiden.

»Hoffentlich ist unser Abendessen auch so üppig«, sagte sie.

»Hängt davon ab, was du machen willst.«

Caroline griff in ihre Tüte und reichte mir das Magazin einer Sonntagszeitung, die wir normalerweise nicht lasen, aufgeschlagen bei dem Foto einer traurig aussehenden Frau mittleren Alters in einem Pashmina-Schal, die allein auf einer Landstraße stand.

»Hast du das schon gesehen?«, fragte sie. Ich überflog den vergrößerten ersten Absatz: Die Frau auf dem Bild hatte herausgefunden, dass ihr Mann, ein Börsenmakler, mit dem sie seit zehn Jahren verheiratet war, Kinderpornographie aus dem Internet lud.

»Nein, ist mir entgangen.« Ich merkte, dass ich weiterlesen sollte. Die Polizei hatte den Börsenmakler im Rahmen einer weltweiten verdeckten Ermittlung über seine Kreditkartendaten aufgespürt und verhaftet.

»Interessant, was?«

»Sieht so aus.« Seine Frau hielt zunächst zu ihm, doch auf seiner Festplatte fand sich der unwiderlegbare Beweis: Abertausende von Bildern. Ich begann, Knoblauch zu schneiden, und klopfte, wie ich es einmal im Fernsehen gesehen hatte, mit der flachen Seite des Messers auf die Zehen, um die Haut besser abschälen zu können.

»Um seinen vierzigsten Geburtstag herum«, sagte Caroline mit schelmischem Singsang, »wurde er unnahbar und verschlossen und begann, übermäßig zu trinken. Er blieb lange auf und saß vor dem Computer, manchmal die ganze Nacht. An der Telefonrechnung konnte man sehen, dass er stundenlang im Internet war.«

»Ich brauche das Internet für die Arbeit.«

»Genau das hat er auch gesagt.«

»Außerdem bezahlen wir eine monatliche Pauschale. Und ich bin übrigens nicht pädophil.«

»Das behaupte ich ja gar nicht, ich will nur sagen, dass da irgendwas vorgeht, wovon du mir nichts erzählst. Du benimmst dich, sogar für deine Verhältnisse, ziemlich seltsam. Nachts sitzt du stundenlang allein da oben herum. Du bist zerstreut, schweigsam und hast seltsamerweise kein Interesse an Sex.«

»Ist das eine Beschwerde?«

»Nicht unbedingt.«

»Denn da wärst du die Letzte, die sich beschweren dürfte.« In Wahrheit gab mir die Anschuldigung zu denken: Mein Sexualtrieb war so vollständig erloschen, dass ich es kaum bemerkt hatte.

»Du sagst, jemand hätte dein Handy gestohlen, und dann hast du es plötzlich wieder. Irgendwas geht da vor. Falls du deprimiert bist …«

»Ich bin nicht deprimiert. Ich bin total glücklich.« Ich begriff, dass ich ihr alles erklären musste – die Giles-Wareing-Hasser, die Panaglos, die Phantomgerüche, meine ständige Verwirrtheit, das Combined Film And Poetry London Pre-Christmas Get-together. Plötzlich kam mir alles irgendwie zu sachlich vor. Caroline trug eine Maske unbeteiligten, geradezu fachlichen Interesses, aber ich sah, dass ich ihr allmählich Angst einjagte. Ich begriff, dass sofort eine selbstbewusste Unschuldsbekundung erforderlich war. Eine außerordentliche Unschuldsbekundung.

»Ich habe keine Affäre mit Darbys Mum, falls du das glaubst.«

Caroline wirkte schockiert, aber anders, als ich es mir vorgestellt hatte.

»Da bin ich mir sicher«, sagte sie. »Die vögelt ja schon mit dem Daddy von Jake und Justin.« Ich hielt inne, um diese Information aufzunehmen.

»Dem Typ mit dem Piratenbart?«

»Nein.«

»Und wer ist das?«

»Das ist der neue Freund von Melanies Mum.«

»Wie sieht der Vater von Jake und Justin denn aus?«

»Was kümmert's dich?«

»Weiß Mr-Darby's-Mum das?«

»Keine Ahnung. Du wechselst das Thema.«

»Welches Thema? Du hast mich bezichtigt, pädophil zu sein, und ich hab's abgestritten. Was gibt's da noch zu diskutieren?« Die Irreführung war durchschaubar, aber dennoch erfolgreich gewesen. Ich sah an ihrem Gesichtsausdruck – obwohl sie es zu verbergen versuchte –, dass sie zu müde war, um das Thema weiterzuverfolgen.

»Wir müssen über Weihnachten sprechen«, sagte sie schließlich.

»Was ist damit?«

»Du weißt doch, dass wir zu meiner Schwester fahren.«

»Ja«, log ich.

»Also, die Kinder kriegen am Freitag Ferien, und sie hätte gern, dass wir am Samstagnachmittag kommen. Ich sehe keinen Grund, in London zu bleiben, und du?«

»Ich muss arbeiten.«

»Du kannst auch bei ihr arbeiten.«

»Ich hab am 21. einen wichtigen Termin«, sagte ich und starrte konzentriert auf den kleingeschnittenen Knoblauch. »Hab ich gerade erst erfahren.«

»Du stellst meine Geduld echt auf die Probe, Giles.«

»Die extremistischen Kraftfahrer. Ich treffe mich mit einem von ihnen. Das ist Arbeit.«

Ich beobachtete, wie Caroline mit ihren Schlüsseln herumspielte. Plötzlich hielt sie inne, sah mich an und suchte in meinen Augen nach etwas, das die Panaglos hoffentlich verbergen würden. Ich stellte fest, dass ich sie genauso lange anstarren konnte wie sie mich, als würde ich sie durch ein Fernglas betrachten, und ich verspürte eine Gefühlswallung, die sich nicht in meinem Gesicht zeigte. Ich wollte etwas sagen, und sei es nur, um mich zu einer immer noch starken Bindung zu bekennen, doch sie sprach als Erste, vier Worte, sechs einfache Silben, in kategorischem Ton.

»Der Schuppen ist undicht.«

ES WIRD ZEIT, SICH FÜRS CFAPLPG* ZU VERABREDEN
Eingerichtet von Psamanazar am 7. 12. 04 um 10:09 Uhr
*** das ist das Combined Film And Poetry London Pre-Christmas Get-together! Kommet zuhauf!**

Salome66 - 14. 12. 04 um 14:42 Uhr (131/143)
mir klingen die Ohren

Psalmanazar - 14. 12. 04 um 15:01 Uhr (132/143)
Endlich, Sal! Sag, dass du kommst!

Salome66 - 14. 12. 04 um 15:11 Uhr (133/143)
Weiß nicht. Auf der Arbeit ist es im Moment etwas hektisch, und das Badger ist ziemlich weit weg.

Grotius - 14. 12. 04 um 15:14 Uhr (134/143)
Das ist doch keine Entschuldigung. Manche von uns kommen aus den Vororten rein.

---

easyGeoff - 14. 12. 04 um 15:50 Uhr (135/143)
Na los, Salome. Du willst doch kommen. Filme, Gedichte und der größte Teil der GW-Hasser-Gruppe.

---

halloichheißejanice - 14. 12. 04 um 18:03 Uhr (136/143)
Wisst ihr was? Ich finde das echt aufregend!

DieserZerstörteBall - 14. 12. 04 um 23:23 Uhr (137/143)
Wenn Salome nicht verspricht zu kommen, boykottiere ich die Veranstaltung vielleicht.

Psalmanazar - 15. 12. 04 um 8:45 Uhr (138/143)
Phantastische Idee! Das F&P Get-together ist hiermit aufgeschoben, bis wir Salomes Zusage erhalten.

ReimJungfer - 15. 12. 04 um 9:30 Uhr (139/143)
Salome, bitte, bitte sag ja!
Ich hab mir schon ein Kleid gekauft!

---

easyGeoff - 15. 12. 04 um 10:10 Uhr (140/143)
GW-Hasser tretet in Sympathiestreik!

---

halloichheißejanice - 15. 12. 04 um 10:24 Uhr (141/143)
bitte sagt das Treffen nicht ab … bitte …

Salome66 - 15. 12. 04 um 10:45 Uhr (142/143)
Also gut

DieserZerstörteBall – 15. 12. 04 um 10:49 Uhr (143/143)
Hurra!

Zurück / Seitenanfang / Kommentar abgeben

In Wirklichkeit wollte sich Wayne vom Aktionskomitee britischer Autofahrer direkt nach meinem Anruf mit mir treffen, im Café eines Supermarkts, der an einem Kreisel in der Nähe der M25 lag und zu dem ich in einem sehr teuren Minitaxi fahren musste.

»Wenn Sie dem AKBA beitreten wollen, brauchen Sie aber ein Auto«, lauteten seine Begrüßungsworte. Er saß an einem kleinen runden Tisch, die Schulter an das große Fenster gedrückt, durch das er mich bestimmt hatte kommen sehen. Er war stattlich gebaut, trug eine Krawatte und ein kariertes Hemd unter pflaumenblauer Vliesjacke und eine nicht dazu passende Brille mit elegantem rechteckigen Gestell. Auf seinem rasierten Schädel war unauslöschlich der Schatten eines spitzen Haaransatzes eingebrannt.

»Meine Frau hat den Wagen«, sagte ich und hängte meinen Mantel über den Stuhl gegenüber. »Kaffee?«

»Latte.«

Als ich zurückkam, legte ich mein Notizheft auf den Tisch, doch als ich sah, wie er es anstarrte, beschloss ich, nichts hineinzuschreiben.

»Und«, sagte ich. »Wie sind Sie ans AKBA geraten?«

Wayne schluckte ein paar Mal und schaute aus dem Fenster. Nebel und Regen trübten die Sicht auf den Parkplatz des Supermarkts. Die winzigen Bäume schwankten im Wind und zerrten an ihren Holzpfählen. Ein leerer Einkaufswagen rollte vorbei.

»Nach meiner Scheidung war ich total deprimiert«, sagte Wayne. »Ich war gerade dreißig geworden und hatte das Gefühl, mein Leben wäre vorbei.«

»Hm-hmm.«

»Ich wollte einfach irgendwas unternehmen, verstehen Sie?« Wenn er ausgeredet hatte, spitzte er jedes Mal den Mund, was ihm etwas Mädchenhaftes verlieh.

»Und da sind Sie einer Gruppe beigetreten, die sich für die Rechte der Autofahrer einsetzt.«

»Ich war in allen möglichen Gruppen – Jagdbefürworter, Windkraftgegner. Mir gefiel diese ›Väter für Gerechtigkeit‹-Sache, sich verkleiden und ein bisschen Unruhe stiften, aber – ich hab keine Kinder. Dann lernte ich Rob kennen, bei einer Veranstaltung gegen den Bau des Jugendgefängnisses da drüben.« Er deutete mit dem Finger auf die Wand hinter sich.

»Sie meinen Robin Royce, den Chef des AKBA?«

»Ja, aber das war er damals noch nicht. Er hatte gerade erst Kapik gegründet.«

»Kapik?«

»KPIK. Kein PowerPoint in der Kirche. Er wollte zum Katholizismus übertreten.« Wayne schüttelte den Kopf und ließ ein freudloses Kichern hören. »Er hat mich überredet, Fotos für seine Website zu machen – ich besaß die ganze Ausrüstung, ist ein Hobby von mir –, und dadurch sind wir wohl Freunde geworden.«

Wayne zufolge kamen sie durch Links zu und von anderen Websites mit einem wachsenden Netz breitgefächerter, hauptsächlich männlicher Unzufriedenheit in Kontakt. Royce habe versucht, aus dieser Welle zielloser Wut Kapital zu schlagen.

»Wir richteten sechs verschiedene Websites ein – das kostet nicht viel –, eine Anti-EU-Seite, eine zu den Rechten der Raucher, eine gegen das metrische System und so weiter. Aber es war die AKBA-Seite, die ständig aufgerufen wurde, mitunter ein paar hundertmal am Tag. Das war direkt nach den Protesten gegen den Benzinpreis. Zu unserem ersten Treffen kamen dreiundfünfzig Leute. Als wir letzten März eine Pressemitteilung herausgaben, wurde in vier überregionalen Tageszeitungen davon berichtet.«

»Darin bekennt sich die Gruppe dazu, fünf Radargeräte in Brand gesteckt zu haben.«

»Ja, das stimmt. Um die Wahrheit zu sagen, haben wir nur zwei angezündet. Die anderen gehen auf das Konto von Trittbrettfahrern.«

»Jedenfalls gute Publicity.«

»Na ja, wenn man erreichen will, dass die Leute zuhören, muss man erst mal ihre Aufmerksamkeit erregen.« Wayne nahm die Brille ab, rieb sich heftig das Auge und setzte sie wieder auf.

»Und warum sind Sie ausgetreten?«

»Offiziell bin ich gar nicht ausgetreten. Aber ich hab mich mit Rob gestritten, weil ich fand, dass es zu gewalttätig wurde. Zu unseren Treffen kamen Typen, die Verkehrspolizisten verprügeln wollten und so. Einfach Hooligans, Leute, denen es Spaß macht, anderen wehzutun, die überall zu finden sind, wo es Ärger gibt.«

»Denen es egal ist, worum es geht.«

»Genau. Ich hab versucht, das zu verhindern, aber Robin ist seine Macht zu Kopf gestiegen. Ihm gefällt es, eine kleine Armee von Spinnern zu haben.«

»Klingt gefährlich.«

»Darum geht's ja. Meine Freundin Karen wollte, dass ich aufhöre. Wir sind umgezogen, deshalb hab ich Robin gesagt, das Ganze wäre zu schwierig, und da hat er mich zu einer Art Kontaktmann zur Ortsgruppe von Milton Keynes gemacht, denn ich wohne jetzt in Luton, und von da ist es nicht weit.« Das linke Auge, an dem er gerieben hatte, war inzwischen rot und geschwollen. »Ich hab da zwei – nein, drei – Treffen besucht, und die Leute sind echt genauso, wenn nicht noch schlimmer.«

»Und da haben Sie gedacht, es ist Zeit auszupacken«, sagte ich und schweifte allmählich mit den Gedanken ab.

»Genau. Upps. Einen Augenblick, bitte.« Wayne zog ein Handy aus der Vliesjacke und hielt es ans Ohr. »Ja«, sagte er und vermied es während des langen Schweigens, das folgte, meinen Blick zu erwidern. »Und wann ist das?«, fragte er schließlich. »Nein, das klingt gut. Um welche Uhrzeit? Ja. Mach's gut, Graham.«

»Worum ging's denn?«, fragte ich.

»Um das Treffen morgen. Sie sollten hinkommen. Hört sich an, als würden sie was aushecken.«

»Gut. Okay.« Ich wollte schon sagen, ich könne nicht kommen, aber die Aussicht, am nächsten Abend mit Wayne und dem AKBA fertig zu sein, war besser, als wenn sich das Ganze noch über die Feiertage hinzog. »Wo findet es statt?«

»Geben Sie mir Ihre Handynummer, dann schicke ich Ihnen eine SMS«, sagte er. »Und kommen Sie um Himmels willen in einem Auto.«

In meiner Abwesenheit war ein Weihnachtsbaum geliefert worden, der jetzt in einem grünen Netzkorsett auf dem Kies bei den Mülltonnen lag. Um vier kamen die Kinder nach Hause und verlangten, dass ich ihn aufstellte.

»Der Hund muss raus«, sagte ich.

»Das können wir übernehmen«, sagte Caroline.

»Ja, Dad«, sagte Freddy. Den Älteren, der in die von rechts nach links scrollende Welt seiner Spielkonsole vertieft war, musste sie an der Mantelkapuze packen und nach draußen führen.

In der hintersten Ecke des Gartens hatte ein wild wucherndes Gewirr aus Clematis, Geißblatt und Wildem Wein zehn Jahre lang seine Blätter auf dem unteren Ende des sanft geneigten Schuppendachs abgeladen. Die wiederum hatten sich in einen Haufen durchnässten Kompost verwandelt, der jedes Jahr schwerer wurde. Die Nässe hatte sich schließlich durch die Dachpappe gefressen, woraufhin das Sperrholz und die schmalen Streben darunter vermodert waren und eine bauliche Schwachstelle bildeten, die mit der Faulstelle an einem Apfel vergleichbar war. Irgendwann im Herbst hatte die Faulstelle nach heftigen Regenfällen nachgegeben, und der riesige Abfallhaufen war in den Schuppen gestürzt. Als ich mich im Dunkeln eine Viertelstunde lang durch den nassen Dreck gewühlt hatte und der Regen durch das Loch auf meinen Rücken geprasselt war, entdeckte ich endlich den Weihnachtsbaumständer. In seinem bis zum Rand mit Wasser gefüllten Fuß schwammen ein Dutzend tote Schnecken. Die darunterliegenden Dielenbretter waren so weich wie gedünsteter Fisch und zerbröckelten, wenn man sie berührte. Im Schuppen roch es süßlich wie in einem Mausoleum, nach Fleisch, das wieder zu Erde geworden war. Carrot schlüpfte zwischen meinen Füßen hindurch. Ich brüllte: »Scheiße!« und fiel rückwärts auf den Rasenmäher.

22

Das außerordentliche Treffen des Aktionskomitees britischer Autofahrer, Ortsgruppe Milton Keynes, fand in einem staubigen Funktionsraum über dem Pub einer Kneipenkette statt. Es waren nicht mehr als ein Dutzend Leute anwesend, darunter auch ich und eine Blondine in einer knappen weißen Lederjacke, die anscheinend in Begleitung eines Mannes gekommen war. Ich sah Wayne verschwitzt und mürrisch hinter einem Speisenwärmer sitzen.

»Robin ist da«, sagte er und deutete mit unmerklichem Nicken auf den linken von zwei Männern, die an einem Klapptisch vor dem spärlichen Publikum saßen. Der AKBA-Gründer hatte eine wachsglänzende Glatze, einen kurzgeschnittenen weißen Bart und eine sechseckige Brille, die die starke Fehlstellung seiner Augäpfel noch betonte. Er trug eine gepolsterte Anglerweste, in deren Brusttasche mehrere Kugelschreiber und Bleistifte steckten. Als er einen vor ihm liegenden Zettel gelesen hatte, verschränkte er die Arme und sah sich mit herrisch vorgestrecktem Kinn im Raum um, als könnte er nur durch die untere Hälfte seiner Brille blicken. Ich beugte den Kopf zurück und streifte mit dem Nacken den Kragen der hässlichen dunkelgrünen Vliesjacke, die ich zu diesem Anlass angezogen hatte. Auf der Brust prangte das Logo eines unbekannten irischen Whiskeys.

»Herzlich willkommen«, rief Robin plötzlich, als wollte er ein ausgelassenes Publikum zum Schweigen bringen, doch in Wirklichkeit hatte er nur eine unbehagliche Stille beendet. »Ich weiß, dass ihr euch gewöhnlich am ersten Mittwoch des Monats trefft, und bin mir sicher, dass viele Leute so kurzfristig nicht kommen konnten.« Ohne Notizblock oder Tonbandgerät konnte ich nur versuchen, mir ein paar Kernsätze einzuprägen. Er bezeichnete die Labour-Regierung als »Feind der britischen Autofahrer«, der es darauf anlege, ihre Rechte mit Füßen zu treten, um »sich die Wohltaten der Umweltschützer, Europas und der Verfechter politischer Korrektheit zu sichern«. Er beschrieb Großstädte im Allgemeinen und London insbesondere als Orte, an denen rechtschaffene Bürger unter der »Tyrannei der Fußgänger« litten, und stieß das letzte Wort fauchend aus, als handelte es sich dabei um eine gesetzwidrige, abscheuliche Neigung. Er sprach von Umweltschutzaktivisten, die mit Hilfe von Lotteriegeldern den Verkehr blockierten und Hauptstraßen mit Rasen auslegten. Er sprach von direkter Aktion, von der monatelangen Planung der Ortsgruppe High Wycombe und schließlich vom sogenannten »Projekt Straßenbau«.

»Ich übergebe jetzt Graham das Wort«, sagte er, »der das Projekt von Anfang an koordiniert hat.« Der Mann neben Royce stand auf.

»Im Grunde, und das versteht hier wohl jeder, gilt unsere Botschaft London«, sagte Graham und löste einen kurzen, einseitigen Beifallssturm aus, »um der Regierung zu zeigen, dass wir uns weder mit höheren Benzinpreisen noch mit niedrigeren Geschwindigkeitsbegrenzungen, mit Radargeräten als einer Form von Besteuerung oder irgendwelchen anderen Versuchen, Autofahrer zu schädigen, abfinden werden. Aber dieser Protest hat noch eine besondere Botschaft, die da lautet: Wir brauchen mehr Straßen, und wir brauchen sie jetzt.«

Darauf begannen zwei in der ersten Reihe sitzende junge Kerle laut zu klatschen, die sich bestimmt eine Protestaktion vorstellten, die mit ein bisschen Glück in Gewalttätigkeiten umschlagen würde.

»Wir werden uns selbst ein bisschen im Straßenbau betätigen«, sagte Graham.

»Wo denn?«, fragte jemand.

»In einem noch ungenannten Londoner Park. Und wir würden das gern als erste gemeinsame direkte Aktion der beiden Ortsgruppen durchführen.«

»Um eine wie lange Straße geht es genau?«, fragte der Mann mit der blonden Begleiterin.

»Wir schätzen, dass der Teer für eine ungefähr dreißig Meter lange, einspurige Straße reicht, aber es kommt drauf an, wie viel Zeit uns in dieser Nacht zur Verfügung steht.«

»Dann ist das also eine Geheimoperation.«

»Ja, stimmt genau.«

Ich wusste, dass ich wegen des Artikels eine Frage stellen musste, und wollte es hinter mich bringen. Ich hob kurz die Hand und begann dann zu sprechen.

»Hi. Ich frage mich bloß, ob diese Aktion in der Öffentlichkeit nicht nach hinten losgehen könnte.« Alle Blicke richteten sich auf mich. »Eine Parkwiese asphaltieren. Ob das die Londoner auf unsere Seite bringt?« Ich blickte zu Wayne hinüber, der entsetzt zu sein schien. Die beiden Typen in der ersten Reihe wechselten ein mattes Lächeln.

»Du kommst aus London, oder?«

»Giles«, sagte ich. »Ja.« Ich senkte einen Moment den Blick. Wayne schien mit dem Daumen ein Loch in seinen Handrücken reiben zu wollen. »Ich habe einen Multimedia-Equipment-Verleih, und die Benzinpreissteigerungen machen mir das Geschäft kaputt.«

»Na ja, Giles«, sagte Graham, »erstens ist es nicht unser oberstes Ziel, von den Londonern unterstützt zu werden. Wir wollen den Leuten die Augen dafür öffnen, dass in diesem Land ein richtiger Straßenbauplan gebraucht wird.«

»Okay.«

»Zweitens sprechen wir hier von einem ziemlich geringen Schaden – nur eine dreißig Millimeter dicke Schicht direkt auf dem Boden. Es soll nur wie eine Straße aussehen, das ist alles.«

»Aha. Und wann soll das Ganze stattfinden?« Einer der beiden Typen in der ersten Reihe flüsterte dem anderen etwas ins Ohr.

»Bald«, sagte Graham und runzelte die Stirn, um zu zeigen, dass er die gesamte Gruppe ansprach. »Alle, die am Projekt Straßenbau interessiert sind, können nachher noch auf einen Drink nach unten kommen. Wir können jede Hilfe gebrauchen.«

Ich blieb eine Stunde, gerade lange genug, um mein Interesse an der direkten Aktion anzumelden, zu hören, wie Robin Royce einen entsetzlichen antisemitischen Witz erzählte, und zu beschließen, dass ich mit der Story nichts mehr zu tun haben wollte. Nicht mal den großen schwarzen Geländewagen, den ich gemietet hatte, hatte irgendwer von ihnen gesehen.

Als ich aufwachte, stand eine gepackte Tasche neben mir auf dem Bett. Caroline trank am Küchentisch Kaffee und blätterte in irgendeinem Prospekt.

»Na, sind wir noch müde?«

»Ich war im Einsatz«, erwiderte ich, und das letzte Wort kratzte über eine wunde Stelle in meiner Kehle.

»Wie war's?«

»Wir planen eine große direkte Aktion. Je weniger du weißt, desto besser.« Plötzlich tauchte Freddy neben mir auf und holte sich eine Banane aus der Obstschale.

»Dad.«

»Ja, Freddy.«

»Was ist eine direkte Aktion?«

»Sollen wir uns einen Keller graben lassen, was meinst du?«, fragte Caroline.

»So was tun verzweifelte Menschen, wenn ihnen nichts anderes mehr einfällt«, sagte ich. »Sie sind mit irgendwas in ihrem Leben unzufrieden und wissen nicht, was sie sonst tun sollen, deshalb greifen sie zu diesem drastischen Mittel.«

»Ich weiß, aber es kann den Wert des Hauses um zwanzig Prozent steigern.«

»Ich hab mit Freddy gesprochen.«

»So was wie eine Schießerei, Dad? Erschießt du irgendwen?«

Der Hund stieß mit der Nase die Tür auf und gähnte flehentlich.

»Philippa muss raus«, sagte ich.

»Ja. Und danach könntest du dich vielleicht mit den Jungen beschäftigen, während ich alles andere erledige. Du siehst sie erst am … wann kommst du genau? Weißt du das schon?«

»Mittwoch.«

»Mittwoch.«

Der Tassenhalter sprang zum zwölften Mal aus dem Armaturenbrett. Das getönte Beifahrerfenster glitt runter und dann wieder rauf. Die Tür ver- und entriegelte sich mit dem Knattern einer Maschinengewehrsalve.

»Cooles Auto«, sagte der Ältere.

»Aber es gehört nicht uns«, erwiderte ich. »Das ist bloß ein Mietwagen.« Ich blickte, wie mir schien, aus großer Höhe, durch die dunkel getönte Windschutzscheibe über die riesige schwarze Motorhaube hinweg auf die Straße. Das war kein Auto, in dem man weinen konnte. Es war ein Werkzeug der Aggression und bot das wahllose Niedermähen von Fußgängern als alternative Methode zur Aufarbeitung jeglicher Probleme an, die ein Mann mit der Welt haben konnte.

»Ich würde so gern vorn sitzen«, sagte Freddy.

»Auf dem Rückweg können wir das machen«, sagte ich. Der Ältere richtete seine Aufmerksamkeit auf das Radio.

»Wohin fahren wir, Dad?«, fragte Freddy.

»Wir wollen Dachpappe besorgen.«

»Was ist Dachpappe?«

»Das ist … Weiß ich nicht genau. Was Komisches. Fühlt sich komisch an.«

»Heißt es deshalb Dachpappe?«, fragte der Ältere. »Weil es aufs Dach kommt und sich wie Pappe anfühlt?«

»Vielleicht.«

»Ja, ich glaube, das ist der Grund«, sagte Freddy. »Ganz bestimmt.« Das Fenster glitt wieder rauf und runter. Und dann nochmal.

Dummerweise hatte ich nicht damit gerechnet, dass der Heimwerkermarkt ein beliebtes Weihnachtsziel war, denn ich hatte vergessen, dass dort Weihnachtsschmuck, Kerzen, künstliche Bäume, Geschenkpapier und eine große Auswahl an deprimierenden Geschenkartikeln verkauft wurden. Auch zu einem günstigeren Zeitpunkt kam man dort nur schwer voran, aber die ziellos umherirrenden, dösigen Leute, die alle Gänge verstopften, und die beharrliche Forderung der Jungen, ich solle mit meiner Pfandmünze einen flachen Einkaufswagen holen, auf dem sich die beiden schieben lassen konnten, machten alles noch schlimmer. Der Gang mit den Weihnachtssachen war am breitesten, aber auch völlig verstopft. Während ich mich langsam in den hinteren Teil des Ladens vorarbeitete, standen die Jungen auf und holten alles Mögliche an Bord, um es genauer zu betrachten: einen elektronischen tanzenden Weihnachtsbaum, eine als Schneekugel getarnte Spieldose, Lametta, einen nachgemachten viktorianischen Engel, extralange Streichhölzer, zwei Schachteln Cracker. Ich fragte einen älteren Verkäufer, dessen träges, onkelhaftes Wesen nicht zu dem Chaos in diesem Gang und dieser Jahreszeit passte, wo sich die Dachpappe befinde. Er stand eine Weile gedankenverloren da, während sich hinter ihm eine Schlange übellauniger Kunden bildete. Ich verstand seine Antwort nicht.

»Freddy!«

Auf einem ähnlichen Einkaufswagen glitt Darby auf uns zu, am linken Handgelenk einen schmutzigen Verband und auf dem Kopf eine große Nikolausmütze, deren Zipfel mit Hilfe eines versteckten Motors ständig hin und her wedelte. Ihre Mutter war unter einer schwarzen Wollmütze mit langen Ohrenschützern, die in Troddeln endeten, kaum wiederzuerkennen. Mit der verborgenen Haarmähne wirkte sie klein und leichenblass.

»Dad, guck mal, da ist Darby!«

»Ja, ich …«

»Hi-JAA!« Freddy hatte eine Rolle Geschenkpapier aus einer der Auslagen gezogen und schlug Darby damit auf die Schulter, als sie auf der Backbordseite hielt.

»Hi«, sagte Darbys Mum erschöpft. »Mache bloß in letzter Minute …«

»STIRB!«, brüllte Darby, schnappte sich die Rolle von Freddy und holte mit theatralischer Geste aus. Freddy grapschte sich zwei weitere Rollen, kreuzte sie vor dem Körper und parierte den Schlag.

»Das ist ein Albtraum, was? Ich hasse Weihnachten«, sagte ich, weil mir nichts Besseres einfiel. Freddys nächster Hieb verfehlte Darby, doch er wischte mit der durchschwingenden Rolle sämtliche durchsichtigen Plastikrentiere hinter sich vom Regal. Die anderen Leute sahen uns missbilligend an.

»Wie ich höre, haben Sie neulich Nick kennengelernt«, sagte Darbys Mum und kaute unsicher auf der Unterlippe. Zum ersten Mal sah ich, dass ihre Zähne einen Grauschimmer hatten. »Bei uns im Haus.«

»Ja. Wir haben uns eigentlich …«

»Nimm DAS!«, schrie Freddy und schlug Darby die Nikolausmütze vom Kopf. Ein anderer Einkaufswagen stieß gegen meine Waden. Ringsum war der ganze Gang zum Stillstand gekommen. Darby stieg auf unseren Wagen und stieß Freddy in die Regale, die beängstigend nach hinten wankten. Als sie wieder gerade standen, regneten ein paar Dutzend billige rote Nippesfiguren auf Freddy herab. Er begann zu weinen.

»Ach, Darby«, sagte Darbys Mum.

»Vielleicht sollten wir …« Ich nahm Freddy auf den Arm und schob den Wagen weiter. Während ich mich entfernte, lächelte Darbys Mum mir über die Schulter zu und bildete mit den Lippen die Worte »Frohe Weihnachten«.

Erst als ich den Gang verlassen hatte, merkte ich, dass ich den Älteren verloren hatte. Ich widerstand dem Drang, seinen Namen so laut herauszuschreien, dass ich die bedrückende Weihnachtsmusik übertönt hätte. »Wohin ist dein Bruder verschwunden?«, fragte ich Freddy.

»Wahrscheinlich zum Holz«, sagte Freddy. »Holz findet er echt toll.«

Ich lotste den Einkaufswagen zum anderen Ende des Ladens, wo der Ältere Holzabfälle aus einem großen Behälter kramte.

»Was machst du da?«

»Das brauche ich«, sagte er und hielt mir ein Stück Holzfaserplatte und einen rechteckigen Klotz Kiefernholz hin.

»Wofür denn?«

»Ich baue einen Computer.«

Ich war es gewohnt, ohne Caroline und die Kinder zu Hause zu sein, aber durch die Abwesenheit des Hundes kam mir das Haus beunruhigend leer vor, als wäre es kurzzeitig unbewohnt. Als draußen das letzte staubige Tageslicht schwand und sich ein schmutziges Halbdunkel über die Küche legte, wurden die

Fenster trübe. In der beklemmenden Stille fühlte ich mich völlig unwesentlich, als könnten meine Körperzellen jeden Moment auseinanderdriften. Der alltägliche Rhythmus des Familienlebens gab meinem Selbstgefühl seine Konturen, und in seiner Abwesenheit hatte es keine feste Form. Ich bereute bereits, dageblieben zu sein. Ich blickte zur kaum noch erkennbaren Küchenuhr hinauf, das schwarzweiße Zifferblatt schon stellenweise dunkel. Sie waren seit anderthalb Stunden weg.

SUPERBESTE CHEMISCHE REINIGUNG (oder DER GEHEIME UNTERSCHLUPF FÜR GW-HASSER)
Eingerichtet von Salome66 am 18. 11. 04 um 12:31 Uhr
Schnell! Meldet euch an!

Salome66 - 19. 12. 04 um 0:02 Uhr (79/87)
Keine Ahnung. Der Trick besteht wohl darin, seiner eigenen Vergänglichkeit ins Auge zu sehen, ohne daran zugrunde zu gehen.

DieserZerstörteBall - 19. 12. 04 um 0:08 Uhr (80/87)
Ich wusste doch, dass es da einen Trick geben muss

Salome66 - 19. 12. 04 um 0:14 Uhr (81/87)
Also, das klingt bestimmt dumm, aber ich finde, dass Gedichte helfen.

DieserZerstörteBall - 19. 12. 04 um 0:15 Uhr (82/87)
Das klingt überhaupt nicht dumm. Irgendwelche Empfehlungen?

Salome66 - 19. 12. 04 um 0:23 Uhr (83/87)
Ich weiß nicht genau, was ich vorschlagen soll. Zum Thema Vergänglichkeit ist Emily Dickinson gut. Bei mir hilft's, aber das dürfte bei jedem anders sein.

Liest man das falsche Gedicht, geht's einem manchmal noch schlechter.

DieserZerstörteBall - 19.12.04 um 0:26 Uhr (84/87)
Ich glaube, es gibt kein Gedicht, nach dem es mir noch schlechter gehen könnte, trotzdem vielen Dank.

---

easyGeoff - 19.12.04 um 0:44 Uhr (85/87)
Entspannt euch, ihr beide! Weihnachten steht vor der Tür!

DieserZerstörteBall - 19.12.04 um 0:48 Uhr (86/87)
Frohe Weihnachten allerseits. Zum Teufel mit Giles Wareing.

Salome66 - 19.12.04 um 0:53 Uhr (87/87)
Amen. Und gute Nacht.

Zurück / **Seitenanfang** / **Kommentar abgeben**

An einem frischen, klaren sonnigen Morgen ohne den Hund in den Park zu gehen, kam mir vor wie ein perverser Luxus. Als ich nach der halben Runde hinüberblickte, sah ich Maria auf ihrer Bank sitzen. Saß sie schon die ganze Zeit da? Ich patschte durchs nasse Gras und setzte mich neben sie.

»Wo ist Ihr Wauwau?«, fragte sie. Die Sonne stand noch tief und schien uns warm ins Gesicht. In dem gekräuselten Schlamm vor unseren Füßen verdunsteten mit hörbarem Knistern kleine Pfützchen.

»Die ist auf dem Lande«, sagte ich. »Sie haben wohl nicht meine …«

»Noch nicht. Blöde Weihnachtspost. Ich rechne in den nächsten Tagen damit.« Der Junge mit der Kapuze, der mein Handy gestohlen hatte, kam durch die Parkpforte geschlurft und schlug auf dem Weg die entgegengesetzte Richtung ein. Ab und zu senkte er den Kopf schräg nach rechts, als wollte er unter dem Arm hindurch zu uns rüberschauen.

»Und was treibt Sie an einem Sonntagmorgen hierher?«, fragte ich Maria.

»Sonntags kommen hauptsächlich Heroinfixer.«

»Ah.«

»Arme Schweine.«

»Ja. Trotzdem ein schöner Tag, oder?«

»Es liegt was in der Luft.« Der Junge blieb vor einer Bank genau auf der anderen Seite des Parks stehen. Eine leichte Erhebung in der Mitte der schlammigen Wiese zwischen uns schnitt ihm die Beine an den Knien ab. Er schien auf seine Handfläche zu starren.

»In der Wettervorhersage heißt es zwar, dass es schneien soll, sieht mir aber nicht danach aus.«

»Etwas Unheilvolles. Es braut sich Ärger zusammen.«

»Ja. Das Gefühl hab ich jedes Jahr kurz vor Weihnachten. Als würde alles total schiefgehen.« Mein Handy ließ einen hallenden Glockenschlag ertönen, der eine eingehende SMS ankündigte. Ich kramte es aus der Tasche und drückte auf ANZEIGEN. Ein einziges Wort erschien auf dem Bildschirm, das Wort, dessen Bedeutung Cher Fitzpaine im Internet hatte nachschlagen müssen. Ein paar Tage später hatte ich erfolglos versucht, es selbst nachzuschlagen. Wenigstens wusste ich jetzt, wie man es buchstabierte.

Am Montag blieb ich im Bett, bis es wieder dunkel wurde, träumte, der Schuppen wäre voller Schnee, und folglich schien der Dienstag früher als geplant zu beginnen. Ich saß den ganzen Morgen im Arbeitszimmer und versuchte, eine Gnadenfrist zu erzwingen. Plötzlich klingelte das Telefon. Es war Brian.

»Was machen die Auto-Terroristen?«

»Sie haben mich als einen der Ihren aufgenommen.«

»Gut gemacht. Haben Sie schon irgendwas Gutes?«

»Noch nicht. Nach Weihnachten findet irgendeine direkte Aktion statt, aber sie sind total geheimniskrämerisch. Sie wollen in irgendeinem Park eine Straße bauen.«

»Phantastisch. Sie müssen unbedingt ein paar Fotos machen.«

»Ich weiß nicht, wie das … na ja, vielleicht kann ich mir mit Wayne was überlegen.«

»Ich hätte lieber einen Fotografen dabei, aber wir wollen ja nicht, dass Sie auffliegen.«

»Stimmt genau. Diese Typen sind echt bedrohlich.«

»Gut. Halten Sie mich auf dem Laufenden.«

Im Haus herrschte auch mittags ein düsteres Licht. Vor den Fenstern drängten sich dunkle Wolken. Ich machte mir etwas Suppe warm und las die Zeitung vom Vortag. Alle Artikel kamen mir seltsam und unglaubhaft vor, als wäre die Welt in die Zukunft oder in die Vergangenheit katapultiert worden. In der Antarktis suchten Naturwissenschaftler nach Antimaterie. Einem mexikanischen Fußballverein sei es untersagt worden, eine Frau zu verpflichten. Die Polizei habe vor, einen Gefängnisklotz auf die Themse zu setzen. In Birmingham hätten Sikhs vor einem Theater randaliert. Mein Handy klingelte.

»Hallo?«

»Chair.«

»Wie bitte?«

»Hier spricht …«

»Oh, hi, Cher. Was gibt's?«

»Sie findet heute Abend statt.«

»Was denn?«

»Meine Junggesellenabschiedsparty. Sie, ich, Perry, Drinks und Drogen.« Mir fiel auf die Schnelle nichts ein.

»Ich kann nicht.«

»Warum denn?«

»Wegen der Arbeit. Wegen Weihnachten.«

»Lassen Sie's ausfallen.«

»Geht nicht.«

»Natürlich geht das.«

»Sie haben mir nicht rechtzeitig Bescheid gesagt.«

»Tut mir leid, aber Sie müssen kommen.«

»Ich kann nicht.«

»Sie können keine lahme Weihnachtsfeier ausfallen lassen, um sich mit mir und Perry zuzudröhnen? Auf meiner Junggesellenabschiedsparty?« Ich hasste meinen neuen Freund Cher Fitzpaine.

»Es … es hat nichts mit der Arbeit zu tun. Es geht um diese Internetsache, das mit dem Talkboard.«

»Die Leute, die Sie hassen?«

»Ja, ein paar davon.«

»Und was passiert da?«

»Keine Ahnung, die treffen sich, und ich will auch, also, ich gehe auch hin. Wahrscheinlich. Ich weiß noch nicht.«

»Super! Gehen Sie hin und sagen Sie denen, was für Arschlöcher sie alle sind.«

»Das weiß ich ja gar nicht. Die kann man nicht alle über einen Kamm scheren …«

»Und wie lange geht das Ganze?«

»Weiß ich nicht. Wahrscheinlich bis der Pub zumacht.«

»Kein Problem. Perry taucht sowieso nie vor zehn auf. Wir treffen uns um halb zwölf im Tyburn. Ich will erfahren, wie's gelaufen ist.«

»Ich weiß nicht.« Er hatte aufgelegt. Das war der Augenblick, in dem mir klar wurde, dass ich tatsächlich zum Combined Film And Poetry London Pre-Christmas Get-together gehen würde.

23

Um halb vier war es bereits dunkel, und von draußen wirkte der hell erleuchtete Pub mucksmäuschenstill. Aber drinnen war der Geräuschpegel beruhigend hoch, und obwohl an der Theke nicht viel los war, saßen an zusammengeschobenen Tischen mehrere große Gruppen zusammen, zumeist Arbeitskollegen. Anfangs konnte ich das Combined Film And Poetry London Pre-Christmas Get-together nirgends entdecken, denn der sicherste Beobachtungsposten an der Bar bot nur einen eingeschränkten Blick in die hintersten Nischen des Pubs. Aber auf dem Weg zur Toilette sah ich die Leute. Auf drei Tischen lagen mehrere Exemplare der Tageszeitung, die den Leuten eindeutig als Erkennungszeichen gedient hatten, wahllos übereinander. Eine große, schrille Frau mit Lametta im burgunderrot gefärbten Haar trug ein großes weißes T-Shirt mit der Aufschrift REIMJUNGFER auf der Brust. Die Übrigen – ingesamt sechs Personen – gaben ihre Namen nicht preis, und ihre Alterspanne reichte von Ende zwanzig bis Anfang fünfzig.

Ich kehrte an die Theke zurück, bestellte noch ein kleines Bier und tat so, als wäre ich in eine feuchte Boulevardzeitung vertieft. Ein Mann mit struppigem schwarzem Haar, einer kleinen runden Brille und einem Dreitagebart, der bis in seinen Kragen reichte, trat ein, ging mit großen Schritten nach hinten und zog im Gehen den Mantel aus. Er wurde mit gedämpftem Jubel begrüßt. Eine Frau mittleren Alters ging. Zwanzig Minuten später kam ein zierliches Mädchen in hübschem rosa Mantel herein, das einen kleinen Koffer hinter sich herzog. Vermutlich war das Hannah Mytton, alias PawlowsKätzchen, sechsundzwanzig Jahre alt, die mich als »spießig, arrogant, selbstgefällig, total daneben« bezeichnet hatte, unterwegs von Edinburgh nach Paris. In meiner Manteltasche steckte eine Liste der voraussichtlichen Teilnehmer, die ich direkt aus dem Talkboard kopiert hatte.

Aber wer waren, einmal abgesehen von ReimJungfer, die anderen? War Salome66 dabei? Würde sie überhaupt auftauchen? Als ich nochmal auf die Toilette ging, hatte ich kaum Zeit, mir die Gruppe anzusehen: Obwohl sie es sich bequem gemacht hatten, wirkten sie verlegen, wie auf dem gekünstelten Bild einer steifen Feier.

Nach der von mir geführten Strichliste über ihr Kommen und Gehen waren um fünf Uhr nur noch vier Leute da, von denen niemand Salome66 zu sein schien. Um 17:20 Uhr entschuldigte sich auch PawlowsKätzchen und tappte mit ihrem Koffer davon. Als sie vorbeiging, fiel zufällig ihr Blick auf mich, und vor Angst begann meine Haut zu kribbeln. Ich war dem Ganzen zu nah, ihnen allen. Ich riskierte, dass sie mich erkannten, mir gegenübertraten und mich in Verlegenheit brachten, aus Gründen, über die ich nicht einmal richtig nachgedacht hatte. Was wollte ich hier? Mein Gesicht erwärmte sich wie eine Heizung, und meine Eingeweide schienen bedenklich im Bauch herumzuschlittern. Ich leerte mein viertes Bier. Oder das fünfte, ich hatte den Überblick verloren. Ich musste gehen. Ich zog den Mantel draußen an und begab mich in Richtung des geringsten Widerstands.

Mein Handy klingelte. Es war Caroline.

»Wir rösten Maronen«, sagte sie. »Wo bist du?«

»Ich sitze in einem schmuddeligen Café in King's Cross und trinke den schlechtesten Kaffee, den ich seit langem hatte.« Ich fixierte in der verspiegelten Wand den Mann, der auf mich zukam.

»Bist du bei deinen Auto-Terroristen?«

»Meinen was? Oh. Nein. Ich warte auf sie. Sie sind spät dran.«

»Typisch. Willst du überhaupt mit deinen Kindern sprechen?«

»Ja. Na klar.« Ich hörte ein Schlurfen, und dann war der Ältere am Apparat.

»Hallo«, sagte er, und seine zarte Stimme war mit dem großen Gewicht der Gleichgültigkeit beladen.

»Hallo«, sagte ich und machte mir einen Teil seiner Lustlosigkeit zu eigen. »Wie geht's dir?«

»Gut.«

»Amüsiert ihr euch gut?«

»Hmmm.«

»Wie schmecken die Maronen?«

»Eklig.«

»Was habt ihr heute gemacht? Wart ihr draußen und habt euch …«

»Freddy will mit dir sprechen.«

»Oh. Okay, dann sei brav, bis morgen, wahrscheinlich komme ich erst …«

»Dad.« Das war Freddy.

»Hallo.«

»Hallo, Dad.«

»Wie geht's dir?«

»Gut.«

»Und was habt ihr so gemacht? Irgendwas, das ich …«

»Was?«, brüllte er, aber das galt nicht mir.

»Hallo?«

»Dad, Mum sagt, du kannst meine Scheppecke mitbringen.«

»Deine was?«

»Meine Scheppecke. Von meinem Bett.«

»Wie bitte? Ich glaub, ich weiß nicht, was du …«

»Was?«, brüllte er, und es galt wieder nicht mir. »Ach so. Dad, ich meine die Steppdecke. Kannst du die bitte mitbringen?«

»Ja, mach ich. Kannst du mir Mum nochmal …«

»Mach's gut.« Er legte auf.

Als ich, bewaffnet mit einem billigen Taschenbuch aus einer Ramschbuchhandlung, zurückkehrte, war der Pub brechend voll, und an den beschlagenen Fensterscheiben rannen Wassertropfen herab. Die drei Tische hinten waren voller Flaschen, Biergläser und zerrissenem Geschenkpapier: Ein paar dieser Leute – die sich nur durchs Internet kannten – hatten tatsächlich Geschenke mitgebracht. Warum ließen sich Menschen, die sich hinter Pseudonymen versteckten und absichtlich ihre Lebensspuren verwischten, so bereitwillig darauf ein, sich persönlich zu treffen? Warum riskierten sie nach der vorteilhaften Distanz, die ihnen die Talkboards boten, solch einen vertrauten Umgang?

An der Theke fand ich einen Stehplatz, von wo ich einen Ausschnitt des Geschehens verfolgen konnte. Inzwischen waren es mindestens ein Dutzend Leute. ReimJungfer war immer noch da, außerdem mehrere junge Männer, von denen jeder easyGeoff sein konnte, der mich bestimmt von Cher Fitzpaines Buchpräsentation wiedererkennen würde, wenn ich ihm zu nahe kam. Ich bemühte mich, Stimmen zu hören, die ich vielleicht Psalmanazar, agitprop oder halloichheißejanice zuordnen könnte, doch es war zu laut. Auf der Suche nach Hinweisen, die es mir gestatteten, jemanden auszuschließen, reckte ich den Hals, um eine körperlose Hand oder ein halbes Gesicht zu betrachten. Auf der anderen Seite der Theke saß ein übergewichtiger älterer Mann, der sich eindeutig für mein Interesse an den Leuten im hinteren Teil des Pubs interessierte. Ich verbarg das Gesicht hinter dem Glas und murmelte: »Hast du denn kein eigenes Leben?«, während ich an dem Bier nippte. Als ich nochmal hinüberschaute, hatte er sich wieder seiner Zeitschrift zugewandt. Jetzt starrte ich ihn an: Er war mindestens zehn Jahre älter als ich und trug ein Anzughemd mit Millimeterpapiermuster, das seinen großen Körperumfang noch betonte. Er hatte sich beim Rasieren direkt unterm Ohr geschnitten. Sein graubraunes Haar war genauso frisiert wie meins, und man konnte einen spitz zulaufenden Streifen Kopfhaut sehen, der fast bis zum Scheitel reichte. Durch sein an der Seite leicht schütteres Haar wirkte er kränklich. Hatte ich auch so schütteres Haar? Irgendwann bestimmt, aber wie bald? Ich hatte den Blick so fest auf seinen Kopf gerichtet, dass ich erst gar nicht merkte, dass er inzwischen zurückstarrte. Ich zog mein Taschenbuch, eine schlecht gebundene Ausgabe von Die Türme von Barchester, hervor, schlug es in der Mitte auf und las immer wieder dieselben beiden Zeilen:

Mr Quiverful. Sie wünsche, Mrs Proudie zu sprechen. Ja, es sei ganz unerlässlich, dass sie bei Mrs Proudie vorgelassen werde.
James Fitzplush

Erst als ReimJungfer aufkreischte, wurde meine Aufmerksamkeit wieder geweckt. Ich blickte hinüber und sah, wie sie mit sorgfältiger, übertriebener Zärtlichkeit eine Frau in die Arme schloss. Dann wandte ich den Blick ab und hörte sie etwas sagen. Ich hörte, wie sich die Gruppenmitglieder fast einstimmig miteinander bekannt machten. Ich konnte das allgemeine Lächeln geradezu spüren. Vermutlich war Salome66 eingetroffen. Auf der Uhr über der Theke war es zehn nach neun.

»Dasselbe nochmal?« Der Barkeeper deutete diskret auf mein leeres Glas. Von der ganzen Flüssigkeit war mein Bauch straff gespannt.

»Warum nicht?«

Aus meinem Blickwinkel bestand die mutmaßliche Salome66

jetzt nur aus zwei schwarz bestrumpften Waden, die in einem Paar klobigen Wildlederstiefeln endeten. Alles Übrige war hinter einer Säule verborgen. Ein kleiner Tisch mit einem Barhocker wurde frei. Als ich den Platz wechselte, spürte ich den Blick des dicken Mannes an der Theke auf mir. Von Salome66 war auch dort nicht mehr zu erkennen, aber ich hatte einen besseren Blick auf die Gruppe: Ich sah drei easyGeoff-Kandidaten, ReimJungfer, einen mutmaßlichen sammy'sdot, die offenkundige LadyMintCake, einen potenziellen Grotius und eine grauhaarige Frau im Poncho, die sonstwer sein konnte. Ich sah auf der Liste in meiner Tasche nach. Da PawlowsKätzchen nicht mehr da war, musste es sich bei der Frau mit den Wildlederstiefeln eigentlich um Salome66 handeln. Mein Herz begann heftig zu pochen. Ich war unglaublich nah dran. Ich zog mein Buch hervor, versuchte mich durch tiefes Ein- und Ausatmen zu beruhigen und wiederholte in meinem Kopf die Worte wie einen Singsang:

Mr Quiverful. Sie wünsche Mrs Proudie zu sprechen. Ja, es sei ganz unerlässlich, dass sie bei Mrs Proudie vorgelassen werde.
James Fitzplush

Um halb zehn ging einer der möglichen easyGeoffs. Um Viertel vor zehn ging ich zur Theke, um noch ein Bier zu bestellen, und sah, dass der Dicke verschwunden war. Als ich ausgetrunken hatte, schlangen zwei weitere easyGeoff-Kandidaten ihre Schals um den Hals, um aufzubrechen. Das war meine Chance. Ich nahm meinen Mantel und schlüpfte zur Seitentür hinaus. Dann umrundete ich in großem Bogen den Pub, damit mir richtig kalt wurde. Der Gehsteig vor mir neigte sich mal zur einen, mal zur anderen Seite und machte es schwierig, sich fortzubewegen. Nach zehn Minuten betrat ich den Pub wieder durch die Eingangstür und ging, da ich mich wackelig auf den Beinen fühlte, direkt nach hinten, zu ReimJungfer, die sich von ihrem Platz zwischen zwei Tischen erhob, zu den schwarz bestrumpften Waden und den Wildlederstiefeln, die hinter der Säule hervorschauten, zu dem sich rasch nähernden Moment, an dem es kein Zurück mehr gab. Plötzlich dachte ich: Was, wenn sie mich an der Theke gesehen haben? Oder an dem Tisch, wo ich so getan habe, als würde ich ein Buch lesen? Aber es war zu spät. Ich stand schon vor ihnen.

»Ich bin echt spät dran!«, sagte ich ein bisschen zu laut zu niemand Bestimmtem. »Bin mit der Arbeit nicht klargekommen. Hab das meiste verpasst, was? Ich kann's nicht fassen.« Ich hielt den Atem an. Die Zeit schien sich plötzlich zu dehnen.

ReimJungfer drehte sich langsam um und betrachtete mich, die Augen vor Sorge weit aufgerissen. Die grauhaarige Frau im Poncho, die jetzt noch eine lila Wollmütze trug, zog ihre Tasche schützend an die Brust. Ich beschloss, ReimJungfer direkt anzusprechen.

»Tut mir leid, ich bin, ähm … ich bin DieserZerstörteBall. Und ich komme zu spät. Tut mir leid. Ist das hier nicht das Treffen? Mach ich mich gerade lächerlich?« Ein wissender Blick trat in ihr rundes, freundliches Gesicht. Dann ein Lächeln.

»O mein Gott!«, rief sie. »DZB! Das ist DZB! Du hast es geschafft!« Und dann umarmte sie mich. Ich war baff, aber diese übertriebene Begrüßung hatte etwas seltsam Aufrichtiges. »Toll, dass du gekommen bist. Ich bestell dir was zu trinken.«

»Nein, ich bestelle. Will irgendwer …?« Ich sah die Grauhaarige an, die gerade ihren Mantel anzog.

»Das ist Janice«, sagte ReimJungfer, »alias halloichheißejanice, die jetzt leider zurück nach Wimbledon muss.«

»Mach's gut, ichheißejanice«, sagte ich und streckte ihr die Hand entgegen. ReimJungfer lachte. Janice warf mir ein ungläubiges Lächeln zu. Ich schaute auf den Boden und erblickte einen Wildlederstiefel.

»Und ich bin ReimJungfer, wie man an meinem T-Shirt unschwer erkennen kann, mein richtiger Name ist Anne – keine Sorge, ich spreche nicht in Versen, in der Regel zumindest nicht – und ich weiß nicht, ob du …« Sie deutete auf einen Mann in der Ecke, den ich nicht bemerkt hatte. Es war einer der potenziellen easyGeoffs, jung, scharf geschnittene Gesichtszüge, modisch lange Koteletten und etliche Pickel. Offenbar hatte ich mich verzählt. War er easyGeoff? Hatte er mich wiedererkannt? Ich lächelte, während er mich mit reinem, kalten Hass anstarrte, mit einem so stechenden Blick, dass ich das Gefühl hatte, davon durchbohrt zu werden. Dann verdrehte er die Augen zur Decke, und seine Lider senkten sich wie eine schiefe Jalousie, das eine etwas weiter als das andere.

»Psal-man-a-zar«, sagte ReimJungfer sorgfältig. »Oder einfach Tom, wenn du willst. Er hat das ganze Treffen organisiert, wie du weißt, aber der arme Kerl hat hier ein zu hohes Tempo vorgelegt. Wir haben gerade überlegt, was wir mit ihm anstellen sollen.«

Ich drehte mich wieder zu den Wildlederstiefeln um, und da saß sie: jünger, als ich erwartet hatte, aber da hatte ich noch geglaubt, 66 beziehe sich auf ihr Geburtsjahr, und sie sei achtunddreißig. Sie hatte braunes, glattes, schulterlanges Haar und eine blasse, makellose Haut. In dem schummerigen Licht funkelten ihre Augen schwarz, die Pupillen nicht von der Netzhaut zu unterscheiden, mit einer seltsamen, spöttischen Intensität und leichtem Silberblick. War sie das?

»Und du«, sagte ich mit ausgestreckter Hand, »musst die einzigartige Salome66 sein.« Sie ließ ihre Finger in meine Hand gleiten und öffnete den Mund, um etwas zu sagen. Ich sah, dass ihre beiden vordersten Zähne nicht ganz gerade standen, was ich unglaublich elegant, ja geradezu raffiniert fand. Sie schien mit einer spöttischen Antwort zu spielen.

»Genau«, sagte sie schließlich und ließ die Lippen leicht geöffnet.

»Aber Salome ist bestimmt nicht dein richtiger Name.«

»Nein. Ich heiße Kate.«

»Hallo, Kate.« Sie war es. Tatsächlich!

»Und deine Eltern haben dich bestimmt auch nicht DieserZerstörteBall getauft«, sagte ReimJungfer.

»Nein«, sagte ich und überlegte. »Ich heiße Robert.«

»Schön, dich kennenzulernen, Robert«, erwiderte ReimJungfer. »Ich hätte gern einen Wodka Tonic, wenn du so weit bist.«

Ich bestellte ein Glas Rotwein, weil ich kein Bier mehr vertrug. Ich sah, wie die beiden Frauen miteinander tuschelten, während ich an der Theke stand. Psalmanazar-Tom war eingeschlafen und überließ ReimJungfer die Verantwortung, eine Aufgabe, die ihr offenbar behagte. Sie bot mir einen Platz neben sich an.

»Grotius, agitprop und easyGeoff sind eine große Enttäuschung«, sagte sie, »besonders weil sie behauptet haben, sie würden auf jeden Fall kommen. Ansonsten keine große Überraschung, bis auf die Entdeckung, dass marco9xe im richtigen Leben ein absoluter Idiot ist, aber das hatte ich schon vermutet. Trotzdem war's klasse, echt klasse.«

Jedes Mal, wenn ich hinüberschaute, sah mich Salome66 mit diesem seltsamen, ungläubigen Lächeln an, die Arme vor ihrem grauen Pullover mit V-Ausschnitt verschränkt. Sie schien jede meiner Reaktionen zu registrieren. Vielleicht wusste sie, wer ich war. Im Gegensatz zu mir, dachte ich.

»Was liest du da?«, fragte sie und deutete mit dem Ellbogen auf meine Manteltasche.

»Ach, das ist, äh, Trollope. Die Türme von Barchester.« Ich fühlte mich festgelegt durch dieses Eingeständnis: Mittelschicht, bieder, selbstgefällig, flüchtet sich immer in das Vertraute. Ich konnte meine Wahl nicht einmal begründen, da ich noch nie irgendwas von Trollope gelesen hatte. Ich versuchte mich herauszuwinden. »Die Namen der Figuren sind echt albern.«

Sie zeigte wieder ihr leichtes Lächeln, und ich spürte, wie eine starke Kraft an meinen Eingeweiden zerrte.

»Wohnst du weit von hier?«, fragte sie.

Ich brauchte lange, um zu antworten, gefesselt von ihrem leichten Silberblick. Ich stellte mir vor, dass sie auf der Arbeit eine unvorteilhafte Brille mit Drahtgestell trug, und war entzückt von meiner eigenen Vermutung. »Nicht besonders weit«, erwiderte ich. »Im Westen. Draußen im Westen.«

»Feierabend!«, rief der Barkeeper.

»Das sollten wir echt wiederholen«, sagte ReimJungfer, die jetzt merklich betrunken war. »Ein nachweihnachtliches Treffen ohne Familienangehörige. Aber nur mit den angenehmen Leuten von heute Abend. Kein Marco und keiner von den Hohlköpfen, die heute Nachmittag da waren. Wir vier, und vielleicht noch ein paar andere. Keine Ankündigung in einem der Boards.« Psalmanazar hob den Kopf und sagte etwas völlig Unverständliches.

»Wann denn?«, fragte Salome/Kate.

»Können wir das vor Neujahr noch einschieben?«, fragte ReimJungfer. »Sind wir zum Jahreswechsel alle wieder da?«

»Weiß ich nicht genau«, sagte ich, wollte jedoch vermeiden, dass es zu unverbindlich klang. Salome/Kate ließ ein helles, freundliches Lachen hören.

»Feierabend!«, rief der Barkeeper ziemlich aggressiv. Ich merkte, wie hell es inzwischen war.

Ich gab beiden eine frei erfundene E-Mail-Adresse, die ich aber bestimmt bis zum nächsten Morgen einrichten konnte – Roberttesq1965@bubblenet.co.uk – und machte mich dabei ein Jahr jünger. ReimJungfer und ich nahmen Psalmanazar/Tom zwischen uns und brachten ihn nach draußen. Salome66 – sie war es tatsächlich! – folgte uns mit den Händen in den Manteltaschen, ihr Gesicht eine nach innen gekehrte Maske der Belustigung.

»Kate, du musst mir helfen, Tom nach Hause zu bringen«, sagte ReimJungfer. »Hier, halt ihn mal fest.« Sie umarmte mich, unvermittelt und ziemlich kraftvoll. Womit hatte ich mir diese Zuneigung verdient? »Schön, dass ich dich endlich kennengelernt hab. Bis nächste Woche hoffentlich.«

»Ich komme«, sagte ich, ohne genau zu wissen, ob das gelogen war oder nicht.

Ich wandte mich zu Salome um. Im Stehen sah sie recht zierlich aus und draller, als es zunächst den Anschein gehabt hatte, und auch wenn sie ein bisschen wackelig auf den Beinen war, behielt sie doch ihre ruhige Selbstbeherrschung. Das sah ihr ähnlich.

»Es hat mich gefreut, die legendäre Salome66 kennenzulernen«, sagte ich und schüttelte ihr ungeschickt heftig die Hand.

»Nenn mich bitte Kate«, sagte sie und neigte mir das Gesicht zu, wodurch ihre Erwiderung wie eine scharfe Zurechtweisung und zugleich wie eine Aufforderung klang, sie zu küssen. Aber ich tat es nicht.

Ich stand lächelnd und mit rotem Kopf auf dem Gehsteig, den Arm zaghaft erhoben, um ein Taxi heranzuwinken. Ich war Salome66 begegnet. Ich hatte mit ihr gesprochen. Und obendrein schien sie mich zu mögen. Ich hatte das Gefühl, einen bösen Geist erschlagen zu haben. Eine einsame Taxileuchte kam in Sicht und wurde immer heller, während der Wagen sich näherte. Ich hielt die Hand höher. Ich wollte bloß noch nach Hause fahren und im Bett vor mich hinlächeln. Das Taxi hielt, und die Fensterscheibe glitt hinunter. Plötzlich fiel mir ein, dass ich gar nicht nach Hause wollte.

»Zum Tyburn Club, bitte«, sagte ich, und das Lächeln zerfiel auf meinen Lippen.

»Das Wort ist vermutlich nicht besonders weit verbreitet«, sagte Perry Freak und zündete sich mit einer Zigarette eine Zigarre an. »Es ist wohl auf Westlondon, vielleicht sogar auf ein einziges Viertel beschränkt.« Er betrachtete wieder mein Handy. »Aber ich würde sagen, dass er Sie als Schwuchtel bezeichnet.«

»Perry hält sich für die führende Autorität in Sachen Straßenjargon«, sagte Cher Fitzpaine, der mit drei neuen Tequilas von der Theke zurückkehrte. »Aber in Wirklichkeit weiß er nur so viel, dass er sich Drogen besorgen kann.«

»Du kannst mich mal«, sagte Perry. Er blies Rauch auf mein Handy und fingerte an den Tasten herum. Trotz Fitzpaines Behauptung, dass Perry sich vor elf Uhr nicht aus dem Haus wagte, war klar, dass die beiden fast den ganzen Nachmittag im Tyburn verbracht und es sich mit den Angestellten verscherzt hatten.

»Manche Wörter entstehen durch die Vorschlagsfunktion des Handys. Diese faulen Schwachköpfe übernehmen alles, was das Handy ihnen anbietet, statt das einzutippen, was sie meinen. Zum Beispiel Hut statt gut. Oder Jacke statt Kacke.«

»Interessant«, sagte ich, um meine Stimme zu testen. Ich hatte einen einzigen Tequila getrunken, und Cher hatte mir bereits sein rechteckiges Briefchen aus Zeitschriftenpapier gegeben. Ich hatte zu große Angst gehabt, um etwas zu nehmen, war bloß auf die Toilette gegangen, hatte mir gründlich die Hände gewaschen und ihm das Briefchen ungeöffnet zurückgegeben. Ich fühlte mich schlapp und kränklich, war schon halb weggetreten.

»Aber weil keiner von den kleinen Ärschen lesen kann, sprechen sie das neue Wort falsch aus, dann buchstabiert es irgendwer falsch, und so weiter. Ein Stille-Post-Jargon.«

»Das hast du dir ausgedacht«, sagte Fitzpaine.

»Ich hab mal versucht, aus solchen Vorschlägen ein Gedicht zu schreiben, aber das war schwachsinnig.«

»Ich hab keine Lust, über Gedichte zu sprechen. Ich will von Giles' großem Showdown hören.«

»Es war kein Showdown«, sagte ich. Das Wort »Showdown« fühlte sich dickflüssig an, als wäre es schon verschliffen.

»Waren sie da? Die Wareing-Hasser?«

»Ein paar von ihnen.«

»Und was haben sie gesagt?«

»Sie haben ja nicht gewusst, dass ich ich bin.«

»Inkognito. Das gefällt mir.«

»Ich hatte nicht vor, mich zu erkennen zu geben. Ich wollte bloß sehen, wer sie sind.«

»Und?«

»Und das hab ich gesehen.«

»Lassen Sie sich doch nicht alles aus der Nase ziehen. Hier ist Ihr Tequila.«

»Ich kann nicht mehr. Wirklich nicht.«

»Doch, Sie können. Es ist meine Junggesellenabschiedsparty. Und wer sind diese Leute?«

»Sie sind … einfach Menschen. Normale, nette, intelligente Menschen.«

»Und was bedeutet das für Sie?«

»Keine Ahnung.« Ich kippte den Tequila hinunter und schaffte es mit Mühe, ihn unten zu behalten.

»Es ist unwichtig, wer diese Leute sind«, sagte Perry. »Aber wer sind Sie?«

»Ja«, sagte Cher. »Wer zum Teufel ist Giles Wareing?«

»Was ist Giles Wareing«, sagte Perry. »Wofür steht er?«

»Wo kommt er her?«

»Wo er herkommt?«

»Was soll das heißen?«

»Wie meinen Sie das?« Der Raum begann unangenehm auf und ab zu wogen.

»Was macht er? Was denkt er?«, fragte Perry.

»Es hat keinen Zweck, mich zu verarschen«, sagte ich. »Morgen kann ich mich sowieso nicht mehr dran erinnern.«

Um zehn Uhr früh trieb mich der Harndrang schließlich aus dem Bett. Danach konnte ich nicht wieder einschlafen. Mein Kopf fühlte sich an, als wäre er mit Münzen vollgepackt. Meine Kehle war zugerostet. Dass ich die Vorhänge aufzog, half nicht, den körnigen Halbschatten rings um die Bettwäsche zu verscheuchen. Draußen dämmerte die Welt in schalem Halbdunkel, wie ein Sterbepatient, dessen Tag auf ein paar nebelhafte Stunden schmerzlicher Erinnerung zusammengeschmolzen ist. Die viktorianische Gasstraßenlaterne vor dem Haus ging an und aus, da sie nicht genau wusste, welche Richtung die Zeit einschlagen würde, wenn sie nicht länger stillstand. Ich ging in mein Arbeitszimmer hinauf und nahm eine Panaglos. Vier Stück waren noch übrig.

Plötzlich sah ich die auf meinen Handrücken gekritzelte E-Mail-Adresse: roberttesq1965@bubblenet.co.uk. Wie vermutet, konnte ich sie problemlos einrichten und benutzte salome66 als Passwort. Dann kochte ich Kaffee, zog mich an und machte mich auf den Weg in den Park, in der Hoffnung, dort frischen Pillennachschub zu erhalten.

Lange bevor ich den Park erreichte, sah ich das durch den verrosteten Eisenzaun gefädelte Absperrband, dessen loses Ende schlaff am linken Torpfosten flatterte. Hinter dem Eingang sah ich, dass direkt über Marias Bank ein gelbweißes Zelt der Spurensicherung aufgestellt war. Ein Polizist, dessen Warnmantel im matten Winterlicht leuchtete, hielt mich an.

»Tut mir leid, Sir. Der Park ist geschlossen.«

»Was ist denn los?«

»Jemand wurde ermordet. Letzte Nacht.«

»Wer?«

»Das kann ich Ihnen nicht sagen, Sir.«

»Jemand von hier? Ich wohne dahinten.«

»Eine Frau, Sir. Schon älter. Mehr kann ich Ihnen nicht sagen.« Ich beobachtete, wie ein Mann in weißem Schutzanzug aus dem Zelt kam und den Kopf senkte, während er mit einem Kollegen sprach. Ich sah überall im Park Warnmäntel, das grelle, eindringliche Gelb, das von Polizisten, aber auch von Politessen, Fahrradfahrern, Straßenfegern, ja allen Leuten getragen wurde, die nicht überfahren werden wollten. »Ich muss Sie leider bitten, sich auf die andere Straßenseite zurückzuziehen, Sir.«

»Wie wurde die Frau umgebracht?«

»Das versuchen wir gerade herauszufinden.«

»Mein Gott. Ich wohne nur ein paar Schritte entfernt.«

»Dann würde ich vorschlagen, dass Sie dort wieder hingehen.« Aber ich konnte nicht nach Hause gehen. Ich musste Weihnachtseinkäufe machen.

24

Das Farmhaus von Carolines Schwester war unsymmetrisch an einen Berghang gebaut. Ich hatte es nie ganz durchmessen, sondern kannte nur den Weg von der Küche an der Speisekammer vorbei zur Hintertreppe, und dann zu der Dachkammer hinauf, in der wir immer untergebracht waren. Ihr Mann hatte mit Finanzen und Europa zu tun und verbrachte einen Teil der Woche, vermutlich sogar den größten Teil, in Brüssel. Die ganze Zeit drehte sich alles um seine heldenhafte, aber ungewisse Rückkehr. Mit etwas Glück würde er, makellos gekleidet und mit Einkaufstüten beladen, am Heiligabend irgendwann nach Einbruch der Dunkelheit ankommen. Meine Ankunft am Abend des 22. schlug hingegen keinerlei Wellen. Caroline und ihre Schwester interessierten sich mehr für mein Exemplar der Abendzeitung. Sie studierten sie eingehend am Küchentisch, während ich auf dem Sofa in der Ecke lag und mir die Regionalnachrichten anschaute: Hinweise auf eine Dürreperiode, von Zügen überfahrene Jugendliche, die Geburtstagsfeier eines mutigen Hundes.

»Einfach unglaublich!«, sagte Caroline. »In unserem schmuddeligen kleinen Park.«

»Die Gegend hat mir noch nie gefallen«, erwiderte ihre Schwester.

»Warum hat sie um sieben Uhr früh überhaupt da im Dunkeln rumgesessen?«

»Um die Uhrzeit hat man sie bloß gefunden. Vielleicht hat sie die ganze Nacht dagesessen.«

»Ich frag mich, wer es ist. Was meinst du?«

An der leicht verärgerten Betonung des »du« merkte ich, dass Caroline mit mir sprach. »Keine Ahnung«, antwortete ich. »Könnte jeder sein.«

»Er geht jeden Tag mit dem Hund in diesen Park«, erklärte Caroline.

»Die Bullen wollten mir nicht sagen, wer's ist«, sagte ich.

»Na ja, für so was bist du nicht zu gebrauchen.«

»Ich hab eben nicht die Begabung, Mordermittlungen zu stören, um den neuesten Klatsch zu erfahren.«

»Ach, das Ganze ist schrecklich. Ich bin froh, dass wir hier sind.«

»Ich bin froh, dass ihr hier seid«, sagte Carolines Schwester.

Ich wartete, bis sie sich wieder der Analyse der Bildunterschriften zuwandten, ehe ich mir noch einen Whiskey eingoss. Mein Zeh begann wieder wehzutun.

Am nächsten Tag hatte der Ältere beim Aufwachen Fieber. Ich erklärte mich freiwillig bereit, bei ihm zu bleiben und auf den Besuch beim Weihnachtsmann, den Ausflug zum Golfübungsgelände und der Baumschule und den Last-Minute-Rundgang im nahe gelegenen Einkaufszentrum zu verzichten. Ich hüllte ihn in eine Decke und setzte ihn in den Sessel unten in der Küche. Ich machte ihm etwas Heißes und etwas Kaltes zu trinken, machte ihm einen Toast und suchte in den unvertrauten Schränken nach Tellern und Tassen. Ich saß mit ihm da und schaute mir Zeichentrickfilme und die ausgelassenen Feiertagsfolgen langweiliger Wochentagssendungen an. Ich starrte aus dem Fenster in die Ferne, wo das blasse rosa Sonnenlicht die Gipfel der Hügel streifte, und dachte an das Zelt, das über Marias Bank errichtet war. Ich hatte noch drei Panaglos übrig.

Nachmittags traf Carolines Mutter ein, die eine Parfümwolke und Glitzerstaub hinter sich herzog und sich weitgehend um den Jungen kümmerte. Mein Schwager kam am Heiligabend um Viertel nach sieben hereingeplatzt und wurde von allen Kindern jubelnd begrüßt. Während ich fünfundsiebzig kleine Geschenke für die Weihnachtsstrümpfe in grünes Seidenpapier wickelte und kaum etwas sagte, trank ich anderthalb Flaschen von dem guten Wein, den er mitgebracht hatte. Dann ging ich mit dem Hund im Dunkeln am Rand des Grundstücks spazieren und fiel zweimal hin. Ich ging als Einziger früh ins Bett.

Am Weihnachtsmorgen juckten meine Augen vor Müdigkeit. Ich beobachtete alles, was vorging, durch die schmutzige Windschutzscheibe meiner Selbstsucht und dachte an Salome66, Maria, meinen abnehmenden Pillenvorrat. Zu meiner großen Überraschung mochte Caroline das Halstuch, das ich ihr besorgt hatte. Ich war einfach in einen Laden gegangen, der ihr gefiel, und hatte mir das Erste geschnappt, was mir ins Auge stach. Die Verkäuferin hatte das Tuch bereits eingepackt, als sie mir sagte, dass es 450 £ kostete. Ich kaufte es trotzdem, in der Annahme, dass es Caroline nicht gefallen würde. Wenn ich es heil ablieferte und die Quittung aufbewahrte, konnte ich es zurückgeben, bevor die Kreditkartenrechnung kam, und damit die Katastrophe abwenden.

»Das gefällt mir.«

»Wirklich?«

»Es ist wunderschön. Woraus ist das?«

»Keine Ahnung. Aus irgendwas Seltenem. Ich würde es nicht im Freien tragen.«

»Mach dich nicht lächerlich. Das ist ein Halstuch.« Sie schlang es um den Hals und lächelte in sich hinein.

Caroline und die Jungen schenkten mir ein schickes Handy mit eingebauter Kamera und sanftem Schiebemechanismus.

»Das hab ich gekauft, nachdem deins gestohlen wurde«, sagte sie. »Wie sollte ich denn wissen, dass du's wiederbekommst?«

»Es ist sehr schön«, sagte ich, obwohl ich es eigentlich zu schön fand, höchst begehrens- und überaus stehlenswert. »Danke.«

»Du hast sowieso ein neueres Modell gebraucht. Ihr solltet sein altes Handy sehen. Zeig's ihnen mal.«

Meine Schwiegermutter brach noch vor dem Mittagessen auf, um zum Abendessen bei Carolines Halbbruder zu sein. Als ich am Morgen des zweiten Weihnachtstages aufstand, war mein Schwager schon über London und Prag unterwegs nach Japan. Ich nahm meinen Platz auf dem Sofa vor dem Fernseher in der Küche ein, in der Hand eine Bloody Mary. Nach dem Frühstück begaben sich alle anderen zu einem eiskalten kleinen Spielplatz, Caroline eine strahlende Erscheinung in zu großen Gummistiefeln, einer geliehenen fleckigen Daunenjacke und einem 450 £ teuren Halstuch. Als es im Haus ein paar Minuten still war, nahm ich meine letzte Panaglos und wartete mit wachsender Angst darauf, was als Nächstes passieren würde.

Ich wachte auf, weil die Haustür zugeschlagen wurde. Es war stockdunkel, und einen Augenblick glaubte ich, zu Hause im Bett zu liegen, vor meinen Augen das Fenster zur Straße, die zu dem Park führte, in dem Maria umgebracht worden war, während sie auf der zweiten Bank an dem bröckeligen Rundweg saß. Ich hörte gedämpfte Stimmen und Schritte, die auf mich zukamen und immer lauter und deutlicher wurden. Das Licht ging an. Sofort drehte sich der Raum um hundertachtzig Grad, dehnte sich aus und verwandelte sich in die Küche von Carolines Schwester.

»Er liegt ganz allein im Dunkeln«, sagte Caroline.

»Ganz allein«, wiederholte Carolines Schwester.

»Dad, warum liegst du im Dunkeln?«, fragte Freddy.

»Hier«, sagte der Ältere, kam mürrisch herüber und legte etwas auf meine Brust. Die Zeitung.

»Der Junge ist schon wieder krank«, sagte Caroline und führte ihn aus der Küche. Freddy schaltete den Fernseher ein und setzte sich auf meine Schienbeine. Schemenhaft rannten die streitenden Kinder von Carolines Schwester vorbei.

»Die zanken sich immer«, sagte Freddy.

»Er hat nicht mal Feuerholz gemacht«, rief Caroline aus dem Nebenzimmer.

»Nachrichten, immer nur Nachrichten, ist das langweilig«, sang Freddy immer lauter.

»Macht nichts«, rief Carolines Schwester von irgendwo. Oben schlug eins ihrer Kinder das andere. Caroline erschien in der Tür.

»Du hast nicht mal Feuerholz gemacht«, sagte sie.

»Hab ich vergessen.«

»Tee?«, fragte Carolines Schwester, die von rechts wieder die Bühne betrat.

»Ja«, sagte Caroline.

»Tee?«

»Ja.«

Die Zeitung fühlte sich dünn und unbedeutend an, nur zwei schmale Teile und ein Magazin. Ganz oben auf der Titelseite standen nach IHR KOMPLETTER SCHLUSSVERKAUFS-FÜHRER, UNSER GROSSES WEIHNACHTSQUIZ und IM MAGAZIN: RÜCKBLICK AUF DAS JAHR 2004 die Worte: GILES WAREING ÜBER AMERIKAS VERGESSENEN PIRATENKRIEG. Ich stand auf und hielt den Nachrichtenteil unter die helle Lampe über dem Küchentisch. Den größten Teil der Seite nahm die Reproduktion eines Gemäldes von der in Flammen stehenden USS Philadelphia ein.

Am 16. Februar 1804 segelte das unter dem Befehl von Lieutenant Stephen Decatur stehende amerikanische Kriegsschiff Intrepid kurz nach Einbruch der Nacht nahezu unbemerkt in den Hafen von Tripolis. Bei dem Schiff handelte es sich eigentlich um einen tripolita-

nischen Zweimaster, der vor kurzem aufgebracht, umbenannt und überholt worden war und, um das großartige Täuschungsmanöver zu vervollständigen, unter britischer Flagge segelte. Die wenigen Besatzungsmitglieder, die sich an Deck aufhalten durften, waren als maltesische Seeleute verkleidet. Der Auftrag Decaturs im Rahmen dieser raffinierten Kriegslist war denkbar einfach: Er sollte in den Hafen einlaufen, die gekaperte USS Philadelphia entern und sie in Brand stecken. Diese waghalsige, wenn auch etwas unrühmliche Aufgabe sollte einen Wendepunkt in Amerikas erstem Krieg darstellen …

Mir kam der Gedanke, dass ich für die Weihnachtsausgabe eine neue Einleitung hätte schreiben können, vielleicht darüber, wie William Eaton vor genau zweihundert Jahren, am 26. Dezember 1804, mit einem Trupp US-Marines und einer rasch zusammengestellten Armee aus einheimischen Söldnern den ziemlich verrückten Versuch unternommen hatte, die tripolitanische Stadt Derna auf dem Landweg zu erobern. Das war der Feldzug, der anscheinend mit den gesamten von der amerkanischen Prägeanstalt in Umlauf gebrachten 1804er Silberdollars finanziert worden war. Aber natürlich waren 1804 keine 1804er Silberdollars geprägt worden. Warum nicht?

Jetzt war es sowieso zu spät. Mein Blick glitt über die Worte, die ich fast auswendig konnte, und stieß hier und da auf Auslassungen oder kleine Änderungen.

Das Mittelmeer bildete eine Verwerfungslinie zwischen Christentum und Islam, und die halbautonomen Stadtstaaten an der nordafrikanischen Küste stellten die westlichsten Gebiete des osmanischen Einflussbereichs dar …

Irgendwo fehlte ein Satz, doch mir fiel nicht ein, wo, deshalb konnte ich auch nicht behaupten, dass das Ganze jetzt schlechter war.

… Adams und Jefferson, später zweiter und dritter Präsident der Vereinigten Staaten, stritten über die zweckmäßigste (und zugleich billigste) Lösung des bestehenden Barbareskenproblems – Nachahmung des europäischen Pragmatismus oder eine Demonstration der Stärke? …

Ich vermisste den Satz über die Konföderationsartikel, das Vorläuferdokument der Verfassung, das der Regierung ihre geringe Autorität verlieh, aber vermutlich hatten Kürze und Erzählfluss Vorrang gehabt. Es handelte sich um ein historisches Weihnachtshäppchen, und nicht um eine Examensarbeit. Ich sprang zum letzten Absatz:

… dass Jefferson auf ein ehrenvolles Ergebnis Wert legte, auch wenn das mit beträchtlichen Kosten verbunden war – in seinem Satz »Millionen für die Verteidigung, aber kein einziger Cent für Abgaben« perfekt zum Ausdruck gebracht –, war zusammen mit seiner beharrlichen Überzeugung, die übrige Welt sei durch das Prisma des amerikanischen Idealismus zu betrachten, der Ausgangspunkt für alle folgenden Kriege mit anderen Staaten. Ungeachtet der Folgen legte der Barbareskenkrieg fest, aus welchen Gründen Amerika in den Krieg zog, Gründen, die heutzutage genauso umstritten und borniert sind wie vor zweihundert Jahren.

Die Worte »und borniert« hatte ich im letzten Moment hinzugefügt, da ich Angst hatte, der Artikel sei zu pro-amerikanisch. Doch auf den heimeligen Seiten des Nachrichtenteils – an einem kalten, politisch neutralen Winterabend – fand ich den Schluss mustergültig ausgewogen und unparteiisch, gewichtig, ohne hochgestochen zu sein, fast als hätte jemand anders das Ganze geschrieben. Mehr konnte ich mir nicht wünschen.

Ich fragte mich, was Salome66 davon halten würde, wo auch immer sie war. Wie man den Artikel allgemein aufnehmen würde. Ich redete mir ein, dass der Artikel in der schläfrigen, nachrichtenlosen Woche zwischen Weihnachten und Neujahr mehr Aufmerksamkeit erregen würde, als normalerweise zu erwarten war. Ich stellte mir vor, dass ich ins Radio eingeladen wurde, um Amerikas Außenpolitik mit seinen historischen Abenteuern in Beziehung zu setzen. Das müsste ich am Telefon erledigen, da ich mit meiner Familie auf dem Lande war. Oder vielleicht würde der Verantwortliche einer Fernsehnachrichtensendung anrufen, ins Schleudern gekommen durch die kurzfristige Absage eines Ministers, der beschlossen hatte, seinen Skiurlaub zu verlängern, um zu fragen, ob ich eine fünfminütige Stellungnahme zu den amerikanischen Beziehungen zu Tripolis damals und heute abgeben könne. Ich würde nachsehen müssen, wann ein Zug fuhr. Dann überlegte ich, was ich sagen würde. *»Natürlich muss man vorsichtig sein, wenn man Gaddhafi mit jemandem wie dem tripolitanischen Pascha Jussuf Karamanli vergleicht, aber trotz aller direkten Militäraktionen zum Sturz der beiden Herrscher gelang es ihnen, an der Macht zu bleiben und sogar diplomatische Beziehungen zu Amerika zu unterhalten …«* Ich überlegte, was ich anziehen würde. Ich malte mir die anschließenden Angebote eines Verlegers aus, der wahrscheinlich erstaunt wäre, dass ich nicht längst an einem Buch arbeitete. Danach könnte eine Fersehserie über das Thema folgen. Ich stellte mir vor, wie der Club der Giles-Wareing-Hasser das Ganze sah, dass alle einfach dahinschmolzen und völlig sprachlos waren, dass es jedem von ihnen peinlich war, sich so in mir getäuscht zu haben. Freddy klopfte mir auf den Hals und sagte etwas von einer Riesensalami im Fernsehen.

»Eine Riesensalami«, sagte ich. »Wie witzig. Hat sie auch ein Gesicht?«

»Keine Salami, Dad. Ein Tsunami.«

Die Zahl der Todesopfer stieg mit jeder Nachrichtensendung. Im Gegensatz dazu wirkten die ersten wackeligen Bilder, aufgenommen von Touristen mit ihren Videokameras und in die ganze Welt übertragen, seltsam harmlos: durcheinandergeworfene Strandmöbel, überspülte Straßen, eine Welle, die über eine Terrasse hereinbrach, gefilmt von einem sicheren Balkon.

Ich starrte auf den Bildschirm und versuchte, nicht daran zu denken, wie viele Leute in Großbritannien aus irgendeinem Grund noch nichts von dieser schrecklichen Tragödie gehört hatten, wie viel Prozent davon vielleicht über etwas Interessantes diskutierten, das einer von ihnen gerade über den Barbareskenkrieg gelesen hatte, und welcher Anteil dieses Prozentsatzes wohl irgendwie mit dem Verlagswesen in Verbindung stand. Ich kniff mich ins Bein, um den Gedankengang zu unterbrechen. Ich fragte mich wieder, warum 1804 keine 1804er Silberdollars geprägt worden waren. Ich dachte daran, dass Maria unter einem gelbweißen Zelt tot auf ihrer Bank saß. Ich erschauderte vor Entsetzen und fragte mich, ob die Panaglos bereits aus meinem Organismus verschwanden. Ich suchte nach den richtigen Worten, doch der gesunde Menschenverstand gewann die Oberhand, und ich schwieg. Ich hatte keine Begabung für das Richtige. Ich fragte mich, was Salome66 genau in diesem Augenblick dachte. Ich sagte: »Ich muss morgen wieder nach London.« Caroline betrachtete mich mit abgrundtiefer Verachtung.

25

Von: anne.jarett@gyre&gimble.com
Datum: 27.Dezember 2004 15:38
An: roberttesq1965@bubblenet.co.uk
Betreff: <kein Betreff>

Hi. Ich bin's Anne (alias ReimJungfer) von neulich Abend. Kate und ich suchen Unterstützung für ein weiteres Pubtreffen. Geht's bei dir am 29. oder 30.? Selber Ort, 8 Uhr. Kein Stress. Hoffe, Weihnachten lief alles glatt. xAnne

29. 12. 04

Offensichtlich hat er sich einen schlechten Zeitpunkt seiner Behandlung ausgesucht, um Panaglos abzusetzen. Er hatte gehofft, nach den unzähligen, allgemein bekannten Entzugserscheinungen den Status der ersten Person wiederzuerlangen. Aber nach drei Tagen hat er weder Schwindelgefühle noch Kopfschmerzen oder Selbstmordgedanken und hört auch keine Stimmen, die ihn auffordern, sich oder anderen etwas anzutun, während die Persönlichkeitsspaltung eher noch ausgeprägter geworden ist. Allein weiter Giles Wareing zu sein, erfordert eine große Glaubensbereitschaft.

Und dann ist da noch die nächtliche Angst, eine dramatische Spielart

der düsteren Vorahnungen, die er ein Leben lang hatte. In seinem Kopf spielen sich schreckliche Szenen ab, geradezu abstrakte Angstgebäude: das Baby einer Fremden, das sich gefährlich über eine imaginäre Brücke beugt; die plötzliche Erkenntnis, dass er versehentlich eine Straftat begangen hat, auf die Gefängnis steht; Besuch von der Polizei eines anderen Landes, in dem Folter gang und gäbe ist; ein Brand, bei dem durch seine Fahrlässigkeit eine Familie ums Leben kommt – alles, was Schrecken auslöst, Herzrasen verursacht, die zerwühlten Bettlaken mit Schweiß durchnässt. Das sind keine Träume. Die Bilder stürzen auf ihn ein, während er wach liegt, allein im Dunkeln, als wären sie für jemand anderen bestimmt.

Dann sitzt er den ganzen Morgen in der Badewanne, bis das Wasser kalt wird, während die Katze mit der Pfote nach dem tropfenden Wasserhahn schlägt. In der kurzen Zeit, die sie allein zusammen verbringen, haben er und die Katze einen unsicheren Frieden geschlossen, der dem zwischen der britischen Marine und den Potentaten der Berberei gleicht, einen pragmatischen Waffenstillstand, der auf gegenseitigem Misstrauen beruht.

Es ist der Tag des zweiten Pubtreffens, und er muss einen Weg finden, das Tageslicht auszunutzen, das sich noch vor ihm erstreckt. Er kann sich nicht vorstellen, ohne den Hund in den Park zu gehen – hat nur aus der Nähe gesehen, dass das Zelt nicht mehr da ist –, deshalb muss er sich einen Zeitvertreib suchen, um den Lauf der Dinge voranzutreiben.

Die Sachen aus dem Schuppen waren auf dem schlammigen Grasstreifen hinterm Haus verstreut: die beiden Gießkannen, der Rasenmäher, die kaputte elektrische Heckenschere, der nasse Kompostsack, ein Liegestuhl mit verrotteter Sitzfläche, der Rechen mit dem halben Stiel, ein Karton Fliesen, der Tapeziertisch, in den ich vor drei Jahren ein Loch getreten hatte, der alte Kessel, ein Weidenkorb mit sieben verschiedenen Sorten Schneckengift. Ich stand auf der Leiter, die auf dem Betonfundament unter dem

Loch im Schuppenboden stand, und mein Kopf ragte aus dem Loch im Dach.

Die beiden modrigen Querträger ließen sich mit einem Ruck herausziehen. Die beiden neuen, die ich von einem imprägnierten Kiefernbalken abgesägt hatte, passten genau in die leeren Metallhalterungen oben an den Wänden. Ich befestigte noch ein paar kurze Latten zwischen den Halterungen und verkeilte in regelmäßigen Abständen drei Querlatten zwischen den Trägern, um die Abdeckung dort annageln zu können.

Die dünne Sperrholzplatte war falsch ausgemessen und passte nicht richtig in das trapezförmige Loch, das ich in das beschädigte Dach geschnitten hatte: zwei lange Holzstücke, die ich mit der Bandsäge aus der Platte des Tapeziertischs schnitt, mussten die Lücken ausfüllen. Als das ausgewaschene Tageslicht durch die Ritzen sickerte, hatte das schlampige Flickwerk von unten gesehen etwas seltsam Befriedigendes. Es sollte den Verfall nur eine Weile aufhalten, denn ein Schuppen hält nicht ewig. Ein Mann in mittlerem Alter hat die berechtigte Hoffnung, seinen Schuppen zu überleben.

Alles, was ich über den richtigen Umgang mit Dachpappe wusste, stammte vom Etikett der Rolle, die in der Küche lag, weil ich gelesen hatte, dass Dachpappe bei kaltem Wetter schwer zu handhaben war. Ich schleifte die Rolle nach draußen, schnitt ein großes Stück ab und legte es der Länge nach auf die untere Hälfte des schrägen Dachs, sodass es auf beiden Seiten tief herabhing. Der empfohlene Klebstoff war schwarz und zäh und ließ sich mit dem beigefügten kleinen Plastikspatel kaum auftragen, aber die kurzen, großköpfigen galvanisierten Dachpappennägel ließen sich gut einschlagen. Ein zweites Stück, das das erste gemäß dem Schaubild auf dem Etikett fünfzehn Zentimeter breit überlappte, deckte bereits alles ab. Danach musste ich nur noch alles abschneiden, was überstand, die Pappe auf allen vier Seiten anheften und die dünne Abdeckplatte aus Kiefernholz wieder festnageln. Während ich mit dieser Arbeit beschäftigt war, begann es leicht zu regnen, doch die Tropfen, die sich bildeten, rannen zum Glück die Dachpappe hinab.

Als ich mich umdrehte, stand Colin mit einem seiner drei Handys in der offenen Gartentür. Er hatte dafür ein System entwickelt: Eins trug er in jeder Brusttasche und das dritte, sein Geschäftshandy, das Malerhandy, an der Hüfte am Gürtel. Ich hatte keine Ahnung, wozu er seine anderen Handys brauchte, aber eins hatte einen unauffälligen Klingelton, der wie ein unterdrücktes Glucksen klang und auf nicht ganz gesetzliche Interessen hindeutete. Das andere gab überhaupt keinen Ton von sich. Es rutschte nur auf dem Küchentisch herum, wenn er es morgens dort liegen ließ, und bewegte sich gefährlich auf die Kante zu.

»Colin.«

»Wie geht's, Guy?«

Ich versuchte, den Schreck, den er mir eingejagt hatte, zu verbergen und tat so, als hätte ich plötzlich gemerkt, dass ich etwas vergessen hatte. Dann drehte ich mich wieder zum Schuppen um, beugte mich vor und nahm den Hammer. Das kam mir vor wie ein Fehler. Hatte ich unbewusst eine Waffe ergriffen? Würde er das als Provokation betrachten? Ich hielt den Hammer so unaggressiv wie möglich, die Klaue über zwei Finger gehängt.

»Gut, ja, gut. Hattest du schöne Weihnachten?«

»Ja, danke. War schön. Hätte nicht gedacht, dass über die Feiertage jemand hier ist.« Er fuchtelte mit dem großen Handy herum, das in einem mit Grundierfarbe gesprenkelten Vinylbeutel steckte.

»Nein. Ich musste zurückkommen. Wegen der Arbeit. Was kann ich für dich tun?«

»Ich würde mir gern deine kleine Trittleiter ausleihen, wenn du nichts dagegen hast.«

»Ja, klar. Die steht da am Schuppen. Ich hab das Dach repariert.«

Colin schlenderte hinüber und begutachtete das Dach auf Zehenspitzen. »Gute Arbeit«, sagte er. »Schön.«

»Danke.«

»Du hast doch von der Sache im Park gehört, oder?«

»Ja, hab ich.«

»Echt grauenhaft«, sagte er und klappte die Aluminiumleiter krachend zusammen. »Super, danke.«

»Es war Maria, stimmt's?«

»Ja, stimmt. Schlimme Sache.«

»Sie hatte wohl Feinde.«

»Haben wir alle, Guy. Mit Sicherheit.«

»Findet eine Beerdigung oder so was statt? Denn ich würde ihr gern, ähm, die letzte Ehre erweisen.«

»Lass dich da lieber nicht blicken«, riet Colin und starrte mich vielleicht zum ersten Mal, seit wir uns kannten, mit langem, festen Blick an, seine Augen ruhige blaue Stauseen ungenutzter Bosheit. »Da wimmelt's bestimmt von Bullen.«

Auf der Titelseite der lokalen Wochenzeitung prangte unter der Schlagzeile »GRAUENVOLLER MORD IM PARK« ein Bild von Maria. Es war das unscharfe, zu stark vergrößerte Foto einer etwas jüngeren, lächelnden Maria, das abgeschnitten worden war, um den festlichen Anlass zu verbergen, obwohl noch der untere Rand eines Papierhuts und im Hintergrund ein Stück lamettageschmückte Pubtheke zu erkennen waren.

Die Einwohner der Bezirke Roundworm und St. Jerome lebten über die Weihnachtstage in Angst und Sorge, weil in den frühen Morgenstunden des 22. Dezember die Einheimische Maria Gagliardi ermordet im Roundworm Park aufgefunden wurde. Die Polizei sucht nach Augenzeugen für den Vorfall, dem in dieser Gegend in letzter Zeit ein starker Anstieg von Gewaltdelikten vorausging. Ein Polizeisprecher sagte, die Leute sollten angemessene Sicherheitsvor-

kehrungen treffen, wenn sie sich nach Einbruch der Dunkelheit im Park aufhielten.

Die zweiundfünfzigjährige Mrs Gagliardi stammte ursprünglich aus Glasgow und wohnte seit langem im Melplash House in der nahe gelegenen Hardy-Siedlung. Sie hinterlässt eine Tochter namens Irene.

Sollten Sie irgendwelche Hinweise zu diesem oder einem anderen Vorfall haben, setzen Sie sich bitte unter der Nummer 020 8674 8998 mit Trainee Detective Constable Tamara Price in Verbindung.

Jemand blickte mir über die Schulter und las den Artikel mit, was ich so entnervend fand, dass ich die U-Bahn eine Station früher verließ und zu Fuß ging, an der British Library vorbei in das mir unbekannte Straßengewirr südlich der Euston Road, eine Gegend, die in meinem geistigen Stadtplan von London ein weißer Fleck war. Deshalb fand ich den Pub nur durch Zufall, ein bisschen früher als erwartet, und der Schwung meiner Überraschung fegte mich zur Tür hinein, bevor ich nochmal nachdenken konnte. Ich hatte Salome66 gesehen. Ich hatte mit ihr gesprochen. Ich hatte ihre Hand berührt. Was wollte ich sonst noch tun? Worum ging es mir? Aber inzwischen war es zu spät. Ich war eingetreten, und sie hatte mich entdeckt.

Einen Augenblick sah ich sie, so wie sie war, hinten im Raum sitzen, ohne den Zauber, mit dem ich sie umgeben hatte: klein und unscheinbar, geradezu unansehnlich, in einem unförmigen, hochgeschlossenen Pullover von unbestimmbarem Braun, ihr statisch aufgeladenes Haar hinten von allein gesträubt. Aber als ich näherkam, stand sie auf, zeigte ihr leichtes Lächeln, und ich sah ihre schiefen Zähne und spürte, wie mir wieder ganz flau wurde. Ich stellte fest, dass ihre schwarzen Augen gar nicht schwarz waren, sondern von einem tiefen, glänzenden Grau mit dunkelgrünen Einsprengseln, wie eine seltene, grelle Murmel oder wie Moos auf nassem Schiefer. Wir standen uns gegenüber, zu nah, um uns die Hand zu schütteln, und zu weit auseinander, um uns zu küssen, und taten keins von beidem.

»Schön, dass du da bist«, sagte sie. »Wir wussten nicht, ob du die E-Mail erhalten hast.«

»Bin gerade erst zurückgekommen von … Weihnachten. Vor ein paar Stunden.« Es machte mich plötzlich verlegen, dass wir uns noch fremd waren, dass sich unsere Bekanntschaft seit dem letzten Treffen nicht unwillkürlich vertieft hatte. Diese Aufgabe lag noch vor uns.

»Robert!«, rief ReimJungfer. »Du hast es geschafft! Komm her und gib mir sofort einen Kuss!« Ich tat ihr den Gefallen und wandte mich dann dem jungen Mann neben ihr zu, bei dem es sich, wie ich sah, nicht um den betrunkenen Psalmanazar vom vorigen Treffen handelte. Er hatte blondes, schütteres Haar und lauter Pickel am Kinn. »Das ist Andrew. Andrew aus dem Norden. Online unter dem Namen nochntoastbitte bekannt. Er ist den ganzen Weg von Manchester gekommen!«

»Hallo«, sagte Andrew. Sein Akzent hatte einen spöttischen Unterton.

»Hi.«

»Robert ist DZB«, sagte ReimJungfer.

»Oh. Hallo.«

»Hi.«

Also setzten wir uns, vier angesehene Mitglieder des Clubs der Giles-Wareing-Hasser, und sprachen über den Tsunami, über die immer noch steigende Zahl der Todesopfer, darüber, dass ganze Inseln überflutet worden waren, über Freunde von Verwandten und Verwandte von Freunden, die in Thailand und Malaysia Urlaub gemacht hatten, darüber, wie sie alle nur knapp dem Tod entronnen seien, weil sie während der Flutwelle irgendwo im Inland waren, wie seltsam es sei, dass so viele Menschen über Weihnachten so weit reisten, darüber, was für Auswirkungen die starke Zunahme von Langstreckenflügen auf die Umwelt habe und dass all das mit der Aufheizung des Planeten zusammenhänge, eigentlich aber wohl doch nicht, denn Erdbeben hätten ja nichts mit der globalen Erwärmung zu tun, oder? Nein, das sei etwas anderes. Eine Strafe Gottes. Daran sei niemand schuld. Ein kurzes, ernstes Schweigen. Und dann noch eine Runde Drinks.

Danach redeten wir über andere Dinge, übers Weihnachtsgeschäft, über den Unwillen, wieder arbeiten zu müssen, und diese Fernsehsendung über Nackte, die wir alle verpassten. Wir sprachen über alles und jedes, nur nicht über das Einzige, das uns offenbar allen gemeinsam war: den beständigen Hass auf Giles Wareing. Ich überlegte, wie ich das Thema zur Sprache bringen konnte.

»Wo ist hier das Klo?«, fragte Andrew.

»Da hinten. Bei dem Mann neben der Speisekarte musst du rechts abbiegen. Dem, der aussieht wie ein Berberpirat.«

»Danke.«

Im Laufe des Abends wurde klar, dass sich ReimJungfer und Andrew schon mal bei einem Treffen im Frühling begegnet waren, sie ihn diesmal mehr oder weniger nach London bestellt hatte und, auch wenn er offiziell bei einem Freund von der Universität übernachtete, dafür sorgen wollte, dass er heute Abend nicht mehr dort hinfuhr. Bis zur dritten Runde widmete sie sich ganz der Aufgabe, seinen letzten Widerstand zu überwinden, aber das Bier nahm ihr die meiste Arbeit ab. Salome66 und mir blieb nichts übrig, als uns verschwörerische Blicke zuzuwerfen.

»Und«, sagte ich, »was bedeutet die 66?«

»Was?«

»Warum die 66 in Salome66? Du bist eindeutig zu jung, um 1966 geboren zu sein.«

»Ich bin 1972 geboren. Wenn du mir schmeicheln willst, ist das ins Auge gegangen.«

»Wofür steht dann die 66?«

Sie sah mich vernichtend an. »Die bedeutet gar nichts«, sagte sie. »Eigentlich sollten es drei Sechsen werden, aber ich hab auf die falsche Taste gedrückt.«

»Ach, okay.« Ich wollte das Thema wechseln und über Lyrik sprechen, doch dann fiel mir ein, dass ich mich mit Lyrik überhaupt nicht auskannte.

Stattdessen stellte ich ihr allgemeinere Fragen, und allmählich entlockte ich ihr die näheren Einzelheiten über das Leben von Salome66 oder genauer gesagt von Kate Horan aus Midhurst in West Sussex. Sie hatte einen Bruder namens Adam. Sie sagte, sie sei halb Jüdin, halb Schottin, und aus ihrem Munde klang es, als würde sich beides gegenseitig ausschließen. Aber eigentlich sei sie bloß Engländerin. Es sei zwecklos, das zu leugnen. Sie arbeite bei der Stiftungsaufsicht. Das sei ungeheuer schlecht bezahlt. Am liebsten würde sie kündigen und verreisen. Sie spreche spanisch, aber nicht besonders gut. Aus diesen Informationen konnte ich entnehmen, was ich gern gewusst hätte. Ich fand keinen Grund, ihr Urteil, Giles Wareing sei beschissen, in Zweifel zu ziehen. Oder es zu akzeptieren. Ich überlegte, ob ich mich zu erkennen geben sollte, bloß um zu sehen, was passieren würde.

»Noch 'ne Runde?«, fragte ReimJungfer, ohne eine Antwort zu erwarten. »Ich hole alles.«

»Ich helf dir«, sagte Andrew.

»Und was ist mit dir? Woher kommst du?«, fragte Salome66. Es war Zeit, Roberts Geschichte zu erzählen. Es schien mir ratsam, alles auf einen Schlag loszuwerden.

»Also«, begann ich. »Ich bin zufällig in East Sussex geboren. Aber wir sind weggezogen, als ich fünf Monate alt war. Später bin ich größtenteils in den Staaten aufgewachsen. Mein Dad ist Amerikaner.«

»Du klingst gar nicht wie ein Amerikaner.«

»Nein, ich weiß, aber früher. Meine Eltern haben sich scheiden lassen, als ich zwölf war, und da bin ich mit meiner Mutter zurückgekommen. Dann hat sie wieder geheiratet, ich ging nochmal ein Jahr nach New Jersey und kam wieder, um auf die Universität zu gehen. Billiger hier. Meine Mum hatte inzwischen einen anderen Amerikaner geheiratet und kehrte schließlich mit ihm in die Staaten zurück. Aber ich bin hiergeblieben.«

»Für mich klingst du total englisch.«

»Ich weiß. Um ehrlich zu sein, schäm ich mich dafür.« In ihrem Blick lag ein seltsamer Ausdruck, eine Mischung aus Ungläubigkeit und Bewunderung, als wäre es exotisch und reizvoll, aus New Jersey zu stammen, zu schön, um wahr zu sein. Roberts Geschichte hatte eine unbeabsichtigte Wirkung.

»Dann besuchst du deine Eltern wohl oft?« Sie zeigte ihr leichtes, schiefzähniges Lächeln.

»Meine Mutter ist tot«, sagte ich, »aber mein Dad ... mein Dad lebt noch in New Jersey. Noch immer im selben Haus. Ich war schon länger nicht mehr drüben, um ihn zu besuchen.« Hier machte ich eine dramatische, aber letztlich nicht überzeugende Pause. »Wir können eigentlich nicht, keine Ahnung. Das Ganze ist seltsam.«

Ich sagte ihr, ich arbeitete in der Werbebranche, würde aber gerade einen Roman schreiben oder es zumindest versuchen. Als sie angeregt von einem Exfreund erzählte, der sich teils als Schauspieler, teils als Schriftsteller betätigt habe und, wie sie zu verstehen gab, immer ein Mistkerl gewesen sei, der jetzt Möbel herstelle und in Exmouth Market einen Laden besitze, spürte ich, wie meine Anwesenheit im Raum abnahm und sich meine Abwesenheit auf die alte, vertraute Weise bemerkbar machte. Ich dachte an die Herzlosigkeit meines Betrugs und das Fehlen einer Ausstiegsstrategie. Ich dachte, dass ich Salome66 ihren Hass auf den Journalisten Giles Wareing wahrscheinlich verzeihen konnte, weil ich einem großen Teil ihrer Kritik zustimmte und sie erfolgreich dazu gebracht hatte, den echten Giles Wareing zu mögen, zumindest in der Gestalt von Robert aus East Sussex und New Jersey. Ich konnte jetzt mein wahres Ich zeigen, wie es in den Fernsehehsendungen hieß, in denen man sich ein neues Aussehen verpassen ließ, oder ich konnte verschwinden. Oder ich konnte mich noch tiefer in das Ganze hineinziehen lassen, doch in meinen Augen barg das nur Gefahren. Ihre Augen waren wieder so schwarz wie beim letzten Mal und glänzten wie frisch poliert.

»Hattest du Stella?«, fragte ReimJungfer und stellte ein volles Halbliterglas vor mich.

Als das Licht eingeschaltet wurde, überlegten wir, noch woanders hinzugehen, aber ich behauptete, ich müsste zu einem Arbeitsfrühstück, einer Art Treffen, von dem ich irgendwo gelesen hatte. ReimJungfer und nochntoastbitte schienen ungeduldig darauf zu warten, sich um ihre eigene Verabredung zu kümmern. Ich stand auf, und Salome66 stand auf, und da ich nicht die Gabe besitze, die richtigen Worte zu finden, sagte ich: »Du bist echt klein«, und sie entgegnete: »Halt die Klappe« und stieß mich schelmisch mit dem Ellbogen an. Da sah ich, dass an ihrem Kinn eine Haarsträhne klebte. Ich konnte nicht klar denken und streckte die Hand aus, um ihr die Strähne aus dem Gesicht zu streifen.

26

03. 01. 05

Die alchimistische Umwandlung aller Gefühle in reine, destillierte Wut. Das ist die erste starke Entzugserscheinung. Angst verwandelt sich in Wut. Schuldgefühle sind Wut. Alles ist Wut. Die Wut pocht in seinen Schläfen, während er durch den Park geht. Ungerechtigkeit, Enttäuschung, Schlaflosigkeit, Hilflosigkeit, Langeweile und die aktuelle internationale Lage, alles macht ihn wütend. Sogar Hunger löst Wut aus. In seiner Wut kommt ihm diese Entwicklung wie ein Schritt in die richtige Richtung vor, doch zugleich wird seine Wut noch größer.

Der Akkord des Tages ist Fmaj7.

Nicht nur das Zelt war weg, sondern auch die Bank, die Bolzen bündig mit dem Sockel der Betonplatte abgeschnitten, auf der sie einmal gestanden hatte. In der Nähe, an einen der Eisenpfosten des Zauns vom Hundeauslauf gekettet, stand ein gelbes Schild mit der Aufschrift MORD. Der Park war in einen reglosen, kalten Nebel gehüllt, und der direkt vor mir laufende Hund war nicht mehr zu sehen. Mir kamen zwei Frauen entgegen, die gejoggt waren, aber jetzt gingen, und eine der beiden redete unaufhörlich: »Weißt du, solange man ihr alles erklärt, hat sie ein ziemliches Organisationstalent. Aber wenn sie mit einer neuen

Situation konfrontiert wird, ist sie aufgeschmissen. Und genau das ...« Der Nebel verschluckte ihre Worte.

An den letzten beiden Tagen war ich Gegenstand vieler Telefonanrufe zwischen Freunden gewesen, hauptsächlich weil ich Nick Skelding auf Patrick Gallets Silvesterparty als blöden Arsch bezeichnet hatte. Ich hatte nicht das Gefühl, an dem Drama beteiligt zu sein, weil ich mich kaum noch daran erinnern konnte, abgesehen von der Wut, die in mir aufgestiegen war, als er eine seiner Plattheiten von sich gab. Anscheinend hatte ich mich auf eine Diskussion mit ihm eingelassen, und er hatte mich als Zionist bezeichnet, das zeigte, wie wenig er meine Einstellung verstand, den ganzen Nahen Osten und seine lange leidvolle Geschichte mit kühler, unnachgiebiger Unparteilichkeit zu betrachten. Doch anscheinend hatte ich das so nicht gesagt. Anscheinend hatte ich gesagt: »Lieber ein Zionist als ein blöder Arsch.«

Der Eindruck, dass mit mir irgendetwas nicht stimmte, griff offenbar immer mehr um sich, aber das war mir egal, und ich genoss, dass es mir egal war, obwohl es mich auch wütend machte. Natürlich stimmte mit mir etwas nicht. Ich brauchte Panaglos und wusste nicht, wo ich sie herbekommen sollte.

Auf meiner zweiten Runde um den Park sagte ich mir, dass meine Äußerung okay gewesen sei, denn Nick Skelding war schon immer ein blöder Arsch. Ich war so zerstreut, dass ich erstmals eine dritte Runde um den Park drehte und dabei wieder an der Stelle vorbeikam, an der die Bank gestanden hatte, am Tatort, wo jetzt der große Junge mit der Kapuze im schützenden Nebel kauerte und sein Tag auf die nackte Betonplatte sprayte: TNT, das N zur Seite geneigt wie ein Blitzstrahl. War das eine Ehrbezeugung oder eine Entweihung? Egal. Wieder stieg eine nie weit entfernte Wut in mir auf.

»TNT?«, fragte ich. Er stand auf.

»Was geht dich das an?«

»Bezieht sich das auf den Sprengstoff?«

»Wovon redest du überhaupt?«

»Das steht für Trinitrotoluol. Aber vielleicht sind's ja auch bloß deine Initialen.«

»Leck mich.« Angst stieg in mir auf und verwandelte sich in Wut, und das machte mich noch ängstlicher. Was sollte das Ganze?

»Gut. Oh, hey. Ich hab ein neues Handy. Guck's dir doch mal an.« Ich zog es aus der Manteltasche und führte ihm den Schiebemechanismus vor. Eine Reihe satter mehrstimmiger Töne zeigte an, dass das Gerät betriebsbereit war. »Schön, hm?«

»Du glaubst, dass ich's dir nicht abnehme?«

»Ich glaube, es war unheimlich teuer.« Ich hielt das Handy hoch, als wollte ich es begutachten. Mein Herz raste, und mir wurde leicht schwindlig. Ich hörte jemanden in meinem Kopf singen: *in the middle, in the middle, in the middle* – mit einer fernen Stimme, die ich nicht erkannte, und die Stimme sang mal hoch und mal tief, sie sang *in the middle in the middle in the middle*, eine seltsame, sich ständig wiederholende, halbvertraute Melodie. War das eine neue Entzugserscheinung? Hatte ich nicht gelesen, man könnte Stimmen hören?

»Mann, was ist denn mit dir bloß los?«

»Ich muss gehen.«

»Gib mir das Handy.«

Der Gesang wurde lauter: *In the middle in the middle in the middle …*

»Ich hab ein Messer dabei.« Plötzlich hegte ich zum ersten Mal Selbstmordgedanken.

»Das glaub ich nicht. Zeig's mir.« Ich glaube nicht, dass ich das wirklich gesagt habe, aber ich war wohl kurz davor. Oder habe ich es doch gesagt?

In the middle in the middle in the middle of … In der Mitte wovon?

In der Nähe platschte ein Fuß in eine Pfütze, und Colins lindgrüne Windjacke tauchte aus dem Nebel auf, unterwegs in Richtung Eingangspforte. Im nächsten Moment war auch sein Kopf zu sehen.

»Hey, wie geht's, Guy?«, sagte er gut gelaunt im Vorbeigehen. »Alles klar?« Der Gesichtsausdruck des Jungen wurde plötzlich misstrauisch, und ich machte versehentlich ein Foto von ihm.

DER OBERSCHRECKLICHE MR GILES WAREING …

Eingerichtet von easyGeoff am 04. 01. 05 um 10:56 Uhr

… hat sich an Weihnachten bemüht, mit einem langatmigen Sonntagszeitungsartikel Unsterblichkeit zu erlangen. Ist das schon der absolute Tiefpunkt, oder kann er noch schlechter schreiben?
http://doturl.com/a4jts

Wiederholungstäter - 04. 01. 05 um 11:28 Uhr (1/12)
Ach, er kann noch viel schlimmer schreiben. Aber ich weiß nicht genau, ob das sonst noch jemand könnte.

PawlowsKätzchen - 04. 01. 05 um 12:02 Uhr (2/12)
Frohes neues Jahr allerseits. Hab euch schon den ganzen Morgen gesucht. Unser altes Clubhaus wurde abgerissen!

FritsZernike - 04. 01. 05 um 12:10 Uhr (3/12)
Ja, über die Feiertage wurden viele Threads getilgt. Wahrscheinlich soll auf dem Server Platz geschaffen werden.

PawlowsKätzchen - 04. 01. 05 um 12:13 Uhr (4/12)
Sieht nach einer Chatwüste aus

Grotius - 04. 01. 05 um 12:24 Uhr (5/12)
Ich hab diesen Mist am zweiten Weihnachtstag gelesen.

Eine komplexe Geschichtsperiode reduziert auf den abgedroschenen Kampf des Westens gegen den Islam, in dem Versuch, eine lahme (und einseitige) Analogie zur gegenwärtigen Situation im Irak zusammenzuschustern.

FritsZernike - 04.01.05 um 12:30 Uhr (6/12)
Ich hab den Link angeklickt, bin aber nicht sehr weit gekommen. Das Leben ist zu kurz, um sich durch so ein Geschreibsel zu kämpfen.

---

easyGeoff - 04.01.05 um 12:41 Uhr (7/12)
Im Wesentlichen handelt es sich um einen langatmigen Bericht über die Barbareskenkriege (die Vereinigten Staaten gegen verschiedene nordafrikanische Potentaten), zu einer absurden Verteidigung der aktuellen amerikanischen Außenpolitik umgebogen.

Salome66 - 04.01.05 um 13:04 Uhr (8/12)
Ich lese schon seit ungefähr einem Jahr keine Sonntagszeitungen mehr, und wenn man nach diesem Link gehen kann, habe ich die richtige Entscheidung getroffen. Wie vorherzusehen, hat Giles Wareing versucht, ein besseres Bild abzugeben, und sich dabei absolut lächerlich gemacht. Ich weiß nicht, ob es sich bei seiner proamerikanischen Haltung um unverhohlene Propaganda oder um das zufällige Ergebnis von GWs Unfähigkeit handelt, sich verständlich zu machen, aber der Artikel ist auf jeden Fall miserabel.

Grotius - 04.01.05 um 13:55 Uhr (9/12)
Meine größte Angst ist, dass die Redakteure GWs Erbärmlichkeit nicht erkannt und beschlossen haben, 2005 einen ernsthaften Reporter aus ihm zu machen.

Salome66 - 04. 01. 05 um 14:23 Uhr (10/12)
Aber vielleicht hat der Barbareskenartikel das Fass auch zum Überlaufen gebracht, und sie wollen GW endlich loswerden. Soviel ich weiß, war seine Autorenzeile in diesem Jahr noch nirgends zu sehen. Ich weiß, es ist noch früh, aber es besteht Grund zur Hoffnung.

Grotius - 04. 01. 05 um 14:39 Uhr (11/12)
Stimmt. Haltet Ausschau nach Wareing. Wer als Erster einen GW-Artikel entdeckt, hat gewonnen.

---

easyGeoff - 04. 01. 05 um 14:58 Uhr (12/12)
wo ist denn DZB heute? Eigentlich sollte man erwarten, dass er dazu was zu sagen hätte.

Zurück / Seitenanfang / Kommentar abgeben

11. 01. 05

Die Entzugserscheinungen lassen die Zeit im Moment der größten Hoffnungslosigkeit stillstehen.

Wenn er aufwacht, ist es jedes Mal Mittwoch. Die Sonne scheint nicht jeden Tag ein bisschen früher durch die Lücke im Vorhang. Im Haus ist alles unendlich lange still und leer. Die Dunkelheit, die sich schließlich herabsenkt, gehört noch dem Vortag an, ist erkennbar als der vorige Abend. Im Fernsehen laufen jeden Abend dieselben Sendungen. Eine schlecht gekleidete Frau lernt, wie man sich richtig anzieht. Ein wild gewordenes Kleinkind wird von einer strengen Pädagogin zur Räson gebracht, aber direkt nach der zweiten Werbeunterbrechung machen inkonsequente Eltern ihre gute Arbeit fast wieder zunichte. Alles Übrige wird vom Wein ausgelöscht. Wenn er aufwacht, liegt er im Bett, und es ist wieder Mittwoch.

Das Telefon klingelte. Es war Brian.

»Frohes neues Jahr. Wie läuft die Autogeschichte?«

»Gut. Im Moment passiert nicht viel.«

»Hören Sie. Sie wissen doch, dass wir diese große Kunstsache am Laufen haben.«

»Nein.«

»Also, wir haben gerade von dieser Skulptur in der Schweiz erfahren. Eine riesige Toilette. Zehn Meter hoch.«

»Wow.«

»Die soll diesen Sommer in einem Park in Glasgow aufgestellt werden. Oder in Edinburgh. Weiß ich nicht mehr genau.«

»Und jetzt soll ich einen amüsanten Essay über moderne Kunst im öffentlichen Raum schreiben.«

»Nein. Sie sollen in die Schweiz fliegen und sich auf die Riesentoilette setzen.«

»Das klingt nicht … wirklich nicht.«

»Das wird ein tolles Foto.«

»Ich bin vierzig Jahre alt.«

»Ich weiß. Das ist auf jeden Fall komisch.«

»Nein.«

»Lehnen Sie nicht ab. Sie brauchen bloß fünfhundert Wörter zu schreiben. Nicht mal fünfhundert.«

»Nein.«

»Sie werden gut bezahlt.«

»Nein.«

»Kommen Sie schon. Das wird phantastisch.«

»Auf gar keinen Fall.«

»Bitte sagen Sie ja.«

»Nein.«

»Wollen Sie nochmal drüber nachdenken?«

»Nein.«

»Ich melde mich in einer halben Stunde nochmal.«

Er legte auf. Ich saß da und hatte das Brummen des Wähltons

im Ohr. *In the middle in the middle in the middle in the middle in the middle …*

Ich saß in der Küche und starrte meine Hände an, als plötzlich die Haustür aufging. Carolines Schlüssel landeten mit metallischem Klirren auf dem Dielentisch.

»Welchem Umstand verdanken wir denn diesen deprimierenden Anblick?«, fragte Caroline. Der Ältere flitzte unter ihrem Arm hindurch und verschwand hinter einer Schranktür. Freddy schmiegte das Gesicht an meine Schulter.

»Ich muss in die Schweiz fliegen und mich auf eine Riesentoilette setzen.«

»Wann?«

»Am Mittwoch. Morgen. Komme Donnerstag wieder.«

»Das ist lustig, Dad«, sagte Freddy. »Ein Riesenklo!«

»Du sollst nicht Klo sagen«, ermahnte ihn Caroline. »Was ist mit Aufräumen? Ich bin morgen in der Buchhandlung.«

»Ich weiß nicht, ich …« Ich verstummte. Caroline hatte ihren geübten Verzweiflungsblick auf Eis gelegt und machte ein besonders duldsames Gesicht.

»Die Kekse schmecken mir nicht«, rief der Ältere aus dem Innern des Schranks.

»Nur einen einzigen«, sagte Caroline und legte nachdenklich die Stirn in Falten. »Ist gut. Ich regle das mit Marcy. In Ordnung. Es wäre nett gewesen, wenn du mir Bescheid gegeben hättest. War der Hund schon draußen?«

Im Park hatten sich die TNTs stark vermehrt. Auch auf dem gelben Polizeischild prangte inzwischen eins. TNT war mit schwarzem Leuchtstift auf die Rückenlehnen der Bänke gekritzelt und in bestimmten Abständen mit bräunlicher Autogrundierfarbe auf den Asphalt gesprüht.

Auf der anderen Seite des Parks, hinter einer Erhebung, wo sich spindeldürre Birken aus dem Dornengestrüpp reckten, gab es noch etwas Neues: einen Weihnachtsbaum, kaum größer als einen halben Meter, der frisch in den kalten Schlamm neben dem Weg gepflanzt worden war. Er hatte leicht Schlagseite, und an den Zweigen hingen noch ein paar Streifen Lametta. In der vorzeitig hereinbrechenden Dämmerung sah er unglaublich einsam aus. Ich starrte ihn eine Weile an und fragte mich, ob er den Winter überstehen würde, während der Hund nach Osten blickte, und sich den Wind in die Nase wehen ließ.

Ein laminiertes Schild an der Pforte kündigte ein Treffen der Freunde des Roundworm Parks an, auf dem über »Verbesserungsvorschläge, Sicherheitsfragen und Vandalismus« diskutiert werden sollte. Das Schild flatterte an seiner Schnur wie ein Vogel, der sich aus einer Schlinge zu befreien versuchte. Plötzlich sah ich, wie sich aus Richtung der Läden eine Gestalt mit Kapuze näherte. Da drehte ich mich um und rannte nach Hause.

27

Der Flughafen von Basel war ein Muster an klinischer Effizienz, eine glitzernde Ansammlung sauberer Flächen. Ich fand, dass es der ideale Lebensraum für Menschen mit vorübergehendem Identitätsverlust war, ein Ort, wo ich, Kaffee trinken und, plaudernd mit Fremden, die nur begrenzte Englischkenntnisse hatten, bestimmt ziemlich glücklich leben könnte. Das kalte, stählerne Sonnenlicht fiel horizontal durch die Fenster, während ich über meinen Laptop gebeugt dasaß und den Toiletten-Artikel aufs Wesentliche zusammenstutzte. Ich verzichtete darauf, den Werdegang des jungen deutschen Künstlers Karl Knabe, unser abendliches Treffen auf dem Platz, die vergebliche Suche nach einer längeren Leiter, die langwierige Auseinandersetzung mit dem Sicherheitsbeamten oder den heftigen Flirt zwischen Karl und Sophia, der schwarzhaarigen italienischen Fotografin, zu schildern, der sich abspielte, während ich oben auf dem Rand der riesigen Schüssel hockte. Beim Kürzen des Textes kam mir der ganze beschämende Vorfall allmählich unwirklich vor. Außer den genauen Ausmaßen der riesigen Toilette, ein paar nutzlosen Überlegungen zu ihrer tieferen Bedeutung und ein paar Worten darüber, wie kalt es gewesen war, blieb nichts übrig. Dann mailte ich die mageren vierhundertfünfzig Wörter an die Zeitung.

Mein Rückflug verschob sich einmal, dann nochmal und wurde schließlich gestrichen. Ich rief Caroline an.

»Das Flugzeug sitzt anscheinend in Heathrow fest. Technische Probleme.«

»Mein Gott«, sagte sie. »Und was machst du jetzt?«

»Sie haben mich morgen auf den ersten Flug gebucht. Und jetzt geht's vermutlich zurück ins Hotel.«

»Na ja. Da müssen wir wohl irgendwie ohne dich klarkommen.«

Ich begab mich in die Flughafenbar, bestellte ein Bier und sah mir die Talkboards an. Im neuesten Giles-Wareing-Thread gab es zwei weitere Einträge:

DER OBERSCHRECKLICHE MR GILES WAREING …
Eingerichtet von easyGeoff am 04. 01. 05 um 10:56 Uhr
… hat sich an Weihnachten bemüht, mit einem langatmigen Sonntagszeitungsartikel Unsterblichkeit zu erlangen. Ist das schon der absolute Tiefpunkt, oder kann er noch schlechter schreiben?
http://doturl.com/a4jts

PawlowsKätzchen - 12. 01. 05 um 20:22 Uhr (16/17)
Immer noch nichts von GW. Vielleicht ist er ja mit seinem Freund Cher Fitzpaine auf Entziehungskur

---

Salome66 - 13. 01. 05 um 10:05 Uhr (17/17)
Wenn dann nichts von dem unbegabten Idiot in der Zeitung erscheint, bin ich froh, dass er Hilfe sucht.

Zurück / Seitenanfang / Kommentar abgeben

In meiner Inbox traf eine neue E-Mail ein:

Von: kate.horan@charitycommission.gov.uk
Datum: 13. Januar 2005 10:09
An: roberttesq1965@bubblenet.co.uk
Betreff: nochmal pub

Hi. Ich weiß, das ist jetzt total kurzfristig, aber wenn du heute Abend nichts anderes vorhast, könntest du dich vielleicht mit uns im Badger treffen. Sagen wir um 8? xKate

Ich verglich die Uhrzeiten des letzten Eintrags und der E-Mail. Salome66 hatte mich im Abstand von ein paar Stunden erst als Idiot bezeichnet und dann in den Pub eingeladen. Ich schrieb selbst einen Eintrag und drückte so oft die Refresh-Taste, bis er auf dem Bildschirm erschien:

DieserZerstörteBall – 13. 01. 05 um 10:44 Uhr (18/18)
Unbegabte Idioten wie GW suchen keine Hilfe, die nehmen Medikamente, um ihre Mittelmäßigkeit nicht zu erkennen und zur Finanzierung ihres sinnlosen Daseins in der allgemein üblichen Wortzahl weiterfaseln zu können. Glaubt mir – der meldet sich bald wieder zurück.

Zurück / Seitenanfang / Kommentar abgeben

Dann schrieb ich eine E-Mail:

Von: roberttesq1965@bubblenet.co.uk
An: kate.horan@charitycommission.gov.uk
Betreff: Re: nochmal pub

Ich komme. Robert

Und dann bezahlte ich eine Stange Geld, um auf eine andere Fluglinie umzubuchen, deren Maschine um 19:05 Uhr westeuropäischer Zeit auf dem Londoner Flughafen landen sollte.

Ich stand an der Theke, als sie – allein – hereinkam.

»Hi.«

»Hi.« Unsere Blicke trafen sich kurz, doch dann schauten wir beide weg, das verlegene Eingeständnis, dass wir uns seit unserem letzten Treffen wieder fremd geworden waren.

»Anne muss noch arbeiten. Sie hat beschlossen, danach direkt nach Hause zu gehen.«

»Echt schade.«

»Willst du was trinken?«

»Klar. Irgendwas. Willst du verreisen?« Sie betrachtete meinen Koffer. Ich hatte vorgehabt, ihn in King's Cross an der Gepäckaufbewahrung zu lassen, merkte aber erst jetzt, dass ich das völlig vergessen hatte.

»Äh, nein. War gerade erst weg. New York. Werbeaufnahmen.« Ich hatte doch gesagt, dass ich in der Werbebranche arbeite, oder? Wie genau hatte ich ihr meine Tätigkeit beschrieben?

»Du bist vom Flughafen hergekommen?«

»Ja. Nein, eigentlich nicht. Ich bin gestern zurückgekommen und direkt zur Arbeit gegangen, aber dann hab ich vergessen, meinen Koffer mitzunehmen.«

»Ah. Und hast du drüben deinen Dad besucht?«

»Diesmal nicht. Es war einfach zu hektisch. Vielleicht nächstes Mal.«

Wir setzten uns an den Tisch ganz hinten, denselben wie letztes Mal, obwohl der Pub so gut wie leer war. Sie trank schnell und sprach von einem Problem, das sie auf der Arbeit hatte. Ich nickte, bis sie schließlich in Schweigen verfiel.

»Du redest kaum über dich«, sagte sie. »Im Gegensatz zu den meisten Männern.«

»Ich rede allgemein nicht so viel. Du bist bei weitem nicht so rechthaberisch wie wenn du online bist.«

»Das gilt doch für alle, oder?«

»Keine Ahnung.« Sie beugte sich herüber.

»Vergessen wir mal unsere Online-Ichs«, schlug sie vor. »Die brauchen wir jetzt doch eigentlich nicht.«

»Nein. Aber wir hatten eine ganz andere Form von Verständigung, bevor wir …«

»Allmählich empfinde ich das sowieso als völlige Zeitverschwendung.«

»Da stimm ich dir zu. Ich hab den Eindruck, online schreiben die Leute oft, dass sie irgendwas Bestimmtes hassen … obwohl es ihnen eigentlich ganz egal ist, sie wollen bloß in den allgemeinen Chor einstimmen. Verstehst du, was ich meine?«

»Vielleicht geb ich das Ganze sogar auf.«

»Ich auch.«

»Gut. Jetzt erzähl mir was über deine Kindheit in Amerika.«

Also erzählte ich. Vom Ploppen der Tennisbälle, das ich durchs offene Fenster hörte, von den großen Laubhaufen, die auf ebenen, viereckigen Rasenflächen brannten, von dem Schnee, der wochenlang liegen blieb, dem Fischgeruch, der immer über dem Hafen lag, und dem Stinktiergeruch, der manchmal durch den Wald wehte. Und erzählte weiter, bis sich ein sanfter grauer Nebel auf mein Gehirn senkte.

28

Nur mit meiner Unterhose bekleidet, wachte ich in einem weißen Bett auf, das den größten Teil eines weißen Zimmers einnahm. Die Wände waren kahl. An der Decke hing eine nackte Glühbirne. Der Himmel hinter den Tüllgardinen hatte die Farbe von nassem Putz. Die Tür am Fußende des Bettes stand einen Spalt breit offen. Wo war ich? Im Krankenhaus?

Irgendwo öffnete und schloss sich eine andere Tür. Schlüssel klirrten, und dann hörte ich Schritte und ein leises Klopfen an der gegenüberliegenden Tür.

»Hallo?«

»Hallo?« Es war Salome66, mit zwei großen Pappbechern und einer blauen Plastiktüte, die an ihrem Handgelenk hing. »Ich dachte, du hast vielleicht Lust auf Kaffee.«

»Oh. Danke.«

»Oder vielmehr, du könntest einen Kaffee gebrauchen.«

»Ja.« Erst da merkte ich, dass ich starke Kopfschmerzen hatte. »Hmmm.«

»Was für eine Nacht.«

»Ja, stimmt. Was für eine Nacht.«

»Weinst du öfter so? Nachdem du …?«

Zwei Fragen schossen mir durch den Kopf, aber es war wohl besser, keine von beiden zu stellen: Wie hatte ich geweint? Und wonach?

»Nein, ich … ich weiß nicht, was da los war.«

»Mir wird manchmal übel, aber normalerweise kipp ich schon vorher um.«

»Ich weiß nicht, woher das kam.«

»Vielleicht hatte es was mit deinem Dad zu tun. Denn kurz vorher hast du viel von deinem Dad und deinem Bedauern und allem gesprochen, trotzdem schien es dir gut zu gehen, du warst bloß ein bisschen betrunken, aber als ich vom Klo zurückkam, warst du in Tränen aufgelöst.«

»Tut mir leid.«

»Ist schon okay.«

»Wo sind wir hier übrigens?«

»Tiefstes Nordlondon. Mitten in Stoke Newington.«

»Echt? Ich dachte, du wohnst südlich vom Fluss.«

Ihr Gesicht erstarrte, als wollte sie ihren Ärger verbergen. Vermutlich wurde diese in einem öffentlichen Internetforum entdeckte Information, egal, wie harmlos, irgendwie nicht ihrem Bild von Freundschaft gerecht. Oder wie auch immer man unsere Beziehung jetzt nennen sollte.

»Da hab ich früher gewohnt«, sagte sie. »Bin letztes Jahr umgezogen.« Sie kippte eine Zeitung aus der Plastiktüte und starrte auf die Titelseite. »Diese Wohnung hier ist viel schöner.« Ich sah, dass sie immer noch ihren Schlafanzug unter dem Mantel trug.

»Ja, sieht echt gemütlich aus.«

Sie lächelte, ohne aufzublicken. »Zum Tapezieren hatte ich noch keine Zeit.«

»Ist schon in Ordnung. Ich dachte erst, ich wäre in der geschlossenen Psychiatrie.«

Lachend nahm sie den Nachrichtenteil der Zeitung, legte sich, auf den Ellbogen gestützt, quer aufs Bett und blätterte langsam die Seiten durch. Das Oberteil ihres Schlafanzugs rutschte hoch, und ein Stück ihres Bauchs kam zum Vorschein. Plötzlich kehrte meine Libido zurück, die sich seit über zwei Monaten nicht mehr geregt hatte.

»Cher Fitzpaine wieder auf Entzug«, sagte sie. »Was hat das im Nachrichtenteil zu suchen? Wen interessiert dieser Schwachkopf schon?« Ich lächelte breit. Ich lag mit Salome66 im Bett, während sie Cher Fitzpaine als Schwachkopf bezeichnete. Ich hatte das Gefühl, verliebt zu sein.

»Nicht gerade dein Lieblingsschriftsteller, was?«, fragte ich in wissendem Ton.

»Natürlich nicht. Kann den irgendwer ausstehen?« Sie blätterte beiläufig weiter und nippte an ihrem Kaffee.

»Nein, wahrscheinlich nicht. Mir ist gerade eingefallen, was du im Talkboard über ihn und seinen genauso unbegabten Freund geschrieben hast.«

»Ich dachte, die Talkboards wären passé.«

»Es war bloß eine witzige Bemerkung über ihn und …«

»Hör mal. Ich mach dir ein Angebot. Du schreibst in der Fastenzeit keine Einträge mehr. Dann hör ich auch auf.«

»Na gut.«

»Versprochen?«

»Warum nicht? Ich kann jederzeit damit aufhören.«

Ich schnappte mir den nächsten Zeitungsteil und tat so, als läse ich die Computerreklame auf der Rückseite, während ich verstohlen hinüberschaute, ihre entblößte Haut betrachtete und mir den bevorstehenden Augenblick ausmalte, in dem sie endlich den Mantel auszöge. Ich drehte die Zeitung um. Auf der Titelseite war das große Foto eines Mannes in mittlerem Alter zu sehen, der mit einer im Wind flatternden Mittwochsausgabe der *Basler Zeitung* auf einer riesigen Toilette saß und mit gequältem Gesichtsausdruck direkt ins Objektiv starrte. Vor dem azurblauen Himmel prangten in Gelb die Worte »Kunstkalender 2005«. Darunter stand in etwas kleineren Buchstaben: »Giles Wareing beim Nachdenken über die Supertoilette.«

Ich drehte die Zeitung wieder um und konzentrierte mich ein paar Minuten lang auf die Computerreklame, während mir das Blut in den Ohren pochte.

»Entschuldige, wie spät ist es eigentlich?«, fragte ich schließlich. »Ich muss nämlich zur Arbeit.«

Außer dem Hund war niemand zu Hause. Ich hatte das Gefühl, als hätte ich seit einer Woche nicht mehr geschlafen, stellte jedoch den Koffer in der Diele ab, machte auf dem Absatz kehrt, um sofort in den Park zu gehen, und trat versehentlich die Morgenpost in die Fußmatte. Es war bitterkalt, und immer wieder schossen winzige Schneeflocken durch die Luft wie Insekten. Die Anzahl der TNTs auf dem Asphalt hatte sich seit meiner letzten Runde im Park fast verdoppelt. Die Wut stieg wieder in mir auf, eine neidvolle, schändliche Wut. Als ich auf der anderen Seite angelangt war, sah ich, dass sich am Fuß des schief stehenden Weihnachtsbäumchens eine große Wasserpfütze gebildet hatte und das Lametta im Wind flatterte.

Als ich zurückkam, saß Caroline am Küchentisch und betrachtete die erste Seite des zweiten Zeitungsteils.

»Draußen ist es eiskalt«, sagte ich. »Da war's ja in der Schweiz wärmer.«

»Tja, hoffentlich bist du mit dir zufrieden.« Sie begann, die Post zu öffnen.

»Ich weiß nicht, wie ich mich fühle. Das war so erniedrigend, dass es geradezu befreiend war.«

»Ich finde, es zeigt, dass du eine Gehaltserhöhung verdient hast.«

»Ich finde, es zeigt eher, dass ich für das Geld, das sie mir im Moment zahlen, fast alles mache.«

»Apropos Geld«, sagte Caroline und schlitzte einen weiteren Umschlag auf. »Ich kann nur schätzen, wie viel wir ...« Sie verstummte und starrte das Blatt Papier in ihrer Hand an. »O mein Gott.«

»Was ist das?« Aber ich sah ganz genau, worum es sich handelte. Es war eine Kreditkartenabrechnung. Meine Kreditkartenabrechnung.

»O nein«, rief sie mit versagender Stimme. »Was hast du getan?« Was für einen erdrückenden Beweis hielt sie in der Hand? Den Flug nach London? Der hatte erst gestern stattgefunden! Wie konnte er so schnell auf der Abrechnung auftauchen? War es irgendetwas Älteres? Hatte ich die Karte schon einmal für etwas Verbotenes benutzt? Ich wusste, dass ich etwas sagen musste.

»Was ist es?«

Caroline starrte weiter auf die Abrechnung, als würde sie die Zahlen überprüfen, und ich sah, wie ihr Tränen in die Augen traten. Schließlich fiel eine davon auf das Papier. Sie weinte fast nie. Vielleicht einmal im Jahr, immer meinetwegen.

»Giles, was hast du dir bloß gedacht?«, schrie sie. »Dass ich das nicht zu sehen bekäme?« Ich hatte immer noch meinen Mantel an, und der Koffer stand gepackt in der Diele. Alles lief darauf hinaus, dass Caroline mich vor die Tür setzte. Ich öffnete den Mund, brachte aber kein Wort hervor.

»Willst du uns zugrunde richten?« Inzwischen war sie völlig außer sich und versuchte weinend und schniefend Luft zu holen. »Wie konntest du so was tun?«, schrie sie. Ich rieb mir übers Gesicht und wollte schon alles gestehen: Salome66, die Lügen, die Treffen, den nicht verpassten Flug, die aus dem Gedächtnis gelöschte Nacht im Bett einer anderen Frau, alles, und wenn nötig, wollte ich mit dem Schmerz im Zeh beginnen.

Inzwischen kochte sie vor Wut. Sie stand auf, zerknüllte die Abrechnung und warf damit nach mir.

»Wie konntest du für ein verdammtes Halstuch 450 Pfund ausgeben?«

DER OBERSCHRECKLICHE MR GILES WAREING …

Eingerichtet von easyGeoff am 04. 01. 05 um 10:56 Uhr

… hat sich an Weihnachten bemüht, mit einem langatmigen Sonntagszeitungsartikel Unsterblichkeit zu erlangen. Ist das schon der absolute Tiefpunkt, oder kann er noch schlechter schreiben? http://doturl.com/a4jts

---

Salome66 - 13. 01. 05 um 15:22 Uhr (19/35)

Unbegabte Idioten wie GW suchen keine Hilfe, die nehmen Medikamente, um ihre Mittelmäßigkeit nicht zu erkennen und zur Finanzierung ihres sinnlosen Daseins in der allgemein üblichen Wortzahl weiterfaseln zu können. Ein ziemlich hartes Urteil, DZB. Ich stimme zwar jedem einzelnen Wort zu, aber du wirkst noch gereizter als sonst. Alles klar bei dir?

Grotius - 13. 01. 05 um 15:41 Uhr (20/35)

Ich finde, er hat den Nagel auf den Kopf getroffen

Lordhaha - 13. 01. 05 um 15:46 Uhr (21/35)

Ganz meine Meinung.

FritsZernike - 13. 01. 05 um 17:10 Uhr (22/35)

Hört hört

Salome66 - 14. 01. 05 um 1:07 Uhr (23/35)

GW scheint mir in vielerlei Hinsicht eine tragische Figur zu sein. Ich kann mir gut vorstellen, wie er sich jeden Abend in den Schlaf weint, über die kosmische Ungerechtigkeit schimpft, keine zusammenhängenden Sätze bilden zu können, und über die grausame Wendung des Schicksals, die dazu geführt hat, dass er die Tätigkeit ausübt, die er am wenigsten beherrscht.

Lordhaha - 14. 01. 05 um 9:13 Uhr (24/35)
Und doch müssen wir darunter am meisten leiden.

ReimJungfer - 14. 01. 05 um 10:02 Uhr (25/35)
Hi DZB! Tut mir leid, dass ich gestern Abend nicht kommen konnte! Hoffentlich ist alles gut gelaufen (na, du weißt schon)

Wiederholungstäter - 14. 01. 05 um 10:24 Uhr (26/35)
das reimt sich gar nicht

PawlowsKätzchen - 14. 01. 05 um 10:32 Uhr (27/35)
Ach du lieber Himmel!!!!!!! Wer hat heute früh schon die Zeitung gelesen????

Lordhaha - 14. 01. 05 um 10:32 Uhr (28/35)
Hab noch nicht reingeschaut. Warum?

ReimJungfer - 14. 01. 05 um 11:26 Uhr (29/35)
Ich konnt heute keine bekommen
Gestehe ich ganz beklommen
(denn es gab eine CD dazu
und alle waren weg im Nu).

Wiederholungstäter - 14. 01. 05 um 11:27 Uhr (30/35)
schon besser

PawlowsKätzchen - 14. 01. 05 um 11:36 Uhr (31/35)
Zweiter Zeitungsteil, erste Seite: GW sitzt auf einem riesigen Klo!

FritsZernike - 14. 01. 05 um 12:21 Uhr (32/35)
O mein Gott! Es stimmt! Und er sieht darauf nicht besonders gut aus, könnte ich hinzufügen.

Grotius - 14. 01. 05 um 12:54 Uhr (33/35)
Worum geht's da?

FritsZernike - 14. 01. 05 um 13:20 Uhr (34/35)
Es ist das typisch belanglose GW-Geschreibsel über eine Skulptur in der Schweiz. Oberflächlich, zu stark vereinfachend, höhnisch. Mir persönlich gefällt Knabes Werk.

ReimJungfer - 14. 01. 05 um 15:14 Uhr (35/35)
Mist. Den Artikel gibt's im Internet, aber nicht das Foto.

Zurück / Seitenanfang / Kommentar hinzufügen

Ich ging zu dem außerordentlichen Treffen der Freunde des Roundworm Parks, weil Caroline fand, dass jemand von uns hingehen sollte, was so viel hieß wie ich, und im Moment konnte ich ihr schlecht widersprechen. Wegen der Vorfälle in letzter Zeit war das Treffen gut besucht. Ein Kontaktbereichsbeamter war da, um Fragen zu dem Mord zu beantworten.

»Wir haben bis jetzt noch niemanden festgenommen«, sagte er. »Unsere Ermittlungen gehen weiter, aber dazu kann ich leider nichts sagen. Zugleich möchte ich jeden, der glaubt, er kann irgendeinen Hinweis geben, dringend auffordern, sich zu melden.«

»Sind für den Park irgendwelche Sicherheitsmaßnahmen vorgesehen?«, fragte irgendwer. Andere räusperten sich zustimmend.

»Obwohl wir die Leute auffordern, im Park sehr vorsichtig und wachsam zu sein, besonders nach Einbruch der Dunkelheit, besteht kein Grund zu der Annahme, dass normale Parkbenutzer in Gefahr sind.«

»Wie können Sie so was sagen?«, rief eine Frau. »Es wurde jemand ermordet. Eine Frau, die auf einer Bank saß! Einfach so ermordet!«

»Im Moment glauben wir, das Ganze war nur der Höhepunkt lange währender Streitigkeiten, und kein ungeplanter Überfall.«

»Was soll das denn heißen?«

»Mehr kann ich dazu leider nicht sagen.«

»Im Park hängen alle möglichen Typen rum«, sagte der Mann mit den schiefstehenden Zähnen. »Vandalen, Diebe, Drogenabhängige, Kriminelle. Es entsteht gerade eine Graffitiszene, und Sie wissen genauso gut wie ich, was das heißt. Die Sprayer beanspruchen den Park als ihr Territorium.«

»Früher konnte man hier gefahrlos spazieren gehen.«

»Die derzeitigen Vandalismusprobleme im Park sind uns bekannt, und wir arbeiten mit der hiesigen Gemeinde zusammen, um darauf reagieren zu können.«

»Einmal am Tag dreht ein Streifenwagen seine Runde, wenn überhaupt. Ich hab noch nie erlebt, dass einer der Polizisten auch nur aus dem Wagen steigt.«

»Angesichts der Sorge über die Kleinkriminalität im Park überprüfen wir gerade unsere Strategie, besonders direkt nach Schulschluss. Und außerdem haben wir …«

»Nennt man das jetzt so, wenn jemand ermordet wird? Kleinkriminalität?« Die Leute brachen in triumphales, verbittertes Gelächter aus.

»Es muss etwas unternommen werden!«

»Wie ich schon gesagt habe …« Den Anforderungen seines Berufs entsprechend redete der Beamte weiter und ließ die Wellen der Wut über sich hereinbrechen, bis sich die Leute beruhigt hatten. Ich saß ganz hinten, saugte ihre nutzlose Wut schweigend in mich auf und machte sie mir zu eigen.

DER OBERSCHRECKLICHE MR GILES WAREING …
Eingerichtet von easyGeoff am 04. 01. 05 um 10:56 Uhr
… hat sich an Weihnachten bemüht, mit einem langatmigen Sonntagszeitungsartikel Unsterblichkeit zu erlangen. Ist das schon der absolute Tiefpunkt, oder kann er noch schlechter schreiben?
http://doturl.com/a4jts

DieserZerstörteBall - 15. 01. 05 um 23:49 Uhr (36/38)
Ihr könnt es an der bleichen Haut und dem schütteren Haar sehen, meine Freunde: Der Mann befindet sich im Zustand fortgeschrittenen Zerfalls. Und in seinem Blick, hinter den trüben, geschwollenen Augen, liegt die Angst vor dem Tod. Giles Wareing, diese alte Null, ist einfach der Aufgabe nicht gewachsen, sich seiner Nutzlosigkeit zu stellen. Aber sogar er müsste wissen, dass sein Leben sinnlos ist und er irgendwann als Feigling stirbt.

Wiederholungstäter - 16. 01. 05 um 0:02 Uhr (37/38)
und er nicht schreiben kann

DieserZerstörteBall - 16. 01. 05 um 0:22 Uhr (38/38)
und er nicht schreiben kann

Zurück / Seitenanfang / Kommentar abgeben

Das Telefon klingelte. Es war Ken von der Zeitung.

»Hi, Ken.«

»Tolles Foto letzte Woche. Äußerst würdevoll.«

»Danke.«

»Hören Sie, ich rufe bloß an, um alle zu unterrichten, was seit Brians Abschied so läuft.«

»Brians was?«

»Das müssen Sie doch gehört haben.«

»Brian ist gegangen?«

»Letzten Freitag. Wo waren Sie da?«

»Keine Ahnung.«

»Na ja, egal. Er wurde letzten Freitag vor die Tür gesetzt.«

»Vor die Tür gesetzt.«

»Von einem Sicherheitsbeamten. Heutzutage eine reine Formalität.«

»Stimmt.«

»Aber machen Sie sich keine Sorgen. Im Moment fungiert Margot als Kulturredakteurin, und alles läuft mehr oder weniger glatt. Wir wissen nicht genau, wer Brians Posten übernimmt, aber alle Verträge für freie Mitarbeiter werden respektiert. Wann läuft Ihrer denn aus?«

»Ende Februar.«

»Oh. Na ja, ich bin seit heute jedenfalls stellvertretender Kulturredakteur, und in dieser Funktion rufe ich an, um mich nach Ihrem Autoterroristen-Artikel zu erkundigen.«

»Brian hat gesagt, den bräuchte ich nicht zu schreiben«, log ich.

»Brian ist aber nicht mehr da.«

»Er hat gesagt, wenn ich die Sache mit der Toilette übernehme, erlässt er mir das.«

»Ja, aber im Moment haben wir viel zu wenig Material.«

»Ich hab sowieso auf die nächste direkte Aktion der Gruppe gewartet. Hab seit etwa vierzehn Tagen nichts mehr von den Leuten gehört.«

»Können Sie das Ganze nicht ein bisschen vorantreiben?«

»Das wäre aber unmoralisch, oder?«

»Ende Februar, haben Sie gesagt?«

Ich ging mit dem Hund in den Park. Es war ein klarer, windiger Tag. Die frischen grünen Mülltüten blähten sich und standen wie Glasglocken über dem Rand der aus Holzlatten gezimmerten Abfalleimer. Ein Reklamezettel flatterte vorbei wie ein verkrüppelter Schmetterling. Der Hund lief auf der Suche nach Beute immer wieder ins hohe Gras. Die Veränderung fiel mir sofort ins Auge: Auf dem Asphalt waren alle TNTs in das Wort TROTTEL umgeändert worden, plump, aber leserlich, in fast derselben Grundierfarbe. Das beantwortete nicht nur jeglichen heimlichen Vandalismus mit einer unverblümten Beleidigung, sondern ließ auch erwarten, dass alle neuen Tags in ähnlicher Form umgeändert wurden. Ein paar hatte ich jedoch übersehen. Ich musste neue Farbe besorgen. Über Nacht war die Pfütze rings um den Weihnachtsbaum zugefroren. Auf dem Eis lagen kleine braune Nadeln verstreut.

29

In den nächsten vierzehn Tagen litt ich an echten Entzugserscheinungen. Meine bisherige Verwirrtheit erwies sich als bloßes Vorspiel zu einer überwältigenden Verzweiflung, begleitet von großen Erinnerungslücken. Die Liedzeile, an die ich ständig denken musste – *in the middle in the middle in the middle* … –, ging mir überhaupt nicht mehr aus dem Kopf. Manchmal schien sie von außen zu kommen, aus anderen Zimmern, aus vorbeifahrenden Autos oder aus Schränken. Nachts hielt sie mich wach, während ich mich zu erinnern oder mir vorzustellen versuchte, wie das Lied weiterging.

Doch es war keine völlig unproduktive Zeit. Ich ging wie üblich mit dem Hund spazieren. Ich verfasste einen Sechshundert-Wörter-Artikel über den Niedergang des Schnurrbarts. Irgendwann nahm ich sogar den Schuppenfußboden in Angriff, gab das Vorhaben aber auf, sobald ich den erforderlichen Arbeitsaufwand berechnet hatte. Als DieserZerstörteBall schrieb ich so bissige Bemerkungen über Giles Wareings Schnurrbart-Artikel, dass ich vom Talkboard-Moderator offiziell abgemahnt wurde.

In dieser Zeit redete ich mir auch ein, dass nur eine Affäre mit Salome66 meine gespaltene Persönlichkeit heilen könnte. Nachts meldete sich meine Libido wie schon seit Monaten nicht mehr und stellte maßlose Forderungen. Oft träumte ich davon, mit Salome66 zu schlafen, und wachte mehrmals in dem Glauben auf, der Traum sei real und ich sei geheilt. Doch selbst in meinem verwirrten Zustand war mir klar, was für ein verrückter Gedanke das war. Salomes folgende Beiträge deuteten darauf hin, dass sie das Toilettenfoto entweder nicht gesehen oder mich darauf nicht erkannt hatte, aber dessen konnte ich mir nicht sicher sein. Ich schrieb ihr eine E-Mail, in der ich mich für meine Tränen und meinen jähen Aufbruch entschuldigte, fügte meine Handynummer hinzu und überlegte dann eine Stunde lang, ob ich das Ganze abschicken sollte oder nicht.

Plötzlich klingelte das Telefon.

»Hallo, spreche ich mit Giles Wareing?« Das klang nach einer Fangfrage. »Hallo?«

»Ja. Am Apparat.«

»Giles. Hier spricht Victoria Monahan, von Collop & Sprague.« Ein Verlag.

»Oh. Hallo.« Cher Fitzpaines Verlag.

»Giles. Ich wollte mich schon früher bei Ihnen melden, denn ich schätze Ihre Arbeit seit langem. Eigentlich wollte ich schon vor ein paar Wochen anrufen, aber wir sind gerade umgezogen, und es geht ziemlich hektisch zu.«

»Aha.«

»Giles. Ich will Ihnen einen Vorschlag unterbreiten, und dann können Sie mir sagen, was Sie davon halten. Mir schwebt ein Buch vor, für das wir Sie nach Ihrem brillanten Artikel vom letzten Monat gern als Autor gewinnen würden.«

»Tatsächlich?« Ich konnte es kaum glauben. Das war der Anruf, den ich mir am zweiten Weihnachtstag ausgemalt hatte. Es lief auch mehr oder weniger so ab wie in meiner Vorstellung. Die große Verzweiflung, die mich umhüllte, begann sich aufzulösen und wieder Licht und Luft durchzulassen.

»Der Artikel hat mir unglaublich gut gefallen, und ich habe noch am selben Tag alle möglichen Leute angerufen, die ich kenne, und ihnen empfohlen, ihn zu lesen.«

Ich fragte mich, was die Giles-Wareing-Hasser zu der sechsstelligen Summe für meinen Buchvertrag sagen würden.

»Na ja, darum ging's mir wohl. Nicht bloß zu unterhalten, sondern die aktuelle Lage miteinzubeziehen.«

»Deshalb glauben wir auch, dass es ein tolles Buch ergäbe.«

»Komisch, damals hab ich genau dasselbe gedacht.«

»Na bitte. Große Geister denken genauso. Ich hätte Sie sofort anrufen sollen, aber um die Feiertage ist immer der Teufel los.«

»Ist schon okay.«

»Giles, das einzige Problem besteht darin, dass wir die zusätzliche Zeit gut hätten gebrauchen können. Ich meine, wenn wir das Buch vor Weihnachten herausbringen wollen.«

»Weihnachten? Wie lang soll das Buch denn werden?«

»Tja, eigentlich hängt das von Ihnen ab. So lang, wie Sie's bis Ende März schaffen.«

»Bis Ende März?«

»Ich meine, das Grundgerüst steht doch schon. Sie haben die ganzen griechischen Männer zusammen, von Alpha bis Omega. Bis auf, was war das noch gleich? Bis auf Psi, hat man mir gesagt.« Es entstand eine lange Pause, in der ich das ganze Gespräch nochmal durchging.

»Ja«, sagte ich schließlich. »Ein Fehler beim Redigieren.«

»Den können Sie jetzt korrigieren. Das Ganze muss eigentlich nur ein bisschen ausgearbeitet werden.«

»Ja.«

Als ich auflegte, sah ich, dass ich die E-Mail versehentlich abgeschickt hatte. Salome66 hatte meine Nummer.

Ein Sonntagmorgen Ende Januar: jähes Erwachen mit dröhnendem Kopf. Der Küchentisch war mit Cornflakes übersät. Im Wohnzimmer plärrte der Fernseher. Ich hielt die Zeitung in der Hand. Zwei weitere Radargeräte waren in Brand gesteckt worden, eins an der A303 in Wiltshire und eins in der Nähe von Maidstone. Robin Royce, der Vorsitzende des Aktionskomitees britischer Autofahrer, wies jegliche Verantwortung von sich, behauptete aber, solche Aktionen zeigten, dass sich alles irgendwann räche. Er sagte, das Radargerät an der A303 ziehe schon seit langem den Zorn der Autofahrer auf sich, weil es an einer Stelle stehe, wo die Schnellstraße ende und der weitere Ausbau vom Staat eingestellt worden sei. Und das Radargerät bei Maidstone sei absichtlich hinter einer Baumgruppe versteckt worden. Ich fragte mich, warum Salome66 weder angerufen noch meine E-Mail beantwortet hatte. Vielleicht war es besser so.

Plötzlich stand Caroline im Schlafanzug in der Tür und kratzte sich seltsam verführerisch an den Rippen. Sie schaute kurz über meine Schulter und las.

»Blödes altes Arschloch«, sagte sie. Ich ging erst einmal davon aus, dass sie Robin Royce meinte. Dann ging sie zur Kaffeekanne und warf einen Blick hinein. »Hat dir die Party gestern Abend gefallen?« Ich konnte mich an keine Party erinnern.

»Eigentlich schon.«

»Das Essen war gut, was?« Ich hatte das Gefühl, dass sie mich aufs Glatteis führen wollte.

»Hmmmm.«

»Ich kann mich gar nicht erinnern, wie wir nach Hause gekommen sind. Weißt du das noch?«

»Nein.«

»Die Babysitterin hält uns bestimmt für richtige Alkoholiker.«

»Da läge sie nicht ganz falsch.«

»Und dann bist du auch noch mit dem Hund rausgegangen, stimmt's? Wie spät war's da? Seit diesem Vorfall gehe ich nicht mal tagsüber gern in den Park. Ich hatte den Eindruck, als würdest du stundenlang wegbleiben, und konnte nicht schlafen.«

»Ich hab doch den Hund dabei. Das ist schon in Ordnung.«

»Den Hund, du spinnst wohl? Der würde freudig mit deinem Mörder nach Hause gehen.«

»Das wissen die Mörder aber nicht.« Caroline goss sich eine Tasse kalten Kaffee ein und stellte den Becher in die Mikrowelle. Beim Warten starrte sie durchs Fenster auf den mit Raureif überzogenen Garten.

»Und wo treibt sich eigentlich Colin rum?«, fragte sie schließlich. »Der war schon seit Wochen nicht mehr da.«

Der Ältere kam mit zwei Holzklötzen herein, die er vor Weihnachten im Baumarkt gekauft hatte. Auf einen Klotz hatte er mit Bleistift sorgfältig eine Computertastatur gezeichnet.

»Dad, hilfst du mir mal?«, bat er.

»Äähm.«

»Na los«, flüsterte Caroline, als sie mit ihrem Kaffee vorbeiging. »Hilf ihm, seinen Computer zu bauen.«

»Na gut«, sagte ich. »Sehen wir uns die Sache mal an.«

Ich holte ein paar Holzstücke, die noch vom geplanten Schuppenfußboden übrig waren, und schraubte sie hinten an seinen Holzmonitor, damit dieser von selbst stehen blieb. Dann suchte ich ein altes Telefon und schnitt die geringelte Schnur ab, die ich mit zwei Dachpappennägeln an der Tastatur und am Monitor befestigte. Und zuletzt kramte ich die kaputte Maus eines uralten Computers hervor und bohrte ein Loch in die Rückseite seines Monitors, wo er sie einstöpseln konnte.

»Sieht gut aus«, sagte ich. Er nickte. »Was noch?«

»Bildschirm.«

»Was soll drauf zu sehen sein? Was willst du mit deinem Computer machen? Spiele spielen?«

»Ich will darauf Zeitungsartikel schreiben.«

Ich ging nach oben, druckte den Schnurrbart-Artikel aus, schnitt die Seite zurecht und klebte sie auf seinen Monitor. Dann zupfte ich einen Aufkleber mit Mikrochip-Werbung von meinem Computer und klebte ihn auf seinen.

»So. Wie findest du's?«

»Gut.« Er starrte den Bildschirm an, verkniff sich ein leichtes Lächeln und drückte auf die Maus.

Im Park wimmelte es von Plakaten. Sie hingen an Bäumen, Laternenpfählen, Pforten und Abfalleimern. Sie flogen im Gras herum und flatterten im Schlamm. Sie klebten an der Mauer, die vor dem angrenzenden Grundstück stand. Das war nicht ungewöhnlich. Selbstgemalte Plakate, auf denen eine vermisste Katze oder ein vermisster Hund mit funkelnden Augen abgebildet war, tauchten über Nacht auf und bleichten im Lauf der Wochen aus oder wurden weggeweht, während die Hoffnung allmählich starb. Diesmal war eine Person darauf abgebildet. Ich bückte mich, um eins zu betrachten, das auf dem nassen Asphalt klebte. Es war ein Foto von dem Jungen mit der Kapuze, auf dem er geradeaus blickte und völlig verwirrt aussah. Alle Plakate waren identisch, dasselbe Foto und derselbe Text – »Haben Sie diesen TROTTEL gesehen?« in schlichtem Fettdruck. Ich konnte mich nicht mehr erinnern, sie aufgehängt zu haben. Ich wusste kaum noch, dass ich sie angefertigt hatte. Der Wind blies einen unheilvollen Ton durch den Maschendrahtzaun.

In meiner Tasche klingelte mein Handy. Es war Wayne vom AKBA.

»Hi, Wayne.«

»Haben Sie heute früh den Artikel in der Zeitung gelesen?«

»Ja. Gute Arbeit.«

»Damit hab ich nichts zu tun, aber trotzdem will Robin das Eisen schmieden, solange es heiß ist.«

»Um aus der öffentlichen Aufmerksamkeit Kapital zu schlagen.«

»Genau. Und außerdem kriegen wir einen Lastwagen voll Teer.«

»Wann?«

»Heute Abend.«

»Das ist ziemlich kurzfristig, Wayne.«

»Ja, das ist meine Schuld. Ich hab die ganze letzte Woche unter Ihrer alten Nummer angerufen. Hab vergessen, dass Sie ein neues Handy haben.«

Plötzlich wurde mir klar, dass ich Salome66 meine alte Nummer gegeben hatte.

Der Rest des Tages bestand aus fieberhaften Vorbereitungen: Ich suchte nach dunkler Kleidung, Handschuhen, einem leeren Notizblock, meinem Tonbandgerät und – am allerwichtigsten – meinem alten Handy. Caroline schaute missbilligend zu, während ich die Treppe rauf und runter lief.

»Es ist Sonntag. Du solltest ein bisschen Zeit mit deinen Kindern verbringen.«

»Ich bin doch die ganze Zeit da.«

»Du bist nie da, Giles. Du bist nie irgendwo.«

»Das ist das letzte Mal. Heute Abend ist das letzte Mal. Dann ist die Sache erledigt. Haben wir so was wie eine Skimaske?«

Schließlich fand ich mein altes Handy unter Freddys Bett, die Batterie leer. Ich stöpselte es oben in meinem Arbeitszimmer ein und wartete einen Augenblick, bevor ich es einschaltete. Es waren sechs neue Nachrichten eingegangen.

Die erste stammte von Brian, der mich zu seiner Abschiedsparty am Samstag einlud, wo ich augenscheinlich am Vorabend gewesen war.

Die zweite stammte von Wayne, der mich bat zurückzurufen.

Die dritte stammte von dem Jungen mit der Kapuze, der mich wieder mit diesem Wort bedachte.

Die vierte stammte von Cher Fitzpaine, der mir mitteilte, dass er ab 1. Februar Besuch empfangen durfte, und mich vorbeizukommen bat.

Die fünfte stammte von Salome66: »Hi, Robert, hier spricht

Kate, tut mir leid, dass ich mich erst jetzt melde, aber ich war übers Wochenende weg, ruf mich doch bei Gelegenheit unter dieser Nummer an, mach's gut.«

Die sechste stammte wieder von Wayne, der mich fragte, wo ich denn steckte.

Ich traf mich mit Wayne in einer Hotelbar in der Nähe der North Circular Road. Er war sichtlich nervös und trank einen großen Whiskey.

»Alle treffen sich in einer Stunde auf dem Parkplatz«, sagte er. »Ich hab Sie ein bisschen früher herbestellt, weil ich Ihnen was sagen wollte.«

»Was denn?«

»Ich komme heute Abend nicht mit. Sie sind auf sich allein gestellt.«

»Wie meinen Sie das?«

»Ich hab Ihnen doch gesagt, dass ich aussteige. Ich fahre mit meiner Freundin drei Wochen nach Cornwall, und wo ich danach hingehe, verrate ich Ihnen nicht.«

»Ich hab Ihnen versprochen, Ihren Namen aus der Sache rauszuhalten.«

»Die begreifen doch bald, dass ich Ihnen geholfen hab. Aber das ist mir egal, dann bin ich nämlich schon weg.«

»Und was ist mit den Fotos? Sie wollten doch Fotos machen.«

»Ich gebe Ihnen meine Kamera. Die ist ganz leicht zu bedienen. Gehört offiziell sowieso dem AKBA.« Er lachte, trank seinen Whiskey aus und bestellte noch einen. Ich forderte den Barkeeper auf, zwei einzuschenken.

»Kate, hier spricht Robert. Tut mir leid, dass ich nicht zurückgerufen habe. Ich hab deine Nachricht erst heute erhalten, ist meine Schuld, aber egal, möchte mich nochmal entschuldigen.

Es ist Sonntag, ruf mich doch bei Gelegenheit unter dieser Nummer an, mach's gut.«

Ich stand allein draußen auf dem fast leeren Parkplatz, kehrte dem kalten Wind den Rücken zu, beobachtete, wie die Fahrzeuge durch den Kreisverkehr schlichen, während das klagende Dröhnen der Bushupen von der schmutzigen Unterseite der Überführung hallte, und fragte mich, wer wohl in einem so ungünstig gelegenen Hotel übernachtete. Vielleicht war es voller Leute, die bis in diese Gegend gefahren waren und dann einfach aufgegeben hatten. Leute, die keinen Willen mehr hatten. Oder kein Benzin.

Plötzlich hielt ein riesiger roter Geländewagen, und als sich die Fensterscheibe senkte, kam Grahams Kopf zum Vorschein. Aus nächster Nähe betrachtet, war seine Haut rau und pockennarbig, Haar und Gesicht von derselben Farbe, als wäre er aus Sand geformt.

»Wo ist Wayne?«

»Der kommt nicht«, sagte ich, »er hat sich den Rücken verrenkt oder so was.«

»Wer's glaubt, wird selig«, sagte Graham. »Ich hab schon geahnt, dass der die Nerven verliert. Steig ein.«

Ich sah Robin Royce auf dem Beifahrersitz, die groteske Pfeife im weißen Bart, die Brille im Dunkeln funkelnd. Ich stieg hinter Graham ein und saß neben einem der großen Burschen von der Versammlung in Milton Keynes.

»Ich hab jedenfalls die Kamera dabei«, sagte ich. »Für die Website.«

»Gut«, sagte Graham. »Aber keine Fotos von mir oder Robin. Das ist keine offizielle AKBA-Aktion. Verstanden?«

»Ja. Kein Problem.« Jemand tippte mir auf die Schulter. Ich drehte mich um und sah den anderen großen Kerl von der Versammlung. Ein jähes Angstgefühl durchfuhr mich. Wussten sie vielleicht, dass ich ein Verräter war? Was, wenn sie mich irgendwo hinbrachten, um … –?

»Hast du eine Weste?«, fragte er.

»Nein.«

»Dann nimm die hier«, sagte er, griff in eine Kiste, zog eine gelbe Leuchtweste hervor und reichte sie mir. »Groß. Die sind alle verdammt groß, was?«

»Ramschware«, sagte der Riese neben mir grinsend.

»Aber sind wir damit nicht ein bisschen, ähm, auffällig?«

»Darum geht's doch«, erwiderte Graham. »Wenn du ganz in Schwarz in einen Park gehst, hält man dich für einen Perversen. Aber in der Weste fällst du so auf, dass du aus gutem Grund dort sein musst. Du siehst aus wie ein Bulle, ein Parkwächter oder ein Straßenfeger. Oder wie ein Müllmann. Damit hast du eine Aufgabe, und die Leute beachten dich nicht. Sie denken, jemand, der was im Schilde führt, trägt keine Warnweste.«

»Umgekehrte Psychologie, was?«, sagte der große Kerl hinter mir.

»Die Israeliten von Hampstead werden aus allen Wolken fallen«, sagte Robin. Ich sah Graham zusammenzucken, als er nach rechts schaute, bevor er in den Kreisverkehr bog.

»Dann handelt es sich bei dem Park also um Hampstead Heath?«

»Ein entlegenes Eckchen davon«, erwiderte Graham.

»Hoffentlich ist es nicht einer dieser Schwulentreffpunkte«, sagte Robin.

»Das glaub ich nicht, nein«, antwortete Graham und zuckte unwillkürlich wieder zusammen.

»Wir wollen doch keine Homos teeren«, sagte der Typ neben mir.

»Nein«, sagte ich. »Das wäre das falsche Signal.«

Direkt nach der M1 bogen wir von der North Circular Road ab. Als wir durch Golders Green fuhren, klingelte plötzlich mein Handy.

»Hallo?«

»Robert?«

»Wer?«

»Robert? Hier spricht Kate.«

»Tut mir leid, ich konnte dich kaum verstehen. Hi.«

»Du hast eine neue Handynummer.«

»Ja.«

»Wie geht's dir?«

»Gut. Und dir?«

»Auch gut. Ich hab gedacht, wir könnten uns vielleicht treffen.«

»Oh, okay, ja, klar. Wann denn?«

»Tja. Was machst du heute Abend?«

»Ich, also, ich bin gerade beruflich unterwegs. Irgendwo in Hampstead.«

»Wann bist du fertig?«

»Das weiß ich, ehrlich gesagt, noch nicht.« Graham betrachtete mich aus dem Augenwinkel.

»Warum kommst du danach nicht her?«

»Es könnte ziemlich spät werden.«

»Macht nichts. Komm einfach vorbei, wenn du fertig bist. Soll ich dir die Adresse sagen?«

»Ja.«

Vielleicht hatte ich recht, dachte ich. Heute Abend ist das letzte Mal. Das letzte Mal, und dann ist es erledigt. Alles.

Ich wusste wirklich nicht, wo wir uns befanden: Der Wagen war an einer anonymen Backsteinmauer geparkt, hinter der sich unsichtbar die Heidefläche erstreckte. Graham war ausgestiegen, um sich mit jemandem in einem tuckernden Lastwagen zu beraten.

»Und jetzt sind wir an dem Punkt angelangt, wo jeder glauben soll, dass der andere homosexuell ist«, sagte Robin, »obwohl in Wirklichkeit das Gegenteil der Fall ist.«

»Was meinst du mit dem Gegenteil?«, fragte ich.

»Genau das, was ich gesagt habe.«
»Dass der andere homosexuell ist?«
»Was?«
»Das Gegenteil von dem anderen ist doch der andere.«
»Ich meine, dass der andere nicht schwul ist.«
»Das bedeutet aber dasselbe, oder?«
»Natürlich nicht.« Graham klopfte an mein Fenster und bedeutete uns auszusteigen.

Wir standen zu neunt auf der Pritsche des Lastwagens und starrten auf eine große schwarze Masse, die mit einer Plane abgedeckt war. Es roch stark nach Öl, Rauch und Kohlenfeuer, penetrant, aber seltsam verlockend. Plötzlich wurde mir klar, dass es der fleischgewordene Phantomgeruch war, nicht mehr flüchtig und beunruhigend, sondern eher wie ein belebender Hauch des Höllenfeuers.

»Hier haben wir«, sagte Graham mit angenehmer Professorenstimme, »fünfeinhalb Tonnen Bitumenmörtel, den hat Raymond gestern aus einem städtischen Bauhof mitgehen lassen, danke, Raymond.« Raymond, der mit einem Rechen in der Hand dastand, verbeugte sich strahlend. »Wie ihr wisst, werden Straßen normalerweise mit heißem Teer überzogen, aber für unsere speziellen Anforderungen war diese Methode ungeeignet. Also benutzen wir heute Abend eine formbare Verschleißmasse, die sich mit Hilfe von Schaufeln auftragen lässt. Irgendwelche Fragen?«

»Warum ist die Masse nicht hart geworden?« Ich konnte nicht anders, denn ich war neugierig.

»Gute Frage. Wir nennen das langsam oder verzögert härtenden Bitumenmörtel. Der wird zur Ausbesserung von Schlaglöchern, Fußwegen und dergleichen benutzt. Das ist gut für uns, denn wir tragen das Zeug zigeunermäßig direkt aufs Gras auf. Da kann ich nur sagen, zum Glück war's in letzter Zeit ziemlich trocken.« Er hielt inne, um sich eine Zigarette anzuzünden. In seiner Westentasche piepte es zweimal.

»Wenn alles nach Plan läuft«, fuhr er fort, »errichtet Team B im Park gerade eine Einfassung. Wenn sie mir in einer SMS mitteilen, dass sie fertig sind, und ich glaube, das haben sie gerade getan, fahren wir da hinten rein, bis zur Baustelle, rollen mit dem Wagen zwischen den beiden Bordsteinen entlang und kippen dabei den Mörtel langsam runter. Dann verteilen ihn die Übrigen gleichmäßig mit den Schaufeln. Raymond und ich harken alles nochmal, und wenn alles gut aussieht, gehen wir zum Schluss mit der Walze drüber. Da drüben im Dunkeln muss jeder auf sich selbst aufpassen. Es darf keine Unfälle geben.«

Die Mitglieder von Team B hatten das Vorhängeschloss der Absperrung aufgebrochen und durch ein eigenes ersetzt. Graham schloss auf, und der Lastwagen fuhr durch, gefolgt von einem Kleintransporter, hinter dem wir Übrigen hergingen. Der Lastwagen schlich mit ausgeschalteten Scheinwerfern einen Hügelkamm entlang, bog dann ab, rollte steil bergab zu einem tiefer gelegenen Weg und riss dabei den Zweig eines Baumes ab. Ich spürte die Kamera in meiner Manteltasche, ergriff sie und schaltete sie beim Herausziehen ein. Wayne hatte sie für mich auf Nachtsicht eingestellt, und als ich auf die Anzeige schaute, sah ich meine weiß leuchtenden Füße marschieren. Ich richtete die Kamera auf die gespenstische Prozession vor mir, die Türme der Stadt glutrot in der Ferne, und drückte den Knopf. Die Kamera ließ ein altmodisches, aufgezeichnetes Klicken hören, aber keiner drehte sich um. Ich drückte den Knopf nochmal und steckte die Kamera wieder ein.

Nach zehn Minuten erreichten wir die Baustelle: zwei Reihen Bordstein aus Beton, die wie eine Rollbahn von Nord nach Süd ausgerichtet waren. Als die Pritsche hochging, blieb der Lastwagen stehen und kippte die ganze Ladung Bitumenmörtel auf einen Haufen. Graham forderte mich und einen der großen Kerle auf, für die anderen die Schubkarren vollzuschaufeln. Ich arbeitete in gleichmäßigem Rhythmus und summte leise in the middle in the middle in the middle in the middle … Die Schaufeln gruben und scharrten im Dunkeln. Während der Haufen allmählich abnahm, begannen meine Beine und mein Rücken vor Müdigkeit zu wehzutun. Dennoch machte mir das Ganze Spaß. Der Bitumenmörtel war in der Mitte noch warm, der Geruch berauschend. Ich malte mir ein anderes Leben aus, in dem ich mich den ganzen Tag mit der schwarzen Masse abplackte und abends muskulös und nach Teer stinkend zu Salome66 nach Hause kam. Wir hätten keinen Internetzugang. Wir würden billigen Wein trinken und Satellitenfernsehen gucken. Unser Leben wäre froh und unkompliziert, und das Gespenst des Todes würde verschwinden.

»Was für einen Mist summst du denn da?« Der große Kerl hatte aufgehört zu schaufeln und starrte mich an.

»Keine Ahnung.«

»Das geht mir total auf den Geist.«

Nach einer halben Stunde übernahm ich eine Schubkarre, mit dem Auftrag, alle Löcher oder Mulden aufzufüllen, doch im Dunkeln war kaum zu erkennen, was ich tat. Ich ging am Rand entlang, füllte die Löcher am Bordstein auf und machte, wenn möglich, weitere Fotos – Fotos von Graham und Raymond beim Harken am anderen Ende der kurzen Straße, Fotos von dem Pfeife rauchenden Robin Royce, Fotos, auf denen ich den Arbeitenden mit missbilligendem Gesichtsausdruck den Rücken zukehrte.

Als wir fertig waren, wurden der Lastwagen und die Schubkarren weggefahren und irgendwo abgestellt. Raymond harkte weiter, während wir Übrigen auf einem schmalen Weg zu dem Kleintransporter geführt wurden, der am dichten Gestrüpp versteckt war.

»Nehmt alle ein Schild und schleppt es rauf«, sagte Robin. »Und dann überlegen wir, wo sie hinsollen.«

Meins war die leidlich gute Kopie eines Autobahnschilds mit

der Aufschrift »Ausfahrt Labour«. Auf den anderen stand »Geschwindigkeitsbeschränkungen sind tödlich«, »Radargeräte kriminalisieren Autobesitzer« und »Sackgasse des Verkehrsministeriums: Rechnen Sie mit Verzögerungen!«. Wir legten die Schilder auf den Boden, und Graham überlegte gemeinsam mit Robert, wo sie aufgestellt werden sollten.

»Es macht viel mehr Eindruck, wenn man es hier aufstellt«, sagte Robin und leuchtete mit seiner Taschenlampe auf eine Stelle vor seinen Füßen.

»Aber eine echte Ausfahrt wäre auf der linken Seite«, entgegnete Graham.

»Ist aber keine richtige Autobahn, oder? Die beiden hier können wir austauschen, aber ich meine immer noch, dass ›Rechnen Sie mit Verzögerungen‹ als Letztes kommen muss.«

Die Holzpfähle, an denen die Schilder angebracht waren, ließen sich nicht in den kalten, harten Boden schlagen. Letztendlich mussten wir Löcher graben. Als ich mich hinhockte, um wieder Erde in das Loch rings um einen Pfahl zu schaufeln, spürte ich, wie irgendetwas meinen Ellbogen berührte. Als ich mich umwandte, sah ich mich einem Labrador mit einem Tennisball im Maul gegenüber.

»Ach du lieber Himmel!«

»Was denn?«

»Was ist los?«

In der Ferne ertönte ein leiser Pfiff, und der Hund drehte sich um, trottete davon und wurde schon nach ein paar Metern von der Dunkelheit verschluckt. »Nichts«, sagte ich. »Tut mir leid.«

Das Walzen am Schluss ging entsetzlich langsam voran. Die Handwalze war benzinbetrieben und laut. Ein Teil des Bordsteins verschob sich und musste wieder an seinen Platz befördert werden. Trotz der Dunkelheit konnte ich sehen, dass Graham langsam nervös wurde und den Fahrer am liebsten zur Eile gedrängt hätte, als er die Walze mit Ketten und Gurten wieder sorgfältig auf der Pritsche des Lastwagens befestigte. Doch er nahm bloß sein Handy und rief jemanden an.

Robin Royce holte eine rechteckige Schablone und eine Dose weiße Farbe hervor und malte in der Straßenmitte eine gestrichelte weiße Linie. Ich machte ein paar Fotos von ihm bei der Arbeit und ein paar von dem Endprodukt, das tatsächlich wie ein Stück Landstraße aussah, das mitten auf ein Feld transportiert worden war und nach der phantastischen Reise noch ein bisschen dampfte.

»Sieht gut aus«, sagte ich zu Graham, während wir ein paar Schritte zurücktraten, um alles in Augenschein zu nehmen. »Und war's das jetzt? Sind wir fertig?«

»Nicht ganz«, erwiderte Graham und blickte zu dem Hügelkamm hinauf, auf dem ein schnell heller werdendes Licht hergeschwankt kam. Dann war das Heulen eines Motors zu hören, der immer lauter dröhnte. Plötzlich verwandelte sich das Licht in zwei grelle Strahlen, und der Wagen bog nach rechts und brauste bergab auf uns zu. Ich blickte den lächelnden Graham an. »Team C«, sagte er.

Es war ein klappriger Volvo, auf dessen Motorhaube weiß die Worte »Pro Straßen-Agenda« prangten. Als er auf halber Strecke der neuen Straße zum Stillstand kam, glaubte ich zu sehen, wie seine Reifen leicht in dem noch weichen Bitumenmörtel versanken. Plötzlich flogen die Türen auf, und die Innenbeleuchtung ging an. Die beiden vorn sitzenden Männer trugen Skimasken. Sie sprangen aus dem Wagen und ließen einen Mitfahrer auf dem Rücksitz zurück: einen kleinen Mann mit schütterem Haar, der anscheinend einen Schlafanzug unter dem schwarzen Mantel trug. Er starrte mit leerem Blick geradeaus, als sei er verängstigt, und schien mich direkt anzusehen.

»Wer ist das?«, fragte ich mit plötzlichem Vibrato in der Stimme.

»Der Abgeordnete Jonathan Abel«, sagte Graham. »Stellvertretender Verkehrsdingsbums.«

»Ich wusste gar nicht, dass bei uns ein Abgeordneter mitmacht.«

»Macht er auch nicht. Er ist der schlimmste Straßenbaugegner.«

»Was denn, du meinst, sie …«

»Na ja, sagen wir, er hat nicht gewusst, dass er heute Abend dabei ist.«

»Ah.«

»Er garantiert, dass wir auf die Titelseite kommen.« Die beiden Männer mit den Skimasken sprangen in den Kleintransporter, der sofort losfuhr.

»Echt toll«, sagte ich. »Ich muss mal kurz pinkeln.« Ich machte sechs ruhige, bedächtige Schritte auf ein Gebüsch zu. Und dann begann ich zu laufen. Ich lief mitten durchs Gebüsch. Ich lief so schnell und so lange, wie ich konnte, in die pechschwarze Nacht.

30

Ich lief ziellos weiter, änderte bei jeder Welle der Angst die Richtung, und lief vor jedem Licht, vor jedem Geräusch davon. Was hatten sie mit dem Mann vor? In der Ferne heulten Sirenen, und ich lief vor ihnen davon.

Schließlich wandte ich mich nach Nordosten. Ich sah, wie sich ein Kirchturm vor dem Himmel abzeichnete, und dann die Umrisse von Häusern. Ich kam an den Rand des Parks, zu einem langen, schmalen Weg, der zur Straße führte. Eine Stunde marschierte ich, ohne auf ein einziges Schild zu schauen, grob in östlicher Richtung, bis mich mein Orientierungssinn völlig im Stich ließ. Ich bemühte mich, auf schmalen Wohnstraßen zu bleiben, stieß jedoch auf Gleise und musste auf größere Straßen zurückkehren, um die Bahnstrecke zu überqueren. Ich durchquerte andere Parks. Ich kletterte über mehrere Zäune. Ich ging über Parkplätze. Ich überquerte die Holloway Road und die Hornsey Road, tief in unkartiertem Gelände. Ich war überzeugt, dass ich erst zu weit nach Norden und dann zu weit nach Süden ging. Irgendwann war ich mir sicher, dass ich wieder in Richtung Hampstead Heath unterwegs war, und wäre fast umgekehrt.

Doch plötzlich befand ich mich an einem Ort, an dem ich wirklich schon einmal gewesen war: in der Stoke Newington Church Street. Ich ging in die Richtung, in der ich den Bahnhof vermutete. Ich fand die Straße und auch die Hausnummer. Es gab vier Klingeln. Ich drückte lange und fest auf die beiden mittleren. Dann nochmal.

»Hallo?« Sie war es.

»Ich bin's, Robert.«

»Was willst du? Es ist drei Uhr früh.«

»Entschuldige, aber du hast gesagt, es ist egal, wann ich komme.«

»Ich weiß, aber ich hab nicht gemeint … ich muss …« Der Türsummer übertönte ihre Stimme. Ich stieß die Tür auf und tastete mich im Dunkeln die Treppe hinauf, bereit, einen Fehltritt zu begehen. Ihre Umrisse zeichneten sich in der Tür ab, sie trug einen Morgenmantel und wirkte noch zierlicher als je zuvor.

»Weißt du, ich muss in nicht mal vier Stunden aufstehen.«

»Lass mich rein.«

»Wie siehst du denn aus? Was hast du gemacht?«

»Bitte lass mich einfach rein.«

Die Bettlaken sind steif und sauber, frisch gewechselt. Es ist sanft, eher ein Akt der Vollendung als ein Akt der Leidenschaft, ein bisschen schwermütig, ein bisschen zaghaft. Es ist bei uns beiden schon ziemlich lange her, und wir achten darauf, das Ganze nicht mit zu viel Bedeutung aufzuladen. Aber wie kann es nicht bedeutend sein? Es bringt uns zumindest an einen Punkt, wo das, was als Nächstes passiert, nicht selbstverständlich ist.

Das Zimmer war voller Sonnenschein, der durch die Steppdecke drang und alles darunter mit hellgrünem Licht erfüllte. Ich rollte mich herum, umschlang sie von hinten, ihre Haut an meiner, und zog ihr Haar leicht beiseite, um ihren Nacken zu küssen.

»Mein Gott«, sagte sie. »Schon Viertel vor acht. Warum hat der blöde Wecker nicht geklingelt?« Ich setzte mich kerzengerade auf und zog ihr Haar noch weiter zur Seite. Es war eindeutig Caroline. »Warum schaust du mich an?«

»Weil du wunderschön bist.«

»Du kannst mich mal.« Sie rutschte weg und schnappte sich den Wecker. »Die Batterie ist schon wieder hinten rausgefallen. Du musst die Kinder wecken und anziehen. Ich muss mich um die Frühstücksbrote und das Kamelkostüm kümmern.« Sie stand auf und stapfte ins Bad. Einen Augenblick glaubte ich, ich hätte die vergangenen vierundzwanzig Stunden vielleicht nur geträumt, aber meine Jeans lag teerschwarz bis zu den Knien zusammen mit der Warnweste auf dem Fußboden.

Im Park war es sonnig und kalt. Die meisten TROTTEL-Flugblätter mit dem Foto des Kapuzenjungen wurden vom Wind über den Boden geweht, doch ein paar hingen noch an Baumstämmen und Zäunen. Der Hund verjagte einen Schwarm Tauben und fraß dann das Brot, das ihnen jemand hingeworfen hatte. In meiner Jeanstasche klingelte das Handy. Es war Ken von der Zeitung.

»Sie haben heute früh vermutlich noch nicht die Nachrichten gesehen?«

»Nein, ich hab nicht mal einen Blick in die Zeitung geworfen.«

»Dann wissen Sie auch nicht, dass eine Gruppe, die sich Pro Straßen-Agenda nennt, über Nacht ein Stück Straße in Hampstead Heath gebaut hat.«

»Tatsächlich?«

»Und diese Leute haben einen Abgeordneten entführt und ihn aus Protest gegen die Anti-Auto-Gesinnung der Labour-Partei mit Handschellen in einem auf dem Straßenstück geparkten Volvo gefesselt.«

»Wow.«

»Sie behaupten, sie wären eine radikale Splittergruppe des Aktionskomitees britischer Autofahrer. Ist das nicht Ihre Truppe?«

»Ja, genau.«

»Dann frage ich mich, Giles, wieso Sie davon nichts gewusst haben.«

»Ich hab's doch gewusst.«

»Und warum waren Sie dann nicht da?«

»Ich war doch da.«

»Und warum haben Sie keinen Fotografen mitgenommen?«

»Dazu blieb keine Zeit. Aber ich hab selbst eine Menge Fotos gemacht.«

»Aha.«

»Das soll wohl so viel heißen wie ›Gute Arbeit‹?«

»Wir brauchen bis vier Uhr achtzehnhundert Wörter.«

»Okay.«

»Mailen Sie mir die Bilder so bald wie möglich.«

Ein Stück weiter vorn sah ich den Jungen auf dem Weg. Statt des üblichen Kapuzenshirts trug er eine Schuluniform, sammelte die Flugblätter auf und stopfte sie in einen Rucksack. Ich blieb stehen. Er stand auf und starrte mich unsicher an. Ich starrte zurück. Dann drehte ich mich um und ging in die Richtung, aus der ich gekommen war. Unterwegs sah ich, dass das Weihnachtsbäumchen vertrocknet war.

DER OBERSCHRECKLICHE MR GILES WAREING ...

Eingerichtet von easyGeoff am 04. 01. 05 um 10:56 Uhr

... hat sich an Weihnachten bemüht, mit einem langatmigen Sonntagszeitungsartikel Unsterblichkeit zu erlangen. Ist das schon der absolute Tiefpunkt, oder kann er noch schlechter schreiben?

http://doturl.com/a4jts

Lordhaha – 30. 01. 05 um 13:26 Uhr (44/49)

Eins muss ich sagen: Das war eigentlich nicht so schlecht. Ich glaube bloß, er hat nicht richtig aufgepasst. Diese AKBA-Leute verdienen es, gekreuzigt zu werden, und Wareing hat sie vom Haken gelassen.

---

easyGeoff - 30. 01. 05 um 13:55 Uhr (45/49)
Das soll wohl ein Witz sein? Der Artikel war SCHRECKLICH. Zu ernstem Journalismus hat GW einfach nicht das Zeug. Ich bin erstaunt, dass es gedruckt wurde.

PawlowsKätzchen - 30. 01. 05 um 14:13 Uhr (46/49)
Stimme Seiner Lordschaft zu. Ein gekonnt geschriebener Artikel - AUSNAHMSWEISE - und eine passende Zielscheibe.

Grotius - 30. 01. 05 um 15:09 Uhr (47/49)
Ich fand den Artikel beschissen. GW wartet mit den üblichen Klischees über die Straßenbaulobby auf, und die Unterstellung, im AKBA wimmele es von verbitterten Rassisten, ist lächerlich und kontraproduktiv. Man muss nicht mit diesen Leuten übereinstimmen, aber warum sollen ihre Proteste nicht genauso berechtigt sein wie die Anti-Straßenbau-Fraktion?

Salome66 - 30. 01. 05 um 17:32 Uhr (48/49)
Beim Anblick des Fotos hab ich eine Gänsehaut bekommen. Durch die Beleuchtung sieht GW aus wie ein altes Gespenst, das einen in seinen Albträumen heimsucht. Ist es der Geist eines ideenlosen Schreibstils, der flüchtige Schemen eines ausgelaugten alten Schreiberlings, die ruhelose Seele eines Niemands auf der vergeblichen Suche nach einem Sinn? Das meine ich ernst - ich habe das Foto stundenlang angestarrt und habe etwas gesehen, das mir wirklich Angst macht. Es war, als wäre ich GW im richtigen Leben begegnet.

---

easyGeoff - 30. 01. 05 um 19:15 Uhr (49/49)
Er ist echt ein hässlicher Sack.

Zurück / Seitenanfang / Kommentar hinzufügen

Im Lauf der nächsten Woche erhielt ich von Salome66 auf meinem alten Handy zwei SMS – in der einen entschuldigte sie sich, dass sie mich nicht hereingelassen hatte, und in der anderen wollte sie sich wieder mit mir verabreden. Ich ignorierte beide. Am Morgen des 7. Februar rief Cher Fitzpaine an.

»Hi, Cher.«

»Haben Sie meine Nachricht über die Besuchszeit nicht erhalten?«

»Doch.«

»Meinen Sie nicht, Sie sollten antworten, wenn Sie von jemandem eine Nachricht erhalten, dem es seelisch nicht gut geht?«

»Tut mir leid.«

»Und wann wollten Sie vorbeikommen?«

»Tja. Eigentlich hatte ich nicht die Absicht zu kommen.«

»Ich bin hier ganz allein. Wollen Sie etwa meine Genesung gefährden?«

»Ich glaube nicht, dass Sie so was sagen dürfen.«

»Kommen Sie morgen.«

»Geht nicht.«

»Dann am Mittwoch.«

»Ich weiß nicht mal, wo Sie sind.«

»Garston House, in der Nähe von Exeter. Mit dem Zug sind Sie im Handumdrehen da.«

»Ich …«

»Bitte«, sagte er. »Es ist mir sehr wichtig, dass Sie kommen.« In seiner Stimme lag eine rohe, eindringliche Schärfe, die ich abstoßend fand. Doch ich fühlte mich an die Regeln normalen menschlichen Verhaltens gebunden.

»Na gut. Mittwochnachmittag. Soll ich irgendwas mitbringen?«

»Eine Stange Silk Cut.«

»In Ordnung.«

»Sagen Sie nicht, dass Sie kommen, und tun es dann doch nicht.«

»Sie können sich drauf verlassen.«

»Und vergessen Sie die Zigaretten nicht.«

Im Mittagszug saßen nur ein paar Schüler mit Kopfhörern. Das Wetter war in der Nacht umgeschlagen, und am Himmel drängten sich schwere Wolken. Auf Gärten, die durch die Eisenbahn beeinträchtigt waren, folgten rasch Industriegebiete, die langen Wellblechdächer mit gelbweißen Flechten überzogen. Zwischendurch war immer wieder kurz die Landschaft zu sehen, unterbrochen von Holzplätzen, riesigen Lagerschuppen und zu hohen, bunten Mauern gestapelten Würfeln aus Pressschrott. Manchmal brach die Sonne durch und beleuchtete bestimmte Landschaftsmerkmale: eine Reihe verrosteter Viehtränken, einen Baum mitten auf einem Feld, eine Gruppe von Autos auf einem ansonsten leeren Parkplatz. Ich sah den verlassenen Winkel eines Golfplatzes vorbeifliegen und überlegte, ob ich die letzte SMS von Salome66 beantworten sollte, die einfach »Wo bist du?« lautete. Aber ich tat es nicht. Ich dachte an den Jungen im Park in seiner Schuluniform, an seinen Gesichtsausdruck, als er die Flugblätter in seinen Rucksack stopfte. Ich dachte an meine Söhne, die in ihren Schuluniformen in ihrem Klassenzimmer saßen und etwas über die viktorianische Zeit, über Verben oder über den Gefrierpunkt lernten. Ich fragte mich, warum 1804 keine 1804er Silberdollars geprägt worden waren. Ich lauschte dem Lied in meinem Kopf, das sich dem Rhythmus des fahrenden Zugs angepasst hatte: *in the middle in the middle in the middle in the middle in the middle …*

Das Taxi vom Bahnhof verließ Exeter und tauchte schon nach kurzer Zeit in beunruhigende Ländlichkeit ein, über nasse, schmale Sträßchen, auf denen schon Gras durch den Asphalt drang, durch Dörfer mit kurzen, seltsam klingenden Namen. Auf einem Hügel tauchte kurz ein großes Herrenhaus auf, dann ging es hinunter in ein enges Tal, über eine Brücke und wieder bergauf, durch einen Tunnel aus Bäumen, bis uns ein unauffälliges Schild auf die Zufahrt zum Garston House führte.

Cher Fitzpaine saß allein im Speisesaal und ließ sich ein spätes Mittagessen schmecken. Er trug eine schwarze Strickjacke und darunter ein frisches hellgraues Hemd. Sein Haar war nass zurückgekämmt, und er war erstaunlich braungebrannt.

»Hallo, Giles. Schön, Sie zu sehen. Ihr Artikel über die Auto-Terroristen hat mir gefallen. Sehr amüsant. Bedienen Sie sich, wenn Sie wollen. Das Essen ist nicht schlecht.«

»Ist das wirklich eine Entziehungskur?«

»Entziehungskur, Entgiftung, was auch immer. Ich versuche, ein Buch fertigzustellen, und hier kann man gut schreiben. Das ist kein besonders gefragter Ort. Hier kommt niemand her.«

»Ich hätte eher mit einem Zwölf-Schritte-Programm gerechnet.«

»Das denken alle Leute. Wenn die Presse das hier als Entziehungskur bezeichnet, kann ich sie nicht davon abhalten.«

»Doch, das könnten Sie.«

»Haben Sie die Zigaretten mitgebracht?«

»Ja. Sie können hier also kommen und gehen, wie Sie wollen?«

»Eigentlich schon, aber ich habe kein Auto. Wie war die Reaktion auf den Straßenbauartikel? Ihre Jacke gefällt mir.«

»Ich weiß nicht. Ich glaube, das AKBA ist nicht besonders glücklich, aber ich hab von den Leuten nichts mehr gehört. Bei der Zeitung ist der Artikel anscheinend gut angekommen. Das ist gut, denn mein Vertrag läuft Ende des Monats aus.«

»Im Internet, hab ich gemeint. Im Club der Wareing-Hasser.«

»Ach. Da hab ich gar nicht nachgesehen«, log ich.

»Wie ist das Ganze gelaufen? Was ist aus diesem Mädchen, dieser Salome, geworden? Haben Sie sie wiedergesehen?«

»Ja. Zweimal.«

»Wo?«

»In ihrer Wohnung.«

»Ach du meine Güte. Sie waren in ihrer Wohnung. Mein Gott! Sie haben mit ihr geschlafen!«

»Nein, hab ich nicht. Fast hätte ich's getan. Ich meine, ich hatte es mir vorgenommen, ich bin in der Absicht hingegangen, es zu tun, aber es war schon spät, sie musste am nächsten Tag arbeiten, und jetzt bin ich froh, dass es nicht passiert ist. Ich bin wohl gerade nochmal davongekommen.«

»Moment. Sie haben beidesmal nicht mit ihr geschlafen?«

»Nein. Beim ersten Mal war ich … also, da war ich bereit, Ehebruch zu begehen. Ich hatte den Gedanken gefasst, aber es hat mir Angst gemacht.«

»Mir war gar nicht klar, dass Sie so verklemmt sind, Giles. Sehr interessant. Und wie geht's jetzt weiter?«

»Wie meinen Sie das?«

»Wann wollen Sie sich ihr zu erkennen geben? Teilen Sie's ihr persönlich mit oder im Internet, wo die anderen es auch lesen können? Oder beides. Beides könnte funktionieren.«

»Ich sag's ihr nicht. Das war's. Fertig. Aus.«

»Das ist aber ein schreckliches Ende. Völlig unbefriedigend.«

»Jetzt, wo ich gesehen habe, wer die sind, wer Salome ist, ist mir ihre Meinung egal. Salome ist eine ganz normale, einsame Frau. Diese ganzen bissigen Bemerkungen sind bloß eine Übung. Eigentlich war ihr das Talkboard völlig egal. Sie wollte sogar damit aufhören.«

»Aber sie hat weitergemacht.«

»Ja, schon.«

»Und Sie auch, Giles.«

»Ein bisschen. Aber die Sache ist jetzt erledigt. Vorbei.«

»Das behaupten Sie. Ich glaube, da kommt noch was.«

»Die ganze Sache mit dem Talkboard war eine fixe Idee. Da musste ich mich bloß durchackern.«

»So geht das nicht«, sagte er im Ton eines Professors. »Da fehlt eine abschließende Lösung.«

»Wie meinen Sie das? Warum interessiert Sie das überhaupt?«

»Ich finde, Sie müssen Salome wiedersehen. Noch ein einziges Mal.«

»Wovon handelt Ihr neues Buch?«

»Es ist ein modernes Märchen über Entfremdung in mittlerem Alter, mit technologischen Aspekten. Es wird ein anspruchsvolleres Buch.«

»Hey, Sie schreiben über mich.«

»Ich schreibe über einen Mann. Einen Mann in einer ähnlichen Lage.«

»Sie haben die Talkboardgeschichte die ganze Zeit verfolgt?«

»Voll Begeisterung. Sie sind natürlich DieserZerstörteBall. Da liege ich doch richtig, oder?« Mich überkam eine schreckliche Erkenntnis, die von meiner Magengrube ausging.

»Welcher dieser Leute sind Sie?«

»Ich muss doch im Auge behalten, was im richtigen Leben passiert. Ich hatte, ehrlich gesagt, die Hoffnung, Sie würden ein bisschen mitteilsamer sein.«

»Sie sind einer dieser Leute. Wer?«

»Vielleicht muss ich Salome66 selbst ausfindig machen. Sie haben es geschafft. Wie schwer kann es dann schon sein?«

»Sie müssen easyGeoff sein. Der ist erst aufgetaucht, als ich Ihnen von den Talkboards erzählt hatte. Er hat gesagt, er wäre mir bei Ihrer Buchpräsentation begegnet.«

»Ein guter Name, was? Hat Perry sich ausgedacht. Ich hab ihn für alle Fälle mal urheberrechtlich schützen lassen.«

»Sie haben die ganze Sache von Anfang an manipuliert.«

»Ganz und gar nicht. Ich hab nur manchmal einen kleinen Anstoß gegeben, wenn es zu still wurde oder ich das Gefühl hatte, Sie könnten die Sache nicht bis zum Ende verfolgen.«

»Sie haben sich als einer dieser Leute ausgegeben, um das Ganze am Laufen zu halten …« Ich hielt inne und atmete tief durch. Im Beisein von Cher Fitzpaine wollte ich mich nicht übergeben. »Ich kann kaum glauben, dass Sie mir so was angetan haben.«

»Was reden Sie denn da? Sie haben doch dasselbe getan. Sie haben sich selbst kritisiert, um den Hass der anderen zu schüren. Ist das nicht total durchgeknallt? Das ist genial.«

»Sie können mein Leben nicht in Literatur verwandeln.«

»Warum nicht? Ist doch eine tolle Geschichte. Jedenfalls bis zu einem gewissen Grad.«

»Weil Sie, abgesehen von allem anderen, ein miserabler Schriftsteller sind.«

»Soweit ich weiß, denken das viele Leute über Sie.«

»Übrigens wollte ich Ihnen noch sagen, dass Ihr Roman beschissen ist.«

»Bei Amazon heute früh auf Verkaufsrang neun.«

»Ich werde mit einem Anwalt über die Sache sprechen.«

»Ja, das sollten Sie wohl. Ich hab's schon getan.«

Regentropfen rannen seitlich übers Zugfenster und ließen die Landschaft draußen verschwimmen. Meine Empörung darüber, dass ich eine Figur in einem Roman von Cher Fitzpaine werden sollte, war in Wut umgeschlagen und verwandelte sich dann in etwas noch Beunruhigenderes: Neugier. Warum hatte Salome66 nicht, wie versprochen, aufgehört, Beiträge für das Talkboard zu schreiben? Warum hasste sie Giles Wareing so sehr? Wie würde sie darauf reagieren, dass ich Giles Wareing war? Wusste sie schon, wer ich war? Trieb sie irgendein Spiel mit mir? War sie vielleicht Fitzpaines Komplizin? Konnte es sein, dass ich in den letzten Monaten nicht paranoid genug gewesen war?

Um kurz nach sechs fuhr der Zug in der Paddington Station

ein. Ich fuhr mit der U-Bahn zur Liverpool Street, stieg dort in den Zug nach Stoke Newington und stapfte im Regen zu Salomes Wohnung. Als ich klingelte, machte niemand auf, und auch auf dem Handy war sie nicht zu erreichen. Ich hinterließ keine Nachricht.

Sie kam um kurz nach acht, schwer beladen mit einem Rucksack und zwei Einkaufstüten. Ich stand langsam auf, steif vor Kälte.

»Robert.«

»Tut mir leid. Ich hab versucht, dich anzurufen.«

»Ich hab heut früh mein Handy vergessen. Hier, nimm das mal.« Sie gab mir die Einkaufstüten und zog ihre Schlüssel hervor. Schweigend stiegen wir zu ihrer Wohnung hinauf. Ich hatte versäumt, mir zu überlegen, was ich sagen wollte. Sie räumte ihre Einkäufe weg, unbekannte Waren einer Naturkostkette. Ich schaute mich in der Wohnung um und sah manches, was mir vorher nicht aufgefallen war: ein Foto von ihren Eltern, auf dem sie neben einem Heißluftballon standen, die gerahmte Zeichnung einer Katze, ein alter, mit Packband zusammengehaltener Hoover-Staubsauger, ein Stapel Zeitungen in einer grünen Recyclingkiste neben der Tür. Irgendwas fehlte.

»Wo ist dein Computer?«

»Ich hab keinen. Ich benutze bloß den auf der Arbeit.« All die Beschimpfungen, dachte ich, während der Arbeitszeit geschrieben.

»Es gibt was, worüber wir reden müssen«, sagte ich, ohne genau zu wissen, was das sein könnte. Sie baute sich mit verschränkten Armen vor mir auf und fixierte mich mit ihren dunklen Murmelaugen. Ich überlegte, ob ich sie drängen sollte, mit mir zu schlafen, aber dann fiel mir Fitzpaines Buch ein. Diese Genugtuung gönnte ich ihm nicht.

»Ich weiß, was du mir sagen willst, Robert. Ich weiß, dass du eine Frau, eine Freundin oder so was hast.«

»Oh.«

»Du tauchst unangemeldet zu den seltsamsten Zeiten auf. Du gehst tagelang nicht an dein Handy. Du rufst nicht an, und dann meldest du dich doch. Ich weiß, dass du mir was verheimlichst.«

»Ja.«

»Solange ich die Einzelheiten nicht kannte, dachte ich, es macht mir nichts aus. Ich hatte die Nase voll vom Alleinsein. Aber das ist kein idealer Ausgangspunkt für eine Beziehung.«

»Nein.« Ich löste ihre Arme voneinander und drückte sie an mich. Ich beschloss, Sex vorerst nicht auszuschließen.

»Dann bist du wohl gekommen, um das Ganze zu beenden, bevor es zu spät ist.«

»Nicht unbedingt.« Wir küssten uns. Ich schloss die Augen und spürte ihre schiefen Schneidezähne an meinen Lippen. Jetzt fange ich also eine Affäre an, dachte ich, und beginne, ein Doppelleben zu führen. Das Leben von Robert. Die Affäre von Robert und Salome66.

»Moment«, sagte ich. »Wie kann es sein, dass du keinen Computer hast?« Sie blickte mich an.

»Das ist doch nicht obligatorisch, oder?«

»Meistens sendest du deine Beiträge mitten in der Nacht. Da kannst du aber nicht auf der Arbeit sein.«

»O Gott. Ich dachte, wir hätten beschlossen, all das zu vergessen.«

»Haben wir auch, aber das hat dich nicht davon abgehalten weiterzumachen, oder?« Meine Wut flackerte wieder auf, eine kleine, gleichmäßige Flamme.

»Was?«

»Mir ist aufgefallen, dass sich Salome66 nicht gerade zurückgehalten hat.«

»Robert.«

»Du konntest die Gewohnheit, über Giles Wareing herzuziehen, einfach nicht ablegen.«

»Mein Gott. Diese Sache ist dir wirklich wichtig, was?«

»Und dir nicht?« Ich sprach schnell und versuchte, den Überblick nicht zu verlieren. »Warum hasst du Giles Wareing so sehr? Was hat er an sich? Und wo zum Kuckuck ist dein Computer?«

»Robert, ich bin nicht Salome66.«

»Doch, doch. Du kannst dich nicht hinter einem Alter Ego verstecken. Das ist unfair. Du hast dieses ganze Zeug geschrieben, also sag nicht, es ist bloß eine Übung, eine Art Pose. Wenn du dich deinen eigenen Ansichten nicht stellen kannst, dann behalt sie für dich. Selbst der erbärmliche Giles Wareing hat was Besseres verdient.«

»Nein, ich meine, ich bin nicht Salome66. Ich schreibe keine Beiträge auf dieser Website. Hab ich nie getan.«

»Was?«

»Ich bin bloß eine Freundin von Anne. Sie wollte, dass ich sie zu dem Talkboard-Treffen begleite, damit ich sie retten könnte, falls lauter Verrückte kämen. Aber sie hat sich gut amüsiert, deshalb bin ich geblieben.«

»Aber du hast doch gesagt, du wärst Salome66.«

»Ich weiß. Ich hatte das Gefühl, dass ich nicht da sein durfte, nicht dazugehörte. Du warst der Erste, der am ganzen Abend mit mir geredet hat. Ich dachte, es würde die Sache erleichtern, wenn ich mich als einen der Teilnehmer ausgäbe.«

»Und wer ist Salome66?«

»Weiß ich nicht. Das war bloß ein Name, den du genannt hast. Und ich hab ja gesagt. Tut mir leid. Damals hab ich nicht gedacht, dass ich dich nochmal wiedersehe.«

»Warum sagst du mir das erst jetzt?«

»Weil ich es nicht wichtig fand! Mir war nicht klar, dass du von dieser Frau besessen bist!«

»Moment! Meinst du, sie war an diesem Abend da?«

»Ist mir doch egal! Mich interessiert nicht, wer Salome66 oder Giles Manning ist!«

»Giles Wareing.«

»Mein Gott. Wer ist denn dieser Giles Wareing?«

Ich ging zu der Recyclingkiste. Ich fand das Gesuchte nicht allzu weit unten. Giles Wareing begleitet die Auto-Terroristen von Hampstead Heath. Da stand ich und starrte mit weißen Augen, die Schaufel in der Hand, in die Kamera. Ich hielt die Zeitung hoch.

»Das ist Giles Wareing.«

»Der sieht wie ein Gespenst aus.«

»Giles Wareing ist ein vierzigjähriger freischaffender Journalist.«

»Und warum sollte ich mich für ihn interessieren?«

»Solltest du wohl nicht. Sollte niemand.« Sie betrachtete mich und dann das Bild.

»O Gott. Weil du Giles Wareing bist. Das bist du.« Sie nahm mir die Zeitung aus der Hand und sah sich das Ganze genauer an. »Das hab ich gelesen.«

»Wirklich? Und wie hat's dir gefallen?«

»Und was hast du getan? Jemandem nachgestellt, der im Internet über dich hergezogen ist?« Das schien mir eine ziemlich präzise Zusammenfassung meines Handelns zu sein. Es war seltsam, dass ich es noch nie so gesehen hatte.

»Nein, nicht nachgestellt. Ich wollte bloß …«

»Was wolltest du ihr antun? Mir antun? O mein Gott.«

»Nichts, ich hatte keine … nichts davon war geplant.«

»Du solltest jetzt gehen.«

»Und plötzlich fühlte ich mich von dir angezogen, das war äußerst verwirrend. Tut mir leid. Das Ganze ist für mich genauso unheimlich wie für dich.«

»Weißt du was? Du hast nicht die geringste Ahnung, wie unheimlich das für mich ist. Verschwinde.«

In der Tür drehte ich mich nochmal um, um sie ein letztes Mal anzusehen. Ihre Augen glänzten schwarz und waren voller Tränen. Sie blickte wieder in die Zeitung.

Mit gesenktem Kopf ging ich eine Weile in Richtung U-Bahn-Station, dachte darüber nach, was ich getan hatte, versuchte die Auswirkungen einzuschätzen und schwelgte in einem Gefühl, das ich seit mehreren Monaten nicht mehr gehabt hatte – ich empfand Gewissensbisse. Nach fünf Wochen schienen die Panaglos endlich in den letzten Zügen zu liegen. Ich hatte mein altes, bedrücktes Ich zurück.

Oberflächlich betrachtet war das kein besonders guter Moment, um wieder Schuldgefühle verspüren zu können. Unter dem fadenscheinigen Vorwand, mich an jemandem rächen zu wollen, hatte ich kaltblütig eine Frau getäuscht, die letztlich jemand ganz anderes war. Ich war kühl, hemmungslos und unehrlich gewesen. Ich hatte meine Familie und meine Arbeit vernachlässigt und mich in eine fixe Idee verrannt. Ich wusste, dass ich noch andere Sachen getan hatte, an die ich mich nicht mehr erinnern konnte.

Mein Handy klingelte. Ich dachte, es wäre Caroline, die sich fragte, wo ich war, aber die Nummer des Anrufers war unterdrückt.

»Hallo?«

»Du mieser kleiner Arsch.«

»Ja?«

»Nimm dich lieber in Acht, Wareing.«

»Wer spricht da?«

»Wir sind mit dir noch nicht fertig.«

»Sind Sie's, Graham?«

»Ich lass mich nicht gern verarschen.«

»Ich hab Sie nicht verarscht, Graham. Falls Sie Graham sind.«

»Wir wissen, wo du wohnst.«

»Tatsächlich?« Ich war am Eingang der U-Bahn-Station angelangt.

»Wir schnappen uns dich ohne Vorwarnung.«

»Entschuldigung, aber ist das nicht gerade eine Vorwarnung?«

»Du bist ein Nichts, Wareing. Nichts als ein schäbiger, beschissener, feiger, fertiger, nutzloser Schreiberling.«

»Ich weiß. Das war ein langer Weg.«

»Mach dich bloß ...«

»Können Sie einen Moment dranbleiben, Graham?« Ich trat einen Schritt zurück, hob das rechte Knie, schleuderte das Handy hoch in die Luft und beobachtete, wie es durch den Dunst und Nieselregen im Lichtkegel der Straßenlaterne in die trübe, schwefelgelb getönte Finsternis wirbelte. Ich spürte, wie mich das von vielem befreite. Zunächst einmal von Graham. Von Kate. Von einer mittelmäßigen Karriere als freischaffender Journalist. Von meiner kurzen Liebesaffäre mit Panaglos. Von meinen ersten vierzig Jahren. Von der Möglichkeit der Erlösung und dem damit verbundenen Joch der Angst. Vielleicht konnte ich jetzt nochmal ganz von vorn anfangen.

Plötzlich hörte ich einen lauten Knall und quietschende Reifen. Mein Handy war auf der Windschutzscheibe eines vorbeifahrenden Wagens gelandet, auf die Straße geprallt und in ein Dutzend Teile zersplittert. Der Fahrer, ein großer, kahlköpfiger, rotgesichtiger Mann, sprang aus dem Wagen und hielt nach jemandem Ausschau, den er verprügeln konnte. Der Neuanfang konnte warten. Ich fand, dass es Zeit war, nach Hause zu gehen.

Im Haus war alles dunkel. Nur in der Küche brannte Licht – die dunkel getönte Glühbirne direkt über dem Tisch. Dort saß Caroline mit einem Glas Rotwein vor sich. Die Flasche auf der Küchentheke war zwischen halb und drei Viertel leer, der genaue Pegel vom Etikett verdeckt.

»Weißt du, wie spät es ist?«, fragte sie. Die Anzeige der Mikrowellenuhr leuchtete hinter ihr im Dunkeln.

»Elf Uhr siebenundzwanzig.«

»Die Uhr geht nach«, sagte sie und dehnte unbeabsichtigt den Vokal. Dann warf sie mir einen Lügendetektor-Blick zu. »Wo warst du, Giles?«

»Zu Besuch bei Cher Fitzpaine. Das hab ich dir doch gesagt.«

»Bis jetzt?«

»Ich hatte plötzlich Hunger, und da hab ich in Exeter ein Curry gegessen. Dann hatte auch noch der Zug Verspätung.« Schon als ich das sagte, klang es ganz furchtbar, aber es gab kein Zurück mehr. Hoffentlich war es die letzte Lüge, die ich erzählen musste. Jedenfalls gab sich Caroline vorerst damit zufrieden.

»Ich begreife nicht, wie du dich um diesen berühmten Idioten kümmern kannst, wenn du nicht mal Zeit für deine Familie hast.« Ich nahm ein Glas aus dem Schrank und goss mir den übrigen Wein ein. Eine leichte Panik überfiel mich.

»Wenn du dir wegen dem Schuppenfußboden Sorgen machst …«

»Ich rede nicht von dem verdammten Schuppenfußboden. Ich rede von deinen Kindern.«

»Wie meinst du das? Gestern Abend hab ich Freddy doch bei den Hausaufgaben geholfen.« Plötzlich war das Lied wieder in meinem Kopf. *In the middle in the middle in the middle.* Ich sah mich nach einer weiteren Flasche um.

»Du hast ihm gegenübergesessen und Zeitung gelesen. Und außerdem rede ich von dem Älteren. Du beschäftigst dich nicht mit ihm.« Ich wusste nicht genau, was sie mit beschäftigen meinte. Es klang nach etwas, worin ich nicht gut war.

»Doch, das tue ich.«

»Nein, tust du nicht. Er sitzt in seinem Zimmer, tippt auf seinem Holzcomputer und ahmt dich nach. Du sprichst ihn nicht mal mit seinem Namen an.« Das Lied wurde lauter, und ich konnte dem Gespräch kaum noch folgen. Was sollte ich als Nächstes sagen?

»Ich spreche niemanden mit dem Namen an. Dich auch nicht.«

»Ich weiß, warum du ihn nicht mit dem Namen ansprichst. Wir wissen es beide.«

»Tatsächlich?« Ich fühlte mich plötzlich erschöpft und musste ein Gähnen unterdrücken.

»Wegen deinem Dad. Ich hab den Namen nicht ausgesucht, das warst du. Du wolltest es so.« *In the middle in the middle in the middle …*

»Wir haben uns darauf geeinigt.«

»Du wolltest ihn nach deinem Vater nennen, so wie's deine Eltern gemacht haben. Ist ja in Ordnung.« Ihre Stimme bekam etwas Schnarrendes. »Blöde amerikanische Tradition, aber das ist schon in Ordnung.«

»Ja.« Mir war so flau im Magen, dass ich am liebsten das Zimmer verlassen hätte, aber ich konnte mich nicht vom Fleck rühren.

»Robert Giles Wareing.«

»Ich kenne seinen Namen.«

»Robert Giles Wareing der *Dritte*.«

»Dafür entschuldige ich mich.«

»Egal. Ich weiß nichts über deine Krise, weil du nie was erzählst. Ob es darum geht, dass du Amerikaner bist, dass du kein Amerikaner bist, dass deine Mutter tot ist oder dass dein armer Vater …« – zuerst dachte ich, es handelte sich um eine dramatische Pause, aber dann merkte ich, dass sie Schluckauf hatte – »… ganz allein in diesem winzigen Haus in New Jersey hockt.«

»Er ist nicht allein. Er hat doch diese Wie-heißt-sie-noch-gleich? Angela.«

»Woher weißt du das? Du hast schon über ein Jahr nicht mehr mit ihm gesprochen.«

»Ich will nicht darüber reden.«

»Es ist ja nicht so, dass er dich im Stich gelassen hat. Deine Mutter ist davongelaufen.«

»Für dieses Gespräch bin ich zu müde.« In Wirklichkeit fühlte ich mich ein bisschen schwach. Das Lied war jetzt so laut, dass es alles andere übertönte, alles außer Carolines zittriger Sägestimme.

»Vielleicht kannst du nicht mit ihm reden, weil du dann auf deine Mutter wütend wirst, und damit kommst du nicht klar. Und ich weiß nicht, warum ich jetzt weine und du nicht.«

»Ich kann das nicht.« *In the middle in the middle in the middle in the middle …*

»Aber es ist nicht seine Schuld. Du solltest es nicht an *ihm* auslassen.«

»Ich geh jetzt rauf.«

»Oder an deinem Sohn.«

Während ich mit wackligen Beinen in mein Arbeitszimmer hinaufging, schien sich das Lied in alle Richtungen auszudehnen, aber mir fielen weder die richtige Melodie noch der übrige Text ein. Ich begriff, dass es außerhalb meines Kopfes existierte, dass es irgendwo so ein Lied gab. Ich setzte mich auf meinen Stuhl und schaltete den Computer ein. Ich atmete schnell und flach, und es dauerte ein paar Minuten, bis ich mich wieder im Griff hatte. Dann tippte ich die Worte »in the middle in the middle in the middle« in das Suchfeld und drückte die Eingabetaste.

Und weil das Internet war, was es war, und ist, was es ist, nämlich eine chaotische elektronische Nachbildung des kollektiven Unbewussten, ein riesiges, surrendes Außen-Bewusstsein, ein wildes Durcheinander aus allen einzelnen Gedanken und Erinnerungen, die je in eine Tastatur getippt wurden, deshalb antwortete die Leere auf drei ganz gewöhnliche, dreimal hintereinander getippte Wörter, auf die einfache, verzweifelte Frage: Was ist das?

Es handelte sich um einen Liedtext. Eigentlich war es der

Titel eines Lieds: In the Middle, In the Middle, In the Middle, geschrieben für die Behörde für öffentliche Sicherheit in New York. Im Internet fand ich auch mühelos den Rest des Textes, ja sogar die Noten. Ich fand Menschen, die sich in Talkboards und Chatrooms wehmütig an diesen Werbesong aus den sechziger Jahren erinnerten. Ich erfuhr, dass eine unbekannte Rapgruppe das Lied gesampelt hatte. Dank des Internets konnte ich es mir sogar über die verzerrt klingenden Lautsprecher an der Laptoptastatur anhören:

Don't cross the street in the middle in the middle in the middle in the middle in the middle of the block …

Ich konnte mich dunkel erinnern, das Ganze mal mit einem meiner Söhne auf den Knien im Fernsehen gesehen zu haben – mit dem Älteren, aber als er noch viel kleiner war. Wir hatten beide mitgesungen, es aber aus einem seltsamen Blickwinkel gesehen, der Fernseher nur ein quadratischer Schemen, und meine Stimme die Stimme von jemand anderem. Als das Lied zu Ende war, klickte ich es nochmal an.

Don't cross the street in the middle in the middle in the middle in the middle in the middle of the block …

Und plötzlich begriff ich, dass die Stimme, die nicht mir gehörte, die Stimme meines Vaters und ich der Junge auf seinen Knien war, dass wir gemeinsam unser Lieblingslied sangen, oder zumindest den Textfetzen, den ich kannte: *in the middle in the middle in the middle in the middle in the middle.* Wir befanden uns in dem Haus in New Jersey, in dem Haus mit dem fischförmigen Couchtisch auf eisernen Beinen, dem Schmetterlingsstuhl und dem großen schwarzen Hund, der auch bloß ein Schemen war. Unter dem Rolladen hindurch sickerte das orange Winterlicht, und mein Dad und ich sangen.

Ich ließ den Kopf auf die Tastatur sinken und weinte. Keine Ahnung, wie lange. Diesmal wollte ich wirklich nicht aufhören.

31

Ich erwachte erst nach neun Uhr, erschöpft, aber seltsam befreit, ohne den üblichen Dunstschleier zwischen mir und der Welt. Ich legte mich auf den Rücken und hörte mir an, wie die Stille durchs Haus zog. Ich würde meinen Dad bald anrufen und zaghafte Pläne für einen Besuch machen. Ich würde mehr Zeit mit Bobby verbringen, vielleicht an Ostern irgendwo mit ihm hinfahren, nur wir beide. Ich würde ein guter Vater werden. Ein guter Sohn. Ein guter Mann.

Doch dieser Anfall von Optimismus wurde rasch von einem vertrauten Gefühl der Niederlage hinweggespült. In dieser Woche würde ich meinen Dad ganz bestimmt nicht anrufen. Ich konnte mit Bobby mehr Zeit verbringen, aber die Vorstellung, erfüllte mich mit Versagensangst. Egal, was ich mir vornahm, ich wusste, ich würde mich weiter von meinen Kindern, von Caroline, von meinem Leben entfremden, und dann würde ich sterben. Während ich bei dem Gedanken an ein für Cher Fitzpaine so völlig unbefriedigendes Ende noch grimmig lächelte, hörte ich, wie ein beharrliches Kratzen die Stille im Haus störte, als wäre in einer der Wände ein Tier eingeschlossen. Dann verstummte das Geräusch. Ich lauschte mit angehaltenem Atem. Kurz darauf war es wieder zu hören. Als ich aus dem Bett schlüpfte und die Vorhänge aufzog, stand ich plötzlich Colin gegenüber, der auf einer Leiter stand und die Farbe vom Fensterrahmen kratzte.

»Hallo, Guy. Hab dich doch nicht geweckt, oder?«

Als ich nach dem Duschen und Ankleiden in die Küche kam, machte sich Colin gerade eine Tasse Tee, sein weißes Haar voll mattweißer Farbsplitter.

»Colin. Wie geht's?«

»Nicht schlecht, nicht schlecht. Für den Fenstersims draußen brauch ich wohl eine Lötlampe. Die Farbe will einfach nicht abgehen.«

»Du hast dich ziemlich lange nicht blicken lassen.«

»Nein, ich hab eine Weile freigemacht. Ich hab's vorgezogen, mal ein bisschen in Deckung zu gehen.«

»Soll ich besser nicht fragen?«

»Wär mir echt lieber. Und wie geht's dir so?«

»Gut.«

Ich ging mit dem Hund in den Park. Da, wo Maria immer gesessen hatte, stand eine neue Bank, eine schlichte, stabile Sitzgelegenheit aus dicken Hartholzlatten und schwarzem Stahl. Wann war die aufgestellt worden? Schon seit Jahren ging ich mehrmals täglich in den Park und bemerkte selbst kleinste Veränderungen, und doch konnte etwas so Tiefgreifendes wie eine neue Bank auftauchen, ohne dass ich davon gewusst hätte. Aus der Ferne sah ich, dass drei oder vier billige Tankstellenblumensträuße darauf abgelegt worden waren. Als ich näherkam, entdeckte ich ein kleines Messingschild, das an die Rückenlehne geschraubt war. Ich beugte mich vor, um es zu lesen. Die Aufschrift lautete: »Von jugendlichen Straftätern in unbezahlter gemeinnütziger Arbeit gebaut«.

»Hi.« Ich drehte mich um. Es war Darbys Mum.

»Hallo.«

»Schrecklich, was? Echt schrecklich.«

»Ja.«

»Sie haben sie gekannt, oder? Ich weiß noch, wie Sie hier mit ihr gesessen haben.«

»Ich kannte sie, aber nicht besonders gut.«

»Sie schien ziemlich beliebt zu sein.«

»Sie war ein wichtiges Gemeindemitglied.«

»Das konnte man sehen. Da ist er ja! Hallo, Philippa!« Der Hund kam mit heftig wedelndem Schwanz herüber. »Was für ein braver Hund!«

»Wo ist, ähm, Jackie?«

»Der ist bei Nick. Nick ist ein paar Tage zu seinen Eltern in Northumberland gefahren. Seinem Vater geht's schlecht.« Ich dachte an meinen Vater und fragte mich, wie es ihm wohl ging.

»Ach du meine Güte.« Darbys Mum wandte mir ihr blasses, leicht sommersprossiges Gesicht zu und starrte mich mit ihrem festen Stromanbieterwechsel-Blick an.

»Haben Sie viel zu tun?«, fragte sie. »Wollen Sie auf einen Kaffee mitkommen?« Meine Zehen kräuselten sich in den Schuhen.

»Heute geht's nicht«, sagte ich nach längerer Unschlüssigkeit. »Vielleicht nächstes Mal.«

Bei meiner Rückkehr stieg Colin gerade von der Leiter.

»Moment, Guy«, sagte er. »Ich hab vergessen, dir das hier zu geben.« Er hielt einen Zettel in der Hand.

»Was ist das?«

»Das ist die Adresse, die du haben wolltest. Die E-Mail, die du mir gegeben hast, weißt du noch? Vor Weihnachten. Mein Schwiegersohn hat sie sofort rausgefunden. Ich hatte bloß keine Gelegenheit, sie dir zu geben.«

Ich nahm den Zettel und faltete ihn auseinander. Es war derselbe Zettel, den ich Colin gegeben hatte. Neben die E-Mail-Adresse von Salome66 hatte jemand gekritzelt »Mabey – 45a Penshurst Rd Bedford MK417ZU«. Der Name kam mir irgendwie bekannt vor. Und Penshurst. Dich, Penshurst, hat man nicht zur Schau erbaut.

»Ach du Scheiße.«

Ich rannte rauf in mein Arbeitszimmer und entdeckte mein Tagebuch unter einem Stapel alter Rechnungen und ungelesener Zeitungen. Ich blätterte alles durch, das Gefasel in der dritten Person, die Selbstmordgedanken, das Midlife-Geschwafel, bis ich die Stelle unter dem Profil von Grotius fand: K Mabey, 45a Penshurst Road Bedford. Er hatte dieselbe Adresse wie Salome66. Salome66 wohnte in Bedford.

Keuchend und mit wildem Blick rannte ich wieder runter, tastete mich nach den Schlüsseln ab und zog die Tür auf.

»Verdammt!«

Colin blickte von der Leiter herab.

»Stimmt was nicht?«

»Ja. Ich muss sofort nach Bedford, aber Caroline hat den Wagen. Scheiße, und ich hab mein Handy nicht. Ich muss, ich weiß nicht, ich muss ...« Benommen blickte ich mich um, ballte die Fäuste und schüttelte dann die Hände aus.

»Wenn du willst, kann ich dich fahren«, sagte Colin geradeheraus.

»Wirklich?«

»Schließlich zahlst du mir einen Hunderter pro Tag. Ob fürs Streichen oder fürs Fahren, das bleibt dir überlassen.«

Als wir auf die M1 bogen, war es Mittag. Wenn Colin mehr als achtzig Stundenkilometer fuhr, klapperte sein Kleinbus beängstigend, und auch seine Gewohnheit, während der Fahrt mit einem seiner drei Handys zu telefonieren und gleichzeitig auf seinem mit zerknitterten Zetteln vollgestopften Klemmbrett nachzusehen, wirkte keineswegs beruhigend. In der Ablage zwischen den Sitzen rutschte Kleingeld herum. Am Rückspiegel baumelte eine Christophorus-Medaille. Alles im Wagen war in Bewegung, bis auf die Tachonadel, die reglos auf der Null stand.

»Wohin genau fahren wir eigentlich?«, fragte Colin und schaltete nach einem längerem Streitgespräch mit jemandem über die genaue Definition von Eierschalenweiß sein Handy aus.

»Penshurst Road, aber ich weiß nicht, wo das ist.«

»Und zu wem?«

»Weiß ich nicht genau.«

»Tja, gut, dass du alles durchdacht hast. Was zum Kuckuck ...« Vor uns war der Verkehr zum Stillstand gekommen. Colin machte eine Vollbremsung, und der Wagen wechselte von sich aus die Spur. Nach einem letzten Schlingern fuhren wir langsam ans Ende der Schlange. Ich war erschrocken und hungrig und konnte der Versuchung nicht widerstehen, die Worte auszusprechen, die mir im Kopf herumgingen.

»Colin, ich weiß nicht, ob ich dir das erzählen soll.«

»Weiß ich auch nicht.« Er nahm das Lenkrad zwischen die Knie und drehte sich eine Zigarette.

»Aber vor ein paar Monaten hab ich einen Brief bekommen.«

»Einen Brief.«

»Einen Brief über dich.« Er ließ den Wagen ein Stück vorrollen und zündete sich seine Zigarette an.

»Hat dir jemand in den Briefkasten gesteckt, stimmt's?«

»Ja.«

»Winzigkleine Schrift?«

»Ja.«

»Stand drin, dass ich ein Mörder bin?«

»Nicht in so vielen Worten.«

»Stand drin, dass ich Ire bin?«

»Ja, das stimmt.«

Er beugte sich rüber und riss das Handschuhfach auf. Noch während des Versuchs, auf eine andere Spur zu wechseln, auf der es etwas schneller voranging, stöberte er in dem Fach herum.

»Da«, sagte er. »So einer?« Er warf einen Umschlag auf meinen Schoß, der wie eine genaue Kopie des Umschlags aussah, den ich auf der Fußmatte gefunden hatte.

»Genau. Wer hat den geschickt?« Er runzelte die Stirn. Der Verkehr setzte sich langsam wieder in Bewegung.

»Die Frau, die unter mir wohnt. Sie ist nicht ganz richtig im Kopf, wenn du weißt, was ich meine. Depressiv oder so. Wir haben uns gestritten, weil es ihr zu laut war, seit ich meinen neuen Holzfußboden verlegt hatte. Und eines Tages kam sie rauf und sagte, ihr Alter wäre wegen mir ausgezogen. Weil ich keine Teppiche hätte! Hat geschrien und unheimlich rumgekreischt. Ich weiß, warum ihr Alter abgehauen ist. Das war ein echter Arsch, aber was soll's.«

»Hat sie viele von diesen Briefen verschickt?«

»Im Lauf der Zeit etwa ein Dutzend, an alle Leute, bei denen ich gearbeitet hab. Ich kann dir sagen, das ist nicht besonders gut fürs Geschäft.«

»Muss schwierig sein.«

»Ist nicht besonders schön, nein. Wenn jemand, der dich kaum kennt, solche Horrorgeschichten über dich verbreitet.«

»Kann ich mir vorstellen.«

»Und du keinen Schimmer hast, wer das alles gelesen hat.«

»Genau.«

»Nach einer Weile macht dich das völlig verrückt, weißt du?«

»Du verlierst deinen Bezugspunkt.«

»Ja. Wenn du so willst.«

»Bis du es irgendwann selbst glaubst.«

»Na ja.« Mit einem Stirnrunzeln schnippte er die Zigarettenasche aus dem Fenster. »Zumindest hab ich nicht gedacht, ich hätte jemanden ermordet, falls du das meinst.«

»Nein, natürlich nicht. Ich auch nicht. Aber bist du Ire?«

»Ha! Ein echter irischer Landstreicher. Okay. Da steht's: Bedford, zwanzig Kilometer.«

Die Penshurst Road gehörte zu einer Siedlung nordwestlich von der Ortsmitte, einem Labyrinth aus niedrigen Reihenhäusern mit Backsteinfassaden in der Farbe ausgebluteten Fleisches und einem ganz ausgefallenen Nummerierungssystem. Kunstvoll geschwungene Straßen zweigten von einer Hauptverkehrsader ab. Abgesehen von verschraubten Stahlbalkons, die an den Fenstern im zweiten Stock befestigt waren, und kleinen Vordächern über den Türen, sahen die Gebäude völlig eintönig aus. Alles andere war Parkfläche.

»Dich, Penshurst, hat man nicht zur Schau erbaut.«

»Was?«

»Nichts.«

45a war eine Erdgeschosswohnung mit eigener Haustür. Colin hielt so, dass er zwei Autos zuparkte, und tastete unwillkürlich nach seinem Behindertenparkausweis.

»Und jetzt?«, fragte er.

»Ich weiß nicht genau.«

»Zu wem wollen wir?«

»Das weiß ich auch nicht.«

»Und wie kriegen wir das raus?«

»Wir müssen die Leute wohl dazu bringen, an die Tür zu kommen.«

»Und dann?«

»Kommt drauf an.«

»Mein Gott, gut, dass du hier das Sagen hast. Komm jetzt.« Colin nahm sein Klemmbrett und stieg aus. Er öffnete die Heckklappe des Busses und zeigte auf einen großen Pappkarton. »Schnapp dir den.«

»Was ist das?«

»Eine Bettschüssel. Gesprungen. Nicht mehr zu gebrauchen.«

»Die ist aber schwer.«

»Heb sie mit den Beinen an.«

In dem durchsichtigen, von hinten beleuchteten Plastiksummer steckte ein schmaler Papierstreifen, auf den mit der Hand das Wort MABEY geschrieben war. Das ist er, dachte ich. Vielleicht. Der Karton wurde an der Stelle, an der meine feuchten Hände ihn hielten, langsam weich. Zu meiner Überraschung klappte Colin dreimal den Briefkastendeckel auf und zu. Ich erstarrte, und der Karton entglitt millimeterweise meinem Griff. Kurz darauf knackte der Lautsprecher über dem Summerknopf. Dann sagte eine Stimme: »Hallo.« Es klang wie durch eine Folie gesprochen, geschlechtslos, körperlos, jeglichen Tonfalls beraubt. Ein gespenstisches elektronisches Flüstern, das aus der Leere antwortete.

»Ich hab ein Paket für nebenan«, sagte Colin. »Kann ich das bei Ihnen lassen?«

»Was?« Das Wort klang formlos, wie der fragende Ton einer Spielzeugtrompete.

»Ein Paket. Für nebenan. Da ist niemand zu Hause.«

»Oh. Ja, Moment.«

Mein Herz pochte im Sekundentakt. Ich konnte den Karton nicht mehr halten. Schließlich klickte die Tür und öffnete sich mit einem quietschenden Sauggeräusch nach innen. Es roch nach Rasierwasser und Katzen.

»Langsam«, sagte eine Männerstimme. Über den Rand des Kartons konnte ich nichts sehen.

»Das Paket ist ziemlich schwer«, sagte Colin. »Ist es okay, wenn er's reinbringt?« Ich spürte, wie sich eine Katze um meine Knöchel schlängelte, und musste mich zusammenreißen, um nicht zu erschaudern.

»Ja, ja, in Ordnung. Bringen Sie's einfach … ich will bloß … Moment, ich … hier entlang. Komm wieder rein, Pepper.«

Ich betrat den dunklen Flur, der so schmal war, dass meine Ellbogen beide Wände streiften. Ich drängte weiter und zwang den Mann, rückwärts durch eine erleuchtete Tür zur Linken zu gehen. Ich folgte ihm.

»Stellen Sie's einfach irgendwohin«, sagte der Mann.

Das Licht im Zimmer ging hauptsächlich von Bildschirmen aus. Zwei Computermonitore, einer doppelt so groß wie der andere, standen nebeneinander auf einem großen Tisch, der mit Papieren, elektronischen Gerätschaften und Plastikflaschen übersät war. Gegenüber, vor dem Fenster zur Straße, stand ein riesiger Breitbildfernseher, auf dem lautlos die allerneuesten Finanzdaten eingeblendet wurden. Auf einem Ständer in der Ecke leuchtete blau ein weiterer Fernseher. Der Teppich war mit Kartons und Zeitschriftenstapeln bedeckt. Der Hightech-Bürostuhl war anscheinend die einzige Sitzgelegenheit.

»Irgendwohin, wo Platz ist. Tut mir leid, dass es so … Ich arbeite zu Hause.« Ich stellte den Karton an die Wand und blieb einen Augenblick in der Hocke.

»EDV, oder?«, fragte Colin hinter mir.

»Computerspiele«, antwortete der Mann. »Ich teste und rezensiere sie.« Er stand auf und drehte sich um. »Muss ich irgendwas unterschreiben?«, fragte er.

Plötzlich erstarrten wir beide, unsere Verlegenheit vorübergehend außer Kraft gesetzt von der nackten Angst, ertappt zu werden. Die Angst überkam mich wie ein Frösteln.

»Sie.« Er sprach als Erster, doch ich hätte dasselbe gesagt, wenn ich die Sprache wiedererlangt hätte: Sie. Im Moment war nicht mehr zu sagen.

Er trug dasselbe Hemd mit dem Gittermuster oder ein ganz Ähnliches. Im Stehen sah er noch dicker aus. Und da war der unverkennbare Scheitel in seinem strähnigen Haar, das breite Delta der Kopfhaut, durch das er kränklich wirkte. Es war der Mann, den ich an dem ersten Abend im Pub gesehen hatte, der mir gegenüber an der Theke gesessen und mich angestarrt hatte.

»Sie sind …« Ich hatte den Namen Grotius noch nie laut gesagt. Ich wusste nicht genau, wie man ihn aussprach. »Sie haben damals den ganzen Weg zum Pub auf sich genommen, ohne sich der Gruppe anzuschließen.«

»Ja. Ich bin kein besonders einnehmender Mensch, deshalb wollte ich erst ein bisschen zuschauen, wollte sehen, wie das Ganze läuft. Die kamen mir alle so jung vor. Und Sie haben dasselbe gemacht, nehme ich an.«

»Irgendwie schon. Wie alt sind Sie, fünfzig? Fünfundfünfzig?«

»So ungefähr.«

»Und Sie schreiben über Computerspiele?«

»Das ist ein riesiger Industriezweig, der rasend schnell wächst. Und wer sind Sie eigentlich genau?«

»Ich bin DieserZerstörteBall.«

»Hm-hmm. Und warum sind Sie hergekommen?«

»Ich suche Salome66.«

»Ah. Sie sind ein Internet-Stalker.«

»Sieht so aus.«

»Tja, Sie haben sie gefunden.«

»Sie.«

»Unter anderem bin ich Salome66.«

»Und wer sind Sie sonst noch?«

»Manchmal ist es nützlich, mehr als einen Benutzernamen zu haben. Das dürften Sie wohl wissen.«

»Hm-hmm. Und Salome?«

»Den Namen hab ich mir ausgesucht, als ich wegen rüpelhaftem Benehmen von einer New-Media-Website geflogen bin – bloß weil ich so einem Wichser mal ordentlich die Meinung gesagt hab. Ich wollte sehen, ob ich mir unter einem Frauennamen mehr erlauben konnte.«

»Und war es so?«

»Gott, ja. Ich entwarf in groben Zügen eine Persönlichkeit, stattete sie mit ein paar Interessen und Abneigungen aus, und sie machte einfach alles richtig. Anfangs war sie eine Art Parodie – tolerant, unverheiratet, belesen –, aber nach einer Weile wurde sie ein richtiger Mensch. Sie bekam eine E-Mail-Adresse. Ihre

Inbox war ständig voll. Die Leute wollten mit ihr befreundet sein. Deshalb machte ich sie zu meiner Freundin. Wenn ich in einem Forum irgendwas als Grotius sage und sie mir beipflichtet, dann nehmen mich alle ernst. Sie ist unbezahlbar.« Er sprach Grotius mit hartem T aus: Groti-us.

»Empfinden Sie das nicht als Betrug?«

»In einem Internetforum? Da ist alles Betrug. Alle lügen. Alle sind schriller als im richtigen Leben. Die Leute denken sich Ansichten aus, um Aufmerksamkeit zu erregen, um dazuzugehören. Alle wollen bloß, dass das Internet ihnen antwortet, damit sie sich nicht allein fühlen. Inzwischen bloggen alle und stellen ihr verdammtes Tagebuch online, bla bla bla, heute hab ich mir in die Hose geschissen. Früher war es wenigstens noch ein Gespräch.«

»Dann mögen Sie Wallace Stevens eigentlich gar nicht.«

»Meine Ex-Frau mochte ihn. Ich hab bloß ein paar Gedichte im Internet gelesen, genug, um das Spiel am Laufen zu halten, aber Sie müssen zugeben, dass er eine erstklassige Wahl war.«

»Ja.«

»Hören Sie, es tut mir leid, dass Ihre Internet-Freundin nicht echt ist. Ich entschuldige mich dafür, dass ich ein Mann bin, aber ich bin weder schwul noch …«

»Aber Sie hassen Giles Wareing.«

»Na ja, hassen ist vielleicht zu viel gesagt, aber er ist ein ziemlich …« Plötzlich hielt er inne und starrte mich genauso mürrisch und aufdringlich an wie damals an der Theke.

»O mein Gott«, sagte er. »Sie sind es. Stimmt's? Na klar! Ich wusste, dass ich Sie an dem Abend erkannt habe. Giles Wareing. Worum geht's hier, um verdeckte Recherchen über Ihre Internetfeinde?«

»Das ist keine Recherche. Das ist die Wirklichkeit.«

»Wirklichkeit. Der Klang dieses Wortes gefällt mir nicht.« Er starrte mit gerunzelter Stirn auf den Fußboden, als wollte er ein Lächeln unterdrücken. Colin räusperte sich.

»Er ist ein ziemlich …? Ich bin ein ziemlich …?«

»Lausiger Schreiber? Reicht das?«

»In welcher Hinsicht?«

»Ist es normal, dass Journalisten so was tun? Kommt so was oft vor?«

»Was stimmt nicht mit meinem Schreiben?«

»Keine Ahnung, lassen Sie mich mal überlegen – es ist klischeehaftes, einfallsloses Geschwätz wie fast alles Übrige in der Zeitung.«

»Und warum haben Sie mich herausgegriffen?«

»Warum nicht? Sie sind ein durchschnittlich schlechter Schreiber. Sie verkörpern das Problem. Und außerdem haben Sie einen albernen Namen.« Das traf mich erstaunlicherweise gar nicht. Mit durchschnittlich schlecht konnte ich leben.

»Okay.«

»Das ist alles. Wenn ich gewusst hätte, dass Sie kommen, um ihre Dämonen auszutreiben, hätte ich eine überzeugendere Stellungnahme ausgearbeitet.«

»Ich bin nicht gekommen, um meine Dämonen auszutreiben. Ich wollte bloß wissen, wie sie aussehen.«

»Jetzt wissen Sie's ja. Es handelt sich um einen einsamen, geschiedenen, in Bedford wohnenden Mann in mittlerem Alter, Vater von erwachsenen Kindern, die nicht mit ihm sprechen. Und jetzt verschwinden Sie aus meinem Haus.«

Ich sah mich nach einem Gegenstand um, den ich zerschlagen konnte. Ich überlegte, ob ich ihm in sein unrasiertes, feistes Gesicht spucken sollte. Keins von beidem schien mir angebracht. Einfach zu gehen, kam mir auch nicht richtig vor. Doch genau das tat ich.

»Also, ich hab kein einziges Wort verstanden«, sagte Colin, nachdem wir ungefähr einen Kilometer geschwiegen hatten.

»Die Sache ist kompliziert.«

»Das hab ich gemerkt.«

»Wie alt bist du, Colin?«

»Nächste Woche werde ich zweiundfünfzig.«

»Und wie fühlt sich das an?«

»Echt schlimm.«

Die Dunkelheit sammelte sich in den Mulden und Spalten der Landschaft. Regen prasselte auf die Windschutzscheibe. Es hieß, dass wir eine Dürreperiode durchmachten, aber der Regen war immer da, immer gegenwärtig, er prasselte herab und verhöhnte uns. London würde austrocknen, sich in eine Wüste verwandeln, und dennoch würde es regnen. Die Welt wird immer schlimmer, damit es uns nicht so schwerfällt, sie zu verlassen.

Colin setzte mich an der Straßenecke ab. Ich blieb stehen, um auf die Uhr im Spirituosenladen zu schauen, und spähte durch das beschlagene Schaufenster: fünf nach sechs. Die Kinder aßen bestimmt gerade ihr Abendessen, die Ellbogen auf dem Tisch, die Köpfe in die Hände gestützt, die Gabeln umklammert wie Spaten. Ich würde wie mein Vater zum Abendessen nach Hause kommen und meinen Söhnen mit eiskalten Händen über den Nacken streichen, sodass sie vor Freude kreischten. Nur dass meine Hände vom Wagen ganz feucht waren.

Ich klingelte, denn ich hatte meine Schlüssel vergessen. Caroline öffnete blass und mit ernster Miene die Tür.

»Die Polizei ist da«, sagte sie.

Ich war überhaupt nicht erstaunt, obwohl ich keine Ahnung hatte, aus welchem Grund die Polizisten gekommen waren. Es konnte wegen allem Möglichen sein.

32

Es ging um etwas, das die Polizisten lieber auf dem Revier besprechen wollten. Sie fragten, ob ich einen Computer im Haus hätte und ob ich etwas dagegen hätte, dass sie ihn mitnähmen. Sie sagten ausdrücklich, dass ich nicht verhaftet sei, mit der Betonung auf dem Wort »diesmal«. Ich betrachtete Carolines aschfahles Gesicht. Es schien der falsche Moment zu sein für die Beteuerung »Ich bin kein Pädophiler«.

Ich saß über eine Stunde allein in einem Vernehmungsraum, hörte Schritte kommen und gehen und lauschte witzigen Wortwechseln zwischen Personen, die anscheinend jeden Moment hereinkommen würden, es jedoch nicht taten. Ich beobachtete, wie wegen des Tumults in einem anderen Stockwerk der kalte Tee in einer Tasse vibrierte. Ich fühlte mich schläfrig, obwohl mein Puls flach und unruhig war. Doch dann flog so plötzlich die Tür auf, dass ich einen Druck auf den Ohren verspürte.

»Tut mir leid, dass Sie warten mussten, Mr Wareing.«

Es waren zwei Polizisten, ein Mann und eine Frau. Der Mann übernahm das Reden. Er trug Anzug und Krawatte und hatte ein Bündel Papiere vor sich liegen. Ich hatte das Gefühl, als müsste ich eine Hypothek beantragen.

»Mr Wareing, Sie wissen, dass Sie im Zusammenhang mit einer Anzeige wegen bösartiger Belästigung hier sind, die jemand gegen Sie erstattet hat.«

»Ja.«

»Weil Sie einmal oder mehrmals im ganzen Roundworm Park Flugblätter mit einem Foto besagter Person aufgehängt haben.«

»Ja.«

»Und mit den Worten ...« Er sah auf einem Blatt Papier nach, das vor ihm lag. »Mit den Worten: Haben Sie diesen Trottel gesehen?«

»Ja.«

»Woher hatten Sie das Foto?«

»Das habe ich mit meinem Handy aufgenommen.«

»Ohne Erlaubnis.«

»Na ja, eigentlich war es ein Versehen. Das Handy wurde versehentlich ausgelöst.«

Er starrte mich völlig ausdruckslos an.

»Haben Sie das Handy dabei?«

»Nein. Ich habe das Handy nicht mehr.« Die Frau blickte auf den Boden und dann zur Seite, als wüsste sie nicht, wo sie hinschauen sollte.

»Darf ich mal fragen, was Sie mit dieser Aktion bezwecken wollten?«

»Ich weiß nicht. Er und ich hatten ... tut mir leid, ich kenne seinen Namen nicht.«

»Mr Sayed.«

»Wir hatten ein paar Mal Streit miteinander. Er hat mich mehrmals bedroht und mein Handy gestohlen.«

»Sie meinen das Handy, mit dem Sie ein Foto von ihm gemacht haben?«

»Nein, das war ein anderes. Ein früheres Handy.«

»Ist bei der Sache Rassismus im Spiel, Mr Wareing?«

»Was? Nein.«

»Denn das bereitet uns große Sorgen.«

»Das Ganze hat nichts mit Rassismus zu tun.«

»Ihnen ist bekannt, dass Mr Sayeds Großmutter vor ein paar Monaten im Park ermordet wurde?«

»Nein. Ja, ich meine, ich wusste nicht, dass die beiden verwandt waren.«

»Ihnen ist bekannt, dass Mr Sayed noch minderjährig ist?«

»Ich weiß nicht, wie alt er ist.«

»Er ist vierzehn. Sie wussten, dass er gemischtrassig ist?«

»Keine Ahnung. Wahrscheinlich schon.«

»Dass sein Vater eingewandert ist?«

»Nein.«

»Und im Park schon öfter bedroht wurde?«

»Nein.«

»Haben Sie Probleme mit Einwanderern, Mr Wareing?«

»Ich bin selbst eingewandert.«

»Der mögliche rassistische Hintergrund des Ganzen bereitet uns große Sorgen.«

»Es gibt keinen rassistischen Hintergrund.«

»Okay«, sagte er. »Okay. Okay.«

Irgendwann erklärte mir die Frau, wie die Sache weitergehen würde, doch da hing ich bereits meinen Gedanken nach. Ich dachte daran, wie Maria tot auf ihrer Bank saß, wie Kate sich in ihrem Bett aufsetzte, das an drei Wände grenzte. Ich dachte daran, wie Wayne mit seiner Freundin in Cornwall saß, vermutlich in einem Wohnwagen am Meer, wie Cher Fitzpaine, die Sonnenbrille im Haar, neben einem Hallenbad auf einem winzigen Laptop tippte. Ich dachte an Amanda von AllTalk und versuchte mir vorzustellen, wie sie hinten aus einem Bus fiel. Ich dachte daran, wie mein Dad in dem Haus in New Jersey saß und durchs Fenster das Vogelhäuschen betrachtete. Ich dachte an den Heizungsschlüssel, und dann tastete ich in meiner Tasche danach und fand ihn dort.

Nach ein paar weiteren Stunden allein ließ man mich ein Formular unterschreiben und deutete an, ich sei offiziell verwarnt und, obwohl es niemand aussprach, sei damit für die Polizei die

Sache mehr oder weniger erledigt. Ich durfte jemanden anrufen, doch ich beschloss, zu Fuß im Dunkeln nach Hause zu gehen, ein letzter Sühneakt, die letzte Möglichkeit für jemanden, mir etwas anzutun, die gebeugte Gestalt, die mitten in der Nacht ohne Mantel durch die von Verrückten wimmelnden Straßen ging, herauszufordern und um ihr Leben kämpfen zu lassen. Doch ich begegnete auf den ganzen drei Kilometern keinem anderen Menschen. Ich ließ die Kälte in mich eindringen und die Überreste meiner Wut hinwegfegen. Es war ein seltsames, aber kein schlechtes Gefühl, nüchtern zu sein.

Ich war erstaunt, dass Caroline in einer Lichtpfütze am Küchentisch saß und aus einem großen Glas Sprudel trank. Das Sprudeln war das einzige Geräusch im Zimmer. Ich holte ein Glas aus dem Schrank und setzte mich zu ihr. Dann schaute ich auf die Uhr. Es war drei Uhr früh.

»Und?«, sagte sie.

»Es gibt keine Anklage.«

»Anklage weswegen?«

Das schien mir unmöglich zu beantworten. Ich wusste darauf keine Antwort. Stattdessen erzählte ich ihr die ganze Geschichte, einfach alles, angefangen bei dem Schmerz in meinem großen Zeh. Als hätte sie das nicht schon gewusst, erklärte ich ihr, dass meine Gedanken manchmal nach innen drifteten und ich mich dann nur schwer konzentrieren könne, erzählte ihr von den Leuten im Internet, die mich hassten, und dass mein Selbstgefühl ungewollt von äußeren Kräften abhängig geworden sei, auf die ich keinen Einfluss gehabt hätte. Ich sagte ihr, warum ich die Geburtstagsparty verlassen hatte, und erzählte ein bisschen von Cher Fitzpaines Buchpräsentation. Sie zuckte mit keiner Wimper und unterbrach mich auch nicht. Manchmal wandte sie den Blick ab oder goss etwas aus der großen grünen Plastikflasche, die zwischen uns stand, in ihr Glas, aber die meiste Zeit sah sie mich aufmerksam an, um zu zeigen, dass sie zuhörte.

In dem Wissen, dass sie mir zuhörte, bemühte ich mich, alles genau zu schildern und nichts auszulassen. Ich erzählte ihr von Salome66. Ich erklärte ihr kurz den Unterschied zwischen einem Talkboard und einem Chatroom. Um ihr eine Kostprobe davon zu geben, was dort geschrieben wurde, zitierte ich aus dem Stegreif ein paar hervorstechende Sätze. Ich berichtete von meinem Alter Ego »DieserZerstörteBall« und vermittelte ihr eine Vorstellung davon, welche Rolle er spielte. Ich erzählte ihr von den Profilen der Benutzernamen, die ich in meinem Tagebuch anlegte. Ich erzählte ihr vom Combined Film and Poetry London Pre-Christmas Get-together, schilderte ziemlich ausführlich die Szene im Pub und widmete dem Auftritt des dicken Mannes, der in der Geschichte später noch eine Rolle spielen sollte, besondere Aufmerksamkeit. Das Bild von Kate Horan beschönigte ich ein bisschen, weil mir das klüger erschien. Ich erwähnte zum Beispiel nicht, dass ihre Schneidezähne schief standen.

Ich erzählte ihr von Maria, die von irgendwem, vermutlich einem rivalisierenden Drogenhändler, erschossen worden war. Ich erzählte ihr von Panaglos, von den Nebenwirkungen und Kontraindikationen. Ich gab zu, dass ich die Pillen wochenlang ohne Rezept genommen hatte, und versuchte zu beschreiben, was für ein Gefühl es war, in seiner eigenen Welt zu leben, ständig in Bereitschaft zu sein. Das war nicht ganz richtig, aber ich wollte ihr bloß eine Vorstellung geben. Ich erzählte ihr von den Phantomgerüchen, den Vorahnungen, dem Lied, das in meinem Kopf herumspukte. Dabei gähnte sie ein paar Mal, doch jedes Mal legte sie die Hand wieder auf den Schoß und nahm ihre aufmerksame Haltung ein. Und ich redete weiter, dankbar für die Gelegenheit, reinen Tisch zu machen.

Ich erzählte ihr von dem Jungen im Park, von dem Tag, an dem er mein Handy stahl, von der großen Angst und dem Abscheu, die jedes Mal in mir aufstiegen, wenn ich ihn danach sah. Ich erzählte ausführlich, unter welchen Umständen mein Handy wieder in meinen Besitz gelangt war. Ich erwähnte den Zwischenfall mit Darbys Dad, versuchte das Ganze im Nachhinein als witzig hinzustellen, obwohl keiner von uns beiden lachte, und beichtete ihr meine schändlichen, selbstsüchtigen Gedanken während der tragischen Ereignisse am zweiten Weihnachtstag. Ich holte tief Luft, hielt kurz inne und hätte die Geschichte fast unterbrochen – vielleicht glaubte ich, der Rest könne bis zum Morgen warten –, doch als mich Caroline mit fragendem Gesichtsausdruck ansah, fuhr ich fort. Ich hatte ja schon mehr als die Hälfte erzählt.

Ich bemühte mich, alles in der richtigen Reihenfolge zu schildern, aber manchmal geriet alles durcheinander, und ich musste nochmal zurückgehen. Damit das Ganze nicht ausuferte, fasste ich das zweite und dritte Treffen mit Kate zusammen und übersprang den Umstand, dass ich eine Nacht in ihrer Wohnung verbracht hatte. Ich hatte nicht unbedingt das Gefühl, dass die Geschichte deshalb weniger aufrichtig war. Ich erzählte Caroline, wie ich nachts mit einer Dose Autogrundierfarbe loszog, die ich an der Tankstelle neben der Eisenbahnbrücke gekauft hatte, und die Graffiti des Jungen umänderte. Ich erzählte ihr von dem letzten Treffen mit Kate, das ich als gewollte Auseinandersetzung darstellte und auf eine etwas frühere Uhrzeit verlegte. Der wesentliche Punkt blieb davon unberührt: dass Kate nicht Salome66 war. Trotzdem hatte ich das Gefühl, dass Caroline diese kleinen Auslassungen allmählich bemerkte. Ich drückte aufs Tempo und sprach etwas schneller.

Ich erzählte ihr von Cher Fitzpaines Buch, sagte, dass er easy-Geoff sei, weiß aber nicht genau, ob sie diesen Teil der Geschichte begriff, denn ich hatte das Ganze nicht gut vorbereitet. Ich erzählte ihr, wie mir Colin dank seines Schwiegersohns die Adresse in der Penshurst Road besorgt hatte, die ich als die Adresse von Grotius erkannt hätte, und sprach den Namen selbstbewusst mit hartem T aus. Ich berichtete von meiner Fahrt mit Colin nach Bedford – wegen des Briefs von Colins Nachbarin musste ich nochmal zeitlich zurückgehen und mich entschuldigen, weil ich ihr den Zettel nicht gezeigt hatte, das würde ich später nachholen –, erzählte von der Penshurst Road und der Begegnung mit dem dicken Mann aus dem Pub, der sich als die echte Salome66 erwiesen habe, obwohl echt eigentlich nicht das richtige Wort sei, wie ich mit sarkastischem Lachen hinzufügte. Und dann ging ich unvermittelt zu der Plakataktion über, die ich ein paar Wochen vorher durchgeführt hatte, und erzählte, wie ich mit meinem neuen Handy versehentlich ein Foto des Jungen gemacht hatte, ein Foto, auf das ich etwas später zufällig gestoßen sei, als ich versuchte, eine SMS zu senden. Ich erzählte ihr, wie ich das Foto auf meinen Computer gemailt und dort ein hässliches Flugblatt erstellt, wie ich ein paar Dutzend Kopien ausgedruckt und sie überall im Park aufgehängt hatte. Ich schilderte, wie stark ich mich danach seltsamerweise gefühlt hatte. Ich erzählte ihr, dass ich mich am nächsten Morgen kaum noch daran erinnern konnte, und gab teilweise den Panaglos-Entzugserscheinungen die Schuld an meinen Gedächtnislücken und Entscheidungsproblemen. Doch ich sagte, ich übernähme die volle Verantwortung. Beiläufig erwähnte ich die Sorge der Polizei wegen des rassistischen Hintergrunds. Ich erzählte Caroline, dass es mir viel besser gehe, seit ich das Polizeirevier verlassen hatte, und beteuerte, dass ich vorhätte, in Zukunft ein pflichtbewusster Ehemann und Vater zu sein. Ich warf einen raschen Blick auf die Uhr. Ich hatte fast zwei Stunden geredet.

»Da siehst du's«, sagte ich schließlich. »Ich bin doch kein Pädophiler.«

Sie starrte mich einen Moment an und ließ die Sekunden verstreichen, als wollte sie sichergehen, dass ich fertig war.

»Sehr interessant«, sagte sie. »Und möchtest du gern etwas über meinen Tag hören?«

»Hm. Okay.«

Sie nahm den Arm vom Schoß und ließ etwas über den Tisch

gleiten, etwas Rechteckiges aus Plastik, das sich um die eigene Achse drehte, während es auf mich zuglitt. Als das Ding aufhörte, sich zu drehen, sah ich, dass sich in der Mitte ein weißer Kreis befand, der durch eine hellblaue Linie in zwei Hälften geteilt war.

»Ich bin schwanger.«

Ich starrte die blaue Linie an, sauber, durchgehend und gerade, das entschiedene Zeichen, dass kein Irrtum möglich war.

»Wirklich?«

»Ja, wirklich.«

Ich blickte sie an und spürte, wie ein breites Grinsen in mir aufstieg, ein Grinsen, das ich im Moment besser nicht zeigte. Ich öffnete den Mund, brachte aber kein Wort hervor.

»Wenn du sagst, du kannst dich nicht mehr daran erinnern, dass du mit mir geschlafen hast, bring ich dich um.«

Ich hätte schlafen sollen, aber ich konnte nicht. Ich machte mir Kaffee und ging dann mit dem Hund in den Park. Es war kalt, und der Weg war vom Raureif rutschig. Doch in der reglosen Luft lag so etwas wie ein Versprechen, ein scharfer, metallischer Vorgeschmack auf den Frühling. Die Sonne war noch nicht über der Bahnlinie aufgegangen, aber im Osten hellte sich schon der düstere Nachthimmel auf, und es war eine nordwärts ziehende Wolkenlinie zu sehen. Die Luft hatte etwas Berauschendes, sie zersetzte meine Verzweiflung und regte die tierischen Areale des Gehirns an, um, ob zu Unrecht oder nicht, das Gefühl zu erzeugen, dass sich die Verhältnisse besserten, einen Optimismus, dem mit Logik nicht beizukommen war.

Caroline zeigte wenig Begeisterung.

»Wir haben kein Au-pair-Mädchen«, sagte sie. »Und kein Geld.«

»Wir können eins einstellen. Und wir bekommen Geld. Alles wird gut.«

»Woher denn?«

»Durch meinen Vertrag. Ich habe einen Buchvertrag.«

»Seit wann?«

»Ein Verlag hat mich angerufen. Ich soll ein Buch schreiben. Das hab ich vergessen, dir zu erzählen.«

Vorläufig versuchte ich, meine Freude für mich zu behalten. Ich betrachtete die Freude mit Skepsis und hatte ein bisschen Angst davor. Sie gehörte nicht zu meinem normalen Gefühlsrepertoire, und ich ließ sie nur in einzelnen Häppchen an mich heran. Sie schien mit Gefahr verbunden zu sein.

Aber ich war glücklich, das ließ sich weder leugnen noch unterdrücken. Der Hund rannte wie ein Verrückter herum, und seine Pfoten zertrümmerten das Eis auf den Pfützen, während ich dastand und den Kaffee in meinem Becher trank. Jeden Moment würde der Tag anbrechen. Ich fand, dieser Augenblick könnte nicht besser sein, außer wenn ich daran gedacht hätte, eine Mütze mitzunehmen.

Als ich durch den Park zu der Reihe spindeldürrer, skelettartiger Bäume hinüberschaute, die auf beiden Seiten des gegenüberliegenden Wegs standen, sah ich etwas aufblitzen. Am dritten Baum schienen Blätter zu sprießen, etwas Grünes kroch die Zweige entlang und füllte alles von links nach rechts aus, ein helles, künstliches, deutlich sichtbares Grün, leuchtend wie ein angestrahlter Punkt im Sommer. Ich blinzelte ein paar Mal und schaute mich um. Am Parkeingang stand ein Mann in einer schweren karierten Jacke, mit einem Boxer an der Leine, und betrachtete dasselbe Schauspiel. Der Horizont verdunkelte sich und flimmerte an der Stelle, an der die Sonne jeden Moment aufgehen würde. Das Grün verteilte sich jetzt auf die Bäume zu beiden Seiten und schimmerte im Halbdunkel. Der Mann ließ seinen Hund von der Leine und ging auf die Bäume zu. Das Sprießen der Blätter war mit einem Geräusch verbunden, das wie ein in der Ferne bremsender Zug klang. Ich lief, um den Mann einzuholen, damit er nicht vor mir dort ankam. Als der Hund das sah, kam er hinterhergerannt.

Wir trafen ungefähr fünfzig Meter vor den Bäumen zusammen und gingen, den Blick geradeaus gerichtet, weiter.

»Was ist das?«, fragte ich.

»Ich weiß nicht«, erwiderte er. »Einen Moment dachte ich, ich hätte den Verstand verloren.«

Als wir näher kamen, schien der gesamte mittlere Baum lebendig zu sein und zitterte im imaginären Wind. Die übrigen Bäume waren nicht völlig grün und zuckten mit den Zweigen. Und dann sah ich es. Ich weiß nicht, warum ich so lange brauchte, um es zu begreifen.

»Das sind Vögel«, sagte ich.

»Häh?«

»Sehen Sie doch. Das sind Sittiche. Hunderte von Sittichen.«

Ein paar Meter vor dem Baum verlangsamten wir unsere Schritte und blieben stehen. Der Lärm, der wie das Gekreisch in einer Zoohandlung klang, war plötzlich ohrenbetäubend.

»Unglaublich«, sagte der Mann. »Gucken Sie sich das mal an. So was hab ich noch nie gesehen.«

»Ich auch nicht.«

»Wo sind die hergekommen?«

»Keine Ahnung. Ich hab schon von riesigen Kolonien in London gehört, aber noch nie …«

»Irre, das ist ja wie im Dschungel. Wie überstehen die den Winter?«

»Keine Ahnung«, erwiderte ich. »Sie schaffen's einfach.«

Während wir die Vögel betrachteten, lugte die Sonne über den Horizont, und ohne Vorwarnung löste sich der ganze Schwarm und stob in den Himmel wie eine grüne Konfettiwolke.

Ich nahm eine Feder mit nach Hause, um sie meinen Söhnen zu zeigen.

Danksagung

Ich möchte mich herzlich bei Natasha Fairweather und Ursula Doyle bedanken, die in diesem Buch etwas Veröffentlichbares sahen, als es noch ein unförmiges, unfertiges Etwas war, und bei allen Freunden und Familienmitgliedern, die es auf sich genommen haben, das Buch in verschiedenen Stadien der Wirrheit zu lesen. Damit meine ich die Wirrheit des Manuskripts, und nicht die meiner Freunde und Familienmitglieder. Was die in ihrer Freizeit treiben, ist ihre eigene Angelegenheit.